江山風雨情 (上)

朱蘇進・子川◎著

目錄

內容提要……005
第一章……011
第二章……041
第三章……067
第四章……091
第五章……113
第六章……135
第七章……161
第八章……187
第九章……209
第十章……231
第十一章……255
第十二章……279

第十三章……309
第十四章……331
第十五章……353

內容提要

中國五千年歷史長河，流淌過許許多多朝代。人們把每個朝代的開始與結束，叫做改朝換代；每次改朝換代，都是歷史最震撼的時刻；每次改朝換代，都迎來一位開國帝王，也埋葬一位亡國之君；開國帝王的故事往往流傳千古；亡國之君的故事往往遺恨萬年。

明朝末年，一度出現了三日並舉的局面：一是北京以崇禎帝為首的明政權；二是瀋陽以皇太極為首的清政權；三是西北以李自成為首的大順政權。這就是說，在這個故事裡卻同時具有一位亡國之君、兩位開國帝王……

崇禎是明朝歷代皇帝中最勤政努力的皇帝之一，如果在開國年代，他或許可以創造盛世，然而，他命定生在末世，所以，他所斷送的大明江山，其實是國運頹喪的緣故，幾代皇帝所滋生的弊政腐敗，不是人力所能挽回的，定數如此。崇禎皇帝不是一個荒淫的皇帝，也不是一個懶惰的皇帝，他對明朝中興的迫切心情，每一個讀過他事蹟的人都能夠清楚的感覺到，但是歷史總是喜歡跟人開玩笑，他的祖父，哥哥，雖然荒唐，但是平安的渡過了一生，可是祖輩製造的苦果，卻要由後輩人去品嘗。清張廷玉在《明史．流賊傳》中這樣評價崇禎：「嗚呼！莊烈非亡國之君，而當亡國之運，又乏救亡之術，徒見其焦勞瞀亂，孑立於上十有七年。而帷幄不聞良、平之謀，行間未睹李、郭之將，卒致宗社顛覆，徒以身殉，悲夫！」

事實上，明朝早在崇禎帝即位之前，就已名存實亡了。明朝的皇帝，除了太祖朱元璋、成祖朱棣外，真是沒一個說得過去的，有幾十年不上朝的皇帝（萬曆），有喜歡做木匠的皇帝（天啟），有替自己親爹娘爭名分而與大臣打了多年口水仗的皇帝，有喜歡封自己做什麼將軍、什麼侯的皇帝，有喜歡自己乳母的皇帝，有死於紅丸的皇帝，有喜歡微服私訪調戲良家婦女的皇帝，還有二十年不上朝理事，以至於大臣都不記得皇帝模樣的皇帝，真是一塌糊塗到了極致，可以說，整個二十五史，沒有這麼胡鬧的朝代。

農民起義領袖李自成是陳勝、吳廣一類的人物，可惜他們不具備開國皇帝的氣質與定數，李自成一度採納李岩「均田免賦」的建議，曾得到民眾擁護，有民眾歌謠「迎闖王，不納糧」。只可惜，這些進取過程中的口號與策略，並沒有在起義軍發展過程得到確認並有付諸實施的可能性，因為，一旦李自成登上大順永昌皇帝的寶座，他已經與先前或以後坐在那個龍座上的人沒有二樣，他所要求的只是改朝換代自己做皇帝，如此而已。這已不是一個歷史的局限、一個農民起義領袖的局限所能概括的內涵了。在紛爭的亂世，一個剛剛推翻腐朽政權的新政權，什麼事情都還來不及做，就面臨急劇的腐朽，他們不僅延續了舊的體制，且將所有舊體制的弊端全部接受下來。

所以，一個沒有更高理想的農民起義隊伍，注定了只是一個成事不足，敗事有餘的歷史角色，這是歷史賦於他們的歷史責任，也是歷史對他們的一種嘲諷。

作為滿族人優秀人物的清皇太極以及後來被後代晉封為孝莊皇后的莊妃，是改寫十七世紀中國歷史的英雄俊傑。滿族先民可以追溯到兩千年前的肅慎人，他們的後人又叫挹婁、勿吉、革末革曷。七世紀至九世紀末革末革曷強大起來，建立了渤海國。遼滅渤海。「女真」代替「靺鞨」這一族稱。一一一五年女真以阿骨打為首的完顏部統一女真各部建立金朝，滅遼和北宋，入主中原與南宋對峙。後金又被蒙古滅。十七世紀初建州女真的努爾哈赤統一女真各部建後金。一六三六年皇太極繼父位，改國號為「大清」，並定族名為「滿族」。滿族祖先一直生活於長白山以北、黑龍江中下游、烏蘇里江流域的廣闊地區。以狩獵為主，並有漁業、採藥業。長白山是滿族人的發祥地，也是他們崇奉的神山。山中有茂密的森林，植物品種繁多，動物資源豐富，三江平原土地肥沃，雨水充足，河汊交錯。他們崇尚驍勇，善騎射的傳統，也流傳有關長白山挖人參的故事。滿族在入關之前，主要從事農業，兼漁獵業。努爾哈赤統一女真的過程中，創立了軍政生產三合一的八旗制度，平時務農、練兵、駐防，戰時出擊，這種制度帶到關內。

由於政治鬥爭與政治統治的需要，滿族人分布範圍不斷擴大，同時又由於大量漢人移居關外，使得大部分滿族人改用漢語進行交流，逐步開始了漢化過程。歷史證明，滿人之所以能夠統一中國，靠的不僅僅是勇武之力，而且靠認同漢文化並把學習漢文明作為滿人進取的階梯，滿人征服華夏的理由是他們首先征服了自己，是漢文明改變並昇華了滿文化，是漢人的「王道」文化與滿人騎射勇武精神結合與雜交的結果。在中國幾千年歷史中，大清王朝是外族人統治漢人最長的歷史（一五九二年皇太極開國到一九一二年辛亥革命止），其原因在於他們首先認同並系統學習了漢文化，真正地做到了滿漢一體，並且在其間逐步與漢人同化。

這是一個封建王朝更迭的歷史故事。它透映出來的歷史教訓，卻有著超越某一特定時空的意義。

關山殘月，一曲歷史的悲歌；江山風雨，一幕人性的悲劇。許多具體生命在這樣的歷史舞臺上，匆匆演示過他們的生命輝煌，被後人譽為「袁長城」的袁崇煥，被稱為紅顏禍水的陳圓圓以及她與關寧鐵騎統帥吳三桂的愛情歷史使命，其實有著更深邃的歷史思辯色彩與人生宿命的蒼涼。

第一章

天啟末年。秋。京城，王府街。一地落葉被秋風旋起，空氣中，攪動一股敗落之氣。

一頂轎子快步穿過蕭條的街面，停在信王府門前。

轎簾打開。裡面探出被兩手恭奉著的黃軸卷，其後，太監劉公公鑽出轎子，昂首站定，旁邊的隨從替他扯了扯衣角，拂了拂袍袖。劉公公邁著方步、氣概不凡地走向信王府。八個帶刀錦衣衛左右相隨，隱隱含威且帶了一股殺氣。

信王府的朱紅正門成年累月地關閉著。兩側有邊門，供人進出。此時，側門旁，有四個家僕深深地折腰，在那裡迎候來人。劉公公步至王府大門的石階下，無言立定，略顯不悅地看著緊閉的正門，然後，傲慢地閉上了雙眼，一動不動，彷彿入夢……

突然間，只聽那八個錦衣衛同時朝那朱紅正門發出巨吼：聖——旨——到！劉長貴等四個家僕電擊般跳起，趕緊將闊大厚重、常年不啟的朱紅正門拉開……

轟隆隆聲響裡，信王府的正門大開。劉公公這才傲然睜開雙眼，捧著那卷黃軸，獨自邁上正中間玉階，走向那經年不開的王府正門。錦衣衛則明曉事理地經兩旁側門入內。

門內，身材矮小、相貌猥瑣的王府管家王承恩，快步奔來，撲地跪在高高門檻旁恭候。劉公公根本不屑於看他，高傲地邁過那座門檻。在劉公公抬腿的那一瞬間，王承恩謙卑地替他提了提錦袍邊角，使得他雙腿順利地邁過了高高的王府門檻——幾乎是從王承恩頭上邁過。

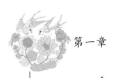

前庭院內，香案已經置好，匆匆奔來一個青年王公，邊走邊笑著招呼：「劉公公！」

劉公公像是沒聽見，兀自高聲道：「信王朱由檢接旨。」

那青年王公立定、理裝、撣袖，跪地叩拜。劉公公雙手展開黃軸，用沙啞嗓音宣旨：「皇弟朱由檢已年滿十八歲，品行優良，盡忠盡孝，循規蹈矩，勤於王事，朕十分喜愛。而今，朱由檢青春鼎盛，當為國效命。朕雖然極重手足之情，不捨皇弟離京，但為大明長治久安計，朕必須恪守先祖定制，奉行國法：凡成年王子，都應該離京戍邊，遠離皇宮，避免干政。如此，家與國，兩相安……」

聽到這主，被稱作朱由檢的青年王公忽然以袖拭面，悲傷地抽泣起來。劉公公頓了一下，從聖旨上方瞟了朱由檢一眼，更加響亮、同時搖頭晃腦的宣讀：「……祖宗成法不可違，朕現將河南登州賜於朱由檢，為信王『屬國』，賞地一萬二千頃，年俸八千兩，免納一切國稅，著朱由檢明年開春即行離京。欽此。」

劉公公聲音剛落，朱由檢立刻叩首長泣：「臣弟捨不得皇上啊！嗚嗚……臣弟不願意離開京城啊！嗚嗚……臣弟只想終生侍候著皇上啊！嗚嗚……」

劉公公得意地微笑，彎腰將聖旨遞過來，親切地說：「信王何必如此悲傷？來來……拿著，拿著——這可是皇上恩典，山高海深！」

信王無奈地接過黃軸，悲聲說道：「劉公公……煩您老人家稟報皇上，臣弟不想要屬國，也不想為王，臣弟只想永遠留在皇上身邊，終生侍候著皇上。臣弟請皇上開恩……」

劉公公滿意地點點頭，淡淡地說：「小的知道了，信王保重。」劉公公略施一禮，掉頭而去。

朱由檢仍然跪地不起，一副悲痛難抑的樣子。

王承恩恭敬地立於門畔，手捧一個銀盤，盤中擱著兩隻金元寶。待劉公公近前，他卑謙地笑道：「一點孝敬，不成敬意。劉公公拿著喝茶。」劉公公一看，驚喜地說：「哎喲，太重了！多謝多謝……」說著趕緊抓過金元寶，揣進懷裡。

王承恩邊侍候著他向外走，邊說道：「劉公公，您瞧我家主子，都傷心成這樣了，您老人家能撒手不管麼?幫幫忙吧，啊?」劉公公連連點頭說：「是啊是啊，在下也沒有想到，信王對於離開京城，竟然如此悲痛。唉……可皇上旨意已經下了，天意難回啊。」

王承恩一臉焦慮地說：「劉公公，煩您把我家主子的悲傷之情，多多稟報皇上。或許，皇上再下恩典，准我家主子留在京城，年年歲歲，日日時時，侍候著皇上。」劉公公說：「信王對皇上的忠誠，在下是親眼所見、親耳所聞，感動不已呀。在下一定將信王的忠君報國之心，稟報給皇上。」

劉公公抬腿邁出高高門檻，王承恩再次替他提了提錦袍邊角。劉公公走下玉階，領著錦衣衛們遠去。身後，王承恩一直滿面陪笑，目送他們走遠。之後，他的臉色頓時沉了下來，低聲對家僕喝了一聲：「劉長貴，關門。」劉長貴趕緊領著家僕們將朱紅正門轟隆隆關閉。

香案前，朱由檢依舊跪著，捧著聖旨哭泣。王承恩快步走到朱由檢身邊，附耳低語：「王爺，鷹犬們走了。」

朱由檢警覺地抬頭，問：「真的走了？」朱由檢看一看重又關閉的正門，看一看平靜如常的庭院，這才相信錦衣衛們真的走淨了。突然間，他像換了一個人似的，跳起身來，揮著那軸聖旨手舞足蹈，開懷大笑：「哈哈哈……總算盼到這一天！我要離開京城了，要離開皇宮了！好哇好哇！哈哈哈。」

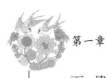

王承恩也是很高興的樣子，露出一臉慈祥的微笑。朱由檢得意地看了看四周，對王承恩說：「瞧我的『韜晦之術』如何？」王承恩還沒有來得及附和主子的話，朱由檢又緊接著嘆了一口氣，「唉……為了離京，我在皇上面前盡忠盡孝，在百官們面前循規蹈矩，在閹黨們面前裝傻賣乖……我呀——嗨！我簡直都不是我了。」說話間，朱由檢不由想起這些年來的酸甜苦辣。當今皇上雖是朱由檢的親哥哥，但朝政卻一直被魏忠賢為首的閹黨們把持著。這個魏閹，內控宮廷，外通督撫，權侵四海，殘害忠良，且有一批東廠鷹犬助紂為虐，勢力大得無法形容。魏閹的劣跡儘管路人皆知，卻誰也不敢奏明皇上，反倒是閹黨們把皇上包圍得水洩不通，上朝時一派讒言，下朝時一派惡語，誰膽敢站到魏閹的對立面，誰就等於走上自取滅亡之路。趨利避禍，原人之常情，即如他朱由檢，作為皇上唯一的手足，皇上的親弟弟，懼於閹黨勢力與東廠鷹犬，竟也無法跟皇上勾通，除此魏賊閹黨。朱由檢只得韜晦藏拙，深居簡出，即便如此，魏閹卻依舊不肯輕易放過，暗中令東廠鷹犬盯死他。弄得朱由檢整日戰戰兢兢，如履薄冰，不知何時何地，會有不測之禍降臨。

朱由檢感慨地說：「我盼望離京避禍盼了多年，真是朝思暮想，終於苦盡甜來！」

王承恩提醒道：「王爺啊，就算是走出京城，遠離宮廷，咱們也還得接著韜晦啊！繼續『盡忠盡孝』，繼續『循規蹈矩』，繼續『裝傻賣乖』，別讓人瞧出假來。」

朱由檢滿不在乎地說：「知道，知道。」

王承恩還在叮囑：「天大的喜事，都擱在心裡！外表上，咱還得做出捨不得京城的樣兒，讓那些東廠鷹犬們瞧了放心。」朱由檢略有煩色，說：「知道，都知道了！……王妃呢？」

王承恩說：「在西院裡候著呢。自從鷹犬們進門，王妃就一直為王爺擔心哪。」

朱由檢笑著說：「瞧瞧去。」

周妃獨坐炕沿，眼望窗外，手裡織紮著一件刺繡。因惦著前庭接旨的事兒，有點神不守舍，一不小心，銀針刺破了手指，她痛得一縮……這時，一軸黃澄澄的錦緞從她頭上垂了下來，在她臉前不停地抖動著，同時響起朱由檢「吃吃」的笑聲。周妃一把抓去，朱由檢卻把錦緞抽回，使她抓了個空。周妃笑嗔道：「那是什麼東西？」

「東西？……這可是聖旨！嘿嘿，本王談笑之間，聊施小計，就得到這件朝思暮想的恩旨，准本王離京赴任，從此鳥出籠龍升天哪！」朱由檢不無得意地說。周妃一喜，隨即正色道：「吹牛……」說罷，她問待在身旁的王承恩，「信王又吹牛了吧？」

王承恩恭敬地說：「稟王妃。皇上的恩旨是真的，但絕非『談笑之間聊施小計』得到的，而是信王忍氣吞聲、韜晦多年換來的。」

周妃對著朱由檢說：「聽到了吧？王承恩要麼不說話，要說就是大實話。」

朱由檢將聖旨遞給周妃。周妃接過聖旨細細看過，聖旨上寫著「開春離京，賞地一萬二，年俸八千兩……」周妃問：「登州是哪兒啊？沒聽說過這地方？」

朱由檢說：「我也不知道……王承恩，登州是哪兒？」王承恩回答說：「稟王爺，登州是河南最窮的地面。依照咱們王爺的尊榮地位，朝廷只給個又小又窮的登州府，跟『貶抑』、『流放』也差不多呢。」

朱由檢一驚，喜色全無，憤慨地在屋裡踱來踱去。周妃與王承恩都擔憂地望著他，不敢作聲……走著走著，朱由檢立定，慨然道：「再小再窮的地方，也比待在紫禁城裡好！我決定，開春之前離京，遠赴登州。閹黨們不是想流放我麼，不勞他們費心，我自個提前『流放』自個！」王承恩與周妃這才鬆了口氣。

不過，周妃還是有些想不通，大明朝二百年來，王子們個個捨不得京城，個個離不開這片富貴榮華之地，拖著賴著不肯走。可信王不同，皇上只給了片窮山僻壤，他卻恨不得插上翅膀飛去。朱由檢嘆息道：「愛妃，你嫁到京城才半年，不知道紫禁城的險惡。過去，我一直不敢跟任何人說，現在我們就要離開京城了，永遠不再回來了。所以，我可以跟你說幾句心裡話了……」

周妃聞言驚訝。王承恩則迅速關門閉窗，然後退至門畔，監聽著外面動靜。朱由檢告訴周妃，他與當今皇上雖是親兄弟，但本朝開元以來，皇上最信任的卻是大太監魏忠賢，朝政也一直被魏忠賢為首的閹黨們把持。周妃不禁回望王承恩，低聲驚叫：「真的麼？」王承恩沉默頷首。朱由檢又說：「更可怕的是，我皇兄登基七年了，至今沒有子嗣。後宮嬪妃們先後生過三個王子，竟然沒一個活下來！你說怪不怪？而我是皇上唯一的手足，皇上的親弟弟，在魏閹眼中，我可是他專權弄政的一大障礙，恨不能早除之以絕後患。這些年來，我與皇上的手足之情，也被他們中傷殆盡了。所以，咱們是早一日離京，早一日平安哪。唉……」

周妃聞言大驚失色，說：「貧妾原以為，當今天下，信王貴為皇弟，一人之下萬人之上，誰敢碰咱們信王。」

朱由檢苦笑著說：「有魏忠賢在，我就不是一人之下。即使皇上，也不一定是萬人之上啊。」

這時，守在角落裡的王承恩動了一下，像是有話要說，卻又欲言又止，仍然保持沉默。朱由檢察覺到了，對他說：「王承恩，在我和王妃面前，你什麼話都可以說！」

王承恩垂著頭把他所知道的情形略略說了一番，朱由檢和周妃這才知道那魏忠賢還有更多的劣跡。王承恩本來就是一個太監，他知道這天底下，大約沒有人比太監更知道太監的底細了。在太監圈內，誰也不能叫魏忠賢「魏公公」，也不能叫他「魏大人」，而只敢稱他為「九千歲」。他的心腹們，更是尊他為「九千九百歲」。這個魏閹哪，竟然只比皇上少一百歲，比咱信王還大出九百歲！朱由檢聞言大怒：「畜牲！竟有這等事，狂妄至極，悖逆無道，真該把他千刀萬剮！」王承恩還對他們說，那魏忠賢最擅長的就是以下馭上，快七十的人了，在皇上面前一口一個小奴、小奴，乖得跟孫子似的，大獲聖寵。在百官們面前，則是笑裡藏刀，軟硬兼施，結黨篡權。這麼說吧，他用皇上來欺壓百官，又借百官來左右皇上。上上下下，他都玩得滴溜轉。

不僅如此，各省的督撫大員哪，為了向魏閹獻媚，在他生前時就為他建築了許多紀念堂，又名「生祠」。每逢節慶，官民人等都要上供，祝他壽比南山。

「這魏忠賢又沒死，立什麼祠堂？」朱由檢怒形於色，稍後又嘆息道：「真感謝太祖爺朱元璋啊。二百年前，太祖爺就立下了『成年皇子離京封國』的規矩，讓歷代王子們遠離宮廷，到外頭花天酒地去，到外頭生兒育女去。登州雖小如鳥籠，但在那兒，我可以做個富貴自在鳥！」周妃笑了起來：「信王說的是。在京城，咱們替人家過日子，在登州那鳥籠裡，咱們可是過自家的小日子。」

角落裡，王承恩再次欲言又止。朱由檢說：「有什麼話，儘管放開來直說。」王承恩吞吞吐吐地說：「據老奴所知，登州府雖然又小又窮，可那大道路口，也有一座魏忠賢的『魏氏生祠』。因此，王爺即使到了登州，也得處處小心。」

登州是個窮地方，總該民風純樸嘛，怎麼也有奸賊？朱由檢的怒氣又升上來。周妃勸信王說：「王爺別生氣，咱們還是快走吧。」朱由檢憤然跺足，傳命：「所有家丁僕婦，立刻收拾行裝，冬至前離開京城。」

宮廷內的官道上，四個小太監抬著一頂宮廷涼轎，顫悠悠而來。魏忠賢仰坐於轎中，呼呼地大睡不醒，間或還打幾聲呼嚕。可是，當小太監剛剛立定住轎，魏忠賢立刻睜開雙眼，顯出清醒機警的樣兒來。魏忠賢搭著小太監的肩膀下轎，兩眼滴溜溜轉。

一個內宮太監從玉階上急步跑下來，叩道：「奴婢叩見九千九百歲……」話音未落，魏忠賢已經一個巴掌擊在他臉上。魏忠賢斥道：「這是什麼地方？滿嘴瞎咧咧！」太監捂著臉說：「奴婢失口了。」魏忠賢撇著嘴說：「你呀，心裡頭就是喊咱萬歲，也成！就是得把嘴閉上。」太監驚恐地說：「奴婢知道了。」

魏忠賢看了一眼內宮太監，問：「貴妃娘娘起來啦？」內宮太監答道：「起來了。」

魏忠賢又問：「昨夜裡，娘娘睡得安穩不？」太監笑道：「上半宵不安穩，下半宵安穩……可到了天快亮時，貴妃娘娘又不安穩了。」

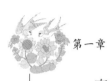

魏忠賢「唔」了一聲，一路沉思著步入內宮。

貴妃娘娘懶洋洋地斜躺在軟榻上，長髮委地，滿臉不悅。此時，大太監魏忠賢卻像個小奴才，彎腰立於榻旁，滿面媚態地為貴妃娘娘梳頭，同時察顏觀色。魏忠賢絮絮叨叨地奉承著：「嘿……瞧娘娘這頭髮呀，根根烏黑油亮，一汪水似的。小奴捏在手裡，喜在心裡。小奴想，娘娘這頭髮堪稱天下絕品了，長出這些頭髮的娘娘腦袋，更是何等的聰明，何等不凡哪。」

貴妃哼了一聲，說：「你別忘了，我只是個貴妃，宮裡還有個皇后哪！」魏忠賢陪笑著：「可小奴知道皇上最愛誰！娘娘啊，在紫禁城裡，皇后雖然是端坐正宮，可貴妃娘娘您哪，端坐在皇上的心肝尖上，您才是皇上的心頭肉。」

貴妃嗔道：「呸，貧嘴！……」貴妃斥罷，開心地笑了，之後壓低嗓音問：「魏公公，你知道皇上最盼望什麼嗎？」魏忠賢趕緊乖覺地說：「小奴知道、知道！皇上最盼望貴妃娘娘早生皇子，好為咱大明立個國本兒。」

貴妃沒有再說話，只靜靜地想魏忠賢的話，她知道魏忠賢說的沒有錯，皇上盼星星盼月亮似的盼著她承接天恩，說穿嘍——盼著她肚子大起來！魏忠賢吃準貴妃的心思，獻媚道：「哎喲！小奴也是眼巴巴地盼著哪。六年前，皇后好不容易懷上龍子，生下來沒滿周歲就仙逝了。接下來，劉娘娘生的皇子，也只活了五個春秋。唉……」

貴妃鄙棄地撇著嘴：「她們哪行啊。大明的龍脈，得從我肚裡出！」說著貴妃看了看角落處的宮女，說：「你們退了吧。」四周的宮女趕緊退下。

貴妃對魏忠賢說：「扶我起來。」魏忠賢扶起貴妃，不料貴妃一個巴掌響亮地打在魏忠賢臉上。魏忠賢急忙屈膝跪下。貴妃坐在榻上怒斥道：「告訴你，從上月初三開始，皇上隔三差五地駕幸我宮裡，前後足有十二次之多，每回都是歡情無限。可我哪，還是沒懷上龍種。你這狗奴才，給我的『承露丹』全是廢物，一點沒用！喏，這兒還剩幾顆，你拿回去自個吃吧……」貴妃劈頭擲去，幾顆紅藥丸砸到魏忠賢頭上，然後滿地滾。魏忠賢連連叩首，說：「小奴罪該萬死，小奴請娘娘治罪。」

貴妃氣得噎在那裡，過了一會兒才緩過語氣說：「光請罪頂屁用，趕緊想辦法呀！」

魏忠賢躊躇片刻，終於說：「小奴還有最後一策，而此策，必定使貴妃娘娘生養一位皇子。」魏忠賢跪地膝行幾步，極詭密地靠近皇貴妃耳畔，無聲低語……

皇貴妃聽著聽著，頓感驚懼，壓低聲音說：「這可是大逆之罪，要滅九族的，我萬萬不敢。」魏忠賢急忙自掌其嘴，打得啪啪響，立刻改口道：「非但娘娘不敢，小奴也不敢呀。小奴只是胡亂想著，萬不得已時，小奴願為皇上和娘娘冒死盡忠。小奴剛才所說的，就是對皇上盡忠的一個方子，娘娘您說是不是啊……」貴妃若有所思的沉默了，接著緩緩點頭。

內閣大臣楊嗣昌、周延儒、洪承疇等人各執手摺，在內閣書房內或坐或立，焦慮不安地等候晉見魏忠賢。太監劉公公恭敬地立於側。案上有一座鐘，嗒嗒地響著。等的時間想必不短了。洪承疇背著手，在內閣書房踱步，兜圈兒，踱到劉太監面前時，斜瞟他一眼，鼻孔裡「哼」一聲。再踱到座鐘面前，斜瞟座鐘一眼，鼻孔裡又「哼」了一聲。顯然，他對這種乾等，十分不悅。

劉公公聽到洪承疇發出的「哼」聲，奸笑著說：「洪大人大概是口渴了，請用茶吧。」洪承疇說：「茶就不必了。這幾位都是內閣大臣，怎麼晉見魏公公，要等這麼久啊？」劉公公說：「哎呀，列位大人忙，魏大人也忙呀。」洪承疇用摺子敲打手掌，說：「這都是些要緊國務，急著奏報皇上。請劉公公再敦促魏公公大駕吧？」

「洪大人別急，容小的再去稟報一聲。」劉公公退下了。

周延儒長嘆道：「洪承疇，太監們都是魏忠賢的鷹犬，你何必得罪它們？」「我就忍不下這口氣，我不怕得罪魏閹！」洪承疇氣得臉色都變了。「輕點……」周延儒望望門外，說：「大臣們想見皇上，都得通過魏忠賢這道坎兒。他要是擋駕，你我束手無策。」洪承疇更加生氣，說：「長此以往，魏閹豈不成了偽皇上了?!」周延儒豎指掩口：「噓……」

此時魏忠賢坐在太師椅上，悠悠然地吸煙，劉公公匆匆上來，立於他側旁。魏忠賢問：「外頭都有誰啊？」劉太監稟報說：「內閣大臣洪承疇、周延儒、楊嗣昌。」魏忠賢慢悠悠地說：「他們急不急呀？」

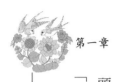

「嘿嘿，急得直哼哼呢。」劉太監奸笑著說。魏忠賢得意地說：「那就再等一刻鐘吧。啊？一點不叫人家等，咱不體面；等久了，人家不體面。一刻鐘正好。」

內閣書房裡，楊嗣昌、周延儒仍然枯坐著唉聲嘆氣。洪承疇仍焦急踱步，不時眼望座鐘……

魏忠賢做出惶恐而焦急的樣子奔入，朝洪承疇等人深深折腰相揖，說：「讓列位大人久等了，在下來遲，向列位大人告罪。」周延儒起身回禮：「魏大人辛苦操勞，我等甚為敬佩。」魏忠賢一屁股坐到椅子上，捶著自個的腰，說：「哎喲……我這把老骨頭不行了，實在是不行了！今兒五更起，我就沒停過。上下裡外多少事啊，差一丁點都不成！真是忙斷了腿，操爛了心啊。」楊嗣昌也奉迎著說：「魏公公千萬保重。您要是累垮了，內閣可就斷了脊樑骨。」魏忠賢微笑著說：「就衝楊大人這句貼心話，在下怎麼也得死撐著！」洪承疇藏不住惱怒，面帶慍色地說：「魏公公名為秉筆太監，實際上如同當朝宰相。魏相如有不適，滿朝不安哪。」魏忠賢冷冷地說：「『魏相』二字不敢當，『魏閹』二字倒是聽人家暗中叫過。在下只是小奴一個，還望列位大臣還我一個正名，三個字，魏忠賢！啊？……名不正言不順哪。」

周延儒趕緊誇道：「魏公公鞠躬盡瘁，忠於王事，乃人臣之楷模……」

楊嗣昌跟著也奉承說：「臣子們都說，魏忠賢人如其名，既忠又賢。」

「忠不忠，看行動；賢不賢，問青天吧！列位大人，什麼事啊？」魏忠賢笑著問。

洪承疇拍拍手中摺子，說：「河南大旱，盜賊蜂起。關外清兵再度侵擾內地，邊關急需添兵加餉。」

魏忠賢靠在椅背上，一邊飲茶一邊含糊地答著：「唔唔……」

周延儒道：「信王朱由檢上奏，叩謝皇恩。同時，請求年內提前離京，闔家遷往登州……」

魏忠賢一驚，幾乎被水嗆著，頓時坐正，警覺地問：「人家可都是捨不得京城，信王為何要提前離京啊？」周延儒沉吟道：「這個嘛……在下不知道。」

魏忠賢起身，從周延儒手裡拿過朱由檢的奏摺，不安地看著，陷入深思。

內宮，雕樑畫棟的宮殿裡卻擺放著各色木工活計，顯得十分不協調。各種各樣新製的桌、椅、几、凳、臺、案……琳琅滿目、精巧別緻。相反，一摞摞奏摺卻被扔到角落，落上一層灰，似乎早被遺忘。年輕的天啟帝皇袍不整，像個大孩子，正在興致勃勃地鋸呀刨啊，不時舉起一件木料瞄一瞄……在天啟帝眼裡，打造木器有如打造江山，甚至比打造江山更有趣味也更有價值。

魏忠賢滿臉媚笑入內，跪倒，說：「小奴叩見皇上。」

「怎麼才來，朕都忙死了。」天啟帝顯見不悅。

魏忠賢道：「小奴奉旨辦差去了。」

「差使辦得如何？」

「稟報皇上，今兒一早，小奴扮成百姓，悄悄地去了西市口，將皇上手製的三樣活計往市場上一擱，嘿——皇上啊，您猜怎麼著……」魏忠賢故意賣關子。天啟帝被吊起口味來，「快說！到底怎麼著？」魏忠賢眉飛色舞地渲染著，說：「那三樣活計一露面，立刻把西市口所有木匠活兒全蓋了！哎喲，甭提多轟動了。那用料、那設計、那功力、那匠心，燦爛生輝啊！觀眾們圍得裡三層外三層，眼珠子瞪得快掉出來了。」

天啟帝哈哈大笑，道：「是麼？……朕不過牛刀小試，隨手玩玩罷了。」魏忠賢驚叫著說：「哎喲！皇上您這隨手一玩，就玩出件國寶來！」

「哈哈哈，偶而為之嘛。」天啟帝得意地大笑。魏忠賢嘆道：「在此之前哪，西市口最好的紅木鳳首案，也只賣出八兩白銀。皇上的活兒往當中一擱，立馬有人出八百兩銀子！」天啟帝吃驚，問：「是麼？」魏忠賢搖頭晃腦，說：「多少人死盯著小奴，追問是誰的手藝，要重金訂購。小奴打死也不敢說啊！小奴只說是天外異人偶然為之。」天啟帝大喜，說：「好好，這差使辦得好……」天啟帝更加興奮地做活。魏忠賢掏出錦帕，替天啟帝揩揩額上的汗。接著脫去身上錦袍，一屁股坐地下，幫著天啟帝鋸啊刨啊，兩人既如同師傅與徒弟，更像是一對慈父與愛子。

忙活的間隙，魏忠賢插空道：「皇上啊，信王朱由檢上奏謝恩……」

「哦、哦。」天啟帝似聽非聽。「他想年內就提前離京，闔家遷往登州……」

「哦、哦。」天啟帝仍然似聽非聽。魏忠賢加重語氣說：「歷代王子都捨不得京城，信王偏偏想提前離開，這裡只怕有不妥呀。」天啟帝注意了，問：「什麼不妥？」魏忠賢說：「據東廠的奴才密報，信王此舉，是想離京避禍……」

「什麼?……朕是禍嗎?朕是他親哥哥!」天啟帝怒，一撒手，鋸子對面的魏忠賢跌了個仰面朝天。

「小奴失口，小奴掌嘴……」魏忠賢爬起來，象徵性的輕擊自個臉龐。天啟帝忽然「哎喲」一聲，道:「朕腰酸腿疼的，難過死了。」魏忠賢趕緊過去扶天啟帝落坐，自己半跪著，替他捶膝揉腿。「朱由檢是朕唯一的親弟弟，從小一塊長大，與朕感情深厚。他的聰明、智慧、忠勇，比朕都強。可不知怎麼鬧的，這些年來和朕疏遠了，凡事總是躲著朕。唉，都是你們這些奴才挑撥的……」天啟帝有些悵悵然。在天啟帝絮絮叨叨時，魏忠賢一直替天啟帝按摩腿部。他忽然發現這腿肚子有點不對勁，輕輕按了一下，不料竟出現一個深窩。他再按一下，又出現一個深窩。這時，他才發現皇上雙腿浮腫。他頓感不安，口中卻漫應著「是啊，是啊」，一點不露形色。

乾清宮，魏忠賢扶天啟帝在軟榻上躺下，輕輕地為其拭汗。天啟帝懶洋洋地呻吟著:「哎喲，朕渾身酸痛，乏得厲害……」

「皇上這是累著了，歇歇就好，小奴傳太醫來瞧瞧。」天啟帝昏沉入睡。魏忠賢急步至門畔，低喚:「太醫哪?」一個老太醫喘吁著上前揖，答道:「微臣前來侍駕。」魏忠賢沉聲道:「甭忙，等皇上睡著之後，你再細細診視，千萬別驚醒皇上。」魏忠賢回到軟榻前細瞧天啟帝，確認他已經昏睡，便向門外的太醫作個手勢。太醫匆匆入內，輕輕按住天啟帝手腕，診察脈息……僅片刻，太醫就神情乍變，他未及開口，卻見魏忠賢正在焦急示意天啟帝雙腿。太醫輕輕揭開錦被，顯出天啟帝腿肚，輕按一下——。太醫忍著驚慌，由下而上檢視，發現天啟帝全身上下都開始浮腫。再一扯，竟從天啟帝身下扯出條血淋淋的裹布……太醫差點驚叫，一抬頭，卻見魏忠賢嚴厲地擺手，他只能將話嚥了回去。

太醫跟著魏忠賢來到宮外。魏忠賢目光一掃，攆開眾人，沉聲道：「你說吧——必須句句屬實！」太醫驚恐地說：「皇上腎、脾嚴重衰竭，全身高熱，脈息大亂，已經在尿血了……」「能否救治？」太醫顫聲回話說：「微、微臣從沒見過這麼兇猛的病症，至於救治麼……只怕要看天意了。」魏忠賢大驚，接著迅速冷靜下來，他嚴厲地說：「聽著，皇上的病症，絕不能向任何人洩露。從現在起，你也不能出宮了，就守在這，日夜侍駕。」

信王府院內，許多家丁、丫環、僕婦正在忙忙碌碌地打點行裝，捆紮箱籠。到處是一片緊張忙碌的氣氛，彷彿迎接一場即將來臨的決戰。王府總管王承恩踱步監督，他不時衝下人們發出一道道威嚴的指令：「不成，再加固兩道繩索……這兩件捆紮好後，即刻裝車……你們幾個，手腳俐索點……」家僕劉長貴一邊幹活，一邊東張西望，顯出惶然不安的樣子。王承恩慢慢踱到他身後，突然問：「怎麼了長貴，你好像有心事？」劉長貴陪笑著回答：「小的、小的想起快離開京城了，心裡捨不得。」

「哦，你不想跟信王去登州了。」劉長貴急著道：「不不，小的願意。信王待小的恩重如山，小的願意終生侍候著信王。」王承恩加重語氣，說：「那你就把那顆心放回肚裡，別七上八下了！」劉長貴戰戰兢兢地：「是。」

王府內室，周妃在收拾細軟，炕上攤著一片零碎物品。她也顯得心事重重。朱由檢興沖沖入內：「愛妃、愛妃。內閣周大人捎信來，昨兒晌午，他遞上了我的摺子。據說，皇上已經恩准咱們提前離京了。」

「這可太好了！噯，皇上沒猜疑麼？」

「皇上乃寬厚之君，就怕魏忠賢猜疑。說實在的，這兩天我也提心吊膽的，總覺得要出點什麼事。嘿，沒想到順順當當的准了！」

「准了就好。從此往後哇，咱們遠離皇宮，到天高地遠的地方，過太平安寧的日子……」

朱由檢笑著補充說：「還有哪，咱們還得生兒育女，白頭到老，福壽兩全，子孫滿堂。」

小兩口樂得吱吱笑。這時候，王承恩端著一隻大火盆進來了，擱在角落。王承恩說：「稟王爺，王府所有的重要物品都已裝箱待運，只要信王一聲令下，即可出發。」

「好！注意內緊外鬆，動靜別弄大嘍。」

周妃盯著那火盆，說：「哎……王承恩，天不冷，你弄個火盆進來幹嘛？」

「老奴想請王爺親自收拾一下這間書房。」

朱由檢說：「我有什麼好收拾的，不就這幾架子書麼？」

王承恩低沉地說：「主子總有些舊年書信吧，還有上下之間的來往條陳，友人之間唱酬之作……老奴想啊，凡是用不著的，最好片紙不留，一把火燒個乾淨。」

朱由檢與周妃驚訝互視。朱由檢警惕地問：「有必要麼？我畢竟還是個王公啊，鷹犬們敢抄我的家？」

「王爺在這，鷹犬不敢。但是王爺一旦離京了，這座王府只怕會被東廠的人翻個底朝天！就連花園中每根草葉，都逃不過鷹犬們的審查與追究啊。」

周妃驚恐地看著王承恩和信王，她這兩天已經被許多事情搞得朦住了。朱由檢伸手從書櫥內抽出一疊疊書信條陳，氣恨的朝地上一丟，說：「燒吧，燒吧！」王承恩與周妃急忙把它們抱到火盆前，一頁頁撕碎，焚毀。火盆漸漸堆滿餘燼……屋內升起濃重的煙霧，嗆得周妃直咳嗽。

朱由檢推開窗戶，放出煙霧，同時看見了院中正在忙碌的家僕與下人。他尋思片刻，低聲喚：「王承恩。」王承恩快步來到窗戶前。朱由檢示意不遠處的家僕們：「既然我走之後，東廠會來查抄。那麼，他們會不會早就在我府裡安插了耳目呢？」王承恩略驚，說：「王爺所慮極是，老奴也有此擔心。」朱由檢問：「你在太監圈裡花過不少銀子，就沒有打探出什麼消息？」

王承恩低聲回答：「有，老奴從司禮太監韓公公那兒打探出一個消息。王爺呀，您謝恩的摺子還沒奏上去之前，魏忠賢已經知道您想提前離京了……」

「什麼？」

王承恩又說：「魏忠賢還知道，王爺的用意是『離京避禍』。」

「看來，王府裡真有奸賊。」

王承恩沉吟著，回答說：「凡有人群的地方，就必定有奸賊！」朱由檢低喝：「是誰？」王承恩示意院中忙碌的人群，這時他們都看見家僕劉長貴正眼珠亂轉，舉止不安。

朱由檢挺立著，怒目而視。王承恩將劉長貴帶來了，後面跟著兩個家丁。劉長貴滿面笑容地折腰：「小的叩見王爺。」朱由檢大喝一聲：「跪下！」劉長貴戰戰兢兢跪下了。朱由檢厲聲道：「說吧，魏忠賢給了你多少銀子？你替東廠做耳目有多久了？」劉長貴大驚失色，說：「王爺，小的萬萬不敢呀……」

「大膽！就在昨兒傍晚，你還私自外出，給東廠通風報信，說我提前離京是為『避禍』。」劉長貴委屈地掉下淚來，說：「王爺，小的昨兒晚上是去了趟東四口，那兒有小的一個相好，小的給她送了點安家銀子。告訴她，小的要跟她分手了，要跟著王爺外放了。她勸小的別離京。小的說『不成，小的受過王爺大恩，小的要生生世世侍候王爺』，嗚嗚嗚……」

朱由檢似被感動，疑惑地看了王承恩一眼。王承恩冷笑著上前一步，說：「本事不錯，確實不錯，連王爺都快被你感動了！……我問你，你是萬曆三十年進京的吧，祖籍山東，原姓吳，賤名吳小溜子，是不是？」劉長貴顫聲回答：「是。」王承恩又說：「為什麼又改姓劉了呢？因為，東廠十三太保中排位第五的劉公公，看你聰明伶俐，把你收歸門下，賞你一個新名『劉長貴』。十二年前，又把你安插進王府來當臥底，那年，王爺才六歲，什麼都不知道啊。……甭慌，沒完呢！你在東四口是有個相好的，那院子裡還有棵老槐樹，對不對？那地方正是東廠的窩點，潛伏在京城各王公大臣家裡的臥底，都定期到那去碰頭。……甭慌，還沒完呢！我聽說啊，東廠的鷹犬，腋下都刺有標記，不知你身上有沒有……」王承恩出其不意地撕掉劉長貴衣衫，擰起他胳膊一看，腋下果然刺著一個黑色圖案。

朱由檢憤怒地大吼：「你這狗奴才！」劉長貴撲地長泣，道：「小的罪該萬死，劉太監逼迫小的做賊啊，小的全家性命都在他手裡，小的不幹不行啊！……王爺、王爺，小的侍候您十多年了，小的背過您、抱過您，夏天給您搧風兒，冬天給您燒熱炕，求王爺看在舊日情份上，饒小的一命吧，嗚嗚嗚……」

朱由檢怒不可遏，背對跪在地上的劉長貴，挺立在那裡。侍立的王承恩和哭泣不止的劉長貴都在等他的發落。朱由檢終於轉過身，對王承恩說：「賞他五十兩銀子，讓他滾出王府，永不相見。」劉長貴以首叩地，口中感恩不已。

朱由檢掉頭便走。王承恩快步攆上朱由檢，在他身邊急道：「王爺、王爺！……此賊不能饒啊。東廠的鷹犬，個個都是死心塌地的效忠魏忠賢。咱們要麼別揭露他，既然揭露了，就不能讓

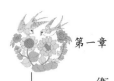

他活著出王府！」朱由檢猶豫片刻，嘆道：「算了，反正咱們也要離開京城了，積點德吧。」

朱由檢走開，只剩王承恩獨自搖頭嘆息。

再說魏忠賢匆匆奔入簽押房。劉公公等心腹早已在此等候，看見魏忠賢，一齊折腰。魏忠賢冷聲問：「差使辦得如何了？」劉公公稟報：「內宮已與外界完全隔絕。王公大臣不得入內，宮女太監不得任意走動。」

另一個太監稟報：「大內所有宮門都已加派了錦衣衛，京城各處也駐上了御林軍。」

再一個太監稟報：「已傳命各王公大臣家中的臥底，嚴密監視，如有異常，隨時密報。」

魏忠賢頷首，面色緩了過來，說：「好好。信王府那裡呢，朱由檢可有什麼動靜？」劉公公遲疑著，說：「據劉長貴密報，信王朱由檢整日的翻箱倒櫃，關著門打點行裝。」魏忠賢冷笑一聲，說：「讓他安安心心的打點行裝吧，讓他自以為能夠展翅高飛吧……聽著，這幾天是性命關天的日子。皇上如果吉祥無事，老夫有吉祥無事的安排。皇上如果龍馭歸天，老夫也有應變大計，你們務必要各守其職，隨時聽候號令，不得有誤！」

眾太監應諾一片：「遵命。」

宮門外，錦衣衛林立，宮內飄來一陣悅耳的聲樂。一個護衛側耳聽了聽，不解地問旁邊的護衛：「陳頭，皇上聽戲哪，幹嘛叫我們添兵加崗？」

「我也不知道，叫守著就守著唄。」

這時，魏忠賢從迴廊走來，錦衣衛趕緊正容挺直。暖閣內，天啟帝臥於龍榻，昏睡不醒。那個老太醫閉著眼在給天啟帝把脈，但他自己的手卻在一陣陣顫抖。宮角屏風後面坐著一群戲班子，男女優伶們在低吟淺唱，絲弦如縷……彷彿天啟帝太平無事，正沉溺於聲樂之中。魏忠賢走到老太醫背後，低聲問：「怎麼樣？」

老太醫一驚，睜開眼，顫聲說：「脈息時有時無……只怕熬不過今夜了。」魏忠賢沉著臉走開。屏風後的優伶們看見他，立刻寂靜。魏忠賢厲斥：「別停下來，唱曲，奏樂！一刻都不准停！」優伶們立刻接著彈唱起來。

「嗚嗚……皇上真的……真的沒救了麼？」皇貴妃坐在榻上捂面嗚嗚地哭。魏忠賢跪在她面前，泣聲道：「皇上人事不醒，脈息都沒了，只怕熬不過今夜。娘娘，不能再猶豫了，趕緊決斷吧。」皇貴妃大慟，哭訴著：「皇上啊……」魏忠賢附向皇妃，壓低聲音說：「娘娘先別悲傷，萬一皇上仙逝，一沒有留下太子，二沒有留下遺旨，只有一個信王朱由檢是皇上親弟弟。到了那時，按照祖制，就該由信王入繼大統了。娘娘啊，朱由檢只是皇上手足而非皇上血脈，他對娘娘您，也素來不敬。他如果登了基，娘娘和奴才等人，只怕都得死的死、廢的廢！娘娘，為了朱明王朝，為了祖宗江山，為了皇上和娘娘的血脈不至於中斷，應當決斷了！咱們的『承嗣』大計，是為了延續皇統，是為給天啟皇上盡忠啊！」

皇貴妃抬起臉，不無擔心地問：「你的『承嗣』大計，究竟有把握沒有？」魏忠賢語氣果決地說：「小奴已準備多日，絕對萬無一失，只等娘娘您的懿旨。事成後，您就是皇太后了！」皇貴妃咬咬牙，終於吐出兩個字：「辦吧。」魏忠賢重重叩首：「遵旨！」

劉公公焦急不安在門口觀望，見魏忠賢大步走來，他急忙上前稟報：「信王府出事了。奴才安排在信王府的臥底劉長貴，已被朱由檢識破，生死不明。奴才擔心，朱由檢會不會察覺了我們的大計？」魏忠賢冷冷地說：「不管有沒有察覺，朱由檢都是個禍根哪，不能留著他，更不能讓他走出京城。」

「奴才這就辦差去。」劉公公轉身離去。

信王府內室。朱由檢正在與周妃共進最後的晚餐，王承恩侍立於側，隱然懷有心事。朱由檢已微見醉意，他舉杯道：「愛妃呀，明兒咱們就要辭駕西行，說實在的，我還真有點捨不得這兒……來來，乾了。」周妃飲盡。笑著說：「王爺，別喝了，明兒還得起早。」「不急不急，我還想聽你彈琴呢。」朱由檢帶著酒意地說。

周妃嬌聲說：「那好，請王爺擱下酒盅，貧妾就給王爺彈琴聽。」朱由檢放下酒盅。周妃走到琴座旁，玉指一撥，響起悅耳的音響。朱由檢情不自禁地隨著音樂輕擊著桌面……

王承恩越發不安了，他悄悄地走出房間。

王承恩在黑暗的大院中踱步巡查，漸漸走到大門前。忽然，他像聽到什麼動靜，抬頭看著那兩扇緊閉的朱紅正門。恰在這時，正門轟隆隆拉開了，現出門外一派亮光，幾乎刺得他睜不開眼。八個錦衣衛提著大燈籠昂首入內，接著，後面跟進劉公公。院中，劉公公與王承恩對視片刻。劉公公忽然高聲道：信王朱由檢接旨……

王承恩一驚，預感不祥地低下了頭，折腰退至一邊。朱由檢慌忙從內室奔出，跪倒在院中。劉公公沙啞地道：「皇貴妃娘娘口諭，今日午時，皇上舊病突發，飲食俱廢。著信王朱由檢暫勿離京，立刻進宮請安，待皇上龍體康復後再賞宴西行。」朱由檢大驚，酒全部醒了，瞠目結舌半天才叩首道：「臣領旨……煩請劉公公稟報貴妃娘娘，臣更衣後，即刻入宮侍駕。」

周妃驚慌不安地侍候朱由檢更衣，朱由檢站在那兒像呆子一樣，面容僵硬。

王承恩入內，躊躇片刻，突然折腰道：「老奴勸王爺不要進宮。」朱由檢搖頭，說：「不去不行啊，這是規矩。皇上病了，臣弟怎麼能不去請安呢。」王承恩說：「早不病晚不病，偏偏在王爺快要離京前病了。深宮深夜，只怕不妥，老奴求王爺天明之後，查明情況再說。」朱由檢逼視王承恩，問：「哦……你是不是又從內宮打探到什麼消息了？」王承恩謹慎地說：「回王爺話，老奴聽說，皇上沒病，今兒一整天，乾清宮裡聲樂不絕。看來，皇上在聽戲取樂哪。」

「怪了，這是為什麼？」朱由檢愣在那裡。

「老奴猜想，並非皇上在聽戲，而是魏忠賢在演戲。皇上啊，恐怕已經被閹黨們軟禁起來了！」朱由檢大怒，道：「這還得了，魏閹要造反嗎？傳命，召集所有家丁，我要闖宮，救皇上！」周妃與王承恩雙雙跪地。王承恩嘶聲求告：「王爺，求您冷靜些，萬萬不要冒險。」

周妃也泣道：「王爺，貧妾求您不要進宮……」朱由檢氣得直跺足，大叫：「起來！這是什麼時候哇，那魏閹是想篡位呀，是想奪了祖宗江山哪，我豈能容他？這些年來，我飽受欺壓，早就忍無可忍了！今兒，非拚個魚死網破不可。來人，備馬，我要闖宮！」朱由檢從牆上摘下寶劍，衝出門外。王承恩上前攔阻，被朱由檢推開。王承恩急忙追出去攔住，跪地乞求：「王爺，您不能去呀！」

朱由檢拔劍在手，直指著他。王承恩沙啞叫著：「聽老奴一句話吧，王爺您萬萬不能去。」朱由檢劍鋒漸漸逼近王承恩，怒喝：「讓開！」王承恩挺直身子，說：「王爺啊，魏閹矯旨，騙主子入宮。主子您這一去，只怕再也回不來了，鷹犬們正在宮裡等著您哪！」朱由檢驚疑地問：「你怎麼知道的？」王承恩痛心地說：「老奴說過，凡有人堆的地方，必定有奸賊……」朱由檢打斷他，說：「這話你說過兩遍了。劉長貴不是已經處置了嗎？」

「主子，雖然沒有劉長貴了，可王府仍然是個人堆啊。」朱由檢驚叫：「難道還有奸賊？」「有……有啊！」王承恩流下兩行老淚，指著自己心口，說：「是老奴。劉長貴不過是個小奸小賊，老奴才是個大奸大賊。東廠十三太保，老奴位居第二……」朱由檢失神地晃了晃，突然揮劍砍去，怒喝：「你這狗奴才……」周妃驚叫著拚命撲上前，勉強架住了朱由檢胳膊，但是劍鋒仍然砍倒了王承恩。

朱由檢癱在太師椅上發呆，周妃恐懼地偎在他身邊。王承恩肩與胸都裹上繃帶，鮮血仍然從中滲出，他搖搖晃晃地扶著案沿几跪下，聲音沙啞：「主子，從萬曆二十六年起——也就是主子您出生前十一年，老奴就是這座王府中的臥底了。那時候，老奴奉命監視主子的父王朱常洛。主子的父王仙逝之後，老奴又奉命監視主子的生母劉賢妃。萬曆三十八年十二月二十四日，劉賢妃生下了主子。從當天起，老奴又奉命擔任主子『護養太監』，日夜不離身，老奴監視主子您整整十八年哪，加上前頭的十一年，那就是足足二十九年！這期間，咱大明換過皇上，換過年號，也換過閹黨頭目，但是老奴使命始終沒換——監視，監視，再監視……」

朱由檢不禁顫聲，說：「王承恩哪，你、你、你太可怕了，你……簡直不是人哪！」王承恩流著淚說：「老奴是可怕，但老奴是人！老奴這輩子有過許多主子，卻只一個親人，那就是主子您啊。老奴對王府裡的一草一木都充滿親情哪！主子您出生時，就是老奴和穩婆接的生，十八年來，老奴日夜侍候您，老奴給您把過屎、把過尿，逗著您玩兒，攙著您走路，看著您一天天長大……主子啊，說句不恭的話吧，您既是老奴的監視目標，又是老奴骨肉親人哪，老奴早就把主子當成是自個的性命了！……主子啊，您想想，在這漫長歲月裡，您說過多少悖逆的話？您罵過多少回魏忠賢？你詛咒過多少次閹黨和奸臣？老奴要是都往上稟報嘍，主子您能夠活到今天嗎？主子您再想想，前些日子，皇上為什麼把登州封賞給您？魏忠賢為什麼會放您離開京城？」

王承恩看著朱由檢驚疑的神情說：「那是因為，老奴再三向魏忠賢保證，信王絕無篡逆之心，信王只想著離京避禍，過太平日子，做富貴公子啊……」朱由檢痛苦萬狀，說：「王公公啊，這天底下，我一直把你當做最忠誠的人。好些話兒，我連王妃都不敢說，卻都跟你說了……」王承恩也痛苦萬分，他泣不成聲地說：「主子，老奴既是奸賊，又是忠僕啊！」朱由檢兩手抱著頭，語詞含糊地說：「什麼是忠？什麼是奸？我都要糊塗了……」

是啊，什麼是忠？什麼是奸？忠與奸，自古兩難分。兄與弟，天涯陌路人。

王承恩頭在地上叩得咚咚響，說：「主子聽老奴一句話吧，不要進宮。非但不要進宮，而且得趕緊離京避禍！」「你起來吧。」朱由檢呆呆地說。王承恩不動。朱由檢上前扶王承恩：「起來吧……」王承恩傷口一陣巨痛，幾乎暈眩，他顫巍巍站了起來。這時候，座鐘噹噹響了，正是子夜時分。朱由檢走到窗前，只見天上一輪明月。他憑窗遠眺夜空，長嘆一聲，喃喃自語著：「半夜了，不知皇上怎麼樣了，他可是我親哥啊……」

在這樣一個深宮深夜裡，等待朱由檢的是什麼？朱由檢等待的，又是什麼？朱由檢哪，你逃得出這無邊無際的深宮深夜嗎？

第二章

一輪明月高懸夜空，乾清宮外玉階下，錦衣衛排立。絃樂隱隱從宮中飄出，天啟帝似乎沉溺於聲樂之中。間或有太監步出宮門，朝守候在外的人傳旨：「皇上有旨，著御膳房進夜膳。一碗圓宵，一碗細麵，一碟時鮮果子……」宮外值夜的太監恭敬地答：「遵旨」。緊接著，便有數人捧著一隻隻食盒流水般入宮。

屏風後面，男女優伶們已是極度疲勞，一面打瞌睡，一面斷斷續續地彈唱纏綿樂曲。暖閣內跪滿僧侶與法師，身著各色袈裟，虔敬地祈禱：阿彌陀佛，天意吉祥，聖駕萬安……

軟榻上的天啟帝早已不醒人事，只剩下奄奄一息。榻畔，魏忠賢獨自俯首及地，長叩不起……慢慢地，他抬起頭來——竟然是老淚縱橫。魏忠賢悲傷地自語：「皇上啊，小奴原想，您正是春秋鼎盛，總該君臨天下數十年吧，早晚會生養出一串皇子，立太子定國本，小奴晚年也跟著安享尊榮，萬沒料到，您、您竟然要走在小奴前頭！嗚嗚……皇上啊，這天底下，只有您待小奴如同親人。您如果龍馭歸天了，拋下小奴怎麼辦哪？您知道他們多麼恨小奴嗎？他們暗中叫我『魏閹』，視為奸臣，您一死，他們定然群起而攻之，將小奴銼骨揚灰，萬劫不復！皇上啊，您在時，小奴赤膽忠心侍候您。您走了——小奴仍然效忠皇上的在天之靈，絕不許那些亂臣賊子褻瀆了皇位！您沒來得及立太子定國本，小奴替皇上辦。皇上啊，您歇著，小奴辦差使去了。」

魏忠賢再次重重叩首，起身沉重走出去。

劉太監等內臣、以及部分親信臣僚環坐在內閣簽押房，一個個憂心忡忡，焦慮不安。忽聽後面傳出一聲輕輕咳嗽之聲，眾人頓時正容，寂靜。魏忠賢由後面沉重地步出。眾人起身揖禮，參差不齊地叫「九千歲」或者「魏相」。魏忠賢冷著眼兒，無聲地一個個望過去，直望得他們驚恐後縮……他這才斷喝一聲：「都振作起來，改元換代的時候到了！」眾人這才稍稍振作。

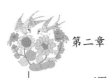

魏忠賢說：「不瞞列位，皇上大限將至。皇上的大限，也就是你我的大限。列位，你們是想任人宰割呢，還是想建功立業、永保尊榮福貴？」劉公公昂聲道：「奴才忠於九千九百歲，生死相隨！」眾人也隨之紛紛表態：「願聽從魏相旨意！……忠於九千九百歲……」魏忠賢滿意地落坐，說：「好，好。列位兄弟，皇上一沒有立太子，二沒有留遺囑。皇上歸天後，皇位之歸屬，便成為天大的懸念。誰當了皇上，誰就決定了咱們的生死榮辱啊。」

一內臣道：「微臣建議，魏相秘密代擬一道詔書，就說是皇上遺旨，從皇室後裔中挑選一個咱們信得過的人，推上去做皇上。」魏忠賢不置可否。劉公公翻身跪倒，叩首及地，說：「奴才斗膽向九千九百歲勸進，請主子為天下生靈計，改朝換代，自立為君……」魏忠賢搖搖頭，說：「這著棋我想過，但是不成啊，絕對不成！你們要知道，我雖然權重朝野，但也是個太監，一個被割掉卵子的人做什麼都成，就是做不了皇帝。在世人眼裡啊，咱太監不是男人，甚至不是人，憑什麼君臨天下呢？沒有卵子的人可以左右皇上，卻不能自己做皇上。」

魏忠賢看著滿座傻了眼的親信，又說：「咱們哪，最好是立一個剛出生的小皇子做皇上，咱們可以像呂不韋那樣做『阿父』。這樣，咱們就會比在天啟朝更加尊榮福貴。」一內臣困惑地問：「魏相高見……只是微臣不解。皇上已經性命垂危了，可是後宮裡頭，沒見有哪位嬪妃懷孕待產呀？」魏忠賢笑道：「有，承乾宮就有！貴妃娘娘早就懷上龍脈了，至今已滿九個多月，臨近產期了。」心腹們驚疑地你看看我，我看看你。

魏忠賢沉聲補充說：「你們想一想，即使沒有，只要咱們太監們說有，那不就是有麼？文武大臣還能比咱們更清楚後宮秘事麼？只有一個人知道，那就是皇上，可皇上已經不會說話了……你們說是不是？」見眾心腹連聲稱是。魏忠賢又說：「歸根到底，皇上的真假並不重要。關鍵是得趕緊製造出一個皇上來！一個對咱們深深依賴、每時每刻都離不開咱們的皇上！」

月下。宮牆小徑，一乘小轎被幾個太監秘密抬進後宮，魏忠賢與劉公公立在路口，注視那乘宮轎。

宮轎抬至魏忠賢前，駐轎。劉公公上前掀開轎簾，裡面是一個青年女子，她眼部蒙著黑布罩，身懷六甲，滿頭是汗，痛不可當的「哎喲喲」呻吟著。顯然，她已經分娩在即。

魏忠賢細細看了一會，點頭。劉公公放下轎簾。魏忠賢低聲問：「多大了？」劉公公回答：「此女子現年二十三歲，原是宮中戲班的女伶，姓陳，頭回懷孕。丈夫是個下人——」魏忠賢打斷他，問：「這女子靠得住嗎？」劉公公看了看魏忠賢，連聲說：「靠得住。她懷孕已滿十個月，產期就在今夜。穩婆說，兩個時辰內，必定產下嬰兒——」魏忠賢憤怒地再次打斷他：「廢話少說，老夫關心的是，她肚子裡是男孩還是女孩！」

「男孩！」劉太監斷然道，「這三天以來，奴才已經秘密請過十幾位神醫，給這女子把脈象、看舌苔，診查過她全身的骨骼、經脈，有兩位神醫甚至親口嘗過她的尿液。所有人一致斷定，百分之百是男孩！如有誤，奴才願用自己的性命相抵。」魏忠賢這才放心，口氣和緩地說：「好好。小心侍候著她，一定要召最可靠的太醫和穩婆，讓她們親自接生。」劉公公朝太監們揮揮手，宮轎被抬往深宮。

魏忠賢看著宮轎的背影掩入夜色，又問：「朱由檢何時進宮？」劉公公回答：「秉九千歲，朱由檢已經接旨，說即刻更衣進宮侍駕。」「為什麼現在還不來……他會不會生疑？」劉公公奸笑著說：「放心，有王承恩侍候著他，朱由檢就是個囊中之物，翻不了天。」魏忠賢命令道：「立即多派些人去信王府促駕。如果他拒不入宮的話……就殺了他！」

承乾宮的軟榻上，皇貴妃捧著圓鼓鼓的肚子，翻來滾去的，「哎喲喲」呻吟，彷彿就要分娩。一宮女入報：「稟娘娘，魏公公求見。」貴妃有氣無力哼道：「……讓他進來……你們下去吧。」

宮女們退下。魏忠賢輕步入內。貴妃頓時恢復了生機，翻身坐起來，把腹下暗藏的棉花包朝外一扔，氣哼哼地斥魏忠賢：「你看你看，累死我了！非讓我捧著個假肚子，裝神弄鬼的，成何體統？你說，我還得哼哼多久？」魏忠賢說：「快了快了！稟娘娘，承嗣大計已經安排妥當，娘娘請再辛苦些，小奴擔保，最多兩三個時辰，娘娘就要晉升太后了。」貴妃懷疑地看著他。魏忠賢又說：「小奴這輩子辦了成千上萬的差使，就數這件最有把握。」貴妃嘆了口氣，問：「皇上現在怎麼樣了？」魏忠賢長嘆一聲說：「還是昏迷不醒啊。小奴想盡了一切辦法，太醫也正在全力救護皇上。」魏忠賢一臉悲痛，欲言又止。

「到底怎麼樣？我瞧瞧去。」貴妃說著就要從榻上掙起。魏忠賢急忙攔阻：「娘娘千萬別去，您正懷著皇子呢，產期就在今夜，一步都不能動啊。」貴妃明白過來，悲傷地說：「魏公公，皇上才二十出頭，登基不到七年，人世間的幸福生活，皇上才嘗著個邊兒，怎麼就沒了呢，冤不冤哪？你可一定要想法救皇上。」

魏忠賢對貴妃娘娘說，只要有一線生機，小奴一定把皇上救回來，不過，萬一皇上龍馭歸天了，也只有這承嗣大計才能延續皇宗血脈，確保娘娘的尊榮福貴呀。魏忠賢說著，捧起貴妃扔掉的棉花包，雙手奉上……貴妃無奈，接過棉花包，重新塞進懷中，躺下，「哎喲喲」呻吟起來。

此時信王府外，家丁們持刀守衛，肩纏繃帶的王承恩警惕地踱步巡查。一輛簡樸的馬車悄無聲息地馳來了，停在王府門前。馭手跳下車向王承恩折身稟報：「王公公，馬車準備妥當了。」

「有什麼異常動靜？」

「黑燈瞎火的，不見人跡。」

王承恩沉聲吩咐宋喜、劉成：「你倆帶著人，分頭去前頭各個路口守著，如有異常，立刻來報。」家僕應聲去了。

王承恩再令馭手：「你在此待命，我去請主子上車。」朱由檢與周妃都已換穿上了民間服色，正在焦慮不安地等候。朱由檢默默地將長劍束到腰間。周妃低聲說：「王爺，貧妾害怕……」朱由檢強壓下不安，對她說：「別怕，王承恩會把一切事情安排妥當的。」

「貧妾怕的就是王承恩。」周妃說：「他心計那麼深，隱藏了那麼久，真是深不可測呀。萬一他想出賣我們，那我們怎麼辦哪？」朱由檢想也不想地說：「愛妃，王承恩要是出賣我們的話，我們早就死了。事到如今，我們只能依靠王承恩，冒一個天大的風險，連夜離京避禍。」

王承恩入內，折腰稟報：「王爺王妃，老奴已安排妥當，請王爺王妃登車吧。老奴親自駕車，送王爺王妃出城。」朱由檢起身欲行。周妃卻問道：「慢著，王公公，請你說說是怎麼安排的？」

「老奴計劃有兩步。其一，先趁夜潛出京城，到西郊洪安寺等候宮廷消息。那兒距京城三十餘里，可進可退。如果今後幾天宮廷無事，王爺可以再返回紫禁城。對外可以說是——為祈求皇上平安而進香去了。其二，如果今後幾天裡發生宮變，魏閹篡政，王爺就立刻星夜兼程南下，趕到陪都南京，高舉義旗，號召王公大臣和天下忠勇之士，舉兵討賊……」朱由檢興奮地說：「好好！就這麼辦。」一個家丁匆匆入內，跪報：「稟王爺，小的奉命前去探路，見京城九門戒嚴，增加了許多御林軍，任何人不得出行。」

朱由檢大驚：「什麼？」王承恩心知大事不好，面色沉重。就在這時候，王府外面傳進陣陣馬蹄聲，接著是猛烈的敲門聲……

王承恩道：「王爺不要輕動，老奴前去應付。」朱由檢絕望地揮揮手，說：「去吧去吧，你們都是一夥的……」王承恩無法辯解，嘆息著，匆匆出門。屋內，朱由檢與周妃恐懼地偎到一起。

王承恩來到大門前，只聽門環正被人擂得咚咚響，外面一片吼叫聲：「開門！快開門……」

王承恩示意家丁們開門。門扇隆隆推開。只見門外一片燈火通明，錦衣衛們已將王府圍得水洩不通。

王承恩步出大門，立在門階上，勃然大怒地訓斥著：「深更半夜，大呼小叫，成何體統！這是信王府邸，你們這些奴才不知規矩麼？」錦衣衛們膽怯後退。

兩隻燈籠照著劉太監走向前，他笑瞇瞇地說：「打攪王公公了。小的們無禮，在下替他們賠罪。」王承恩像是才看到他，說：「喲，又是劉公公啊。您老人家總喜歡晝伏夜行嘛。」

「命苦哇——沒法子，奉旨辦差唄。」劉太監一臉壞笑。

王承恩笑著問：「這回又是辦什麼差啊？」

劉太監說：「皇上的病症越發沉重。貴妃娘娘急得不行，讓奴才再來促一促信王的大駕。」

王承恩眼睛繞門外錦衣衛一圈，臉沉下來：「哼，你這架勢是來促駕呢，還是來拿人哪？」劉太監作揖，嘿嘿一笑，說：「當然是促駕。」

「等著，待我稟報信王。」

「在下陪王公公一塊進去吧……」說著，劉太監側身上前，想隨王承恩一塊入內。王承恩橫臂攔住，冷冷地問道：「劉公公啊，皇上仍然在位——是麼？」劉太監愣了，回答：「當然在位呀。」

「信王仍然是當今皇上的兄弟——是麼？」劉太監又答：「當然是皇上兄弟。」

王承恩譏諷地問：「那麼，你我做奴才的，仍然得循規守矩——是麼？」劉太監無奈，冷笑著說：「好吧……在下就在此恭候信王的大駕，請王公公快去快來！」王承恩也冷冷一笑，說：「這不是插翅難飛了嘛，當然得來。」

王承恩入內稟報，劉太監示意錦衣衛戒備。

朱由檢又換上了王公的朝服，周妃一邊為他束帶，一面悲傷拭淚。朱由檢說：「愛妃啊，我這一進宮，生死難料。你不必等我了，天一亮，你就改裝出城，逃回揚州老家去。從此隱姓埋名，過自己的太平日子。我們……下一輩子再做夫妻吧。」周妃一頭撲進朱由檢懷裡，痛哭失聲：「王爺……貧妾等著您，貧妾一步也不會離開王府。如果王爺有難，貧妾斷然自盡，以謝王爺恩遇……」

朱由檢痛叫道：「不！不准自盡……你已經懷我們骨肉了。愛妃呀，再苦再難，你也要把他生下來，讓他傳宗接代，承續我朱家香火。」朱由檢叮囑說：「等他長大了，告訴他，『朝廷裡出了個奸賊，名叫魏忠賢。咱家中也出了個奸賊，名叫王承恩！』要他為國除賊，為我報仇血恨……」周妃驚醒，撫摸著腹部，悲傷痛哭。這時候，王承恩恰好走到門旁，正欲入內，卻正好聽到朱由檢的遺囑，他頓時呆定，一時間傷感萬分。接著，他一言不發地垂頭退下。王承恩立在院中靜靜等候。朱由檢著一身燦爛的王公衣飾服色，左手按劍，昂然地步出屋門。驀然看見王承恩，立定，冷冷地道：「哦，王承恩，你還在這兒？」王承恩低沉地回答：「老奴在。」

「你如果還有一絲天良的話……請放王妃一條生路吧。」王承恩痛嘆一下，顫聲說：「王爺，此時此刻，老奴無可告白。請王爺准許老奴一起進宮。老奴在宮中也有幾個心腹弟兄，萬急時刻，也許能有所借助。」

「哼！隨你吧。」朱由檢昂首欲行。王承恩撲到朱由檢身前……朱由檢驚怒：「你想幹什麼？」

「請王爺解劍。」朱由檢大怒：「滾開，我偏要帶！」王承恩再次攔阻，乞求著：「王爺啊，僅憑一支三尺劍，非但無助於事，而且會授人把柄。王爺知道的，皇宮禁地，任何人不准執兵器入宮。等王爺一進入宮門，那些鷹犬們就會污蔑王爺暗藏兵器，圖謀弒君，罪在不赦。王爺聽老奴一句話吧，千萬不要帶兵器進宮。老奴太了解那些鷹犬了。」朱由檢猶豫著，漸漸放開手。王承恩替朱由檢解下佩劍，擱到地上，起身道：「老奴陪王爺一道進宮，生死相隨！」

朱由檢將信將疑地看了他一眼。

朱由檢與王承恩沿著一條長長過道進入深宮。劉太監領著錦衣衛緊緊相隨。

行至一座宮門前，魏忠賢出迎，笑瞇瞇揖道：「小奴恭候信王大駕！」朱由檢冷冷地：「哼，不敢當。」

「深夜請駕，讓信王受驚了，小奴告罪。」魏忠賢依舊笑瞇瞇折腰一旁。

朱由檢譏諷地問：「魏公公，你多大歲數了？」魏忠賢詫異，答道：「回信王的話，小奴今年六十有九。」朱由檢一笑，說：「你比我足足大了五十歲，還一口一個『小奴』的，你就不嫌寒磣麼？」魏忠賢先怒，繼而哈哈一笑，說：「回信王的話，小奴不嫌寒磣。信王歲數再小也是個王爺，奴才歲數再大也是個小奴。上下尊卑，皆有定數。小奴豈敢嫌寒磣？」朱由檢不再與他糾纏，說：「前面領路，我要見皇上。」魏忠賢示意宮衛：侍候著。兩個宮衛上前搜朱由檢腰身……

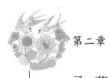

朱由檢大怒，一掌擊去：「放肆！」王承恩搶著攔住宮衛，說：「魏公公，我家主子不會暗藏兵器。」魏忠賢看了看怒不可遏的朱由檢，伸手示意：「信王請！」朱由檢昂首進入宮門。王承恩正要跟入，卻被劉太監攔住：「王公公留步。貴妃娘娘只請了信王侍駕，沒有請你。」王承恩急道：「我是王府總管，怎能不跟著主子……」魏忠賢打斷他的話頭，說：「王承恩哪，從今日起，信王不是你主子了。這幾十年來辛苦你了，回去歇著吧。你的榮華富貴，還在後頭呢，啊？」兩個錦衣衛執刀擋在王承恩面前。魏忠賢領著眾太監快步離去。

王承恩呆呆地站在門外，看著朱由檢被錦衣衛簇擁著，走進那深不可測的皇宮……

京城路口。王承恩走到路口中央，伸指入口，突然發出一陣尖利的口哨聲……片刻之後，黑暗竄出數匹駿馬，馬上騎著家僕們。他們奔到王承恩面前，紛紛跳下馬來。王承恩沉聲道：「聽著，魏閹圖謀篡位，主子已到了萬急時刻。咱們受主子大恩，一定得救出他來！」

一家僕：「總管吩咐吧，咱們怎麼辦？」

王承恩令：「我立刻去福王府晉見福王。宋喜、劉成，你們兩個拿上信王的帖子，分頭去找周延儒、楊嗣昌、洪承疇、以及其他內閣大臣，能找到多少是多少。狠敲他們的大門，一定要把他們敲起來。見到他們後，傳福王和信王的『兩王口諭』，就說皇上被奸賊監禁了，魏閹圖謀篡位，請他們趕緊進宮護駕。我和福王在皇宮門外等候。」劉喜、宋成齊聲：「遵命。」王承恩對另外一些家僕說：「你們幾個人，統統去街上鳴鑼吆喝，大聲嚷嚷，就說『皇上被禁，魏閹篡位！』把京城攪得越亂越好，明白了嗎？」

「明白。」

「快去！」王承恩跳上一匹馬衝進黑暗。眾家僕也分頭奔赴各處。不一會，就聽得遠近響起陣陣吆喝聲：「皇上被禁，魏閹篡政啦……」

陳姓女子躺在內宮密室榻上，已是臨產前夕。她滿面是汗，痛苦地抽搐著、呻吟著，掙扎著、奮鬥著，要把這難產的孩子生下來。榻邊圍著一群僕婦，她們急急忙忙地張羅熱水、毛巾。一個歲數最大的穩婆不時用命令般口吻道：「快了快了，姑娘挺著點！」

劉太監立於門畔，監視著她們，口中喃喃念叨著：「上天哪，賜我們一位大明天子吧……」

一聲慘叫刺破夜空：「啊……」榻上的女子拼命呼喊著，掙扎著，腹中的嬰兒快要臨盆。幾個僕婦又扶又按，手忙腳亂，仍然控制不住她。老穩婆嘶啞地喊：「用勁，用勁，再用勁！」屋內所有的太監、御醫都急不可待翹首觀望，迎接著即將出世的嬰兒，迎接大明王朝的命運！

西暖閣，魏忠賢立於軟榻旁，目不轉睛地盯著昏迷不醒的天啟帝。屏風後面，那些優伶們已顯得筋疲力盡，器樂聲也是若有若無，時斷時續。門畔，大小太監們靜若寒蟬，等待著皇帝殞命的時刻。天啟帝一動不動。魏忠賢死盯著即將死去的天啟帝。漸漸地，天啟帝呼吸越來越慢，最終停止了呼吸。

魏忠賢彎腰低喚：「皇上，皇上！」天啟帝全無反應。

魏忠賢輕輕握住天啟帝的手，再叫：「皇上，皇上！」天啟帝還是毫無反應。魏忠賢將手伸向天啟帝口鼻處，試了試，確信天啟帝死去了，悲傷地跪下，撲在天啟帝身上慘叫：「皇上呀……」正是由於這一撲，竟使天啟帝喉間發出「咕咕」的聲響，接著恢復了呼吸，甚至睜開眼睛。魏忠賢大驚，顫聲叫：「皇上，皇上！」

天啟帝扭動身體，似乎想坐起來，卻又癱倒。他看看身邊一切，知道自己即將殉命。他開始劇烈喘息，喘著喘著，猛然叫出一句：「詔信王……入宮！」魏忠賢一驚，似乎不相信自己的耳朵。他趕緊靠近天啟帝，低聲勸慰著：「皇上安靜些，皇上您吉祥著哪，皇上您准定萬壽無疆啊……」天啟帝卻近乎瘋狂地掙扎，一遍遍嘶聲下旨：「詔信王入宮！……詔福王入宮，詔大臣們入宮！聽到沒有，快詔他們入宮見駕……」

太監們亂作一團，不知如何是好。魏忠賢再勸慰天啟帝「安靜」，他甚至想按住天啟帝的嘴，卡住天啟帝的喉嚨。但是，此刻的天啟帝卻充滿力量，他掙開魏忠賢，固執的叫：「快快！詔信王、福王，詔大臣們來啊……」

魏忠賢無奈，只得答應道：「小奴遵旨，小奴這就去。」魏忠賢奔出乾清宮，令眾太監關閉宮門，任何人不得入內。

太監們急忙關上宮門，天啟帝的聲音被關在裡頭了，時斷時續，細若遊絲。

魏忠賢奔下玉階，衝進黑暗。

魏忠賢一頭撞進密室，急吼：「怎麼樣了？生下沒有？」回答他的卻是陳姓女子的一聲慘叫：「啊！——」所有人都圍著那張木榻，分娩已進入最後關頭。陳姓女子拼命喊叫著，汗如雨下。此刻，她腹中嬰兒正在一寸寸誕生，一寸寸脫出母胎，一寸寸來到人間！穩婆興奮地叫著：「出來了，出來了！瞧見頭了……瞧見腿了……瞧見身子了……」

旁邊。魏忠賢踮著腳，瞪著雙眼，緊張得眼珠子都要彈飛！

「哇」……一聲響亮的啼叫，嬰兒終於來到了人世。穩婆雙手高舉著一個渾身血水，啼哭不止的嬰兒，低頭看那細細的小腿間……魏忠賢擠上前，緊張地聲音都顫抖：「是男兒吧？」穩婆不敢作聲，但是雙手在一陣陣發抖。魏忠賢再次怒問：「是不是男孩？」穩婆嚇得哭泣了，不敢回答，將嬰兒捧過來。魏忠賢奪過「哇哇」啼叫的嬰兒，仔細一看，表情絕望了……他怒叫一聲「混帳！」掉轉身，將那嬰兒狠狠地扔出窗外。

眾人一片驚呼……窗外傳嬰兒落地悶響，啼叫聲頓時消失。那嬰兒想必被活生生摔死了！太監、穩婆、御醫統統跪下了，屋內久久的沉默，誰也不敢出聲。

猛地，魏忠賢發瘋般地朝跪滿一屋的太監們跺足怒吼：「廢物！飯桶！畜牲！統統給我斬了……」魏忠賢方寸大亂，踉踉蹌蹌地朝外奔去。剛剛出門，一個太監匆匆奔來：「不好了，不好了！」魏忠賢怒斥：「皇上歸天了麼？」

「沒，沒。皇上還沒歸天。」

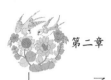

「那你慌什麼？」太監慌忙中口吃起來：「是、是、是王承恩領著福、福王和內閣大臣們闖進皇宮來了！」魏忠賢大驚失色。

宮門處，王承恩引著一個體態肥胖、氣勢不凡的王公大步入內，後面跟著洪承疇、周延儒、楊嗣昌等朝廷重臣，再後面是文武百官，再後面是一大片御林軍……

錦衣衛首領上前阻止：「站住，沒有皇上旨意，一概不許入宮。」胖胖的福王只輕輕哼了一下——根本不屑於理這個首領。

王承恩上前斥道：「睜大你狗眼瞧瞧，這是誰？是當今皇上的親叔叔、天下兵馬大元帥——福王！」首領一驚，急忙屈膝，叩道：「小的不知福王駕到，請福王恕罪。」

洪承疇、周延儒等大臣一片聲嚷著：

「——魏忠賢在哪兒？快滾出來！」

「——皇上怎麼樣了，快領我們進見皇上！」

福王傲慢地衝著那個首領道：「聽見哪？領我見皇上去。」首領連聲應是，卑謙地陪伴福王與眾臣進入深宮。王承恩領著福王與文武大臣亂鬨鬨地走到乾清宮，只見宮門緊閉，魏忠賢驚慌地迎上前，攔道擋住，勉強笑著折腰：「小奴拜見福王。」

福王斥道：「魏忠賢，皇上在哪兒？」魏忠賢故作驚訝：「皇上吉祥著哪，已經入睡了。」

這時，從宮門縫裡傳出皇上一絲絲喊叫聲：「福王哪……信王哪……朕要見他們……」王承恩等撲上前，推開宮門，眾人朝宮內一看，只見天啟帝半邊身體已經落到地上，他正在掙扎著想要爬到門畔。

福王痛叫一聲：「皇上，臣護駕來遲啊……」領頭奔了進去。眾臣亂紛紛衝進乾清宮，太監與優伶們抱頭四散。漸漸的，宮門畔只剩下魏忠賢與王承恩。兩人再次對視。

魏忠賢咬牙切齒地：「王承恩，你、你……」王承恩上前雙手抓住魏忠賢，怒喝：「說，信王在哪兒？」

一座陳舊的廢宮，門緊閉著，門內到處掛滿了吊灰，一縷月光下，朱由檢坐在牆角破椅子上，痛苦地啜泣著。忽然，門外亮起火光，接著是腳步聲和開鎖聲。朱由檢以為死期來臨，恐懼地發抖。他起身，一步步朝後縮，直退到無處可退之處。

門板大開，王承恩站在火光中，沙啞地大叫：「王爺，老奴來了……」朱由檢呆了片刻，才嚎啕大哭：「王承恩哪……」渾身一軟，幾乎癱倒。王承恩上前扶住朱由檢，急道：「快快，王爺，皇上要見您。」

王承恩扶著朱由檢匆匆步出廢宮，朝乾清宮趕去。

乾清宮西暖閣內，福王與所有大臣挨個兒跪了一片，天啟帝躺在榻上，氣若遊絲。王承恩扶朱由檢邁過宮門檻，自己站下了，低聲催：「王爺，快請見駕。」朱由檢獨自向前，一直走到天啟帝榻旁，泣道：「皇上……」

天啟帝睜開眼，握住他的手，掙扎著道：「你來啦……好好。兄弟啊，朕雖有天子之福，卻無天子之才……朕只有你這一個……親弟弟啊。」朱由檢嗚咽著，說：「皇上保重。」

天啟帝用盡最後氣力道：「聽旨……」

福王、朱由檢、眾臣，全部叩首不動。天啟帝顫聲道：「朕——傳位於信王朱由檢。」

朱由檢驚恐萬分，他原以為自己必死無疑，沒料到片刻之間，禍福逆轉，自己非但沒死，竟然要成為大明皇帝！逢此驟變，他搖晃一下，幾乎暈倒。全體王公大臣們都聽見天啟帝的聖旨，他們紛紛掉轉頭，朝朱由檢叩首，一片聲嚷著：「臣叩見皇上……」人群後面，跪著膽戰心驚的魏忠賢，他也不得不向朱由檢叩首。叩著叩著，他驀然昏死過去。

天啟帝再次握住朱由檢的手，顫聲叮囑說：「你、你、你要做堯舜那樣的聖君哪……」言罷，天啟帝合目逝世，王公大臣大放悲聲。朱由檢握著天啟帝那隻漸漸冷去的手，慢慢醒過神來。他看看面前死去的皇兄，再看看身後跪著的大片眾臣，最後，他看見站在門外，滿面是淚的王承恩……

密室內，所有人都跑光了，榻上只剩下那個昏迷的產婦，低低呻吟。她下半身全是血泊，鮮血順著案腿往下滴。忽然，一陣細細嬰兒啼哭聲從窗外傳來。產婦一驚，微微睜開眼睛。窗外啼聲越來越響，接著，啼哭得頑強不息！啼哭得洶湧澎湃……產婦掙扎著爬起來，一翻身跌下了木榻，她拼命朝屋外爬去……好一個月圓之夜，然而，此時宮中一片囂鬧之聲，全無月圓夜靜氛圍。月光下，一個小小的女嬰在草堆掙扎。她竟然沒有被摔死，她重新醒來，哇哇啼哭。她在呼喚生命，她在呼喚母親！產婦爬出門檻，爬到那堆亂草邊。從草堆上抱起了那個血淋淋的女嬰，摟在懷裡。嬰兒在母親懷裡繼續哇哇啼哭。也幸好宮中囂鬧，這嬰兒哭聲才不致傳得很遠。產婦把嬰兒擁到懷中，沿著一條小徑朝宮外爬，嬰兒仍在她懷裡啼哭。忽有人影接近，她急忙捂住嬰兒口，幾乎將初生的嬰兒憋死。

皇宮似乎亂作一團。不時有侍衛們奔來奔去，卻誰都沒有發現產婦。她擁抱嬰兒爬過一座宮門，又爬過一條宮中過道……凡是她爬過的地方，都流下濃濃的血跡。

周妃面容憔悴，獨自立於王府門外，守候著。忽然間，她看見朱由檢策馬而來，後面跟著王承恩和許多錦衣衛。她失神地、呆呆地望著他們，仍然一動不動。朱由檢下馬，微笑著走近：「愛妃，你站這兒多久了？」

「我、我……」她忽然發瘋般撲過去摟住朱由檢，大哭不止。這時，一把剪刀從她懷裡掉下來，落到朱由檢腳邊。朱由檢彎腰拾起那把剪刀。周妃仍然恐懼地：「王爺，你回來就好。咱們快離開京城吧，快去登州吧，咱們永遠別回來了！」「不。」朱由檢正色道：「咱們永遠不去登州了，也永遠離不開京城了。」稍停，朱由檢昂首，自豪地說：「我不再是信王了，我已經是大明朝皇帝了！」

信王府內室，周妃侍候著朱由檢換上一身孝衣。王承恩恭敬地立於側。朱由檢一面聽任周妃著衣，一面對著王承恩下令：「要辦得事太多了。首先，咱們得迅速召集親信大臣，收拾人心，穩定朝政，監視閹黨。另外，趕緊把內宮錦衣衛都換掉，另調一批軍隊進京駐防。……還有，你得暫時安撫著魏忠賢等人，等到登基大典後，咱們再一舉除奸。」朱由檢每指示一句，王承恩就恭敬應一聲「遵旨。」

更衣畢，朱由檢向周妃告別：「愛妃，我必須立刻趕進宮去，為皇上守靈。」「王爺、哦不，皇上稍等等。」周妃轉身從案上抱過一隻布包兒遞給朱由檢。「帶上。」周妃說：「滷蛋、點心和飲水，守夜時可用它充饑。貧妾原本是為逃難準備的，沒想到竟成為皇上的『御膳』了。」

「宮裡什麼沒有哇，朕——用不著它。」周妃擔心地說：「皇上千萬別用宮裡的任何食物，也別喝宮裡的水。」王承恩替朱由檢接過包裹，說：「娘娘說的對。皇上，只要魏忠賢還活著，太監們就什麼事都幹得出來。」

乾清宮已布置成天啟帝的靈宮，正中停放著巨大的棺槨，無數白燭微微搖曳。朱由檢一身孝衣，靈畔恭立，獨對那一座巨大的棺槨和無邊無際的白燭。一陣風驟來，數支白燭相繼熄滅，朱由檢上前再將它們一支支點燃，之後望著棺槨喃喃道：「皇上啊，自從您登基後，咱們兄弟之間就如隔天涯了。您從沒讓臣弟在駕前待過這麼久，從沒聽過臣弟的心裡話。您為何要寵幸閹黨，

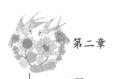

荒疏朝政呢？為何匆匆忙忙撒手而去、卻將天下大任撂在臣弟肩上呢？事到如今，臣弟真是如臨懸崖，膽戰心驚啊……」

忽然，宮門外發出些許動靜，朱由檢警惕地回望，只見門外月光慘淡，陰風刺骨，隱隱有若干人影晃動。他不由地感到恐懼。厲聲問：「是誰？」一個高大的士兵入內，折腰：「卑職叩見皇上。」

「你們是東廠的人嗎？」那士兵回答說，「稟皇上，我等不是東廠的人，也不是錦衣衛。是寧遠三鎮的野戰軍，王公公動用兵部密令，令我們星夜進京，入宮護駕。」

朱由檢這才鬆了口氣。他不知道，在這一個短短時間內，王承恩不僅把大內的人包括錦衣衛全部換下來。並且讓寧遠野戰軍接管了整個京城衛戍。朱由檢看了看宮門外的士兵，有些興趣地問那高個兒士兵：「這麼說，你們是寧遠總兵吳襄的部下？你叫什麼名字？」「稟皇上，卑職吳三桂，在家父帳下任前軍校衛。」朱由檢大喜：「好好，辛苦你們哪！對了，你們餓了吧？」吳三桂遲疑著，說：「卑職不餓……」「哎，趕了幾百里路，豈能不餓？叫你的人進來，朕這裡有好吃的……」朱由檢朝外嚷：「來呀，都來都來！」一群士兵入內，齊齊跪拜：「叩見皇上。」朱由檢急忙從囊中掏出滷蛋、點心，挨個兒遞過去，連聲說：「拿著！吃，都吃……」

吳三桂大為驚恐，說：「皇上，卑職不敢。」朱由檢更加開心，說：「有何不敢的！吃吧吃吧，朕看著你們吃，心裡高興哪！」說著，朱由檢親手剝開一隻蛋殼，遞給吳三桂。

吳三桂含淚咬了一口滷蛋，重重叩首在地：「謝皇上大恩！」

眾士兵一起跪拜，頌道：「謝皇上大恩！」

朱由檢高興地說：「吃吧吃吧，知道嗎，這是愛妃親手煮的！嘿嘿，愛妃做的淮揚菜，最好吃了！趕明兒有空，朕請你們吃八寶湯糰！」吳三桂和士兵們一片歡笑。朱由檢則在旁邊得意地踱步，看著他們狼吞虎嚥。

片刻，朱由檢若有所思止步，問：「吳三桂，關外軍情怎麼樣？」吳三桂回答：「稟皇上，滿清的八旗兵仍然兇狂，每到秋收季節，他們總要侵擾內地，掠奪牛羊和糧草。」朱由檢生氣地說：「朝廷有幾十萬兵馬駐守關外，難道打不過這些蠻夷？」吳三桂猶豫片刻，說：「據卑職所知，關外守軍長期不發餉銀了，戰馬兵器，也樣樣缺乏……」朱由檢大怒，發狠說：「貪了！餉銀都叫閹黨們貪了！哼，內憂外患的，再不整治，天理不容！」

乾清宮玉階前，一陣鼓號之聲激盪……王承恩立於宮門外大喝：「皇上駕到，眾臣早朝！」文武大臣俱著朝服，分左右兩列沿玉階魚貫而入。魏忠賢走在最後，當他步上玉階正要入宮時，王承恩橫身將他攔住，兩人對視，魏忠賢微微發抖。王承恩厲聲道：「魏忠賢聽旨。」魏忠賢跪下接旨。「皇上有旨，太監魏忠賢結黨篡政，禍國殃民。姑念其效忠先皇多年，赦其死罪，著即刻剝奪職銜俸祿，流放邊關，永不歸京……」

王承恩說罷彎腰朝魏忠賢笑笑，道：「魏公公，皇上沒殺你，還不謝恩？」魏忠賢趕緊重重叩首：「小奴謝恩。」王承恩親切地說：「起來吧，在下送魏公公出城。」

京郊外，王承恩親自押送魏忠賢出行，身後跟著吳三桂等士兵。走到郊野無人處，王承恩突然抽出一根紅綢扔到魏忠賢腳前。魏忠賢一見，驚懼，顫聲央求道：「王公公，皇上沒讓你殺我，只讓我流放邊關。」王承恩冷冷地說：「九千歲知道的，皇上心腸軟，太監心肝硬。老奴是太監，老奴要殺你！」

「你我都是太監，同是無根之人哪……」

「無根之人也要斬草除根！老奴知道，只要你活在人世，就後患無窮。」

魏忠賢恨恨地說：「我死了，朝廷就乾淨了麼？」王承恩一笑，道：「也乾淨不了。朝廷嘛，是天底下最大的人堆！但是，老奴想不出比死更乾淨的辦法了。所以啊，只好讓你死。」王承恩朝吳三桂示意。吳三桂與士兵上前，將魏忠賢勒死。

乾清宮，躊躇滿志的崇禎坐在輝煌龍座上，東摸摸，西望望，十九年來，作為臣子的他對這尊龍座是敬得要死、怕得要命！也記不清自己對著它磕過多少個頭！如今，萬萬想不到自己能坐到這龍座上來。旁邊，周后欣喜地望著龍座和丈夫。崇禎感慨不已地對周后說：「百多年來，江山崩壞，權閹篡政，黎民深陷水火，國庫空虛殆盡，邊關狼煙四起，朱明王朝日漸衰落……如今，天降大任於朕，朕立誓奮鬥終生，振興大明！」

「皇上，貧妾有句話，不知當不當說。」

周后望著丈夫小心翼翼地說。

「朕剛剛登基，正應該廣開言路，你說。」

周后沉吟：「王承恩監視您整整十九年哪，不管他是忠奸，都太可怕了！」崇禎沉思：「你是說……處置了他？」周后躬身答道：「皇上聖斷。」

這時，王承恩大步入宮，折腰稟報：「稟皇上，老奴已將魏忠賢『送走』了。」

朱由檢點點頭，問：「王承恩，你是東廠的副首領。給朕說說東廠的情況吧。」

「是。東廠的核心是十三太保，首領便是魏忠賢。」王承恩細細道來：「其下，有三十六總鎮，一百零八個碼頭，俱由太監統領，所屬耳目、密探、殺手、臥底，約有七千餘人，分布於朝廷內外，甚至全國各地。凡三代以內的王公、三品以上的大臣，都在東廠特務的監視之下……」朱凡檢驚訝道：「鷹犬們有這麼厲害？」「不僅如此，皇上。就連遠在洛陽的定王，他每天夜裡和哪位妃子睡覺、說的什麼悄悄話，鷹犬們也能探知密報。」

「滿朝歪風斜氣，成何體統？」崇禎大怒，卻又陷入深思。片刻，他面色和緩過來，步下龍座，走到王承恩面前，沉聲說：「王承恩聽旨。朕，令你為大內總管太監，兼領東廠，並節制皇宮錦衣衛。東廠原有人員，除魏忠賢黨人外，其餘全部免罪，加以整治之後留用。今後，你必須按照朕的旨意行事，直接向朕稟報。如有不軌，朕殺無赦！」崇禎看著聞言大驚的周后與王承恩，又說：「東場之過罪不在太監，而在於使用太監的君王，在於君王如何使用太監……」王承恩重重叩首道：「老奴遵旨。」

崇禎說著猛然想起一事，追問：「對了，那個產婦呢？魏閹用來生偽太子的產婦呢？」王承恩嚇得再叩首：「老奴正要請罪。宮變那天，所有奸賊都已被抓獲，只有那位產婦下落不明。」朱由檢嚴詞厲聲：「繼續追查，抓住後，殺無赦！」

歷經風塵，又是一個月圓之夜，一產婦抱著女嬰終於進了揚州城。揚州畢竟是富庶地帶，只見四周燈火通明，一片繁華鬧市……產婦懷中的女嬰已經能睜開明亮的大眼睛，好奇地打量著四周紛紜奇怪的世界。產婦來到揚州古運河畔，坐到一條石凳上，給女嬰哺乳。此時，天上一輪圓月，水中一輪圓月，交相輝映。產婦摟著女兒動情地呢喃：「孩子啊，你就叫做『圓圓』吧。咱娘倆啊，團團圓圓過一輩子！」女嬰陳圓圓如花般的笑臉。映在月下，純潔如玉，白淨似乳。

兩個弱女子無意之中撞進歷史，當她們坐在古運河邊，喃喃對話，她們並不知歷史將如何安排她們的命運。如果這位母親在宮內生下的是一個男孩，那麼，明朝的末代皇帝會不會是另外一個人呢？中國的歷史會不會發生重大改變呢？

一個不該來到人世的女兒，一個被偶然推上龍座的皇帝，兩人在同一天裡，各自走進了不同的命運。

第三章

名城揚州，自古繁華之地。唐人有詩云：天下三分明月夜，二分無賴是揚州。足見其盛。煙花三月，上下揚州的人特多。來的都是貴人，讀書的，做官的，鹽漕商賈，一應人等，他們來揚州除了瀏覽名勝，更多的是為了來此尋花問柳，這揚州城最為出名的乃是青樓粉黛，杜牧的詩句「十年一覺揚州夢，贏得青樓薄倖名。」寫盡了揚州的風流。

揚州荷花池邊小荷花巷的一座民宅裡。小圓圓坐在爐灶前，朝灶內填柴，通紅的火光映在她臉龐上。憔悴的母親揭開鍋蓋，鍋中冒起一陣蒸氣。小圓圓不禁抽了抽鼻孔，露出一臉的饞相。母親從鍋底刮出一大碗熱騰騰的粥，將粥碗小心翼翼地端給圓圓，笑著說：「乖女，慢點吃，別燙著。」

小圓圓接過粥碗，很乖巧地問：「媽，你哪？」母親勉強地笑著，說：「媽一點都不餓，乖女，快吃吧。」小圓圓狼吞虎嚥般吃起來，吃得既貪婪又香甜。母親轉身，在一隻破木盒中翻撿，只找出七八枚銅板，她憂傷地嘆息，將銅板緊緊握在手中，轉身看小圓圓已經吃完，仍在不捨地舔碗邊兒。母親過去，疼愛地撫摸著她的頭，說：「圓圓哪，媽今天有事，不能去買米了，你能替媽媽上街跑一趟嗎？」說著，把銅板遞給小圓圓。

小圓圓緊緊攥著銅板，就朝外跑。母親追出來說：「乖女，等等……」母親遞過一把傘，叮囑著，「乖女啊，到了街上，樣樣都得小心，不管別人說什麼閒話，你都別理睬。記住了？」小圓圓緊攥銅板離家而去，母親倚門目送。當圓圓身影消失，母親左右望望，從懷中掏出一條鮮豔的大紅香巾，匆匆拴在門楣上。接著，她縮身閉門。但那門板剛剛合攏，她又想起什麼似的，將門板敞開，徹底敞開……

荷花池地處揚州西郊。小圓圓腋下挾著傘，小手攥著銅板，穿過小荷花巷，向東，拐進同春巷，再繞過書坊里，走向西街的米店。同春巷也是妓女密集的地方，只不過是些下等妓女，腳力馬夫，商販掮客，大都來這裡尋樂，花幾個銅板買一些男女的事，與那些貴人們吃花酒，狎妓，既相同又不相同，不同的是這裡的妓女大都是些殘花敗柳，不似翰香院、樓上樓，那裡蓄的盡是二八佳人，吹拉彈唱，能歌善舞，尋常人進不去。這時，雖然天降小雨，同春巷兩側，依舊有若干濃妝豔抹嗲聲嗲氣的妓女倚門而立。經過這裡，小圓圓立刻顯得膽怯，步子越來越慢。妓女們看見小圓圓，便陰陽怪氣地說：「喲，這不是陳家的小娼婦嗎？」

「你媽一天接幾個客啊？你家門外，野男人都排起長隊了吧？」

「小娼婦，你媽又賤又騷，接一次客只收二十個銅子！」

接下來是「咯咯咯」的笑聲。小圓圓深深低著頭，忍受屈辱，一言不發地從她們中間走過。

此刻，圓圓母親正對著牆上掛著半扇破鏡子，開始濃妝豔抹……門外忽然傳來一聲粗俗的吼叫：「心肝呀，你在哪兒？爺來啦！」圓圓母親起身一看，進來一個漢子，一臉大麻子。她滿面堆笑地迎上前，彷彿換了個人，嬌聲叫：「哥哥哎……」

麻子嫖客急不可待地想摟她，一邊動作一邊嚷嚷：「老久沒見了，饞死我了，來來，快讓爺吃一口！……」說著就要摟抱要親。她撒嬌作癡地掙開，嗔道：「急什麼，門還沒關哪！」圓圓母親走過去關門，半道上，順手將一隻銅盤擱在小櫃上。麻子一見就明白了，他從懷中掏出一把銅板，扔在一隻盤中，嘩啦啦響！圓圓母親關上門，望著那堆銅板撒嬌地說：「哥哎，奴家就值這幾個？」麻子又掏出一把銅板，嘩啦啦扔進去。

圓圓母親開心地笑了。麻子衝上前一把橫起抱起她，一邊親一邊將她抱入內屋。圓圓母親浪笑著捶打麻子背部：「輕點、輕點兒！……」

外面下著小雨，糧店裡的老闆正坐在高高的櫃檯後面打瞌睡，忽聽一陣細細聲音：「老伯伯……」老闆睜眼一看，櫃檯前空無一人，正詫異間，櫃檯邊緣露出一隻緊攥的小手，接著小手張開，掉出幾枚銅板。老闆起身伸長脖子朝下看，只見小圓圓渾身濕漉漉的，正踮著腳兒道：「老伯伯，我要買米。」老闆說：「丫頭，米價漲了，你這幾個銅板只夠買糠，哪能買米呢？」「老伯伯，求你給我點米吧。」小圓圓求道：「求你求你求求你了！我們家沒米了，我媽一天沒吃飯了！求你求你求你……」

老闆可憐地說：「唉，就給你稱上點吧。」小圓圓趕緊遞上布口袋，老闆拿過那隻口袋，嘆息一聲入內。他走向米缸，抓起撮箕，在布袋內盛進一點兒米，看了看，再嘆口氣，又在布袋內加進一點米。老闆回到櫃檯邊，彎腰把米袋纏在小圓圓脖子上，說：「回去吧，下次別來了。」

小圓圓高興地說：「謝謝老伯！」

雨越下越大了，小圓圓沿著一條泥濘道走來。她脖子上繞著一隻米袋，雙手撐著一把破傘，踩著兩腳爛泥，一歪一斜，疲憊地走著。走到家門前，推了推門，竟沒有推開。她正要開口叫喚，忽聽門內傳出男人的一陣陣浪笑……她不知道家裡又鑽進什麼人，不敢出聲。她悄悄走到窗戶邊，踮起腳兒朝內看。卻什麼也看不見。

半截布簾後面現出床鋪，麻子嫖客正壓在母親身上，瘋狂地大動。母親低低呻吟，麻子忘情喘息……忽然，母親彷彿感覺到什麼動靜，不安地曲起身朝大門處看，卻被麻子狂暴地壓下去。

小圓圓泥塑般怔住不動，一陣大風吹來，將她的傘颳走。那把破傘在泥水中滾動……小圓圓趕緊冒雨追那把傘，追到後，撐著它蹲到一堵破牆下面，全身縮成一團，但是手中緊緊攥著那隻細細的米袋，將它死死抱在懷裡。天地間，一片瓢潑大雨，寒風刺骨。小圓圓一動不動地盯著自己緊閉的家門，默默等待著。

圓圓母親與麻子已經做完交易。她匆匆穿衣、收拾床鋪，同時催促麻子，說：「快，快穿上衣裳，走吧！」麻子望望窗外，說：「心肝哎，外頭正下雨呢，就要攆我走？」圓圓母親煩躁地說：「快走，快走，快！快！」麻子穿上衣裳，戴上一隻斗笠，打開門離去。

母親緊張地走到門畔，探首朝外看，這時，她忽然看見渾身濕透的小圓圓撐著那把破傘蹲在牆角。她驚叫一聲，朝小圓圓撲去，一把摟住她，哽咽著，說：「乖女……你在這蹲多久了？」

圓圓睜著兩隻大眼，看著母親一言不發。

母親將落湯雞一般的小圓圓抱進屋來，一邊替她擦臉、更衣，一邊抽泣著，說：「乖女啊，媽對不起你。」小圓圓從衣裳下面掏出那隻米袋——竟然一點也沒有淋濕，遞給母親，低聲說：「媽，米店老伯說……那幾個銅板只夠買糠，不能買米。他就、就只給這麼一點米……」母親輕輕地說：「孩子，不怕，媽以後多掙錢，買好多好多米回來！乖女，還聽到別人說什麼話了嗎？」小圓圓遲疑片刻，堅定地搖頭，說：「沒有。」

母親從爐灰裡撥出一個烤紅薯，吹吹拍拍之後，高興地捧給小圓圓。小圓圓推讓著：「媽，你吃。」母親堅持著，說：「媽不餓，乖女吃！」「不！媽不吃，我也不吃！」母親無奈地剝開紅薯，把鮮嫩的、冒著熱氣的薯瓤遞到小圓圓口邊，說：「這麼著吧，咱母女倆一塊吃。乖女吃瓤兒，媽吃皮兒……」「媽……你吃瓤兒！」「乖女，媽喜歡吃皮兒。快，拿著！」小圓圓接過紅薯瓤兒，吃起來。母親則吃著烤黑了的紅薯皮兒。母女倆一邊吃，一邊含淚相視而笑。

母親看著瘦小體弱的孩子，低聲說著：「可憐的圓圓……」話音剛落，只聽門外一陣腳步，接著便有個漢子高叫著：「心肝肉哎，哥哥瞧你來啦！快出來呀……」這漢子一邊嚷一邊朝裡走，同時將一把銅板嘩啦啦扔在銅盤裡。母親一驚，不安地站起身。

小圓圓仇恨地盯了那漢子一眼，低著頭快步竄出門外。接著，從外面合上了那兩扇門板。仍然是瓢潑大雨，寒風刺骨。小圓圓蹲在牆角，縮在傘下，默默地盯著自家門板，兩眼流淚……

母親牽著小圓圓的手，穿行在熙熙攘攘的街道上，沿老慶雲銀樓、大德生藥店、麒麟閣茶食店，一路走過去，得勝橋拐彎處，擱一個油炸臭干挑子，半鍋豆油正發出誘人的「吱吱」聲，一陣陣香氣襲來。揚州小吃，花色繁多，各有風味特色，諸如糍粑油餃、小鐵麻花、桂花湯圓，洋糖綠豌豆等等。尤其洋糖綠豌豆，淡紅色的糖粥，嵌了疏疏一層碧綠的豌豆，三文錢一碗，叫賣的人敲著小銅鑼兒，拉長調門的一聲吆喝：「洋糖——綠豌豆！」小圓圓手執一支糖串，邊走邊嚼，一邊饞眼看到滿街的小吃……圓圓高興死了，她還從來沒有跟媽媽到市區來過。

母女倆在一個攤前，母親買了一隻美麗的頭飾，替小圓圓別在頭上，端詳著：「乖女真漂亮！」小圓圓美麗動人地笑著。母親掏出一大把銅板放在布攤上，小圓圓看著那些銅板心疼地說：「媽，太貴了，我不要！」

「乖女呀，媽今天給你買什麼都捨得！今天是你的生日，你滿八歲了！」母親說，「乖女，你會長成為揚州城裡最漂亮的姑娘！」母女倆拎著幾樣東西，又經過同春巷回家。一走進那條陰暗的巷子，小圓圓恐懼地緊緊攥著母親的手，偷偷朝兩邊望，但是所有門窗都緊閉著。她似乎放心了，加快腳步……突然，旁邊的一扇門板開了，出現一個中年濃妝妓女，歪著身體倚著門框，冷冷地盯她們。接著，又一扇門板開了，又出現一個中年濃妝妓女，歪著身體倚著門框，恨恨地盯她們。接著，再一扇門板開了……

母女倆靠在一起，一言不發，越走越快。在她們快要走出巷口，快要逃脫險境時，頭頂上方突然打開一扇窗戶，緊接著，樓上落下一隻銅盂，正好砸在母親的頭上。母親慘叫一聲，跌倒了。頭上湧出鮮紅的血。小圓圓驚慌地扶起母親，急切地問：「媽媽！媽媽！」

母親掙扎著站起來，搖搖晃晃地說：「乖女，不怕！咱們走……」小圓圓扶著母親，逃命般往前方走。這時身後傳來一片惡毒的聲音，所有的妓女們都在叫罵：

——外來的野貨，滾出揚州！

——死不要臉的娼婦！

——賤貨，母狗，快滾！哈哈……

巷口處，母親忽然站住了，堅持著回轉身，臉上流著鮮血，嘶啞地說：「我是娼婦，你們也是娼婦，我們都是世上的苦命人。你們為什麼不打那些野男人呢？苦命人為什麼恨苦命人？為什麼……」

小圓圓驚訝地看著母親。

巷道兩邊，妓女們驚訝地看著母親。

母親轉身，攙著小圓圓，沉重地離去。身後，所有的妓女默然。

夜晚，母女倆躺在床鋪上，母親頭上纏著白布，低低呻吟著。小圓圓偎在母親身邊。小圓圓輕問：「媽媽，她們都是什麼人呀？」母親傷感地說：「都是跟媽媽一樣的人……」「那幹嘛要恨我們？」小圓圓摟著母親，停了停，說：「媽媽，以後別讓男人進家了……求你了！」「好，媽媽答應乖女，再不讓男人進家了。」小圓圓高興地摟著母親說：「從明天起，我一天只吃一頓飯，省下銅板來，給媽媽治病。我還要去拾柴，賣破爛，我八歲了，我能養活媽媽！」母親流著淚：「好好！……乖女……」

母女倆靜靜地望著窗外又大又圓的月亮。……沉默片刻，母親又說：「乖女，你要記著，你是十月十五生的，生在北京的一座皇宮裡。」小圓圓奇怪地問：「皇宮是什麼地方？」

「皇帝住的地方。」

「皇宮比咱們家大嗎？」

「比咱們家大，可不如咱們家好！」小圓圓又問：「那你為什麼把我生在皇宮裡？」「乖女，別多問了，媽只要你記住兩件事：一件，不管什麼時候，永遠不要進皇宮；再一件，不管多麼苦，也千萬不要做妓女。記住了嗎？」看著女兒使勁點著頭，母親微笑了：「乖女快快長大吧，長大後，嫁一個讀書人，相夫教子，一世平安……」

小圓圓甜蜜地望著天空那輪大月亮。

就在這一年，江淮一帶流行瘟疫，可憐的圓圓母親染上時疫，不治而亡。也是一個明月之夜，天空，月亮隱入雲層，一片暗淡。小圓圓雙手摟著母親，但母親已經停止呼吸，死去了。也不知過了幾天，小圓圓已經哭乾了眼淚，她呆呆坐在母親旁邊，整個人枯瘦、憔悴、麻木，像是一段木頭。門外傳來沉重腳步聲，接著一聲高叫：「心肝啊，在哪呢？爺來啦！」隨著聲音，麻子嫖客興沖沖奔入，在銅盤上扔下二十枚銅錢就迫不及待地往裡屋衝。床邊，麻子猛然看見已經僵硬的母親和呆坐不動的小圓圓，驚呆了！……過了片刻，麻子步上前輕輕碰碰母親，確定她死去了，便長嘆一聲，傷心地說：「心肝寶貝啊。」麻子蹲下身看看小圓圓，小圓圓仍然處在呆癡中，一動不動。

麻子仔細打量小圓圓的容貌，不禁微笑起來。接著，他牽起小圓圓的手，說：「丫頭，走。爺領你吃燒餅去！」小圓圓木然地被麻子牽著走。待走出屋門時，麻子忽然想起什麼，又轉身回來，拿走了銅盤裡的二十個銅板。

麻子牽著小圓圓走在熙熙攘攘的街道裡。兩人在一個小吃攤前停住，麻子掏出幾枚銅板遞給小販，接過兩隻大燒餅，把其中一隻遞給餓得發暈的小圓圓。另一隻塞進自己懷中。小圓圓接過燒餅，大口大口吃著。麻子牽著小圓圓，鬼鬼祟祟地將她帶進一個院子。

院內站著七八個男女孤兒，個個衣衫襤褸，面色黃瘦。一個人販子在孤兒面前巡視，捏捏他們的骨架，看看他們的牙口、耳朵……如同挑選牲口。每相中一個，便揮揮手，說：「你——站那邊去！……你，到這邊來！」

麻子把小圓圓領進院子，迎頭便給人販子行個大禮，笑著說：「三爺，您老人家發財喲！」人販子扭頭一看，取笑他說：「這不是癩皮猴麼，老沒見了。怎麼，還活著哪？」麻子腆著臉說：「小的要是沒了，誰侍候您老人家？」「這話我愛聽。喲，又拐了個丫頭來……」人販子看見了小圓圓。麻子滿面冤屈地叫著：「三爺哪，您這話可冤死我了！上天有眼，這是我親甥女……唉，鄉下遭了災，她一家老小活不下去了，託我找個路子，讓孩子混碗飯吃……」人販子揮揮手：「甭說了，多少銀子？」麻子愁眉苦臉地說：「我哪捨得賣呀！三爺您瞧，我這親甥女細皮嫩肉的，您把她洗乾淨了，準保就是個仙女胚子……」

人販不耐煩地打斷他：「三兩。」麻子看看小圓圓，急忙把人販子拉到旁邊小聲講價：「十兩。」「四兩。」麻子小聲地說：「怎麼的也得八兩，這可是我親甥女喲。」「最多五兩——要不你就領回去自個兒養著！」「好吧，五兩就五兩，真對不住我甥女了。」麻子伸出手，人販子將一錠銀子擱在他手上。麻子將銀子揣進懷中，興高采烈地走向大院門。這時他看見了小圓圓，不禁站住了——小圓圓始終在盯著他。麻子似乎有些內疚，他伸手在懷裡摸呀摸，摸出了最後那個燒餅，遞給了小圓圓，嘆口氣，說：「丫頭，你娘是個好女人哪……」

麻子走出院門，小圓圓一動不動地站著，手裡拿著那隻燒餅。旁邊小女孩饑餓地看著她，小圓圓將燒餅掰開，遞給那小女孩一半，兩人大口大口吃起來。

一個中年鴇婆坐在椅內飲茶，旁邊一個丫頭替她打扇。人販子將兩隻麻袋扛到鴇婆兒面前，輕輕擱下，行禮，笑著問候：「二奶奶吉祥。」鴇婆兒說：「讓我瞧瞧貨色。」人販子趕緊解開麻袋。小圓圓和另外一個漂亮女孩從袋中鑽出來，口中蒙著布團。人販子扯掉布團，兩個女孩呼哧哧喘息，驚恐不定。人販子指點兩個女孩數說：「二奶奶您瞧，個個是美人胚子。」鴇婆兒仔細打量兩個女孩，緩緩點了點頭：「唔，這兩個雛兒是不錯。多少銀子買來的啊？」

「不瞞您說，我可跑遍了三府十八縣，好不容易挑來這兩個頂尖的美人胚子……」人販子一臉諂笑。鴇婆兒打斷他說：「甭給我廢話！我還不知價麼。江北處處鬧饑荒，兩斗米就能換一個丫頭！你呀，每個最多花了五兩銀子……」人販子正要申辯，鴇婆兒伸手制止他：「我給你五十兩！」人販子大喜，深深一揖：「謝二奶奶！」鴇婆兒說：「拿上銀子，走人吧！」丫頭領著人販子退下。鴇婆兒笑嘻嘻地望著小圓圓：「孩子，甭怕。從今往後，這就是你們家了。來，我領你們吃飯去！你們倆，先飽飽的吃上一頓，然後洗澡、換衣裳、打扮得漂漂亮亮的。嘿，好日子在後頭哪……」鴇婆兒說著，一手牽一個，將小圓圓和另外一個女孩領入內室。

廳內擺著兩排蒲團，上面挨個坐著十幾個小女孩，個個眉清目秀，每人都換上了漂亮衣裳。小圓圓坐在她們當中。鴇婆搖著繡扇，在她們當中走著說著：……咱們樓外樓是揚州城裡上百年的老字號了，大江南北的公子哥兒，無不喜歡咱這裡的姑娘。知道人家怎麼說嗎？他們說啊，北京有個乾清宮，揚州有個樓外樓！呵呵呵……聽著，咱這裡的姑娘，個個都是我從小養大的。我就是你們的親娘！今兒起，我會教你們彈琴、唱曲，教你們音容笑貌，教你們梳頭、上妝、穿衣、打扮，我會把你們調理成能歌善舞、豔名四播、人見人愛的名妓！到了那時候，你們個個能穿金戴銀，花錢如流水，富貴一生哪……」

小圓圓和眾女孩呆呆地看著鴇婆兒，對她的話似懂非懂。鴇兒突然正容道：「現在，甭管你們以前叫什麼名，統統給我忘掉。連同你以前的爹娘、身世也一塊給我忘掉！從今兒起，我就是你們的媽媽，我給你們一人起一個好聽的豔名。喏，你——就叫『寒玉』，重覆一遍！」那女孩膽怯地重覆著：「寒玉。」鴇婆兒滿意地點頭，再向前走：「你吶，就叫『紫雲』。」鴇婆兒再往前走：你叫「彩鳳」。

當鴇婆兒走到陳圓圓身邊，剛要開口，小圓圓卻搶先說：「我叫圓圓！」鴇婆兒一怔，正欲怒，再一想，竟然喜笑了：「嗯，這名兒不錯，那你還是叫圓圓吧。」鴇婆兒將所有女孩都命名之後，走到她們中間：我再說一遍，孩子們，從今兒起，我就是你們的媽媽了。來啊，甜甜地叫聲「媽媽」！女孩們參差不齊地叫：「媽媽。」

唯有小圓圓始終不開口。鴇婆兒看見了，走到她面前厲聲問：「圓圓，你為什麼不叫？」「我有媽媽。」鴇婆兒怒道：「我說過，我就是你媽媽！快，叫媽媽！」小圓圓顫聲說：「不，你不是我媽媽……我有媽媽。」「你叫不叫？」小圓圓倔強地說：「不！」

鴇婆兒大怒，變戲法似的一抬手，從腰後抽出根竹板，劈手把圓圓拖到花廳中間。她衝女孩們吼道：「都看著，誰不聽話，這就是樣兒！」鴇婆兒話音剛落，手中的竹板就重重擊下。她為了立威，當著眾女孩的面痛打陳圓圓，竹板劈啪直響，所有的女孩們戰慄不已。鴇婆兒一邊打一邊問：「你叫不叫？」小圓圓還是顫聲說：「我有媽媽……」鴇婆兒繼續痛打，直將小圓圓打得昏迷過去。鴇婆兒這才住手，喘吁地道：「來啊，把她綁到柴火間裡，一直綁到她開口叫『媽媽』為止！」應聲出來一個護院漢子，老鷹捉小雞似的將小圓圓提起來。

頭破血流的陳圓圓被捆綁在柴火間裡，已不知綁了多久。她垂頭不動，似處於昏迷中。外面傳進一陣細細的音樂，小圓圓聞聲，漸漸抬起了頭，眼睛發亮……

花廳一角，兩個上了年紀的盲樂人拉著胡琴、吹著笛子。鴇婆兒正在訓練女孩們如何步態嬌美，如何笑出風情，如何拋媚眼兒。她扭捏作態地說：咱們姑娘家一行一止，都得要風情萬種，讓那些公子哥兒們看了垂涎三尺。瞧著，媽媽走幾個美人臺步……鴇婆兒從懷中扯出一條大紅香巾，一搖一擺，婀娜多姿地走了起來。一邊走一邊說：「喏，行如弱柳扶風，步步生蓮。走著走著，驀然回首，悄然一笑。啊？……忍怯佯低面，含羞半斂眉。哥哥哎！奴家好不想你呀……」鴇婆兒尖著嗓子叫喚了一聲。女孩們忍不住大笑。

鴇婆兒瞪女孩們一眼，笑聲嘎然而止。「笑什麼笑？這是做姑娘的看家本事，指著它吃飯的！來，都走走試試。」鴇婆兒拿起一副竹板，隨著板聲數道：「篤、篤、篤，起——行如弱柳扶風，步步生蓮。走著走著，驀然回首，悄然一笑……」

女孩同時走起「美人臺步」，卻走得亂七八糟。鴇婆怒道：「停！怎麼走的，長這麼大連走路都不會麼？再來！」女孩們退回去，隨著鴇婆兒的竹板聲重新走起「美人臺步」……

女孩漸漸走得像樣了。鴇婆兒的竹板嗒嗒一響，盲樂手換調奏樂。鴇婆兒唱一句小曲：「碧雲天，黃花地，西風緊……唱！」女孩們跟著唱：「碧雲天，黃花地，西風緊……」

鴇婆兒又怒：「什麼調兒？哭喪哪！這麼唱法，客人全叫你們嚇跑了！聽著。」鴇婆兒再唱：「碧雲天，黃花地，西風緊……」聲音果然優美甜蜜。女孩跟著唱：「碧雲天，黃花地，西風緊……」卻怎麼也唱不出鴇婆兒的音調來。鴇兒又急又怒，正要發火，猛聽見隔壁傳出準確而優美吟唱聲：碧雲天，黃花地，西風緊，曉來誰染霜林醉，總是離人淚……鴇兒呆怔住，接著吃驚地朝柴火間望去。片刻，她叮囑盲樂手：「別停下，繼續拉。」盲樂手更起勁地奏樂。鴇婆在音樂聲中悄悄地朝柴火間走去。

小圓圓仍然綁在柱子上，她半閉眼兒，隨著音樂吟唱：碧雲天，黃花地，西風緊，曉來誰染霜林醉，總是離人淚……鴇兒來到她面前，聽著聽著，竟被這美麗的歌聲感動了。突然問：「誰教你的？」小圓圓吃驚地睜開眼：「我媽媽。」鴇婆兒問：「她在哪兒？」「她死了……」鴇婆兒一言不發地替小圓圓鬆綁。之後掏出香巾，為她揩臉，理衣裳，親切地說：「圓圓哪，委屈你了。唉，那些女孩誰也比不上你，你不但聰明美貌，還天生一副好嗓子。將來，你肯定紅遍整個揚州城，說不定紅遍大江南北哩……」圓圓聽任鴇婆兒動作，卻一言不發。

鴇婆兒近乎央求地說：「圓圓哪，你不肯叫我媽媽就算了，我依你。可你媽媽已經不在了，總得有個人照顧你吧？讓我當你的乾媽行不行……」小圓圓望著充滿期盼的鴇婆兒，終於點了點頭，輕叫：「乾媽。」鴇婆高興地「噯」了一聲，把小圓圓緊緊抱在懷裡，激動地說：「圓圓哪，從今以後，乾媽親自教你彈琴、唱曲，乾媽要把一身的本事全部傳給你！」

周皇后坐在鏡前，兩個宮女在為她梳妝。她若有所思地盯著鏡中的自己，歲月流逝得太快了，一霎眼，她做皇后已經十多年了。周皇后近來心情鬱鬱。一個宮女入報：「娘娘，王總管到了。」

「傳他進來，你們都退下去吧。」宮女退出。王承恩入內揖禮：「老奴叩見皇后娘娘。」周后含笑問：「王承恩哪，近來忙不忙？」王承恩一怔，這問話使他難以回答，沉吟著：「稟娘娘，老奴奉旨辦差，天天如此，年年如此。」

「身子骨還硬朗麼？」王承恩更驚：「謝娘娘關心，老奴身子骨還硬朗。」周后一嘆，道：「這就好……王承恩哪。」「老奴在。」周后面有難色地說：「我有一樁心事，但是無人可說，也無法可說。」「既然是無法可說，老奴斗膽勸娘娘——那就不要說。」王承恩謹慎地說，「以娘娘之尊，有些事是不便於說的。」「……可我不說又怎麼辦呢？」

「娘娘可以讓老奴猜！」王承恩略一沉吟，「娘娘的心事是，今年以來，皇上沒有夜幸承乾宮。」

周后嘆道：「你果然一猜就中！整整八個月，皇上沒有碰過我。」

王承恩寬慰她說：「依老奴之見，娘娘從當信王妃開始，與皇上同甘共苦十多年了。如今位居正宮，母儀天下，任何嬪妃都不能與娘娘相比。因此，娘娘不必計較皇上寵幸別的嬪妃。非但不必計較，而且還應該為皇上高興，為大明朝的龍脈興旺、子孫鼎盛而高興……」「果真如此的話，我也高興。我其實不是個獨霸後宮的皇后，也不是個壟斷皇上情愛的女人。」周后停了下來，看了看王承恩，說：「據我所知，開春以來，皇上不但沒碰過我，也沒碰過田妃、孟妃！王承恩，莫非皇上喜歡上別的宮女了？」

王承恩沉吟著回話：「稟娘娘，老奴不知。」周皇后臉沉了下來：「哼！王承恩，這後宮裡的大事小事，沒你不知道的。你呀，就像水銀潑地，無所不入！王公公，說實話吧。」王承恩無奈，只得稟報：「娘娘，老奴說實話。開春以來，皇上非但沒有碰過田妃孟妃，也沒有碰過任何一位嬪妃貴人，更沒有垂幸過任何一個宮女！」

周后不解地問：「皇上這是怎麼了？」「老奴也為此焦慮萬分。娘娘您想，一個擁有三宮六院、三千粉黛的皇上，竟然不近女色，這絕不是天子福音呀！」王承恩苦惱地說，「娘娘，皇上整日忙於朝政，被沉重的國弊壓抑著。兵災啊，流寇啊，饑民啊，貪官污吏啊，……它們都把皇上逼得焦頭爛額。」「我也在想，皇上正在春秋鼎盛，為何厭倦女色了呢？」周皇后擔心地說，「可現在這樣怎麼成！別說皇上，就是一個常人，如此活著，也會毫無生趣呀？你趕緊想個法子吧。」

「正是。娘娘啊，老奴也擔心，長此以往，皇上胸中那股鬱悶之氣無處舒張，導致氣血堵塞，筋脈涸竭，早晚釀出大病來！」王承恩說：「皇上安，則天下安；皇上不安，天下必亂。老奴苦思多日，斗膽建議娘娘賜下懿旨，讓老奴以『祈禱大明萬安』的名義，赴南海降香。此行，將路過蘇州揚州，那裡山清水秀，自古是生養美女的地方……」王承恩看了看周皇后的臉色，接著又說：「老奴在蘇揚一帶，秘密選擇幾位色藝超群的秀女，讓她們入宮侍奉皇上，以求龍心歡暢，益壽延年。如此，也可使得國泰民安哪。請娘娘示下。」周后考慮片刻，說：「好吧，這也是一個辦法。王承恩，我會稟報皇上，准你赴南海降香。」

小圓圓已成長為如花似玉的女伶。此時，她紅妝素裹、婀娜多姿地坐於戲臺當中，邊彈邊唱一首《長相思》：

一聲聲，一更更，窗外芭蕉窗畽燈。
此時無限情。
夢難成，恨難平，不道閒愁不喜聽。
空階滴到明。

在陳圓圓彈唱過程中，臺下看客們屏息靜氣，如癡如醉，死死盯著臺上陳圓圓……一曲終，臺下采聲如潮，數不清的銅錢、碎銀扔上臺來。許多豪客與闊少們在下面大呼小叫：

——好哇，好哇！

——美圓圓，再來一個！

——陳圓圓哪，哥哥的心都讓你唱碎了！……

陳圓圓懷抱琵琶起身，盈盈行禮，一顰一笑，都顯得風情萬種！僅此，又使得臺下的公子哥兒大呼小叫不止。陳圓圓禮罷，邁著婀娜多姿的步子退至幕後。

陳圓圓在自己的化妝臺前剛坐下，下人們立刻端著茶水、熱手巾蜂擁而上，殷勤地侍候著。鬢角已略見斑白的鴇婆兒顯得更為親切，她掏出香巾親自為陳圓圓揩汗，心疼地說：「瞧我們圓圓累得，連汗都下來了！圓圓哪，今兒這一曲《長相思》，又得讓那些公子哥兒夜裡睡不著覺。嘿嘿，剛才我看了一眼，臺上銀子扔了白花花一片！你聽，你聽……」外面傳進洶湧呼喚：「陳圓圓，親圓圓！美圓圓……再來一曲啊……」鴇婆兒高興地說：「聽聽，都快把咱們戲臺吵翻了。圓圓哪，飲口茶，歇一歇，再出去唱兩曲。」陳圓圓不輕不重地放下茶盅，說：「乾媽。我已經多唱了三曲了，他們還不夠？」

「圓圓哪，客官們都是咱們的衣食父母，咱們得順著他們點。」鴇婆兒低聲下氣地說，「哎，現在男人們心裡正癢癢，咱們就用小曲兒給他們撓撓癢！他們一高興，大把銀子又扔上來了！嘿嘿嘿。」「撓癢的曲子我真不會。他們要癢——回家用打狗棒子自個撓去！」陳圓圓不悅地說，「乾媽，我真討厭那些公子哥兒！再說我也累了，讓別的姐妹們唱唱吧。」鴇婆兒附和著說：「是啊是啊，男人就是賤！這麼著吧，圓圓哪，咱們不多唱了，再唱一曲就罷。」陳圓圓臉色僵了下來。鴇婆兒只得現出笑臉，說：「那好那好，心肝歇著，累壞了可不成。寒玉呀，你出場！」鴇婆兒急忙招呼別人去了。

陳圓圓對著鏡子慢慢拭去面上脂粉，盯著鏡中自己，惆悵地微微嘆息……

揚州府衙內，王承恩在幾個地方官吏的陪坐下，緩緩飲茶，目光冷冷巡視著官吏們，那些官吏一個個神情不安。揚州知府陪笑著說：「王公公大駕光臨，是咱們揚州府之福啊！下官敢請王公公多住些日子，欽差之餘，遊覽一番揚州山光水色，指點指點下官的政務……」王承恩一笑，道：「這話聽起來，像是要攆老夫走哇！老夫知道，我多待一天，你們就一日不寧。老夫只是路過揚州，赴南海降香。明天就起行。」知府著急了：「下官萬萬沒有此意。」知府一邊說一邊作揖，「王公公千萬多住些日子，讓下官等聆聽教誨。說心裡話，下官為留住王公公，恨不能把南海搬到王公公腳跟前來！」

「哈哈哈……好吧，我就住三天吧。」王承恩快活地大笑，然後環顧在座官員，說，「不瞞列位，老夫此行，除了奉旨降香以外，還奉有皇后娘娘一樁差使。」知府應諾連聲，說：「好好，請王公公示下。」王承恩說：「揚州自古出美女，皇后娘娘託老奴選幾個色藝超群的秀女，入宮侍候。」知府奉承著，說：「王公公您真是來對了，揚州城美女，俯拾皆是啊。」知府的話音剛落，另一官吏接下來介紹起揚州的「豔事行情」來，他說：「近年來，名滿大江南北的，要數『揚州八豔』！」他發現王承恩注意了，就更加得意地介紹「揚州八豔」，尤其八豔之魁首陳圓圓。

知府始終留意著王承恩神情，這會兒試探地問：「下官這就立刻傳陳圓圓到府，為王公公陪酒？」王承恩擺擺手，說：「哎——不必。這種女人，老夫見得多了。列位繼續聊。」

樓外樓的照壁上高高地懸掛著所有歌妓們的招牌，其中最顯著的就是陳圓圓的豔名。王承恩身著便裝，仰望招牌，之後慢步入內。院內高聳一座戲臺，人聲熙攘，熱鬧非常。陳圓圓尚未出臺，而臺下豪客與闊少們早已迫不及待了，紛紛呼叫著：「美圓圓，親圓圓，哥哥想死你了，快快出來吧……」王承恩找了個不起眼的地方坐下。

此時，陳圓圓正坐妝臺前，卻不肯上妝。鴇婆兒拿著一疊曲單站在她旁邊，急得臉色都變了，她說：「圓圓哪，您看看，這麼多公子點了您的曲子。您就快點上妝吧！」陳圓圓瞥了一眼密密麻的曲單，說：「乾媽，這麼多曲子，我怎麼唱得來呢？今兒我累了，想歇著，乾媽代我向客人告罪吧。」鴇婆兒求道：「乾女兒，今兒捧場都是貴客。您又是咱全戲班的柴米油鹽、衣食父母，您不唱怎麼成？乾媽求您了。」陳圓圓低聲說：「乾媽，你知道的，我發燒已經好幾天了。硬唱，會倒了嗓子！」

鴇婆兒聲音也低下來：「千萬別讓人知道！乾女兒，憑你現在的名氣，只要開個口就有人叫好！你只要賞他們幾個小曲子，大把大把的銀子就扔上來了。」「你不就是饞銀子麼，我讓你賺個夠！」陳圓圓生氣了，「乾媽你出去跟他們說，今兒唱曲以禮金高低為序，誰出的銀子多，我就先唱誰點的曲！」

鴇婆兒連聲應道：「好好！」

樓外樓戲臺前，公子哥兒們還在大呼小叫：親圓圓、美圓圓，快出來……鴇婆兒走到戲臺上深深揖個大禮，笑道：「列位客官，圓圓有話。今兒她將放出平生本事，為客官彈唱豔曲——。」她的話音馬上讓公子闊少們叫「好好」的聲音打斷了。等囂音稍稍平息下來，鴇婆繼續說，「但是，點曲的人太多，圓圓唱不了這麼多曲，只能以禮金高低為序，誰出的禮金多，圓圓就先唱誰點的曲……」眾公子闊少立刻喧鬧起來。鴇婆語音未落，一個公子跳起，將一隻大銀錠敲在桌上：「本公子出五十兩！」眾人一片驚嘆。嘆聲未絕，又一公子跳起，把一錠更大的銀子敲在桌上：「本公子出一百兩！」眾人又是一片驚嘆，驚嘆聲裡有人高叫：「大爺我出二百兩！」又有人跳起來：「老子三百兩！」「爺他媽的出四百兩！！」……漸漸的水漲船高，點曲兒竟然演化為眾公子之間的「鬥富」。到最後，他們為了奪得陳圓圓的第一支曲兒，禮金竟叫至「五百兩」。跑堂的捧著玉匣，奔來奔去地接過公子們遞上的曲單。那鴇婆兒在臺上看得心花怒放，口中「哎喲喲」地叫著，滿臺打躬道謝。

當跑堂的捧著滿滿的玉匣即將入內的時候，一直冷眼旁觀的王承恩忽然咳嗽了一聲，開口了：「都點完了麼？該輪到老夫點曲了吧？」……王承恩氣勢與嗓音立刻讓全場一片寂靜，人人都把目光投向他。跑堂的把玉匣捧到王承恩面前，笑道：「請這位爺開出價來。」王承恩手伸進懷裡慢慢地掏呀掏——全場人都預料他將掏出一個金元寶或者喊出一個天價，但他卻掏出一枚銅板，亮了亮，朝玉匣裡一扔：「老夫出一個銅子，點一曲《碧雲天》！」

梳妝檯畔，鴇婆兒站在盛裝已畢的陳圓圓面前，拿著那厚厚曲單喜孜孜地說：「陳公子出了三百兩；黃公子出到四百兩；宋公子——嘿嘿，出到了五百兩啊……」陳圓圓看一眼，氣道：「哼，這些惡少，不都是喪天害理的錢麼?!」這時候，玉匣中還剩下一隻銅板。陳圓圓看見了，伸手拿起，問：「這是怎麼回事？」鴇婆兒不屑地說：「一個要飯的老東西，只出了一個銅板，就想點曲《碧雲天》，這是在污辱咱們圓圓哪！」

……滿臺音樂驟起，陳圓圓即將出場，豪客與闊少們引頸急望。終於，陳圓圓手執琵琶出場了，她千嬌萬媚地道白：「謝列位哥哥們捧場，奴家就從禮金最多的曲兒唱起……」一位出金最重的公子自豪地走到前臺首座，面對陳圓圓坐下。他贏得一片采聲。後場，王承恩輕輕地嘆了口氣，默然起身，孤獨地朝門走去。當他快要踏上門檻時，忽聽得臺上傳來悲涼的歌聲：

碧雲天，黃花地，西風緊……

王承恩呆住了，不禁回頭驚愕地看去。頓時，臺上的陳圓圓與王承恩四目相對，她的歌聲繼續著：

曉來誰染霜林醉，總是離人淚……

王承恩突然看見，陳圓圓懷抱琵琶，纖纖玉指間竟然捏一枚銅板，她是用他給的那銅板彈撥著懷中根根銀弦，奏出無比動人的音樂……滿場公子闊少瞠目結舌。

世界上最值錢的是錢，最不值錢的也是錢。

母親臨終時，曾給陳圓圓留下兩個願望：第一，不要淪入娼門；第二，不要進入皇宮。現在她已經違背了母親的第一個願望，接下來，她能否抗拒皇宮呢？

第四章

鴇婆兒陪著笑臉，戰戰兢兢進入知府衙門，一邊走，一邊衝兩旁的衙吏們打躬做揖。一個衙吏厲聲喝道：「知府大人有令，傳吳鴇兒進見！」「小民來啦、來啦！」鴇婆兒一疊聲應道，快步上前，迎頭看見知府大人威嚴挺立知府大堂，急忙行個「萬福」禮，笑道：「小民吳鴇兒，拜見知府大人！」知府卻急得跺足，斥道：「你瞎眼啦，大人坐在上頭呢！」鴇婆兒循勢望去，這才看見便裝的王承恩端坐在堂上太師椅上，眯著眼兒品茶。她吃一驚，認出他就是那位「出一枚銅板」的客人，呆住了！

知府斥道：「這便是皇宮大內總管——王公公，還不快磕頭！」鴇兒驚叫著趕緊給王承恩磕頭，接著滿面媚笑地說：「奴家早就看出王老人家不是凡人！」王承恩微笑著：「哦，是麼？」「可不是麼！從您踏進戲院那一刻開始，奴家這顆心就撲通撲通跳個不停，登時覺得天空更藍、日頭更紅，連颳來的風都暖洋洋的……奴家一直像是在夢裡，直到現在才醒過神來——原來是王老人家到了咱樓外樓！」鴇婆兒感嘆著，「哎喲老人家，您為何不早來喲？」

王承恩半合目作欣賞狀：「好聽好聽，這奉承曲兒確實好聽。」鴇婆兒從懷裡掏出那枚銅板，感動不已地說：「本班上下都感您老人家恩典！瞧啊，不但來聽咱們的曲兒，還賞了一枚大錢！奴家知道，這一枚錢情深意重哪，這一枚錢抵得上金山銀山哪。」王承恩揶揄著說：「嗳——唱得稍過了些！一枚錢就是一枚錢，買個火燒都不夠。」

「昨夜呀，奴家就捏著這枚大錢整整一宵沒合眼！」王承恩作驚訝狀，問：「是麼？你那兩隻眼珠子受得了嗎？」鴇婆兒陪笑著：「奴家生怕哪兒得罪了老人家？」「你沒得罪老夫——這是其一；其二麼，老夫也不怕人家得罪。快起來吧。」鴇婆兒謝過了，起身，雙手將那枚銅板呈到王承恩案上：「奴家實在不敢收老人家的賞，敬請老人家收回這枚大錢。本班改日給您老人家專門唱一場堂會，唱它個三天三宵，唱它個柳暗花明，唱它個一樹梨花壓海棠，萬紫千紅滾滾來……」王承恩笑瞇瞇地聽著鴇兒油嘴滑舌。

知府隱然生怒，咳嗽了一聲，鴇婆兒這才知趣地住嘴。冷場片刻。王承恩沉聲道：「吳鴇兒，老夫要把陳圓圓帶走。」鴇婆兒大驚失色，問：「老人家您說什麼？」

「老夫一言既出，概不重覆。」王承恩斜視知府一眼。知府立刻重覆道：「王公公說了，要把陳圓圓帶走！」鴇婆兒「哎喲」痛叫一聲，立刻從袖管裡抽出手絹，痛苦萬分地哭泣起來，數說道：「老人家啊，圓圓是奴家親閨女呀，是奴家的心肝肉肉呀，是全戲班的柴米油鹽呀，是咱老老少少的衣食父母呀！您如果把她帶走了，咱們上上下下幾十口人怎麼活啊……」王承恩打斷她的哭訴：「說吧，你要多少銀子？」鴇婆兒立刻來了精神，睜大兩眼：「老人家問銀子？」

王承恩「哼」一下，不語。知府重覆道：「王公公問你要多少銀子？」「奴家冒死給老人家算一筆帳，請老人家聽聽。」鴇婆立刻伸出巴掌，掰著手指數說：「圓圓六歲進班，至今足足十年了！這十年來，她吃呀、穿呀、住呀，樣樣是奴家供著，還不得耗去一萬兩銀子麼？再有，她學戲、扮裝、出道、成名，樣樣都是奴家苦心栽培出來的，這還不又得耗去一萬兩銀子麼？還有哪，圓圓現在正名滿天下，最少能紅個七八年，奴家花這麼多心血，總得找回點本錢吧？她這一走，奴家最少損失兩萬兩銀子……嗚嗚嗚。」鴇婆兒索性心痛得抽泣起來。

王承恩微笑了，說：「照你的演算法，一共四萬。不多，不多，確實不多！你就是要六萬兩，我看陳圓圓也值啊！」鴇兒心花怒放，感激地叫著：「老人家您……您真不是凡人哪！」「不過，老夫也有一本帳要跟你算算。」王承恩接著說，「據我所知，當年，你是用五十兩銀子把陳圓圓她們買下來的。同時，你還買下了另外三個丫頭。那三位丫頭，兩個被你虐待致死，一個學曲不成，壞了嗓子，又被你賣進下等妓院。我問你，你多年來販買民女，逼良為娼，牟取暴利，這些大罪，值多少銀子啊？你這顆腦袋值多少銀子啊?!」鴇兒大驚失色，跪倒在地，叫道：「老人家……」

王承恩依舊微笑著：「老夫還有一本帳哪。這些年來，陳圓圓每天都給你賺進大把大把的銀子，稱得上是『日進斗金』哪。無論是颳風下雨，無論是生病還是來月經了，陳圓圓都得開門接客，都得登臺賣唱，都得當你的搖錢樹！你搖啊搖啊，足足搖了十年，搖了三千六百五十天，起碼搖下來三十萬兩銀子！」鴇婆兒跪在那裡，直發抖：「老人家……」「如今，陳圓圓要和你一拍兩散，你還想狠狠吃一口回頭草。」王承恩臉上的微笑沒有了，語氣也冷了下來，「好嘛，老夫倒想問問，究竟應該誰給誰貼銀子？是你付給她還是她付給你？」鴇兒嚇得直磕頭，說：「老人家……您領了她去吧，奴家不敢要銀子了。」

「別別別！老夫既然買她，就得付她的身價。」王承恩眉眼又舒緩起來，「這麼著吧，我讓你這十年來收支相抵，功罪扯平。此外，還讓你略有賺頭……」略作停頓，王承恩拿起那枚銅板朝桌上重重一拍：「喏，還是這一枚大錢，拿去吧！」鴇婆兒絕望了，不知如何是好，望著知府大人。知府直朝鴇婆兒使眼色。鴇婆兒只得上前取過銅板，再叩首：「奴家謝老人家賞。」

王承恩微笑著，說：「可再不要捏著這枚大錢，一宵合不攏眼了。」「是。」鴇婆一臉沮喪。知府斥：「退下。」鴇婆兒彎腰行禮而退，忽然間，她回頭不冷不熱地：「老人家，奴家雖然放了陳圓圓走，只怕陳圓圓自己不願意進皇宮。她呀，可不像奴家這麼好對付……」

王承恩冷峻地說：「這毋須你告訴老夫。」

鴇婆兒怵然離開大堂。王承恩站起身慢步走向後堂，知府趕緊起身相陪。王承恩冷聲問知府：「劉大人，老夫走以後，你是不是想補給那鴇兒幾萬兩銀子啊？」知府慌忙道：「下官不敢。」「那你何必給她使眼色呢？」「下官是在瞪她……這種人著實可恨！」「劉大人哪，一座妓院要想紅遍天下，沒有官府支持是不成的。比方說大小官員進去吃個花酒、玩個姑娘，一概免費哪，逢年過節還有些孝敬。」王承恩語氣一轉，「當然啦，揚州府絕不會有這種事。」「王公公訓示得對。」知府膽戰心驚地，「王公公，您訓示得……簡直是太對了！公公對民情怎會如此了解？」

王承恩哼了一聲，不語。

古運河碼頭上，停泊著一艘官船。幾個軍士抬著一乘小轎來到河邊。轎簾子掀開，現出被綁手塞口的陳圓圓。軍士拉陳圓圓出轎，陳圓圓發出「嗯嗯」的抗拒聲。軍士將她推上跳板，再推上官船。

艙內坐著王承恩，他抬眼看了看陳圓圓。陳圓圓怒視著他。王承恩嘆道：「人哪，綁是綁不住的。鬆綁。」軍士趕緊上前為陳圓圓解開繩索，扯去臉上毛巾。陳圓圓剛喘口氣，立刻破口大罵：「你們這些狗男人，憑什麼抓我來。光天化日下，官府如同強盜！你說，我犯了什麼罪？憑什麼把我抓來？天下的男人個個黑心，傷天害理，欺壓百姓……」陳圓圓罵呀罵呀，王承恩卻一語不發。待陳圓圓累得喘息時，他伸手將案上的茶盅推向她。陳圓圓又怒罵了聲：「狗男人！」

王承恩微笑了：「陳圓圓，老夫不是男人，老夫甚至算不上是個『人』。」「那你是什麼東西？」「老夫是個太監。」王承恩一嘆，「太監嘛，就是割了睾丸的人。說得雅一點，就叫做『去勢』。說得惡一點，就叫做『閹割』。你見過鄉下人閹豬、閹雞、閹狗嗎？太監就是這種東西，和那些牲口一樣，小時候，就把雄性的根兒給割掉了。」

「你、你……」陳圓圓驚恐地直朝後縮，「你為什麼讓我來？」「別怕，老夫心如死水，不會碰你一個指頭。你是老夫請來的貴客。」王承恩站起身，「昨兒在樓外樓，闊公子們為了爭奪你的曲兒，出到了五百兩銀子一曲，而你不唱，卻唱了老夫一枚銅板點的曲兒！圓圓哪，老夫感動不已……跟你說實話吧，老夫進宮五十年來，從來沒有像昨天那麼感動。老夫要謝謝你……」

王承恩竟然屈腿下跪，像對待皇后那樣，朝陳圓圓重重叩頭！

陳圓圓驚叫：「老人家，你、你快起來！」王承恩起身問：「告訴我，你為什麼那麼做？」

「我恨那些闊公子，瞧不起那些賤貨。」陳圓圓說，「我想，你也恨他們吧？」王承恩不回答，只微微點下頭，隨之步出艙門：「歇著吧，明兒要起航了。」

「你想帶我到哪兒去？」

「很遠，很遠哪……」

陳圓圓追問：「到底是哪裡？」

「京城，皇宮。」

陳圓圓怒叫：「我不去皇宮！」王承恩背對陳圓圓，嘆了口氣，說：「老夫知道，你歇著吧。」王承恩出艙門。陳圓圓正欲奔出，艙門口處兩個軍士將她攔回船艙。

王承恩獨自步下跳板，對守衛的軍士道：「好生看著，不得無禮。」王承恩獨自走上岸。

王承恩便裝在街道上行走，他不斷東張西望，打量各色各樣的店招牌，彷彿尋找什麼東西。揚州皮市街有一家樂器店，店中擺放著各色各樣的古雅樂器，王承恩凝目觀望。小二上前，笑嘻嘻奉承道：「嘿，這位客官真有眼力，一眼就相中了這把蕉尾琴。這琴彈起來啊，清靈靈的，有如空谷鳥鳴……」王承恩不理睬，又轉眼望向一把琵琶。小二又驚嘆道：「嘿，客官果然目光不凡，這古桐琵琶，出自洪武朝張天師之手。客官彈一手試試，銀弦一動，便是珍珠落玉盤哪……」

王承恩沉聲問道：「老夫聽說，貴號有一件鎮店之寶。」小二謹慎地回答：「不知客官問得是哪一件？」「天目琵琶，傳說是南唐李後主愛妃的專用樂器。彈起來，連上天都睜開雙目凝聽。」「客官，天目琵琶從不輕易示人。」小二說：「客人們常常是看得起，買不起……」王承恩掏出一隻元寶往案上一放，平淡地說：「老夫先送上看一眼的價錢——夠麼？」小二大驚，揖道：「客官稍候，小的請老掌櫃出來侍候您！」

小二匆匆入內，王承恩瀏覽著四周擺設。片刻，老掌櫃出來了，小二跟在後頭，雙手捧著一隻皮匣。老掌櫃認真打量著王承恩，之後深深一揖，道：「尊駕不是揚州人吧？」王承恩道：「不是。」老掌櫃道：「敢問，尊駕可是來自京城？」王承恩微笑著反問：「老夫為什麼非得來自京城？」老掌櫃說：「小二他眼拙，沒瞧出尊駕是大內的公公。」王承恩無言，只點點頭。小二已經打開匣子，老掌櫃恭敬地彎腰避讓，說：「請公公法眼相照。」

王承恩上前從匣中取出琵琶細看，這是一具看上去十分普通的琵琶，但古色古香。他用指一撥，琵琶錚然作響，音韻不凡……王承恩滿意地笑了：「小二呢，你為何不吹噓幾句了？」老掌櫃欠意地說：「小二放肆，請公公見諒。在這樣的絕品面前，敝號已經無需多嘴了。」

「多少銀子？」

「一萬八千兩。」

王承恩輕輕放下琵琶，說：「你即刻到揚州府衙取銀子吧。」「謝老公公。」老掌櫃高興不已，說，「這具琵琶呀，我賣了五十年，總算是把它賣掉了。」王承恩呵呵一笑，說：「我買了五十年，總算是把它買到了。」

泊在揚州郊外古運河上的官船，天色漸暗。陳圓圓悄悄地摸出艙外，探首一看，看見船頭船尾盡是侍衛。她躡手躡腳地避開他們，終於摸到沒有侍衛的船尾，正要撲身投河。忽聽水中嘩啦一響，竟然從水中鑽出兩個侍衛。原來，連四周河水裡都暗藏著侍衛。陳圓圓絕望了，她看看冷眼監視著的侍衛們，只得掉頭走回船艙。陳圓圓步至艙門口，忽然聽見艙中傳出一陣琵琶弦聲，叮咚悅耳。

陳圓圓入艙，只見王承恩正在撫弄那把天目琵琶。陳圓圓一見，不禁兩眼生光，欲言又止。

「陳圓圓，你知道嗎?這把天目琵琶是南唐李後主留下的，幾百年哪……」王承恩沙啞地說，「李後主還留下一段千古名詞：問君能有幾多愁，恰似一江春水向東流」……王承恩說罷信手彈奏起琵琶，音聲美妙，如水沁人。陳圓圓驚訝不已。顯然她沒想到王承恩能將一把琵琶彈得出神入化。

王承恩說：「陳圓圓，請你為老夫唱支曲子，好麼?」陳圓圓拒絕道：「囚徒不唱曲!」

「那麼，老夫為你唱一曲如何？」陳圓圓更是驚訝。她答應也不是，拒絕也不是。王承恩彈撥琵琶，真的用自己那副非男非女的沙啞嗓子唱起來了：

汴水流，泗水流，流到瓜洲古渡頭……

剛唱出第一句，陳圓圓便驚叫：「你怎麼會唱這首曲子?!」這是妓女們叫春的曲。陳圓圓想不到這個皇宮裡的公公也會唱這樣一首歌。王承恩苦澀無比地說：「它是咱娘當年接客的曲啊……陳圓圓大驚失色，問：「老人家……你、你娘當過歌妓？」「什麼歌妓喲，你才稱得上是歌妓！咱娘連當歌妓都不配，她只是個妓女！她呀，不如你年輕，也不如你漂亮，更沒有你這副金嗓子，她只會把男人硬往屋裡拽！她接一次客才十個銅子兒，換來我們母子倆一天的飯錢。」王承恩沙啞地說，「老夫五歲時候，就天天看著咱娘站在破窗子前，一邊賣弄風騷，一邊唱啊唱啊，她只會這一首叫春的曲子……」

「老人家……」陳圓圓想起自己的童年，痛聲叫道。王承恩痛苦的說不下去了，於是他再次撥動銀弦，用沙啞的嗓子唱道：

汴水流，泗水流，流到瓜洲古渡頭。

情哥哥，慢些走，妹妹等你在樓外樓。

曲聲中，王承恩流下渾濁的老淚。曲聲中，陳圓圓不禁想起舊日母親，一幅幅畫面閃過：母親被男人壓在身下……母親臨終前的囑咐……忽然間，陳圓圓接上王承恩的歌聲，成為男女同唱：

汴水流，泗水流，流到瓜洲古渡頭。
情哥哥，慢些走，妹妹等你在樓外樓。
汴水流，泗水流，瓜洲有渡沒有頭。
情哥哥，親一口，妹妹餵你盅交杯酒。……

曲終後，王承恩與陳圓圓對坐流淚，沉默許久。

「老夫八歲時候，娘死了——生生的被男人們操死了！打小起，我最恨的就是男人雞巴。所以……所以用一把破菜刀，自己閹割了自己，血流了一屋子啊！我昏迷了三天三夜，僥倖沒死，後來就進了宮，做了太監。我從給秀女們倒尿盆開始，一年年往上升，一步步往上爬！我升啊、爬啊，越爬越高，終於成為皇宮的總管。」王承恩停了一下問，「圓圓哪，你知道麼，人家叫太監什麼，叫公公！哈哈……咱太監男不男女不女，公不公母不母，反而成為雙倍的公——人家尊咱們『公公』，哈哈哈……為什麼呢？因為咱雖然沒了雞巴，可咱有皇上啊，皇上就是咱的主！就是咱的勢！就是全皇宮五千個太監的雞巴頭子！」

陳圓圓聽得驚心動魄，渾身發抖，顫聲道：「王公公，我原以為，您是個大福大貴的人，萬沒想到您的命有這麼苦！」「圓圓哪，這些話，五十年來我誰也沒說過，今兒都跟你說了。只為了讓你知道，人活在世上，誰也別抱怨自個命苦，天下苦命人多著哪！那最苦最苦的人——反而

是一聲不出啊！」

王承恩長嘆一聲，又說，「圓圓哪，你得明白。眼下你位居『揚州八豔』之首，可仍然是個歌妓呀！白天，你不得不給數不清的男人們唱曲兒。晚上，誰出的銀子多，你就得把自己交給誰。今兒張三，明兒李四，再後來你人老珠黃，就沒人再要你了。圓圓哪，歌妓即使紅透了天，下場也是悲慘的。」王承恩對陳圓圓說，既然你能侍候那麼多男人，何不只侍候一個男人呢？既然你能賣給那麼多男人們，何不只獻身於一個男人？看了看她疑問的神情，王承恩又說，「那男人就是當今皇上！」陳圓圓大驚：「皇上?!」王承恩告訴陳圓圓，自從那天在樓外樓見到她，就預料到了她將會得到皇上的寵幸。他說：「你聰明美貌，色藝雙絕，全後宮沒人比得了你，隆恩降臨之後，你就是貴妃，甚至是皇貴妃。天下的男人、女人都得敬你、怕你。到了那天，你就可以母儀天下了。圓圓，你就聽公公一句話吧，」

「王公公，您別說了。」陳圓圓想起母親臨死前「一不要淪入娼門、二不要進入皇宮」的囑咐，陳圓圓哭著說：「求您別說了……」王承恩固執地說：「圓圓哪，人活著就得活個痛快，絕不能像你娘我娘那樣任人糟賤。」王承恩起身，走向艙口，站住，說：「聽著，今夜，這船就歸你了，不會有一個侍衛監視你。」

陳圓圓抬起頭，驚訝地問：「您說什麼？」「公公已經把你拽出了妓院，你已經自由了。你如果要走——那包裹裡有十個金元寶，值五千兩銀子。你拿上它走吧，夠你做點乾淨的生意。」

王承恩說完步出艙門，陳圓圓衝著他背影大聲叫：「等等！」

王承恩站住。陳圓圓顫聲道：「王公公，您為什麼要對我這樣？」王承恩深情看著她，說：「圓圓哪，我是個太監，你是個妓女，咱倆都是世上最下賤的人。公公不願意你當妓女，公公、公公想拿你當孫女！」王承恩離去。步下跳板時，他對立在河邊的侍衛頭兒說：「把所有人都帶回去，甭管她了。」侍衛頭吃驚地回話：「遵命！」

王承恩走向遠方。船艙內陳圓圓呆癡坐著。過會兒，她隨手掀開包裹皮兒，果然露出一大堆金元寶。

夜深了，陳圓圓獨坐船幫，若有所思。她腳下是潺潺的流水，水中是波動的月亮。陳圓圓解開長髮，垂首將長髮伸進流水中，慢慢浸著……

東方升起紅日。王承恩坐著一乘小轎而來，後面跟著侍衛們。王承恩在轎上不安，他注視著越來越近的官船，上面空空蕩蕩。王承恩下轎，焦慮不安地踩著跳板上了船。王承恩一頭鑽進船艙——空無一人。他失望地回身，望看通往天邊一條小路。

船尾忽然傳來清靈靈的曲聲。王承恩一振，循聲望去。陳圓圓坐在船尾，懷抱琵琶，一面彈奏著，一面悲哀而動人地唱著：

汴水流，泗水流，流到瓜洲古渡頭。

情哥哥，慢些走，妹妹等你在樓外樓。

汴水流，泗水流，瓜洲有渡沒有頭。

情哥哥，親一口，妹妹餵你盅交杯酒。……

曲聲中，王承恩激動地下令：開船！侍衛們解纜……船夫搖起長櫓……

官船在曲聲中馳向遙遠的天邊……

夜晚，暖閣內，崇禎坐於燭下，神情疲憊地批閱。他的案頭堆著大堆奏摺與密報，他讀著讀著，禁不住唉聲嘆氣……屏風後面，周皇后關切地暗中觀看。一個太監端著銀盤無聲的走來，在周皇后面前停步。周后看了看銀盤，上面反扣著一排玉牌。周后掀起一隻看，只見上面寫著「德貴妃田氏」；她輕輕放下，再掀開一隻看看，上面寫著「懿貴妃袁氏」……周后點頭，示意太監呈上。同時注意觀看崇禎反應。

崇禎苦惱得再也閱不下去，起身踱步，一步一嘆。太監捧著妃嬪貴人名牌，悄然上前，跪在崇禎腳邊，舉盤過頂，一句話也不說。崇禎看一眼那玉牌，煩躁地說：「駕幸駕幸，下去，朕毫無心情！」太監應聲而退。

「慢著！」崇禎忽想起一事，問，「王承恩離京多久了？」太監趕緊又跪倒了回話：「稟皇上，王公公南下降香約兩個月了。」「怎麼才兩個月，朕都覺得快半年了嘛？」崇禎有點兒詫異，又問，「他何時回來？」

這時，周皇后從屏風步出，笑道：「皇上，臣妾倒是接到王承恩信兒，說是已進入直隸境內，這兩日就要回來了。」崇禎寬慰地說：「那就好。朕這裡堆著好些煩惱事，正等著問他呢！」「皇上如此勤政，實在太傷神了。這些雜事兒，何不交給大臣辦？」周后微笑著說，「還有，昨兒中秋節，皇上不是還下過恩旨麼？說江南八省大豐收，民生安定，邊關太平，皇上還免了中原兩省的錢糧。臣妾正替皇上高興哪！」

「那都是鬼話！大臣們用它哄朕，朕用它哄天下。實際情況呢，北邊，清兵攻佔了遼東三鎮；南邊，高迎祥、李自成等流寇又造反了。內憂外患並起，天災人禍雙至，朝廷早就收不上陝西、河南的錢糧了，不免又怎麼樣？」崇禎嘆了一口氣，苦笑著說，「朕這個皇上，苦不堪言哪……」「皇上啊……您又有多少日子沒有好好睡覺了？」周后關切地望著他。崇禎苦惱地，說：「愛妃啊，不瞞你說，朕失眠症又加重了。頭昏腦脹，神智恍惚。白天像在夢裡，夜裡又清醒如白天。」

周皇后憂慮地看著皇案上一大堆奏摺，心想，皇上整天埋在這堆報憂甚於報喜的奏章裡，怎麼能睡得著呢。周皇后說：「皇上，您必須拋開一切，安安穩穩地睡上一覺。」「奏摺沒閱完，朕根本睡不著。」崇禎搖了搖頭。「這樣不睡覺肯定不行。要想睡著，必須靜心；要想靜心，必須離開這堆奏摺。來皇上，臣妾陪您出去走走……來吧！」周后上前，不由分說地挽起崇禎。

兩人一起步出乾清宮。

周皇后挽著崇禎在後宮的花間曲徑上散步，如同一對既平凡又恩愛的夫妻。月光灑在兩人身上。崇禎喃喃低語：「朕好像走在夢裡。」周后也細聲細語，像哄小孩一樣對他說：「皇上啊，咱們就是在夢裡。皇上，你可以閉上眼睛走，臣妾當你的眼睛。」崇禎真的閉上了眼睛，在周后扶持下，半睡半醒地、如夢如幻地行走著。

過一會，崇禎站住，閉著眼睛道：「愛妃，朕睏了。」「皇上不睏，咱們再走走。」再走幾步，崇禎又道：「朕真的睏了……」周皇后微笑著，還是細聲細語地哄著：「皇上還是不睏，咱們再走走。」崇禎在周后扶持下，一邊走一邊睡，漸至步履歪斜，幾如夢行人，他甚至發出了低低鼾聲。周后高興地笑了。她小心異異地扶著崇禎，慢慢地將他引入自己的寢宮。在過臺階時，她低聲道：「左腳……」崇禎迷迷糊糊地抬起了左腳，邁過臺階。周后低聲：「右腳……」崇禎迷迷糊糊抬起右腳，再邁過臺階。就這樣一步一步的，周后把崇禎扶進坤寧宮。

寢宮內，一個宮女正搖著一隻小搖床，裡面睡著兩歲的小太子。宮女一邊搖一邊低聲哼著催眠曲，小太子早已甜蜜入夢。周后扶著崇禎經過那隻小搖床，將崇禎扶進內室。內室裡面竟然有一隻大搖床，用繩索懸在樑上。周皇后將崇禎扶到搖床邊，扶他躺下，輕輕為他去靴、更衣、蓋被子……整個過程中，崇禎沒有睜開過眼睛。周后坐到一隻小凳上，雙手搖晃著那隻大搖床，口裡低低地哼著催眠曲……很快，崇禎深深地、甜蜜地睡著了，發出陣陣鼾聲。周后幸福地笑了。

外面是小太子的搖床，裡面是皇帝的搖床，兩隻搖床一大一小。一父一子，沉浸在各自的美夢中。

月光下一條幽靜的驛道，突然響起急驟的馬蹄聲。緊接著，一騎飛馳而過，載著一位大漢直奔京城。驛道濺起一片灰塵……烈馬奔至城門下，大漢勒馬，朝城門大喝：「開門！快開門！」

城頭上出現御林軍守衛，他們大聲斥道：「誰敢這麼大呼小叫的！」那大漢仰面喊道：「兄弟，請快讓我進城，標下有萬急之事……」「誰是你兄弟！快滾，天明再來。」

「慢著，」御林軍偏將宋喜出現在城頭，問：「你是什麼人？」大漢復叫道：「寧遠標統吳三桂，有十二萬火急軍情稟報聖上！」「標統？哼。」宋喜冷笑一聲，說，「區區六品武官，既無權杖，又無關防，竟敢深夜闖宮？退了！」

吳三桂說：「各位爺大概是想要點銀子吧？標下這裡有。」城上守衛一聽說銀子，紛紛傾身下望。吳三桂從懷中摸出一物，穿到箭上。張弓搭箭，大叫一聲：「拿著！」利箭嗖地飛去，直中城樓柱子。城衛拔箭一看，箭杆上竟然穿著一隻血淋淋的人耳朵。他顫抖地遞給宋喜：「這、這……」

宋喜驚怒，問：「吳三桂，這是誰的耳朵？」吳三桂在城外馬上，仰頭大叫：「寧遠巡撫畢自肅畢大人的耳朵！」宋喜道：「你謊稱有萬急軍情，竟然以一隻人耳朵來闖宮，罪不可赦。備箭！」眾守衛紛紛執弓，拔箭瞄向吳三桂。吳三桂笑道：「將爺，您看清楚嘍，那隻耳朵就是萬急軍情。耽誤標下的差使，您可擔待不起。」宋喜怒斥：「放肆！再不滾蛋，把你射成一個馬蜂窩！」

這時，一輛驛車無聲無息地馳近了城門。車內，王承恩掀起車窗朝外看，眉頭緊鎖。陳圓圓也透過車窗看見了雄姿英發而且怒火沖天的吳三桂，驚訝地小聲：「公公，這人膽子真大呀！」「看來寧遠出事了。你坐著，別出聲。」王承恩步下驛車，走到城門大燈籠下面，仰面說：「是宋喜在巡城麼？開門吧。」「原來是王公公？……卑職這就開門。」宋喜探頭一看，轉臉朝守衛下令：「快快！」

城下，吳三桂朝王承恩叩拜：「王公公，標下冒昧了。」王承恩微微一笑：「冒昧？你知道嗎，夜闖禁城是死罪，要砍頭的。」「標下知道。但標下萬般無奈，只有犯禁了……」吳三桂說，「標下奉命赴寧遠任職。剛到職，正碰上寧遠衛兵變。」王承恩大驚，問：「為何兵變？」「兵部十個月沒有給寧遠衛發餉，三千兵勇鬧餉造反。他們把巡撫畢自肅綁在敵樓上，要脅朝廷，如果五天之內不送軍餉來，他們就要砍掉畢巡撫的頭，嘩變投向滿清皇太極。」吳三桂說，「標下剛剛上任，接手的不是一標兵馬，而是一隻巡撫大人的耳朵。標下無奈，只能飛馬回京報警。到京時天黑了，標下連敲兵部洪承疇、戶部周延儒的家門，他倆都不願意向皇上報告惡訊，推來推去，非要等明天早朝時再說。標下無奈，被迫闖宮夜報……」

這時，宋喜正急急忙忙地拉開城門，向內揖讓王承恩。「宋喜呀，你立刻到兵部侍郎洪承疇、戶部尚書周延儒的府上去，傳老夫的話。就說，寧遠衛兵變，吳三桂闖宮夜報，一個時辰後，老夫就要領著他進見皇上了，建議他倆也在一個時辰之內進宮見駕。否則的話，皇上要是只聽了吳三桂一面之辭，恐怕對二位大人不利呀。」王承恩回過身對吳三桂說，「上車吧。」

王承恩先行登車。吳三桂猶豫著：「標下還是跟著車走吧？」「上車！」王承恩不由分說。吳三桂只得登車。剛踏入車廂便大吃一驚，迎面看見閉月羞花般的陳圓圓！吳三桂頓時手足失措，一腳竟踩著了陳圓圓的裙裾邊。陳圓圓微笑著抽了抽裙裾，吳三桂這才察覺自己的失態，一收腳差點摔倒，他慌忙縮成一團。王承恩只是擺了擺手——示意吳三桂坐。王承恩居中，吳三桂與陳圓圓對坐兩側。三人都沉默，吳三桂窘得連頭都不敢抬，垂首呼哧呼哧喘粗氣，滿頭大汗。陳圓圓好奇地死盯住吳三桂，暗含笑意。稍頃，她擰起身邊一隻水葫蘆，無言遞去。吳三桂仍然不敢動。

王承恩淡淡地，說：「喝吧。」吳三桂這才接過水葫蘆，咕咚咚狂飲……王承恩低咳一聲：「吳三桂啊，周延儒和洪承疇都是大臣，他們官職比你高，權力比你大，也都善於推三阻四、諉過於人，為何你跟個楞頭青似的，深更半夜的闖皇宮，就為報告一樁禍事？」吳三桂抬一下頭，又低下去，回話：「標下想，寧遠衛亂兵要是投敵了，關外的防線就斷了脊樑骨。畢巡撫也得喪命。」

「這恰恰是大臣們的事，首先該讓他們操心！」王承恩問，「如果你是大臣，你會怎麼辦呢？」吳三桂怔住了，回話：「標下沒想過……標下現在也有些後悔魯莽了……」

「現在就想。」吳三桂疑思片刻，說：「標下想，最要緊的，是別讓禍事擴大，牽連周圍幾個鎮衛也鬧起餉來。再者，朝廷得趕緊發下餉銀去，以解燃眉之急。」王承恩重重嘆了一聲：「跟你實說了吧，朝廷沒銀子！」吳三桂吃驚。三人再度沉默，只聽得車軲轆在石子道上的滾動聲。吳三桂一直垂著頭，陳圓圓一直盯著吳三桂。

王承恩領著吳三桂與陳圓圓來到坤寧宮，周后已站在玉階上等候。王承恩恭敬地跪下叩道：「皇后娘娘吉祥！」陳圓圓與吳三桂也跟著跪下。

周后喜道：「皇上今兒還問起你，以為你還得過些日子才能回來，沒想到你連夜返京。好。」王承恩再叩首，道：「讓皇上和娘娘操心了，老奴甚為不安。」「這兩人是……」周后看了看跪在王承恩身後的陳圓圓，有點會意地問。「這一位名叫陳圓圓，是名滿江南的歌女。」周后微笑，會意地點點頭，不語。「這一位是寧遠標統吳三桂，他剛剛闖宮夜報，說有萬急之事。」周皇后大驚：「怎麼，又失了城關……」

這時，大搖床上的崇禎忽然從惡夢中醒來，依稀聽到窗外的對話。崇禎急忙從搖床坐起，伸腳踩鞋，只踩著一隻。於是，他便一隻腳趿著鞋，另一隻卻赤著腳兒，慌忙奔出宮。周后正為難地對王承恩道：「皇上剛剛睡著，我實在不忍心驚動他……」

話音剛落，崇禎已經奔出，作威嚴狀：「朕在這！」陳圓圓吃驚地看見，崇禎竟然赤著一隻腳。

這時，洪承疇與周延儒雙雙趕到了，兩人急跪：「臣等叩見皇上。」「平身！說吧，出了什麼事？」崇禎不言自威地說話。洪承疇與周延儒眼望著王承恩，王承恩則示意吳三桂。吳三桂跪稟皇上，道：「寧遠衛三千兵勇鬧餉嘩變，將巡撫畢自肅捆在城樓上。亂兵們揚言，朝廷如不能在五天內送來餉銀，他們就要殺了畢大人，投奔皇太極。」崇禎大怒：「不就是幾十萬餉銀麼，朕發給他們就完了嘛，為何要投那個滿人皇太極呢？」

「稟皇上，後金大汗皇太極，已經在盛京開國稱帝了，國號大清，改元『崇德』！」崇禎大驚，問：「開國稱帝?!……這是什麼時候的事？」吳三桂回答：「就在前天。」崇禎怒視洪承疇與周延儒：「這麼大的事，你們就不知道嗎？」洪承疇看了周延儒一眼，叩首道：「臣等也是昨晚才得知的。」周延儒說：「天色已晚，臣等不敢驚擾聖上，準備明日平臺議政時稟報……」

崇禎怒斥：「凡屬惡報，你們就能拖一日是一日，能拖一時是一時！」洪承疇周延儒互相對視一眼，齊聲說：「臣知罪。」「哼，如果是捷報，你們會拖延麼？還不顛顛地給朕送了來！今後，凡事關大局，概不准耽誤，朕當天就要知道。你們甭管朕是喜、是怒、是進膳、還是在出恭，你們都得大膽稟報！」洪承疇周延儒怵然叩首：「遵旨。」

崇禎跺跺足，才發現自己赤著腳兒站在冰冷的玉階上。周皇后匆匆從宮裡提出那隻遺落的鞋，蹲著身體給崇禎穿鞋。她抽出綿帕，心疼地拂去崇禎腳上每一顆砂粒，再把鞋穿到腳上……崇禎神情迷惑，他那副沒有睡好的面孔更加慘淡。是呀，這位皇帝當得多麼艱難哪，他的身後，布滿了中原流寇，他的前方，又站立起一個大清皇帝。而他的子民，已經半數淪為饑民，國無庫銀，軍無糧餉……

氣數呀，唉……崇禎的夜晚啊，何時才能夠長夢不醒？

第五章

深宮幽巷傳來擊更聲響，篤篤篤……周后小心翼翼地問道：「三更了，皇上明日再議政吧？」崇禎卻板著臉正色道：「你退下。」周后垂首，委屈地退下，領著王承恩與陳圓圓退入坤寧宮。洪承疇也上前進言：「微臣斗膽請皇上歇息，容臣等連夜籌畫對策，明日平臺議政時，再請皇上聖斷。」

崇禎眺望天空，緩步走向一旁的石案，此時月光似水，亮同白晝。崇禎感慨的說，「此刻皇太極肯定沒睡，寧遠亂兵們肯定沒睡，朕豈能睡得著？列位愛卿，你們坐吧，就在這兒籌畫對策。朕聽著。坐，坐啊！」

洪承疇、周延儒、吳三桂只得圍坐在那尊石案旁，崇禎則在旁踱步沉思。君臣間一時無語，崇禎揮手一指，說：「吳三桂，你官最小，你先說。」吳三桂站起稟道：「寧遠衛之所以發生兵變，原因是兵部足足十個月沒有發一文軍餉，致使軍心動亂，官兵激憤……」

崇禎止步，狠狠盯了洪承疇一眼。洪承疇立刻站起來，躬身向皇上說：「兵部確實十個月沒能發出寧遠軍餉。之所以如此，是因為戶部連續十二個月，沒能足額撥付兵部軍費！」崇禎又狠狠盯了周延儒一眼。周延儒也誠惶誠恐地站起來說：「啟稟皇上，本朝開元以來，始終是入不敷出。全國每年的稅收僅八百二十餘萬，但朝廷僅僅是『戍邊』一項，就需要一千萬兩，而且年年見長。戶部捉襟見肘，挖東牆補西牆，萬難填滿軍費這個大窟窿！眼下，國庫更是空虛殆盡……」周廷儒看見崇禎皇上的不悅，把下面的話嚥了下去。

崇禎煩躁地說：「繞來繞去，還是銀子！」幾個站著的臣子面面相覷。洪承疇問周延儒：「寧遠軍餉只需要二十五萬，區區此數，戶部都拿不出來麼？」周延儒譏諷地說：「洪大人好大口氣，二十五萬還是『區區此數』？皇上，戶部全部存銀只剩下三十萬兩，臣捧著這點銀子，如同雙手捧著一汪水，再小心也難保一點點漏掉……」洪承疇爭執說：「沒有軍餉，寧遠兵變難以平定呀。」周延儒說：「再拿走二十五萬，等於要了戶部的命！」洪承疇說：「周大人哪，戶部統管天下財源，戶部要是沒有銀子，誰會相信呀？朝廷尊嚴何在？」周延儒更生氣，說：「洪大人，兵部統管天下兵馬，竟然坐視寧遠衛亂兵造反，請問，兵部是怎麼管的?!」

兩個人越爭越厲害。崇禎大怒，道：「朕深更半夜站這兒，是來聽你們吵架的麼？」洪承疇周延儒一起揖首，不敢吭言。崇禎看了看他們，說：「一個戶部尚書，一個兵部侍郎，都是朝廷棟樑，竟然收拾不了寧遠兵變？」

吳三桂不太明白宮內的事情，也不知曉大臣們之間的過節，不敢隨便插話，見都僵著，壯了壯膽說：「標下聽亂兵們說……朝廷有一筆皇銀，不屬於國庫，直歸皇上掌握。從萬曆朝以來，這筆皇銀已積攢了千百萬兩，藏在深宮地窖，因年深日久，都快變脆、發朽了……」吳三桂說話過程中，周延儒洪承疇互視一眼，俱顯緊張。

崇禎氣道：「朕哪有銀子？」吳三桂嚇得跪下叩首，道：「皇上聖明，那只是亂兵謠傳。不過，兵變勢同水火，萬萬不可耽誤。此刻，如有十萬兩皇銀發給寧遠衛，那麼，既能平定兵變，更能展示天恩。」崇禎變色道：「兵變乃大逆之罪，朕反而要拿銀子去安撫？再說，今日安撫了寧遠衛，明日定州衛、後日安東衛都來鬧餉，朕怎麼辦？難道都得拿銀子餵飽他們不成！」

吳三桂俯首不敢出聲。洪承疇見崇禎變色，立刻斥吳三桂：「君臣議政時，你一個六品標統，怎敢在聖駕前放肆？還不快退下！」吳三桂縮身退後。崇禎苦笑著，獨自朝黑暗處踱去，背著手，沉思默想。

石几這邊，周延儒低聲對吳三桂說：「吳三桂，老夫謝謝你。」「大人為何稱謝？」周延儒壓低聲音說：「有關皇銀的事，老夫按捺多年了，從來不敢說。」透過周廷儒一說，吳三桂這才明瞭朝廷真有這筆皇銀，它名叫「內帑」，是歷代皇上積攢下的私房銀子，具體數目連戶部都不清楚。然而，不到萬不得已，皇上是不會拿內帑出來用的。

這時，崇禎慢慢踱回他們面前，微笑著，說：「朕有辦法了……」吳三桂等人都期待地看著他。崇禎突然聲色一變，說：「平定兵變，未必非得用銀子，朕可以用御林軍！只要派三千御林軍前去彈壓，必能撲滅亂兵，以正軍威。」洪承疇周延儒俱大驚，也不敢進勸。只有吳三桂撲前跪地，高聲爭辯道：「皇上，標下是從軍營裡長大的，標下深知，此時此刻，如果用御林軍前去彈壓的話，勢必激起血戰，導致更大規模的兵變！」

崇禎冷冷地說：「你沒聽說過『亂世用重典』麼？」吳三桂再叩首，道：「皇上啊，標下了解那些亂兵。他們拼死拼活，其實就為了養家糊口，繼而升官發財。他們並不真想造反。標下敢立生死狀，如果有幾萬兩銀子，標下定能平定兵變，收攏軍心。」洪承疇跟著道：「皇上，戶部如沒錢，兵部願縮減開支，刮出一萬銀子來，讓吳三桂帶去，以皇銀的名義發作寧遠餉銀。」周延儒也道：「戶部也願意刮出一萬兩銀子，暫解水火之急。」

崇禎沉吟著，看了看他們，丟下一句：「朕覺得有點冷了……」崇禎說罷掉頭走開，丟下三人面面相覷。

坤寧宮後窗處，周后憑窗觀看、諦聽著君臣議政，對話聲陣陣傳入。王承恩侍立於側，陳圓圓則默然立於宮角。周后低聲問：「王承恩，你看吳三桂這人怎麼樣？」王承恩低聲說：「照老奴看來，此人不懼君威，冒死抗天，為軍營弟兄們說話，可謂赤膽忠心啊！如今，這樣的人越來越少了……」周后又問：「他們說的那個……皇銀內帑，究竟有多少？」「老奴不敢洩露。」看著周后的一臉驚訝，王承恩深深一揖：「請娘娘恕罪，沒有皇上口諭，老奴對任何人也不能說。」

周皇后氣得無語。這時崇禎入內，周后急忙將一件裘衣披在崇禎身上。「你們都聽見啦？」崇禎生氣地說：「這些文臣武將，不在盡忠報國上用心思，兩眼死盯著朕那點皇銀。這怎麼成！」「到底有多少皇銀，臣妾問過王承恩，他死活不肯說出皇銀的數目。」崇禎嘆了一口氣，問：「王承恩，皇銀內帑還有多少？」王承恩低聲說：「稟皇上，皇銀內帑有三個數字。對外說是五十萬兩，戶部知道的數字是三百五十萬兩，老奴掌握的確切數目是，一千三百五十二萬八千兩

——另四錢七分三厘。」

周后驚訝地睜大眼：「這麼多！」崇禎瞪了她一眼，嘆道：「這可是隆慶、萬曆、天啟，三朝皇上用了五十年時間攢下的銀子呵。不到萬不得已，不可輕用！」周后乞求地面對崇禎：「皇上……剛才兵部已經刮出一萬兩，戶部又刮出一萬兩……」崇禎打斷她，說：「朕懂！周延儒與洪承疇一唱一和，都在逼朕掏銀子。」崇禎掉頭出宮。

崇禎再次回到石几旁，慢慢說：「朕決定，從皇銀中拿出……」吳、洪、周三人期待地望崇禎，等他說出數目。崇禎吐出的卻是：「拿出三萬兩銀子……」崇禎無視他們的失望神情，繼續說：「加上兵部一萬，戶部一萬，共計五萬兩，全部做為軍餉，由吳三桂帶往寧遠衛，負責平定兵變。」吳三桂跪叩：「遵旨。」崇禎對他們說：「銀子雖然有了，朕還是要派出御林軍，將挑頭肇事者嚴辦。聖君者，恩威並用。銀子是恩，御林軍是威，二者不可偏廢！」

周后離開窗戶，轉頭看看仍在宮角垂首默立的陳圓圓，示意她過來。陳圓圓上前幾步。看著周后的示意，又上前幾步。周后說：「你站到燈下來。」陳圓圓按周后的意思走到燈下，頓時，容貌燦然生輝。周后怔住了。「陳圓圓，做為一個女人，你知道自己有多麼幸運嗎?你的幸運就是長得太美了!在男人眼裡，你恐怕是人見人愛。」陳圓圓躬身對周后說：「謝皇后娘娘。」

周皇后又道：「陳圓圓，你知道自己有多麼不幸嗎？」「知道。」陳圓圓沉思片刻，回答說，「我的不幸還是長得太美了！在世人眼裡，美貌的女人往往是一股禍水。」周皇后輕輕地嘆息一聲，說：「看來你不但美貌，而且很聰明。像你這麼聰明的人，應該知道為什麼叫你進宮吧？」「奴婢進宮，是為了侍候皇上。」周后點了點頭，暗含機鋒地說：「如果你能得到皇上歡心，我會很高興。即使有一天，皇上專寵你一人，淡忘了後宮其他嬪妃，我仍然為你高興……」陳圓圓聽出話中的機鋒，驚懼地回話：「奴婢萬萬不敢。」

「哼，這不是你敢不敢的事。皇上寵愛誰，那是皇上的事。」周后看著燈下美貌且有幾分懼色的陳圓圓，又問：「天下的美女，有的願意進宮，有的不願意進宮；有的嘴上說不願意而心裡願意，有的嘴上說願意而心裡不願意。陳圓圓，你屬於哪一種？」陳圓圓猶豫不敢言，看了看在旁默立的王承恩。王承恩始終面無表情。周后注意她的目光所向，正聲道：「和我說話的時候，只能看著我！」「稟娘娘，奴婢嘴上不願意進宮，心裡也不願意進宮。」陳圓圓不管王承恩與周后的震驚，接著說，「奴婢只想有一個自己的男人，有一個自己的小家，太太平平的過自己的小日子。」「這倒是句實話……當年我也不想進宮，只想和自己的男人遠避登州，過自己的小日子。」周后嘆了一口氣，「唉，天意難違，我男人成了皇上，從此他就不再是我的男人了，而是天子。這就是天意呀。陳圓圓，你也要遵從天意！」

周后說：「你先退了吧。」一個宮女上前將陳圓圓領退。周后微笑著對王承恩說：「她如果說自己願意進宮，我反而不會相信她。」周后又似乎有些擔心地問：「你覺得，她會得到皇上的寵愛嗎？」「老奴覺得，皇上會喜歡她。但是在紫禁城，任何女人都無法和皇后娘娘爭寵。」周后燦爛地笑了，顯得很高興，說：「論年齡、論美貌、論彈琴唱曲，我當然不能和她比。但是要論與皇上的感情、理解、心心相印，怕是任何人都無法與我相比吧。」

王承恩謹慎地回話，說：「娘娘所言極是。」「嗯，王承恩，這差使你辦得不錯。」周后接著吩咐下來：「將眠月閣賞給陳圓圓居住。從明日起，讓她按例享受『皇貴人』待遇。」王承恩領著陳圓圓去眠月閣，周皇后起身隔簾暗看君臣議政。

坤寧宮玉階下，君臣仍在石几旁圍坐商議。處置兵變之事雖然議定，然而，此番兵變寧遠巡撫畢自肅，竟然被亂兵綁到敵樓上了。由此可見，畢自肅是不能再用了。崇禎苦惱地說：「寧遠衛是朝廷戍邊的重鎮，一旦不保，滿人即可直驅山海關了。你們說說，誰可以擔當遼東主帥？」

洪承疇與周延儒愁眉苦臉，對視不語。

崇禎在月下徘徊，身影在平臺上移動，忽然站了下來，催促著：「說話啊。」

洪承疇見迴避不了，斟酌著說：「遼東主帥，支撐著大明半壁。這個帥位啊，不能幹的人往往想幹，而能幹的人往往又不願幹。」說到這裡，他頓了頓，看看崇禎皇帝神色，又說：「位高權重，眾目睽睽。幹好了，人家說本該如此。幹不好，人家說他誤國誤君，只怕會死無葬身之地。」周延儒也接著洪承疇的話茬說：「就拿畢自肅來講，也是個萬裡挑一的能人啊。上任伊始，雄心勃勃，結果怎樣呢？被自個兒的兵反掉了，簡直可笑、可嘆、可恨！」「堂堂大明，居然找不出一個良將來？」崇禎顯見得有了幾分生氣。洪承疇狡猾地說：「臣建議，召集內閣大臣從長計議，然後請皇上聖斷。」周延儒說：「臣附議。」

崇禎長嘆一聲，表情無奈……忽然看見吳三桂欲言又止的樣子，便轉過身，問：「你有什麼說的？」「袁崇煥。」吳三桂低聲說罷又放大聲音說，「原遼東督師——袁崇煥！」洪承疇聞言一驚。崇禎也隨之變色。周延儒見崇禎不悅，便斥吳三桂：「放肆！一個區區標統，竟敢在聖駕前胡言亂語。袁崇煥乃是魏閹一黨，皇上早將他罷免多年，豈可再用？」

崇禎死盯著吳三桂，半晌才說：「吳三桂回話，袁崇煥對你有恩麼？有舊麼？有什麼瓜葛麼？」「稟皇上，袁崇煥與標下無恩、無舊、更無任何瓜葛。」吳三桂坦蕩蕩地說，「標下在軍營搏殺十八年了，先後在『三鎮、五衛』服過役。標下深知，從萬曆朝以來，遼東將士們最佩服的人就是袁督師。皇上啊，就連寧遠衛嘩變的兵勇，也把袁崇煥看成天神一般，袁崇煥如果是遼東主帥，兵勇們絕不敢嘩變！」崇禎看看又不說話的洪承疇，斥道：「凡事到了要緊時候，你總是悶著頭麼？」洪承疇連忙叩首說：「臣膽小，臣怕說錯了話。」「你就不怕山河破碎、國土淪喪？你就不怕朕砍你的頭？」崇禎氣得直跺足。

洪承疇無奈地看了看發怒的皇上，又顧視一下周延儒、吳三桂，終於放膽說：「其實，滿人最恨的人就是袁崇煥，最怕的人也是袁崇煥。當年，努爾哈赤就是被袁崇煥的紅衣大炮打傷，不治而死。因而，皇太極早已和袁崇煥結下了殺父之仇。」說到這裡，洪承疇又看了看崇禎皇帝。「快說！一股腦兒說完！不要老是吐半截噝半截的。」崇禎厲聲說。洪承疇道：「臣以為，臣等不敢提及重新啟用袁崇煥，怕的還是被皇上怪罪，不過，袁崇煥是不是魏閹一黨已經不重要了，因為魏忠賢早就化為黃土了，如果至今還揪著魏閹不放，等於和一堆黃土沫兒過不去。」

崇禎暗暗點頭，說：「凡屬敵人的仇人，就是朕的恩人。袁崇煥現在何處？傳旨，著該員即刻進京。朕平臺召見。」崇禎看了看一臉震驚的周延儒、吳三桂，嘆息道：「袁崇煥乃朕的一塊心病，在肚裡擱了多年了。今兒，朕這塊心病，又叫那個皇太極逼出來了。唉……」

月光下，王承恩領著陳圓圓在宮道上行進。陳圓圓頭一天進宮，一路走過去，不由不驚嘆這皇宮之大。王承恩好像察覺她心裡的感受，對她說：「圓圓哪，你所看到的，不過是皇宮一個小角落。皇宮是深不可測的，有些地方，就連公公也沒去過，公公也不知深淺。」

陳圓圓顧盼這座莫測的月下深宮，輕聲問：「皇宮住多少人哪？」王承恩看了看陳圓圓，沒有立即回答她，停了一會才說：「你要記著，在公公面前，什麼都可以說，什麼都可以問。但是在其他人面前，你必須說話小心。」王承恩看著陳圓圓疑問的目光，不忍心拒絕她，就告訴陳圓圓，內宮中太監和宮女約有九千三百餘人，加上內廷官吏、錦衣衛等等，有一萬五千六百餘人。陳圓圓又問：「那有多少主子呢？」

「後宮嬪妃加上未成年皇子，共二十位。」陳圓圓驚道：「一萬五、六千人只侍候二十個主子？」王承恩沉聲說：「錯，一萬五、六千人只侍候一個主子，那就是皇上。」陳圓圓見王承恩聲色都沉了下來，忙說：「公公，我是不是太多嘴了？」

見王承恩沒有反應，陳圓圓又問：「公公啊，那個穿一隻鞋到處跑的男人，就是皇上嗎？」王承恩又好氣又好笑，沒有回答。陳圓圓見他不回答，又追問，「後來是皇后娘娘替他把鞋穿上了。公公，皇上自己難道連鞋都不會穿嗎？他到底會不會穿鞋？」王承恩見她什麼都問，有些窘迫地回答：「皇上小時候起，從沒自己動手穿過鞋，一切都由奴才們侍候著。」陳圓圓笑了：「原來皇上就是這樣——他管得了天下，管不住自個兒的鞋！」王承恩板著臉斥她道：「胡說！皇上君臨天下，日理萬機……」說著連自己也忍不住噗哧一聲笑了。

兩人來到一座舊宮，王承恩上前開鎖，接著吱吱呀呀推開了宮門，一片塵土飄落，出現荒廢多年的景象：臺、案、几都暗淡蒙灰，甚至那張木榻也一如舊貌……王承恩感嘆地說：「這座眠月閣已經封存了十七年了。」陳圓圓吃驚地看著內景，她想不通這裡為什麼要封存？她疑問的目光看著王承恩。「這是皇宮裡最大的秘密。」王承恩猶豫地說，「圓圓哪，有些事，你知道得越少越好。」「可是，您讓我跟一個『秘密』住一塊兒，天天守著它吃、守著它睡，您又不告訴我是什麼『秘密』。您想想，我還不得時刻提心吊膽嗎？我還不得想方設法跟別人打聽嗎……」

「不許跟別人打聽！」「那公公您就告訴我，我絕對不跟別人說。」陳圓圓帶了點撒嬌地說。王承恩無奈，把發生在這裡十七年前的舊事敘說一遍。十七年前，也就是當今皇上登基的那天夜裡，魏忠賢妄圖用一個宮女的孩子冒充太子，即位為君。不料，那宮女生下的竟然是女孩，那女孩就生在這間屋裡，就生在這張木榻上……天明以後，母女倆下落不明。皇上大怒，將此宮打作廢宮，封存了。王承恩最後強調說：「公公告訴你，你千萬不能說出去。」

王承恩說話時，陳圓圓表情遽變，卻一言不發……王承恩見陳圓圓驚愕的樣子，不禁詫異地問：「你怎麼了？」陳圓圓遮掩著：「沒怎麼。」「不對，你在想什麼？對公公可要說實話。」「我只是在想，那對母女真可憐哪，母親生孩子天經地義，礙朝廷什麼事了！」「魏忠賢要是得逞，大明朝就完了！」說到這裡王承恩聲音變得感激起來，他說，「萬幸呀，那母親生下個女孩，真是天意。」「但這不是母女倆的罪過啊。」陳圓圓也嘆了一口氣，故意問：「那母女倆知道這些事麼？」王承恩說：「她們怎麼會知道，她們是死是活都沒消息哩。」陳圓圓又嘆了一口氣，說：「要是活著，她們真該回來，看看這地方……」「最好別回來！」王承恩搖搖頭，又說，「歇著吧，今後這就是你的寢宮了。過會兒，就有宮女來侍候你。」

王承恩朝門口走去，陳圓圓躬身相送。王承恩走到門口，忽有心事，止步回首，輕拍額頭道：「真是老了，差點忘了件天大的事！」王承恩回過身來，再三叮囑陳圓圓，御榻承歡時，皇上如果問起你的身世，你只說自己是揚州歌妓，只賣唱不賣身，萬萬不可說自己接過客人……陳圓圓又瞪大她的眼睛。

「不要問為什麼？這是規矩！」王承恩苦笑著打比方說：「你知道嗎，皇上享用的菜叫做『御膳』。這碟子菜啊，在皇上下筷子之前，任何人不准動！皇上女人，更碰不得……」陳圓圓忽然想笑：「這麼說，今後我就是一碟子『御膳』了！哦不，我得等待著成為一碟『御膳』。」

王承恩離去。

陳圓圓走到窗戶前，眺望天空明月，十七年前的那個夜裡，天上也有這一輪圓圓的苦月亮。陳圓圓望月而語：「媽媽，女兒在世上繞了個大圈子，又回到了她出生的地方。」

吳三桂與宋喜騎著戰馬來到寧遠城下，他們身後跟著浩浩蕩蕩的御林軍。他們看見，地面上到處遺弃軍旗與兵器，幾個亂兵從面前跑開，嚷嚷著：「京城來人了！京城來人了……」吳三桂與宋喜駐馬，抬頭望城頭。寧遠巡撫畢自肅仍被綁在敵樓上，官服不整，形容淒慘，右邊耳朵割掉了，還在淌血。畢自肅聞聲驚喜地睜開眼睛。四周，嘩變兵勇亂哄哄地，有的喝酒，有的賭博，有的呼呼大睡……一個兵勇奔來大喊：「大哥，大哥！京城來人了。」

亂兵頭目問：「是麼，來多少人？帶的是兵馬還是錢糧？」「來的是御林軍，已經到城下了！」頭目大怒，跳起來吼叫：「弟兄們，朝廷不但不給軍餉，還想攻城！弟兄們說怎麼辦？」

亂兵們紛紛吼叫：

——和狗娘養的拼了！

——御林軍都是公子哥兒，打不過咱們。

——反了大明，投皇太極去！……

頭目說：「好。弟兄們，給御林軍一點厲害瞧瞧！」眾亂兵立刻張弓拔箭，推炮上彈，……準備血戰。

城下，御林軍擺出攻城的架勢。御林軍的首領宋喜拔出劍高吼：「各營聽令，準備攻城。把亂兵們統統斬盡殺絕！」吳三桂冷眼看著他們，片刻之後笑道：「宋軍臺，標下有句話想請教。這座寧遠城，滿清的八旗軍攻了幾次都攻不動，你有把握攻下來嗎？」宋喜傲然地：「本將率領的是御林軍，誰敢同御林軍相抗！」吳三桂依舊冷冷地：「御林軍養尊處優，給皇上護駕還行，打仗嘛……還得靠野戰軍。寧遠城的兵勇，都是百戰餘生之徒，兇猛無畏，他們根本不把你們這些御林軍放在眼裡。如果你強行攻城，只怕反而被他們消滅掉。那時，你怎麼向皇上交差啊？」

宋喜看看高高城頭，不禁有些害怕了，問：「吳標統，依你看該怎麼辦？」「依標下看來，你的任務已經完成。剩下的事情，由標下來辦吧。」吳三桂驅馬馳向城門，丟下宋喜目瞪口呆。

吳三桂馳到城門下，仰面大喊：「弟兄們聽著，我是標統吳三桂，皇上差我給弟兄送銀子來啦……」城門轟隆隆打開，吳三桂隻身策馬入內。

吳三桂在刀劍叢中走向敵樓，眾兵勇死死地盯著他。到了敵樓，吳三桂一眼看見可憐的畢自肅，抱拳笑道：「標統吳三桂，拜見畢大人。」畢自肅有氣無力地問：「你帶銀子來了嗎？」「帶了。」吳三桂環顧左右，道：「皇上恩旨，寧遠衛五千兵勇，每人能分到十兩，共計五萬兩。」

兵勇們一片嘩然……亂兵頭目怒道：「朝廷虧欠咱們整整十個月的餉銀，共計三十萬兩！區區五萬夠幹什麼?!」吳三桂又說：「這五萬兩銀子，還是從皇銀內帑中擠出來的，弟兄們如果想要，得先繳械投降。」兵勇又是一片嘩然。頭目罵：「放屁！沒有三十萬兩銀子，我們就要砍了這個狗巡撫！」

吳三桂微笑：「畢大人沒有貪污過一兩銀子，你們砍他做什麼？」畢自肅連聲附和：「是是，本官兩袖清風，從不貪污軍餉。是朝廷發不出銀子來啊……」兵勇們亂哄哄叫著：「沒銀子還叫朝廷麼？定是叫狗官們貪污了……」吳三桂還是微笑著：「捆綁巡撫，威脅朝廷，標下真佩服各位弟兄。換了我，也會大鬧寧遠城。咱當兵的，不就是吃糧打仗賺銀子麼？」頭目有些意外：「是啊，咱們可是拿性命換銀子……」吳三桂依舊微笑著：「但是畢大人多委屈啊，瞧——既沒有銀子又沒有耳朵。我替他求個情，放開他吧！」

頭目：「不。拿銀子來！」

吳三桂冷下臉：「放不放？」

眾兵勇們齊喝：「不放！」

吳三桂突然拔刀猛砍，一聲悶響，畢自肅的人頭掉到地上！兵勇大驚失色，一時說不出話。

吳三桂用塊破布慢慢拭著刀鋒上和鮮血：「弟兄們，巡撫畢大人已經伏法了，你們還拿誰來要脅朝廷？實話告訴你們，這回我不但帶來了五萬銀子，還帶來了一支御林軍！他們個個殺人如麻，武功超群，是皇上的貼身衛士……」

眾兵勇驚恐萬狀。

吳三桂繼續道：「擺在弟兄面前的有兩條路，其一，與御林軍血戰一場，雙方同歸於盡。事後，朝廷肯定把你們的祖孫三代哪、滿門九族哪，統統斬盡殺絕！……這值麼？其二嘛，畢大人已經伏法了，弟兄們完全可以把罪過都推到他頭上，放下刀槍，退下城樓，領取餉銀，等候朝廷旨意。標下將力保你們無罪！」一片久久的沉默，一個兵勇哐啷一聲扔下戰刀。接著，又一個兵勇扔下兵器……之後所有兵勇都扔下了手中的兵器。

吳三桂得意洋洋地順著箭道走下城臺。宋喜迎面而來，笑瞇瞇地，說：「恭喜吳標統，談笑之間平定兵變。」「小事一樁。」吳三桂說，「對了，宋軍臺，我可是跟弟兄們誇過海口，放下兵器，赦其無罪！你得給我這個面子。」宋喜笑：「嘿嘿，吳標統啊，這海口誇得也太大了些。」吳三桂正色：「怎麼？」宋喜突然厲聲道：「皇上密旨，凡是未出兵營的人，一概免罪；凡是占據城樓的兵勇，便是叛逆，全部處死。」吳三桂大驚：「你……」

宋喜得意地：「我已經把他們統統抓起來了。」吳三桂恨恨地：「你他媽的，讓我騙他們放下兵器，你再下手！」宋喜更加得意：「御林軍可是有勇有謀哇，野戰軍的小兔崽子哪是咱的對手！走走，我請你喝酒去。」宋喜拉著吳三桂朝將軍閣走去。半道上，吳三桂看見許多兵勇已被御林軍逮捕，正驅往牢房。兵勇他們眼中充滿仇恨，瞪著吳三桂和宋喜。吳三桂頓覺不忍。一個御林軍官朝宋喜報告：「稟將軍，登城嘩變的兵勇共二百多人，已全部被捕。」

「好生看押著。半夜三更時，全部處死！」御林軍官道：「遵命。」

吳三桂沉思片刻，陪笑道：「宋軍臺，標下求您一件事。」宋喜傲然：「我知道你要求我！甭客氣，你只管說。」「那二百多個兵勇，恰恰是寧遠衛裡最膽大包天、最勇敢善戰的人。這些弟兄要是擱在戰場上，一個頂十個。」吳三桂說：「他們只是一時激憤才鬧事的，如果要因此砍他們的頭，實在太可惜啦。」宋喜略帶嘲諷地說：「是呀，本將軍也替他們心疼。唉，下輩子再上戰場吧，這輩子先上刑場。」

吳三桂不顧宋喜的嘲諷，低聲說：「標下從軍二十年，攢了五萬兩銀子。標下願意全部孝敬給宋將軍，換他們一條活路。」「吳三桂呀吳三桂，你以為御林軍都愛財麼，本將偏偏不受賄！本將決心已定，遵皇上密旨，將他們全部砍頭示眾。」宋喜越發顯出得理不讓人的樣子出來。

御林軍圍成一個大圓圈，個個執刀搭箭，如臨大敵。數百名鬧事兵勇——許多人赤裸著上身，胸膛布滿傷疤，被押解進大校場。宋喜一邊哼著小曲，一邊舉盅飲酒，已是微醺。吳三桂入內抱拳：「秉軍臺，鬧事兵勇都已押進刑場，請軍臺出去向他們宣旨吧。」

宋喜正要起身，又坐下來，沉吟道：「你可以代我宣旨……」「那怎麼行，標下無權代御林軍說話。請，請……」吳三桂死拉硬拽地，把宋喜拉出門。吳三桂與宋喜高高立於點將臺上，望著腳下那片怒氣沖天的兵勇們。宋喜不由地暗暗心驚。吳三桂：「宋軍臺，宣旨吧。」宋喜咳幾聲，欲言又止，陪笑：「還是吳兄請吧，有吳兄說話，他們不敢不聽……」吳三桂哼了一聲：上前宣佈：「弟兄們！宋軍臺奉皇上密旨，未出兵營者無罪，登城嘩變者處死。」

兵勇立刻憤怒地吼叫：

——媽的，朝廷騙了我們！

——老子上當了！弟兄們，和他們拼命！

——我們無罪……

御林軍立刻一片刀箭鏘鏘，對準了那些徒手兵勇。吳三桂再次逼問宋喜：「軍臺，請你看看他們眼中的目光，看看他們身上的刀疤，看看他們緊握的拳頭，這些人都是百戰餘生的老兵，你真捨得讓他們死嗎？你不怕他們拼命嗎？」宋喜張口結舌，說不出話，掉頭奔進將軍閣。宋喜進閣，抓起酒盅一口飲盡，劇喘。吳三桂跟入，聲聲逼他：「宋軍臺，一旦激起兵變，那就是橫屍遍地，血流成河。寧遠衛數千將士，都會把你看成是死敵。事後，他們會到處追殺你，你躲也躲不開，逃也逃不掉，除非你一年三百六十五天，窩在紫禁城裡不出來……」宋喜恐懼地：「吳兄，卑職皇命在身啊。不處死他們，卑職無法交差。」吳三桂道：「軍臺不必全殺，斬幾個意思一下就行了。留部分兵勇，令他們今後繼續效命沙場。」

宋喜動心了，顫聲問：「你要留多少？」吳三桂道：「我只要五十人。」宋喜驚訝：「只要五十人？」

「在下一個也不多要！」「准！殺一百多個鬧事者，本將盡可以交差。」宋喜說，「你可以下去選兵了。」

吳三桂卻冷笑一聲：「標下不選。標下讓他們自行淘汰！」吳三桂立於點將臺上，朝兵勇大喝：「弟兄們聽著，宋軍臺大恩大德，網開一面。從現在起，勇者活，懦者死，只有最勇猛的戰士，才能赦免死罪。弟兄們，天命難違，你們互決生死吧！」

臺下兵勇一片議論，個個惶恐不安。圍成大圈的御林軍也十分緊張。

吳三桂又大喝道：「取兵器來！」兵器庫門頓時大開。幾個護衛們從樓內抬出一扇門板，門板堆著滿滿的戰刀！

吳三桂大喝：「第一排兵勇聽令，上前執刀。」前排兵勇上前，一人拿起一把戰刀。

吳三桂再吼：「對陣——」兵勇互相成迎敵狀，雙雙刀對刀，眼瞪眼，準備搏殺。

吳三桂再吼：「開戰——」兵勇們猶豫著，刀鋒在他們手中顫抖……

吳三桂厲聲喝道：「弓箭手聽令，怯戰者，立刻亂箭射死！」所有的弓箭手都張弓搭箭，對準場中兵勇。空中傳來吳三桂命令：「開戰！」兵勇終於群起大叫：「殺！——撲向對方。」

血戰開始了，很快，半數兵勇倒地。非死即傷。

吳三桂繼續大喝：「第二排兵勇聽令，上前執刀，對陣！」第二排兵勇邁過地上的屍體，每人從門板上執起一把戰刀，雙雙列陣。空中傳來吳三桂怒喝：「開戰！」兵勇們立刻殺聲震天，互相以死相搏。漸漸地，沙場的屍體越來越多了……

不知什麼時候，宋喜已探半截身體朝外看，他被這慘不忍睹的對殺所驚，手中的酒盅落地，「哐啷」一聲摔碎。吳三桂回頭：「宋軍臺，過來啊，看看野戰軍是如何打仗的。」宋喜顫聲道：「吳三桂啊，你是我所見過的最兇狠的標統……」

吳三桂微笑了：「宋軍臺是紫禁城裡的將軍，當然少見多怪。標下可是帶兵的人，標下必須比兵勇們更兇狠，才能帶得了他們！」兵勇越殺越狠，吼聲震天，血流遍地……死傷者紛紛倒地。吳三桂靜靜地坐著。宋喜在他對面狂飲，以壓制內心驚慌。

一千總入報：「稟吳標統……還剩下一百人。」吳三桂冷冷地：「再戰！」剩餘的兵勇又上前拿起戰刀，與先前戰勝的兵勇再決生死……千總再入報：「稟吳標統，還剩八十餘人。」宋喜從酒案上抬起頭瞪吳三桂，再也不忍：「行啦！快停戰，剩下的人都給你！」吳三桂卻大喝：「不行，再戰！！」演兵場上，兵勇繼續以死相拼……

堂內，宋喜已經醉倒，歪在案上不醒人事。

千總入報：「稟吳標統……還剩下五十三人！」吳三桂這時才輕輕說了聲：「停。」

吳三桂走到演兵場上，腳下邁過一具又一具屍體。

五十三個兵勇渾身是血，站成一排。御林軍正把死去的屍體拖出場外……

吳三桂走到那五十三人面前慢慢巡視，沙啞地：「弟兄們，勇者生，弱者死，是戰場規矩！是咱當兵的天命！你們不必恨任何人……從現在起，我吳三桂這一標人馬，只要你們這五十三位勇士。從今以後，你們就是我的親兄弟了。吳三桂血戰沙場十八年，攢下了五萬多兩銀子，此行也全部帶來了，都堆在那個大帳篷裡。我一個不留，全部分給弟兄們，每人一千兩！」

五十三個血人統統執刀下跪：「遵命！」吳三桂說：「弟兄們都累了，快進帳篷，喝酒、吃肉、分銀子吧！」

兵勇狂叫著，拼命朝帳篷奔去。兩個士兵拉開厚厚簾子——果然，裡面長案擺滿一碗碗酒、一盤盤肉，以及大堆大堆的銀錠。兵勇們狂喜地撲進去，大吃大喝……

演兵場只剩吳三桂一人。這時，他眼中閃動了淚花。

寧遠兵變平定了，吳三桂用這五十三個勇士建軍。誰也沒想到，數年後，他會以一支關寧鐵騎縱橫天下。

第六章

乾清宮暖閣，靜悄悄，龍案上堆放著小山般高的奏摺，卻不見任何人影。忽聽紙頁嚓嚓響，似有物晃動。這時才看見崇禎正在伏案閱摺。原來，那堆積如山的奏摺已將他整個人兒埋沒掉了。崇禎讀著讀著，憤然擲開朱筆：又是敗報，又要加餉……沒用的東西！崇禎一起身，不慎將高高的奏摺碰落，嘩啦啦掉滿地。崇禎氣得踢開它們，接著踱步沉思，不時地唉聲嘆氣。一個太監急忙跑來，跪地上收拾奏摺。

宋喜入內，見滿地奏摺，不由地發怵地跪倒在地。

崇禎瞥了他一眼：「回來啦，差使辦得如何？」「稟皇上，寧遠兵變完全平定了！」宋喜媚笑著說：「卑職帶著五萬兩銀子和一支御林軍趕到寧遠城，正所謂——天恩伴隨天威，恩威並至！鬧事的兵勇一見，頓時嚇趴下了，紛紛跪下，面朝京城叩頭、請罪……」

那個太監已將奏摺收拾好，退至牆角侍立，一動不動。

崇禎臉色稍緩：「宋喜呀，今兒，你總算是給朕送來件喜事！再詳細說說。」宋喜就又支支吾吾敘說，畢自肅沒臉兒回京向皇上請罪，他、他自個兒吊死了……吳三桂行伍出身，有勇無謀，沒什麼作為。寧遠兵變之所以順利平定，靠的是皇上聖明，皇上的銀子，還有皇上的御林軍！正所謂天威當頭，四海歸一。

崇禎得意地道：「朕早說過，亂世風雲，就應當多用霹靂手段！誰敢犯上作亂，朕絕不手軟！周延儒、洪承疇他們懦弱，常把小事說成大害，不如此顯不出自己的能耐。朕一眼就看破了他們的用心——不就是想借此添兵加餉麼？因此，大臣的話不可不聽，也不可全聽，關鍵時還得靠朕乾綱獨斷。怎麼樣，寧遠亂兵們不是彈指而定，乖乖地伏罪了麼？只是那看上去膽氣很壯的吳三桂到也沒有什麼作為。」宋喜諂媚地說：「可不是麼。有些人名為大臣，其實只能辦點雞毛蒜皮的小事，甚至連雞毛蒜皮的小事也辦不好。不過，吳三桂凡事俱聽從卑職指揮……舉止還算得當。」

說話間，那個太監始終面無表情地侍立在牆角，一動不動……

崇禎滿意地道：「宋喜呀，這件差使你辦得不錯，著晉升你為四品偏將軍銜，加賞半年俸祿。」

宋喜口裡哼著小曲走出宮來，一臉的得意，旁若無人。太監魯四立於暗處，冷眼相看。宋喜甚至沒瞟他一眼，兀自從他前面走過。魯四一言不發，悄悄地跟隨著，活像隻夜貓。宋喜走著走著，忽然發覺身後不對勁，猛回頭，腦袋幾乎撞上魯四。「媽的魯四，嚇老子一跳！」他生氣地罵起來，「你也走出點動靜來呀！怎麼著，太監走道都跟鬼影似的？」

「小的該死。」魯四陪笑著說，「太監輕飄，沒什麼份量……」宋喜瞅了他一眼，說：「沒事一邊待著去。」魯四恭敬地說：「小的正好有點『小事』」。

「有話說，有屁放！」

「宋軍臺曲子沒哼完之前，小的怎敢放屁？」魯四有點嘲諷地說。

「你涮我哪！」宋喜憤怒地揮拳欲打，當拳頭快要落到魯四臉上時，卻見魯四半閉眼兒一動不動，一副任憑你打的樣子。宋喜反而不敢打了，既猶豫又親切地道：「小魯子，你搞什麼花樣？」魯四這時才冷冷地說：「王公公等著您哪。」

宋喜一下子怔住了，問：「王公公找我什麼事啊？」「軍臺大人自個兒琢磨。」魯四笑著說，「現在該小的走前頭了吧？軍臺大人好生跟在屁股後頭——別跟丟了！」魯四大搖大擺走在前頭，而宋喜則小心翼翼地跟隨。

宋喜規規矩矩地站在王承恩面前。王承恩淡淡地說：「……哦，原話是怎麼說的？啊，對了。『吳三桂行伍出身，有勇無謀，沒什麼作為。』啊，還有……對了。『有些人名為大臣，其實只能辦點雞毛蒜皮的小事，甚至連雞毛蒜皮的小事也辦不好』……」宋喜嚇得發抖：「王公公，您……」

王承恩斥道：「別以為深宮大院，仍然是隔牆有耳。宋喜呀，這些話要是讓大臣們知道了，有你的好麼？」宋喜驚恐地抽自己嘴巴，連說：「小的該死！小的該死！」王承恩依舊淡淡地：「先停停，我沒說完呢。老夫也接到寧遠密報了，不瞞你說，當時啊，東廠的監軍太監就在城樓上，目睹了一切。寧遠兵變之所以順利平定，關鍵不是幾萬餉銀，也不是那支御林軍——如真要打起來，御林軍斷然不是野戰軍對手。平定兵變嘛，關鍵靠那個狠勇雙絕的吳三桂，是不是啊？」

王承恩抬起眼看看宋喜，又說：「而你當時卻是個縮頭烏龜，躲在將軍閣裡，喝了個酩酊大醉。」宋喜戰兢戰兢地說：「小的失職。」王承恩突然變色，斥道：「可你在皇上面前卻是滿口胡言，犯了欺君之罪，竟然還騙得皇上給你升官加賞！」「王公公，小的該死，小的罪該萬死……」

王承恩冷冷地說：「這麼著吧，你自己去向皇上認罪，將寧遠城的事兒，重新稟報一遍，以正視聽，求得皇上寬恕。」宋喜撲嗵一聲跪下，乞求道：「王公公，小的不敢去。」「你不去，難道叫我去嗎？」「王公公，小的要是重新稟報了，皇上定然大怒，會砍掉小的頭！」宋喜泣求說，「王公公，小的再也不敢了。求公公饒過小的這回吧……」

「唔……念你只是貪功諉過，並無大惡，老夫就饒你這回吧。」王承恩沉吟著說，「起來吧。……宋喜呀，有一件雞毛蒜皮的小事，要你替我查一查。」宋喜大喜，再叩道：「謝王公公！公公儘管吩咐。」

王承恩沉吟著：「老夫奉旨赴南海降香期間，有人上了密奏，告了老夫的刁狀。說老夫步魏閹後塵，結黨擅權，已成朝廷大害……老夫要你暗中查清楚，上月十五、十六、十七這三天夜裡，哪位大臣單獨進宮晉見皇上的？御林軍負責巡夜，應該有紀錄。查清之後，稟報我一聲，老夫主動去找那位大臣道個歉，解除誤會。大家都是朝廷棟樑嘛，應該同舟共濟，精誠團結。」

宋喜驚恐地說：「小的遵命。」王承恩忽然神色一變，威嚴地說：「記著，這是在紫禁城裡辦差哪。你可以多心，但不可以多嘴！」宋喜喏喏連聲：「小的萬萬不敢多嘴。」

「去吧。」王承恩望著宋喜退下。對身後的魯四說：「小魯子，晚上送五千兩銀子給宋喜。」

魯四對王承恩囁嚅著：「公公，是誰跟咱們做對呀？」「還能有誰？要麼是周延儒，要麼就是洪承疇！」魯四不敢相信地說：「洪承疇是出了名的膽小怕事之徒啊，他怎麼敢？」王承恩冷冷一笑：「咬人的狗不叫啊，洪承疇藏得深！尋常看不見，偶而露崢嶸。唉，我早該提防他了。哦——還有你們這些奴才，一向仗著我的名頭作威作福，今後，都給我夾著尾巴做人，免得遭大臣們忌恨。」魯四揖道：「奴才馬上交代下去，叫各宮太監都收斂著！」

王承恩強調說：「切記，在大臣們眼裡，太監不是人，只是件東西。咱們當太監的，永遠別忘了魏忠賢的下場！」

洪承疇正在伏案擬奏，陽光從窗外照著他案頭。忽然，陽光中出現一片黑影，他抬頭一看，只見紙窗外有個人影在踱步……洪承疇大疑，沉思片刻，立刻放下筆，朝後一靠，歪在太師椅上做酣睡狀，過會兒，竟然打起呼嚕來。周延儒出現在門口，仔細傾聽洪承疇的呼嚕聲，瞟一眼案上的奏摺，猶豫片刻，咳嗽一聲。

洪承疇驚醒，急忙起身揖道：「啊喲！周大人，在下失態！慚愧慚愧……」周延儒微笑著，說：「洪大人哪，這才晌午，怎麼就打起瞌睡來了？」

「老啦，精力不濟，一坐下就想睡。」

「洪大人比在下還小兩歲哪。說什麼老話？」

「唉，在下其實是個庸才，庸才易老哇！」洪承疇嘆了一口氣。兩人相視著哈哈大笑起來。笑畢，洪承疇恭敬地請周延儒上坐。周延儒也不推辭，落坐後對洪承疇說：「洪大人，你我都是內閣棟樑，身繫國家安危。因而，有些話即使得罪人，在下也要直說！」

洪承疇拱手說：「但請周大人賜教。」

「天啟年間，魏忠賢結黨篡政，導致皇權旁落，百官人人自危。最終釀成了一場宮變，差點讓魏閹改朝，另立皇上。」周延儒頓了一頓，看著洪承疇說：「可如今，朝中難道就沒有新的魏忠賢了麼？就沒有宦官擅權了麼？」「周大人說的是……」洪承疇驚疑地問，「周大人哪，您知道的，我只是個庸才，膽小怕事，一無所長……」

「別裝了，洪大人，其實你就是王承恩一黨！」周延儒戳穿他說，「你與王承恩暗中勾結，合力促成袁崇煥復出，拉幫結派，排斥異已，圖謀內閣大臣之位。」洪承疇激動的站起來，爭辯說：「周大人誤會在下了。在下雖無大材，但畢竟出生名門，尊聖人，奉王事，最痛恨的就是各朝各代的閹人閹黨！」

周延儒仔細觀察洪承疇表情。

洪承疇長嘆一聲，說：「周大人哪，您這兒說我是王承恩一黨，外面又風傳我上密奏彈劾王承恩。我可是老鼠進風箱，兩頭受氣呀！」周延儒再盯洪承疇看了一會，終於哈哈一笑：「委屈你了，彈劾王承恩的人，不是你，是我！」

洪承疇不解地看著他。周延儒微笑說：「那是我在試探你。」

「別試了，周大人，再這麼試來試去的，在下都要嚇死了。」

周延儒招洪承疇坐下來，傲然道：「洪大人哪，你我都是皇上忠臣，不能坐視王承恩為害朝廷呀？我已經給皇上連上三本了。」洪承疇終於明白了，他微笑著說：「在下明白了。王承恩要結黨，周大人也要結黨。」「我並非結黨，而是遵奉皇太祖洪武帝的遺旨，宦官不得干政！洪武帝的鐵牌律令，在宮門口立了一百多年，可人們早把它忘了。」周延儒略帶不悅地說，「目前，王承恩正在竭力促成袁崇煥復出。袁崇煥如進入朝廷，又是王承恩一黨！」

洪承疇看了看周延儒，說：「據在下所知，袁崇煥自己並不願意進京。兵部的廷寄發出多時了，他卻在家稱病。」周延儒讚道：「好，袁崇煥到底是個聰明人！」

崇禎背著手在宮內踱來踱去，似有重重心事。王承恩匆匆入內，揖道：「老奴叩見皇上。」崇禎劈頭便問：「袁崇煥為何還未進京？」王承恩告秉皇上，兵部命令已發去三個月了，但袁崇煥稱病說腿骨風濕日益嚴重，都下不了床了。可是，王承恩瞥了皇上一眼說：「袁崇煥身邊有老奴的臥底。據報，他根本沒有生病。」

崇禎怒道：「大膽，袁崇煥竟敢抗命！他擺什麼臭架子，難道想要朕三顧茅廬麼？」據老奴看，袁崇煥不是抗命，也不是擺架子，他是不相信內閣大臣，尤其是不相信兵部的命令。王承恩看了看崇禎皇上，說，「魏忠賢當權時，將朝廷搞亂了。留下朝野之間、百官之間彼此提防、互不信任的後患。魏閹雖然死了，但後患一時並不能消除。袁崇煥鬧不清為何要調他進京，怕陷入朝廷是非。所以，他才稱病拖延。」

「朕是真心想用他。」「但他並不知皇上的真心。他只知道以前的朝廷。」王承恩說，「老奴建議，這個旨意不要讓兵部傳了。袁崇煥不是稱病嗎？皇上也不必戳穿他，只要派一個御醫帶兩支人參前去探病就行。」

崇禎看著王承恩：「你說下去。」

「讓這個御醫傳皇上口諭，就說，『朕掛念你的腿疾，送兩支五百年的老山參。朕也患過腿骨風濕，服用參湯後，三十天就好啦。』老奴擔保，這兩支山參一句口諭遞到後，袁崇煥是個聰明人，必然明白了皇上的真心，肯定會在三十天內趕到京城。」崇禎聽了哈哈大笑，道：「王承恩，你可真是個老油條啊！那就趕緊辦吧。哦……把日期改一下，告訴他，朕是這麼說的，『朕服用了參湯後，十五天就好啦！』」

「這病……是不是好得太快了點？」

「就這麼跟他說！朕可不願意再等三十天。」

黃昏。一輛驛車馳近熙熙攘攘的北京城門，車畔跟隨著兩個侍從。車在城門前停住。車窗打開，現出袁崇煥臉，看了看京城大門，感慨不已地自語：「又回來啦……」

侍從上前問道：「請大人示下，進京住何處？還是老城隍廟麼？」

袁崇煥搖搖頭，說：「那兒太熱鬧了。找個小地方住下來，越僻靜越好，不要讓任何人知道我進京了。」袁崇煥關上車窗。驛車緩緩馳入城門。

京西一個小茶館內，一身便裝的袁崇煥獨坐在角落裡品茶。侍從自門外入內，走到他身邊秉報：「大人，卑職已經打聽清楚，戶部尚書周延儒、兵部尚書楊嗣昌都在府上，沒有外出。」

「他們知道我進京了麼？」「不知道。」侍從說「稟大人，轎子已經備好了。」

「不急。今晚，我們就住這小客棧裡。我想在拜訪周延儒、楊嗣昌兩位大人之前，應該先拜訪另外一個人。」袁崇煥問侍從，「你知道當今的大內總管王承恩住在哪裡嗎？」

侍從一笑，說：「巧了！卑職剛剛路過昔日的魏忠賢府。卑職多了個心打聽了一下，原來那裡是今日的王承恩府。嘿，比過去更氣派了！」

袁崇煥一聲冷笑：「哼，不出我所料，朝廷還是宦官們的天下。」

晚上，一乘小轎抬至氣派不凡的王承恩府前，停住轎。袁崇煥便裝從轎中下來，抬眼看看王府大門，只見四個護衛在門前站崗。袁崇煥抱拳朝護衛們一揖：「勞駕通報一聲，兵部廢員袁崇煥，拜見王公公。」

那護衛入內通報。稍頃，奔出一個中年太監，滿面堆笑地向袁崇煥作揖謝罪：「袁大人哪，小的王府管家劉平接駕來遲。」袁崇煥亦上前作揖：「原來是劉公公，請問王公公在府上嗎？」

「公公在。但他吩咐小的向袁大人謝罪。」劉管家說，「王公公說了，在袁大人入宮晉見皇上之前，他不敢與袁大人相見，以免惹人猜忌。」見袁崇煥失望的樣子，劉管家又深深一揖，說：「務請袁大人見諒！」

「免了。王公公小心謹慎，在下十分佩服。」袁崇煥說罷從懷中掏出一個銀包，說：「一點小意思，公公留著喝茶。」劉平慌忙推辭，連聲說：「小的萬萬不敢。」

袁崇煥奇怪：「咦，以前我進見魏忠賢時，都有進門規矩的嘛。」劉平垂著眼說：「王公公可不是魏公公。再說，王公公也改了規矩。新規矩是，誰敢收進門銀子，左手收的砍左手，右手收的砍右手！」

袁崇煥心中驚訝，又見劉平低頭盯著雙腳。袁崇煥明白了，立刻彎腰作整靴狀，順手將那個銀包兒塞進了劉平的靴子裡。劉平笑嘻嘻地連聲說：「謝袁大人，謝袁大人……」

「甭客氣。」劉平的頭低得更深，在袁崇煥耳邊低語：「小的勸袁大人別在外頭轉悠了，還是趕緊回春來茶館歇息吧。」袁崇煥大驚，問：「你怎麼知道我下榻春來茶館？」劉平笑著深深再揖：「小的瞎猜的瞎猜……」

袁崇煥似有所悟，急忙掉頭而去，匆匆上轎，敲一敲轎幫，催道：「快，回茶館！」

袁崇煥匆匆奔入小茶館，再奔入內間客房……進屋便驚訝地看見，一身便裝的王承恩已經在臥房內等候多時了。王承恩不等袁崇煥開口，便搶先上前恭敬施禮：「老夫王承恩，拜見袁大人！」袁崇煥急忙還禮，驚嘆道：「王公公，您真是神龍見首不見尾。下官到府上拜訪，您老人家閉門不見，卻到這裡來了。」

「慚愧，老夫並非閉門不見，而是不敢在府上見您哪。」見袁崇煥驚訝的樣子，王承恩笑道，「袁大人哪，老夫對您說實話吧。老夫雖然能夠監視朝野上下，卻不知道誰在監視老夫！也許，此刻就有一個眼線藏在我府上，日夜侍候著老夫呢！」袁崇煥驚嘆道：「王公公都有此顧慮，百官可想而知。」

「百官嘛，也比以前聰明多了。即使兩人對坐，也有三個心眼。三人對坐呢，就會生出六種是非。」

袁崇煥嘆了一口氣說：「下官斗膽發一句牢騷，假如天天你監視我、我提防你，這絕不是太平盛世的氣象啊……」王承恩面露痛苦神色，說：「非但不是盛世氣象，依老夫看來，反而是末世之兆！」袁崇煥一驚，環顧左右，才輕聲說：「王公公呀，說這話可是要砍頭的……」

「是要砍頭的。但老夫連砍頭的話都跟袁大人說了，袁大人還不可以信任老夫嗎？」王承恩誠懇地說。

袁崇煥深深一揖，再請王承恩坐。兩人落坐。

大明王朝哇……唉，目前可用八個字概括，『南寇北夷、內憂外患』！王承恩坐下後，說，「南寇是中原流寇高迎祥、李自成；北夷是關外清帝皇太極；內憂是百官互不信任、百姓疲憊不堪；外患是滿、蒙、回、藏……但每一次危機，都是機遇。大英雄每每出於亂世，正好建功立業。假如沒有患亂，英雄們從哪出來呀？」袁崇煥謹慎地說：「上有聖君，下面才會有賢將。沒有聖君，有志者也只能空懷壯志，蹉跎歲月呀。」

「袁大人可是在擔心皇上吧？」袁崇煥沉默，既不承認，也不否認。

「據老夫看來，當今皇上遠勝先帝，崇禎朝遠勝於天啟朝！」王承恩注視著袁崇煥說，「當今皇上，立志要像皇太祖洪武帝那樣，開天闢地，創一代盛世，做一代聖君！袁大人哪，皇上雖然沒說，但老夫看出來，皇上真心是要起用你。」袁崇煥說：「在王公公面前我說句心裡話，下官既盼望皇上起用，也害怕皇上起用。」

「你是怕皇上用人而不能放權，既用且疑，處處受制？」王承恩沉默片刻，「這麼說吧，皇上出生至今，是二十九年十個月零八天。我侍候皇上，已經三十年零八個月了。也就是說，當今皇上還在皇太后肚子裡時，我已經侍候著他了。」

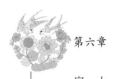

袁崇煥瞠目結舌，吃驚得說不出話。

「我能看得出皇上的心思，我甚至能感覺到皇上的每一次心跳，每一次呼吸。袁大人哪，皇上真心實意地想起用你，皇上會把你看成大明王朝的擎天柱石，皇上甚至會把大明的半壁河山——東北全境的兵馬城關都交給你！」王承恩頓了頓，又說：「除此之外，老夫願向袁大人保證，從今以後，老夫願做袁大人在朝廷中的可靠內應，老夫願與袁大人榮辱與共，生死同舟。共同協助皇上，中興大明！」

袁崇煥激動地說：「王公公……」

王承恩打斷他的話頭，說：「老夫該說的都說了，想說的也說了，袁大人卻不必對老夫做任何承諾。請袁大人好好睡一覺，休息休息。有什麼話，等到御前應對時，跟皇上說吧！老夫告辭。」王承恩揖禮而別，袁崇煥激動地望著王承恩背影。之後，他陷入深思。

周延儒在提燈太監引領之下，悄悄地進入乾清宮。暖閣內，崇禎手執一本書卻沒有看，顯然在發呆、等候。周延儒入內叩拜：「皇上深更半夜召見臣，臣甚為不安。」「平身。」崇禎示意太監退下，說：「你給朕上的密奏，朕看了幾遍。周延儒呀，你膽子不小嘛。」

周延儒拱身答曰：「皇上，臣言人之不敢言，赤膽忠心……前朝魏忠賢之禍，當為後世之鑒。臣以為，王承恩之本事才具，勝於魏忠賢。乞皇上早做聖斷。」周延儒復又將王承恩仗皇上恩寵，內結宦官，外通封疆大吏的種種行為一一列舉，說他的所作所為已遠遠超出一個秉筆太監

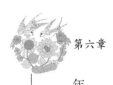

的職權範圍，違反太祖爺「太監不得干政」的律令，可以說，朝中大小事，沒有他不知道的，也沒有他不參與的。

崇禎嘆道：「愛卿說的都對。朕早年即位，需要一個既能幹又忠心的內臣輔佐朕，王承恩適逢其時，幫了朕不少忙。可這些年來，他越做越大了。雖然身為太監，卻幾乎像個宰相。雖然官居四品，卻能把一品大臣撥拉得團團轉。朕有時候也氣——既氣王承恩，也氣你們這些大臣，你們要是有點真本事，何至於被一個太監比下去了？」周延儒說：「可，可王承恩身後有皇上……」

「錯。百官身後都有朕這個皇上！朕不會厚此薄彼。」周延儒痛聲說道：「皇上啊，臣冒死上奏。君臣之道乃朝廷的基礎，不可動搖。不論任何人，也不論他忠還是不忠，只要他是人臣，就不許觸犯皇權。否則的話，早晚禍及國家，禍及皇上！」

崇禎無語。沉吟片刻，崇禎道：「周延儒聽旨，朕授你暗察密報之權……」

一座伸展至陽光下的平臺，崇禎在此召見袁崇煥。君臣依尊卑而坐，王承恩在旁侍立。

崇禎親切地說：「愛卿啊，早在朕登基之前就屢屢聽人說過，本朝有個讀書將軍專能克虜。這個『讀書將軍』就是你袁崇煥，『虜』就是關外的滿清。」袁崇煥自謙道：「稟皇上，臣讀書沒讀好，做將軍也是勉為其難。」

在召見袁崇煥前，崇禎已將內廷所有關於他的檔案、奏章，全部看了一遍。崇禎說：「當年，百官說你是閹黨，魏忠賢說你是奸黨。照朕看來，你什麼黨都不是，你是蒙冤受屈的忠臣。」「謝皇上。臣在家中待罪十年了，今天終於重見天日。」崇禎又說：「十年前，你做寧遠督軍時，與清兵大小二十八戰，幾乎無一敗績，連努爾哈赤也被你的紅衣大炮打傷，不治而死。你是上天賜於大明的常勝將軍啊！依你之見，當前，朝廷應該如何對付滿清？」

袁崇煥感激地說：「臣萬不敢當。臣以為，世無常勝將軍，臣與滿清交兵近二十年，大約是勝負各半。只是關鍵性戰役，臣都因為仰仗天恩，僥倖取勝了。臣還以為，滿清雖然蝸居關外，但滿清小而強；大明雖然坐擁天下，但此刻的大明，卻是大而弱。」

崇禎讚許地看著他，示意他繼續說下去。

「臣在家中待了十年了，每天無不苦思平夷之策。臣以為，要戰勝皇太極，關鍵仍在三策：一為練兵，二為守城，三為聯防。」袁崇煥接著把他的謀略展開來訴說一遍：清兵們大都是遊獵出身，茹毛飲血之輩，個個好勇鬥狠。明軍如想戰勝他們，首先要練兵。第二，清軍的強項是戰馬，明軍的強項是城關。與清軍作戰，要盡量避免野戰，應該堅守城關，相機殲敵。第三，清軍八旗來去自由，而守城者卻常常堅守不動，這怎麼辦呢？就需要城與城之間、鎮與鎮之間互相聯防。戰時全部出戰，防時全部堅守城關，概不出戰！如此，才能讓清兵進也不是，退也不是，使明軍覓得更多的勝機。

崇禎高興得仰面大笑：「哈哈哈，愛卿，重見天日的是朕哪！這些年來，朕被滿清擾得晝夜不寧，有了你平夷三策，大明中興有望。朕歡喜之至！」袁崇煥揖首稱道：「上有聖君，下才有良將。微臣這些戰法，件件都要仰仗天恩哪。」

崇禎滿意地說：「朕明白你的意思。袁崇煥聽旨。」袁崇煥跪下。「朕令你為薊遼總督，領兵部尚書銜，賜蟒袍玉帶及尚方寶劍，統領北疆三十八萬兵馬及所有文武官員，並授予你臨機專斷及先斬後奏之權！」袁崇煥激動叩首：「臣遵旨！」

「朕盼望你不負天恩，早日平定遼東。」

袁崇煥當即道：「臣保證在五年之內平定遼東！」此言一出，崇禎大喜過望：「五年？……好！好哇……家貧出孝子，亂世見忠臣！愛卿哪，你路途辛苦，先回去歇歇，晚上朕要大擺宴席，為愛卿洗塵。」

但是，侍立在旁的王承恩卻大驚失色，甚至失手落下手中的摺扇。

宮道內，王承恩伴隨袁崇煥行走。袁崇煥顯得意氣風發，王承恩卻是步履沉重。王承恩道：「老夫恭喜袁總督。今日起，除了皇上之外，袁總督便是天下第二人了。」袁崇煥惶恐地說：「在下不敢。天下第二人，只能是您王公公。」

「我不過是皇駕前的一個奴才。而袁總督所處的位置，早已蓋過了我。」王承恩說，「過去，老夫遭百官們罵。今後，該輪到袁總督挨罵了！」袁崇煥微笑著說：「要想做事，哪有不挨罵的。做的事越多，罵聲也就越多。」

「袁總督有準備就好。還有一件事更重要……」王承恩看了他一眼，緩慢地說，「皇上給予的一切，皇上一句話可就又收回去了。」袁崇煥的神色已不似前，仍然故作鎮靜地說：「這個嘛……在下十年前就體驗過了。萬曆朝時，萬曆皇上授我遼東總督。到了天啟朝，天啟皇上一句話就將我打做閹黨、貶為廢員，什麼都扒乾淨了，只留下一顆腦袋。」

「當今皇上不是萬曆，也不是天啟。」王承恩說，「當今皇上要收回總督大權時，只怕連腦袋也不會留下！」袁崇煥面露不安，沉吟著，問：「王公公，方才龍廷應對時，在下是否說錯了話？」王承恩嘆了口氣，說：「袁總督的『平夷三策』大受聖寵，句句都對。但有一句話，雖然沒說錯，會不會說過了呢？」看著袁崇煥詢問的眼神，王承恩說：「就是最讓皇上開心的那句話，『五年平定遼東！』」袁崇煥一驚，沉吟不語。

王承恩緊追不捨，又問：「皇上沒有生疑，但老奴斗膽替皇上生了點疑問。敢問袁總督，您做得到嗎？」袁崇煥沉吟良久，終於說：「做不到……御前應對時，在下為了解皇上憂慮，討皇上歡心，才那麼說的。在下現在也有些後悔。」「敢問袁總督，如果五年不行，那您幾年才能平定遼東呢？請賜老夫一句實話。」

袁崇煥三思，許久後，說：「大約八到十年。」

王承恩也就不再說話，兩個人默默向前走，過了一會，王承恩又停下來。「謝袁總督信任。可老夫還有一事不解。」王承恩說，「御前應對時，您今日為何不向皇上要軍餉？沒有銀子，您的『平夷三策』豈不都是水中月鏡中花！」袁崇煥長嘆一聲：「在下何嘗不想要銀子啊！只是寧遠剛鬧過兵變，國庫空虛，在下不便立刻向皇上要啊。」王承恩說：「看來袁總督沒有老奴臉皮厚。這麼著吧，此事你不必開口，老奴幫你要。」

袁崇煥大喜，深深一揖：「謝王公公。」

遠處，周延儒與洪承疇默默地看著王承恩送袁崇煥走過。周延儒眉頭一皺，匆匆進入內閣簽押房。

王承恩回到乾清宮，只見崇禎仍在踱步嘆賞，口中不斷念叨：「良將良將，得一良將，勝過百萬雄兵啊！袁崇煥真是忠勇之臣……是不是啊……」崇禎見王承恩入內，得意地問他。

「是……」王承恩略顯遲疑地回答。崇禎覺察出王承恩異樣，轉過身來，看著他，問：「怎麼了？」「老奴擔心，袁崇煥忠勇有餘，誠信不足。」崇禎眉頭皺起來。王承恩稟報說：「老奴送他出宮時，直言問了他，他也實話實說了。五年之內，他並不能平定遼東。」

崇禎一怔，緩緩地問：「那需要多少年？」「妥當一些，大約需要八到十年。」崇禎欣慰地說：「這也行啊。遼東是大明半壁呢，能在八到十年平定，足矣！」

「可老奴擔心，即使八到十年，他也未必能平定……」崇禎憂慮又起：「怎麼？莫非袁崇煥老了，不再是皇太極的對手？」王承恩說：「袁崇煥肯定能抵擋皇太極。可他最擔心的，是皇上能否忍痛支持他。」「朕疑人不用，用人不疑，當然全力支持他！」崇禎看看了看語氣怪異的王承恩，說，「你這『忍痛』二字什麼意思？」

「軍——餉。」王承恩一字一頓地吐兩個字，又注意了一下崇禎的神色，說，「稟皇上，遼東的軍餉，每年不下於三百萬，七八年下來，國庫難支。」崇禎眉頭皺得更緊了，他沉吟了一會，斷然道：「傳旨，遼東軍餉，由朕親自調撥。首批三十萬，著即從皇銀內帑中發出！」王承恩大感欣慰，不由地跪下給崇禎叩首，顫聲道：「謝皇上。」崇禎奇怪地問：「咦，朕給袁崇煥軍餉，你叩什麼頭？」

王承恩含淚激動地說：「皇上和以前不一樣了，老奴是替皇上高興哪！」

周延儒進入簽押房，坐到洪承疇案桌旁，搖頭長嘆：「果然不出我所料，袁崇煥已經是王承恩的同黨了。袁崇煥進京當天，既沒有向兵部報到，也沒有拜訪任何京城好友，獨獨私訪了王承恩府。」洪承疇裝聾作啞：「哦……是麼？」周延儒道：「更有趣的是，在王府門口，王承恩故意拒見，之後卻跑到小茶館裡與袁崇煥密談。」

洪承疇仍然裝聾作啞：「哦……是麼？」周延儒正色道：「洪大人，你不必裝糊塗！王承恩與袁崇煥，一個是內臣，一個邊疆大吏，他們如勾結到一起，朝廷斷無寧日！」洪承疇這才收起裝聾作啞，認真地對周廷儒說：「周大人，在下倒要勸您一句，別和王承恩鬥，您鬥不過這個人妖的。」

周延儒正聲道：「皇上已授予我暗察密報之權，我是奉旨制約王承恩。」洪承疇一嘆，說：

「周大人哪，你侍候皇上才多少年？王承恩侍候皇上多少年了？到了關鍵時候，只怕皇上拋棄你而不會拋棄他……」

魯四將宋喜引領入內。王承恩彷彿沒看見宋喜似的，自顧飲茶，一言不發。

宋喜低聲道：「王公公交代的差使，小的辦妥了。上月十五夜裡，晉見皇上的是周延儒；十六日夜裡，晉見皇上的仍是周延儒；十七日夜裡，晉見皇上的還是周延儒。」「就他一個，沒別人？」王承恩似乎恍然大悟：「哦……宋喜呀，這差使辦得好。回頭到魯四那裡支銀子吧。」「謝王公公！」

「還有件美差要辛苦你。宮門外頭已經備好了三輛馬車，你必須親自護送。後天正午，將車上的貨物完整無缺的送到寧遠城，面交薊遼總督袁崇煥。」王承恩吩咐說，「記著，你既不能早到，也不能遲到，必須在正午時分到達。」

宋喜詫異，問：「小的不明白，幹嘛非在正午時分吶？」王承恩說：「你不必多問。這差使辦好了，袁大人肯定重重賞你。」

城樓上，袁崇煥高居帥椅，點將閱兵。帥座畔架著那柄尚方寶劍。四周，旌旗迎風，刀槍排立。隨著一聲聲巨吼，眾將軍依序參拜袁崇煥：

——寧遠衛總兵官祖大壽，拜見大帥！

——關山鎮總兵官韓子玉，拜見大帥！

——八里屯總兵官朱可望，拜見大帥！……

驛道上揚起大團灰塵，三輛滿載木箱的馬車正在轟隆隆向前飛馳。

馭手大汗淋漓，不時揮鞭策馬：駕駕……

旁邊，宋喜騎在一匹馬上領著眾護衛也在奔馳。他看看日頭，急了，大喊：快快！娘的，來不及了……

眾將軍還在參拜：

——山南衛總兵官魯大為，拜見大帥！

——北海子總兵官劉鐵柱，拜見大帥！

——寧遠衛標統吳三桂，拜見大帥！

袁崇煥看了吳三桂一眼。微笑：「闖宮夜報的，就是你嗎？」吳三桂：「正是末將。」

「不錯……」話音剛落，袁崇煥又突然變色，問：「前屯衛總兵官吳襄，為何不到？」吳三桂暗驚：「末將也不知父親為何不到……」

袁崇煥嚴厲地：「本帥剛剛上任，吳襄就沒有到位。著察明原因後，依軍法嚴辦！」

旁邊的副帥道：「遵命。」

驛道，馬車仍在急奔。突然，一匹馬累倒了，口噴白沫，倒地不起，馬車差點翻掉，不得不停下來。

宋喜看了看日頭，再看看不遠處的寧遠城，高聲下令：時辰到了！撂下馬車，扛著箱子朝城樓跑。快！

宋喜跳下馬，帶頭扛起一隻沉重的箱子，奔向城樓。

眾護衛見狀，也一人扛起一隻木箱，跟著宋喜朝城樓奔去。

寧遠城樓，袁崇煥巡視眾將，動情地說道：「列位弟兄，你們隨本帥征戰多年，都是從兵勇裡殺出來的將軍。十年不見了，本帥想你們想得好苦哇！今天，終於又聚到一起了。」祖大壽叫著：「袁督師重返帥位，弟兄們都高興的噢噢叫啊！」眾將一片聲嚷著：「是啊！……又到了咱們建功立業的時候啦！……清兵末日到啦！……」喊聲中，眾將個個意氣風發，摩拳擦掌。

袁崇煥威嚴地：「弟兄們，本帥已向皇上立下軍令狀，五年之內平定遼東！」

眾將聞言震懾，頓時一片寂靜。

副帥小心翼翼地：「大帥雄心萬丈，末將等願意奮戰！但是……平定遼東的關鍵是軍餉啊。」祖大壽：「稟大帥，寧遠衛又有三個月沒發餉啦。」另一總兵道：「關山鎮已經半年沒領到餉銀了！」

袁崇煥頓顯憂慮。袁崇煥憂心忡忡地對眾將道：「弟兄們放心，皇上答應過本帥，遼東的軍餉會一文不少地發下來。」副帥道：「可就是不知什麼時候哇。兵部也多次答應過我們發軍餉，可是……唉！」正在這時，一個軍士奔來叩報：「稟大帥，御林軍偏將宋喜，前來拜見大帥！」

袁崇煥奇怪地問：「他來幹什麼？」話音剛落，宋喜已扛著一隻木箱奔至，氣喘吁吁地：「大帥……宋喜奉旨前來……前來送喜……」袁崇煥驚訝地看著喘著粗氣的宋喜，這時宋喜已經喘過氣來，說，「皇上親自從皇銀裡撥出三十萬兩銀子，做為遼東將士首批軍餉。王、王公公令在下……務必要在大帥點將閱兵前，趕到山海關……在下押解著皇銀，沒日沒夜地趕，還、還是來遲了，請大帥恕罪……」

袁崇煥激動跳了起來：「皇銀呢？」

箭道上，一列御林軍軍士，每人扛著一隻封有皇宮標記的木箱，氣喘吁吁地奔上敵樓。軍士們扛著木箱登上城臺，依次放下。漸漸的，銀箱摞成高高的一堆。眾將看得都呆了。

袁崇煥走上前，掀開一隻箱蓋，露出滿滿的銀錠，眾將一片驚叫……

袁崇煥激動地從箱蓋上撕下一片黃紙封記，舉著它叫道：「看見了吧，這是皇銀啊！是三朝皇上積累下來的體己銀子啊！」

眾將歡呼著圍上前喜看，議論紛紛。吳三桂走到呼呼直喘的宋喜面前，捶他一下肩膀：「宋喜，你來得正是時候啊！」宋喜一邊喘一邊吹噓著：「我老宋何許人哪！啊？你不是不知道……」

袁崇煥回到帥座前，唰地拔出尚方劍，舉劍過首，南面而誓，大喝一聲：「皇天在上，袁崇煥五年之內如不能平定遼東，將用這柄尚方劍自裁，以謝皇恩。」眾將跟著跪倒，大吼著：平定遼東！平定遼東！平定遼東！……

吼聲中，吳三桂忽然望向天邊，驚呼：「大帥……」

袁崇煥順勢望去——一座烽火臺升起一股粗直的狼煙，並隱隱有示警的鼓號聲：「嗚嗚嗚」……

清兵又破關南下了！

崇禎皇帝，把帝國命運寄託在一座座城關上；明朝將士，把生死榮辱寄託在一座座城關上；但是，那些銅牆鐵壁，那些萬里雄關，能否擋住八旗軍的鐵蹄呢？

第七章

一帶傷軍士匆匆入內，驚慌叩報：「前屯衛總兵吳襄，今在下稟報大帥……」袁崇煥高居帥座，神閒氣定地說：「慌什麼慌，慢慢說。」祖大壽等將帥排立兩側，吳三桂立於末尾。

那軍士這才穩住神，說：「稟大帥，皇太極親率四萬精兵，分兩路南下。連破我軍八里河、關山鎮，其前鋒已直逼寧遠城。」袁崇煥微微一笑，環顧一下周圍的將帥，泰然自若地說：「好嘛，本帥剛剛上任，皇太極就給我來了個下馬威。清軍距此還有多遠？」「距寧遠只有五十里了。」

袁崇煥這才有點驚訝，問：「你們的總兵吳襄呢？」「吳襄將軍抵敵不住，只得棄關南撤……」軍士抬起頭，用目光偷偷看了一下袁崇煥，膽怯地說，「吳襄將軍和部屬，被多爾袞的八旗軍圍困在黑虎窪，苦戰待援……」袁崇煥一聲冷笑，斥道：「什麼棄關南撤啊，是棄關南逃吧……還不退下！」

軍士退下。袁崇煥目視眾將，聲色俱厲地說：「吳襄棄關南逃原本就是恥辱。更為恥辱的是，連逃也沒逃掉，被多爾袞包了餃子！這樣的總兵官，真是給本帥丟臉，給大明丟臉！」眾將聞聲怵然不安，吳三桂則羞愧的低下了頭。

黑虎窪裡一片惡戰景象，到處遺棄著斷戈殘戟，人屍與馬屍橫陳。大青石後，吳襄身負數處重創，渾身鮮血。他抬頭眺望，不遠處，清軍已將他們團團包圍。吳襄突然跳起來，揮刀大吼：「弟兄們，衝啊……」

殘餘的明軍頓時紛紛撲出，狂呼亂喊著跟隨吳襄朝清軍衝殺而去。清軍陣營中，立刻鼓號齊鳴，無數強弓大弩射來。許多明軍中箭倒地，剩餘的也被清軍斬殺殆盡……吳襄連砍幾個清軍後，看見越來越多的清軍圍了上來，一個年輕的清軍將領威風凜凜的騎在馬上，指揮清軍剿殺明軍……吳襄知道明軍根本不可能突圍了，又領著明軍且戰且退，再次退守到大青石後面。一個副將爬到吳襄身邊，焦慮地問：「吳軍臺，咱們怎麼辦？」吳襄看看天色，有點無奈地說：「這兒離寧遠不到二十里地，堅守待援吧。放心，袁大帥絕不會見死不救的！」

忽然傳來鳴金聲，副將循聲抬頭看看前方，驚訝地道：「咦，清軍怎麼退回去了？」

清軍陣地後方，前軍主將多爾袞一手抓著羊腿一手端著酒碗，正在大吃大喝。同時，兩眼警惕地巡視戰場。那位年輕將軍怒氣沖沖地策馬而來，到多爾袞面前跳下馬，質問：「叔叔，為什麼停下不打了？」

多爾袞冷冷掃了這將軍一眼，說：「豪格，這是在戰場，可別忘了軍規！」豪格強嚥下氣憤，上前施以軍禮：「末將豪格參見大將軍！」多爾袞這才哈哈一笑：「免禮，你急什麼急，吳襄已經落到咱們掌心裡了，怕他飛了不成？」

豪格有點賭氣地說：「大將軍只管放心吃喝，但請你發令，讓末將消滅吳襄。末將保證在大將軍這碗酒喝完之前，提吳襄人頭前來交差。」多爾袞又是一笑，道：「豪格，我知道你建功心切。可你知道吳襄的心思嗎？」

豪格說：「照末將看來，吳襄在等死，而大將軍在死等。」

多爾袞怒喝一聲：「放肆！」豪格怒而不言。稍停一會兒，多爾袞放緩口氣說：「吳襄是在等救兵！這兒離寧遠城不到二十里地，吳襄之所以死戰不降，就是希望寧遠救兵前來解圍。」豪格這才領悟多爾袞的意圖：「叔叔是拿吳襄作為誘餌，想把寧遠城裡的兵馬誘出來？」多爾袞不無得意地說：「你總算是開竅了。寧遠主力不出動，咱們拿它沒辦法。只要他一出來，咱們就把他們統統砍了！我早就在東西兩邊埋伏下兩旗精兵。」

「要是他們死活不出來，怎麼辦？」豪格有點擔心地問。

「逼呀，逼他們出來！漢人最要面子了，咱們都打到他們家門口了，他們就甘當縮頭烏龜麼？」多爾袞下令，「豪格，令你把吳襄四面包圍，每隔半個時辰出擊一次，每次砍殺幾十個人就行。看寧遠來不來救兵。」

一陣猛烈的戰鼓聲驟起，繼之是清兵喊殺聲。吳襄抬頭一看，清軍又在豪格率領下衝殺過來。吳襄見勢不對，對副將說：「老李，我和弟兄們頂在這兒，你乘亂衝出包圍，到寧遠城催救兵去！」

「不。還是末將殺開一條血路，讓將軍突圍請援去。」

「不成。我一走軍心就散了，你騎上我的戰馬衝出去！快快，弟兄們生命全靠你了！」說話間清軍已衝上來，與明軍戰成一團，刀槍相擊聲與死傷哀嚎聲，此起彼伏，不絕於耳。吳襄一邊與敵接戰，一邊厲聲命令：「快去！快去！」副將無奈，騎上吳襄的戰馬，揮刀衝出包圍。吳襄與明軍死戰不退，力保副將遠去。不遠處，豪格看見那副將突圍遠去，微微一笑。

總督府，袁崇煥坐於帥椅上，雙手執一杆竹簫，低緩的吹奏著。一個軍士匆匆入內，稟道：「探馬飛報，黑虎窪仍在血戰，吳總兵只剩三百餘人。」袁崇煥紋絲不動，仍然沉浸在簫聲中，彷彿沒有聽見。立於袁崇煥身後的幕僚便對軍士道：「再探。」軍士應聲退下，袁崇煥仍在吹簫。稍頃，又一個軍士慌忙奔入，叩報：「大帥，清軍連番進攻，吳總兵只剩下一百多人了……」袁崇煥仍然一動不動地吹簫。幕僚又斥軍士：「再探。」軍士又應聲退下。袁崇煥依舊沉浸在吹簫中。忽然，府外漾起一片騷動，接著那個副將渾身帶血地撲進來，跪地泣呼：「大帥，大帥……」

袁崇煥停止吹簫，抬起頭：「說吧，我聽著哪。」祖大壽、吳三桂等眾將也隨之湧進總督府，關切地聽著。副將淒慘地稟道：「大帥，吳將軍和弟兄們被圍困在黑虎窪，已經血戰兩個時辰了，請大帥速派救兵吧。」袁崇煥問：「多爾袞帶有多少兵馬？」「約有兩千多。」看到袁崇煥懷疑的神情，副將急忙又補充道，「末將看得清清楚楚，確實只有兩千餘人。大帥如能派出數千精兵，定能把多爾袞全殲！」袁崇煥點點頭：「知道了。你下去療傷吧。」副將乞求道：「大帥，末將願隨軍再去黑虎窪，與清兵決一死戰。」

袁崇煥面無任何表情地重覆道：「知道了，退下療傷。」副將不敢再言，只得退下。袁崇煥沉思著擺弄那支黑簫。吳三桂在下面早已是心急火燎，只因官銜太低不敢開言。他見袁崇煥久久沉默不語，再也按捺不住，正要上前請戰。祖大壽橫臂攔住他，自己上前揖道：「大帥，黑虎窪距寧遠不到二十里，如果派一支精兵突襲清軍，定能大獲全勝。」吳三桂立刻跟上請戰：「標下願出城殺敵！」

袁崇煥搖搖頭：「你們難道也相信黑虎窪只有兩千清兵麼……如果真的只有兩千兵馬，不要說是多爾袞，就算他是皇太極，也未必敢到我寧遠城來撒野！我估計，多爾袞八成在附近埋伏下重兵了，單等我們前去馳援。」祖大壽擔憂地說：「如果不發救兵，吳總兵豈不是……」袁崇煥沉重地說：「吳襄隨我征戰多年，情同手足，我也很難過。但現在不是決戰的時候，都退了吧。」眾將無奈，陸續退下。吳三桂激動地撲到袁崇煥足下，懇求著：「大帥，標下請求率兩千精兵，突襲黑虎窪，保證擊敗清軍。如果不能取勝，標下願受軍法嚴懲。」袁崇煥鐵板著面孔說：「不准！」

「大帥，大帥！標下只請求帶一千精兵……」

「無論是一千還是兩千，都不准前去陪葬！」

「大帥，大帥……」吳三桂急出了一頭大汗。袁崇煥厲聲大喝：「傳命，固守寧遠城，擅自出戰者斬。退下！」幾個部將上前，將吳三桂架出堂外。

山窪裡，鼓聲震天，刀槍相擊。吳襄與殘餘部屬仍在與清兵死戰。

吳襄接連砍倒幾個撲上前的清兵，喘息著眺望天邊，表情絕望……

吳三桂跪在總督府外的石階下，一動不動，無聲的等候袁崇煥。忽然間，他聽到腳步聲，抬起頭看。袁崇煥踱下臺階，一步步走到吳三桂面前。吳三桂深深叩首，含淚乞求：「大帥……」

「吳三桂，本部堂並非不想救你父親。但你要知道，吳襄棄關南逃、敗兵折將，按照大明律，他即使生還，也得軍法處置。輕則罷官，重則論死。」袁崇煥不無同情地說，「你父親吳襄也是一條好漢，何必受此污辱呢？不如讓他戰死沙場，成全他一世英名吧。」吳三桂滿面痛苦，說不出話。袁崇煥近前低聲說：「吳襄戰死後，本部堂將抹去他棄城之過，上奏朝廷，為他請功。同時，本部堂還會力保你承襲父職，升任三品總兵官……」吳三桂哽咽道：「標下知道大帥的苦心，可家父在城外血戰，如果我見死不救，將來如何見人？如何統兵打仗？」袁崇煥說：「你出戰也是送死，更何況，吳襄此刻說不定已經戰死了。」吳三桂聽出袁崇煥語氣裡的鬆動，又說：「大帥啊，佛爭一爐香，人爭一口氣。標下情願與父親一同戰死！」

「你願意戰死，本部堂卻不能發兵陪你父子殉葬！」

「我不要大帥一兵一卒，末將只帶自己本標人馬。」

袁崇煥問：「你那一標人馬有多少？」吳三桂說：「只有五十三人。」「五十三人，你也敢出戰多爾袞？」袁崇煥有些吃驚地說，「我看你有些瘋了！」

吳三桂斬釘截鐵地說：「身在沙場，不瘋狂是打不了仗的。大帥啊，您剛剛上任，清軍就殺到家門口來了，如果全城上下都是縮頭烏龜，那以後清軍還把我們看在眼裡嗎？朝廷大臣們還不說閒話嗎？末將認為，就是死，也得給滿夷們一個樣兒看看！請大帥賞標下一個恩典，准許我帶領五十三個弟兄出戰。標下知道此去必死無疑，但標下保證，清軍的死傷將比我大幾倍！」

袁崇煥驚奇地打量吳三桂，彷彿剛剛認識他。沉吟片刻，袁崇煥道：「上月初八那天，你單身闖宮夜報，當夜議政時，在皇上面前大喊我『袁崇煥』名字的。」袁崇煥呵呵一笑說：「吳三桂啊吳三桂，你一個六品標統，竟敢單身闖宮，竟敢在皇上面前推舉我這個一品大帥……」吳三桂動情地說：「標下知道遼東將士們對大帥的崇敬，大家都把大帥當救星。」

袁崇煥收了笑容，面色莊重，突然大聲說：「吳三桂聽令，本部堂命你率五十三人出戰清軍。」「末將遵命！」吳三桂叩倒在地。袁崇煥說：「本帥雖不會給你一兵一卒，但我會命令四十門紅衣大炮一齊發炮，替你的五十三個弟兄開道，為你這個瘋子壯行！」

「謝大帥！」

城頭上，數十門雄偉的紅衣大炮一線排開，炮尾部擺放紅通通的炭桶，炮手待命。祖大壽一聲令下：發炮！所有的炮手都從炭桶中抽出燒得火紅銅條，湊近炮尾的藥拈子，引燃，藥拈發出窸窸窣窣的聲響……片刻間，所有大炮同時轟響，聲勢震天動地。炮聲中，城門轟隆隆拉開了。吳三桂帶領那五十三個黑衣黑甲的騎士，呼嘯著衝出城門。吳三桂揮刀衝在最前面。黑衣騎士瘋狂地衝向天邊。

袁崇煥望著漸漸遠去的塵煙，感慨地對旁邊的祖大壽嘆道：「吳三桂是員虎將，這樣白白死去，實在太可惜啦。」祖大壽問：「那麼，大帥為什麼准他出戰呢？」袁崇煥嘆道：「對朝廷有一個交代，對清兵也可小示鋒芒。」

草坡上，多爾袞頭枕馬鞍，正在呼呼大睡。一個部屬飛奔來稟報：大將軍，大將軍，寧遠城的援軍出來了。多爾袞一躍而起，大喜道：「終於來啦？好好！傳命正紅正藍二旗，準備迎戰，務必將他們全部殲滅嘍。」

部屬剛要飛身而去，多爾袞又想起什麼似的，喝道：「慢，來了多少援軍？」

「大約四、五十騎。」

「就這麼點兒人，有沒有後續兵馬？」多爾袞聽到確定的回答後，喪氣地說：「媽的，膽子不小，統統宰了。」多爾袞又躺下欲睡，卻再也睡不著了，他仰起身朝不遠處的戰場觀望。

吳三桂率領五十三黑衣騎士，狂呼亂喊著衝入重圍。他們像猛獸那樣朝清兵瘋狂劈殺……清軍猝不及防，竟然紛紛敗退。豪格揮刀朝吳三桂衝去，兩人會馬一擊，豪格立刻負傷。吳襄看見吳三桂率兵衝殺過來，鬥志倍長，對部下們大吼：「弟兄們，援軍來了，衝啊！」被包圍的明軍也紛紛跳出山窪，與清軍們拼命砍殺……

吳三桂一邊迎敵一邊朝吳襄大喊：「爹啊，爹啊。你快撤退，孩兒斷後。」

吳襄興奮地叫：「三桂，我們一起衝出去。」

「不！爹先退，快快……」大批清軍湧上。吳三桂又陷入重圍，左拼右殺。

多爾袞冷冷地看著兩軍交戰。豪格帶傷歸來，怒叫：「換刀。」部下立刻把一把長刀遞給豪格，豪格正要策馬再戰，忽然聽得一片金鼓齊鳴。多爾袞與豪格神情俱驚，兩人互視一眼，立刻整裝迎上前。皇太極騎著那匹驃悍的白龍駒，身披一身金甲馳來了，後面跟著許多侍衛。

多爾袞上前叩拜：「臣弟拜見皇上。」

豪格叩拜：「兒臣拜見皇阿瑪！」

「平身……」皇太極說罷朝戰場望去。

所有的清軍聽到金鼓聲，明白皇上駕到，他們全部停止攻殺，手執兵器，圍成個大圈。圈中間只剩吳三桂一人一騎。吳三桂不知道清軍為什麼忽然停戰，他騎在馬上，緊張注視著四周……

皇太極遠遠看見吳三桂的英姿，問：「那人是誰？」豪格答道：「他是吳襄的兒子，名叫吳三桂。」皇太極喟嘆一聲：「大明又出良將了！唉，真是百足大蟲，死而不僵啊。」

豪格怒不可遏地喝道：「皇阿瑪稍候片刻，看兒臣把他碎屍萬段！」豪格又欲上前挑戰。皇太極嗔道：「不必了。你們在此守候，朕去會會他。」皇太極說罷上馬，拔出長劍，就要馳上前去。多爾袞與豪格大急，雙雙擋在白龍駒前。豪格道：「皇阿瑪如果要那小子的人頭，兒臣定將它砍了來……」多爾袞也說：「皇上萬萬不可輕進，那小子是個瘋子！」皇太極笑了，說：「朕暫時還不想殺他，朕只跟他說說話。讓開。」

皇太極策馬衝過兩人的攔阻，馳向吳三桂。多爾袞與豪格也跳上馬，一左一右為皇太極護駕。

吳三桂仍在引刀待敵，猛聽清軍陣營中一聲大吼：「吳三桂！」吳三桂正眼一看，清軍分開一道大口子，一騎白馬金甲飛馳而來。吳三桂大喝：「閣下是誰？」皇太極策馬近前，微笑著說：「朕是你的朋友。」

「朕？」皇太極的不凡氣宇使吳三桂大吃一驚，語氣不貫地說，「你……你……」皇太極一笑，說：「朕就是大清國皇帝皇太極！」吳三桂大驚，萬沒想到大清國萬乘之尊竟然親臨戰地，並且敢隻身前來。吳三桂惶恐地按下刀鋒，道：「標下軍命在身，不能下馬行禮。」

「不必拘禮——看劍！」皇太極一劍劈來，吳三桂勉強架住。皇太極依舊笑著說：「很好。既然是朋友，那就邊打邊聊吧。……接著……很好。打要打得開心，聊要聊得盡興……看劍……很好，你的功夫不錯。當心……」皇太極每說一句話便刺出一劍，速度越來越快。吳三桂左支右擋，始終只守不攻。

皇太極狠狠一劍劈來，嗔道：「你為什麼不攻？」吳三桂回答：「標下不敢。」皇太極怒道：「朕命你放開手腳攻殺！」「遵命。」吳三桂情不自禁地應著，一面開始猛攻，雙方刀劍鏗鏘，擊出陣陣火星。

皇太極邊打邊高興地誇道：「好！很好！」吳三桂忽然收刀揖禮：「謝皇上……您並不真想殺標下。」皇太極收劍問：「何以見得？」「如果皇上真要殺我們父子，那我們根本衝不出去。」皇太極笑了，說：「你是個聰明人。不過，朕還沒有打算讓你活著呢。」

「標下奉陪！」皇太極又一劍砍來，吳三桂架開。皇太極停劍：「朕問你，你們的崇禎皇帝會使三尺劍嗎？」吳三桂怔住了，無言以答。

皇太極一連串追問：「崇禎拉得開五百斤弓嗎？他能夠一馬當先馳騁疆場嗎？他敢和你真刀真槍邊打邊聊嗎？……回答朕！」吳三桂尷尬地回答：「不能。」皇太極自豪地說：「那你們的崇禎皇帝就不是大清皇帝的對手。」吳三桂辯解道：「標下卻以為，皇上應該龍馭深宮，君臨天下，不必像個武夫似的……」

「放屁！大明朝開國皇帝朱元璋，就是一位馬上英雄。他身高六尺，武功超人，騎一匹烏騅神駿，縱橫沙場二十多年，親身經歷大大小小七十多戰，身負戰傷十三處，這才開創了你們大明王朝。吳三桂，朕說得對不對？」皇太極語氣又和緩下來，說，「可惜，二百年下來，你們一代不如一代，一君不如一君！竟然還有人自作聰明，說什麼『皇上應該龍馭深宮，君臨天下』……哈哈哈。朕告訴你，龍馭深宮者，個個是昏君！早晚會丟了天下。」吳三桂啞口無言。

皇太極終於收劍入鞘，親切地說：「吳三桂呀，朕喜歡你。你是個英雄，朕希望你歸順大清。」吳三桂正色道：「標下生為漢將，死為漢鬼，絕不投降！」皇太極微笑著說：「朕不急，朕願意等。凡是英雄，朕都喜愛。你三天後歸降也行，三年後歸降也行，歸降後不順心了再返回明朝，仍然行！英雄麼，朕准你來去自由。」

吳三桂說：「自古漢夷不兩立……」皇太極突然憤怒了，斥道：「住口！朕問你，你們為什麼老把我們滿族人當做蠻夷呢？我們和你們一樣，都是上天所賜的性命，都是以血汗耕種自己的田園。」「標下從小到大，都是聽人這麼說的。」「你難道真的相信這個天下最大的謊言了嗎，朕對你說得頭一句話是什麼？」皇太極冷冷地說，「朕是你的朋友！朕願意和你邊打邊聊，打要打得開心，聊要聊得盡興！至於你願不願意把朕當朋友，朕只能拭目以待。」

看著吳三桂啞然不語，皇太極又說：「朕讓你帶兩句話給袁崇煥，第一，他那個『五年平定遼東』是騙人的鬼話，只有崇禎把這句鬼話當作真話了。朕帶給袁崇煥的一句話是『朕要五年入主中原！』這句話，你敢帶給他嗎？」吳三桂回答：「敢！」皇太極頷首，說：「很好。第二句話：如果不想讓朕入主中原，那麼，大明必須承認大清，兩國平等相處。大明國每年向大清提供歲賦，黃金十萬兩，白銀百萬兩！」

「敢問大清向大明提供什麼？」皇太極笑了笑，說：「考慮到大明皇帝的體面，朕提供的歲賦是，每年一千張貂皮。」吳三桂怒道：「您認為這公平麼？」皇太極依舊笑容滿面：「大明有國土萬里，大清只有關外一隅。因此，朕認為這很公平。」吳三桂斥道：「休想！」

皇太極笑道：「那麼，朕只有年年入關南下，打得你們丟盔卸甲，打得大明朝雞犬不寧，一直打到你們全部跪下來，哀求我們大清國為止！……吳三桂，後會有期。」皇太極縱馬離去，只剩下吳三桂獨自發呆。

皇太極與多爾袞、豪格等臣將們席地而坐，圍著一隻火盆割肉用餐。臣將們靜悄悄地進食，只有皇太極一動不動，望著火苗發呆。這使得臣將們隱隱不安。豪格忍不住，將一塊烤肉奉獻到皇太極面前，低聲懇求：「皇阿瑪，皇阿瑪……」皇太極驚醒，擺手道：「你們隨意吃喝，不必掛念朕。朕……這是在跟袁崇煥說話呢。」

「袁崇煥？」多爾袞與在座臣將大吃一驚。皇太極一嘆，道：「是啊。大明一天比一天衰落，眼看我們就能入主中原了，可這時，袁崇煥又重新出任寧遠總督，真像是大明王朝的迴光反照啊。這個人不好對付，有他在，我們難以進入山海關。」豪格憤然道：「兒臣願領本旗兵馬，先取寧遠，再攻山海關！」皇太極說：「袁崇煥堅守不戰，你怎麼攻關？即使攻下寧遠城關，還有紫荊關，娘子關，飛虎關，雙石關……難道，大清的國力要耗費在這沒完沒了的攻關上嗎？如此下去，何日才能入主中原？」臣將們啞然。

「有時候，朕雄心萬丈，覺得取天下非朕莫屬。有時候，朕也有些悲觀，覺得朕看不到一統天下的那天了。入主中原的大業，要留給兒孫們完成了……」皇太極嘆息道，「因此，朕在內心問袁崇煥。朕說，你呀，也是個通古博今的人，肯定看出來大明不行了，改朝換代是早晚的事，你何必出來抗天呢？何必和朕為難呢？朕問他，你為何要阻擋那不可阻擋的大清？為何要挽救那不可挽救的大明?!——」皇太極越說越激動，後來竟然跳起怒吼：「十年前，你用大炮重傷先皇，這血海深仇，朕還沒報哪。如今，你又想出來當救世主麼？朕……朕要活活地捏死你！」最後一句話，皇太極咬牙切齒迸出，眼中怒火四射。眾臣將一片拜伏在地，不敢舉首看他。

皇太極沉默片刻，輕聲冷笑，說：「傳旨，會集各旗，班師回京。」

多爾袞驚訝地上前勸阻：「皇上，我軍連戰連捷，士氣正盛哪……」皇太極轉首，逼視多爾袞，問：「朕剛才說什麼了？」多爾袞說：「皇上說班師回京。」皇太極問：「那你該說什麼？」多爾袞驚恐，語不連貫地回答：「臣弟說、說、說遵旨。」

皇太極頷首道：「這就對了。記著，明朝有兩顆膽子。山海關是萬里長城的膽，袁崇煥是崇禎皇帝的膽。在沒有找到粉碎這兩個膽子的辦法之前，我們不妨先退一步，讓他們高興一下，讓他們陶醉一時。」

「喳。」眾臣將一片回應。皇太極一掀門簾，步出帳外。

漢人范仁寬像個奴僕那樣，褲腿挽得高高的，立在河水中涮洗馬匹。……突然，一匹駿馬伴隨銀鈴般爽朗的笑聲，從小河中馳過，馬蹄激起的泥水濺了他一身。馬鞍上坐著紅妝素裹的莊妃。她縱馬馳去不遠，又突然勒馬，使駿馬長嘶一聲，再緩緩奔回。莊妃來到范仁寬面前，緊緊盯著他。

范仁寬在水中施禮，道：「漢臣范仁寬，拜見莊妃娘娘。」莊妃嗔怒道：「范先生，誰讓你來洗馬的？」范仁寬答道：「皇貝勒多鐸，令在下涮洗他的戰馬。」莊妃說：「這是奴僕幹的活！」范仁寬說：「稟娘娘，我並不介意……」莊妃打斷他說：「我介意！你是我的教書先生，不是多鐸的馬夫。上岸。」

「在下就快涮洗完了。」莊妃斥道：「我叫你上岸！」范仁寬只得應聲步出河水。莊妃嘆道：「范先生，你雖然是漢人，但畢竟是大清國三品大臣，你怎麼能受這種屈辱呢？」

「請娘娘息怒。在下祖父和父親，都曾是多鐸爺的家奴。因而，在多鐸爺眼裡，在下名為漢臣，實際上仍然是個奴僕，甚至比滿族奴僕更加低賤。」范仁寬苦笑著說，「娘娘應該知道，在關內，漢人把滿人當作蠻夷。在關外，滿人把漢人當作奴僕，這些都由來以久，不是短時間能改變的，更不是多鐸爺一人的錯。」

莊妃嘆了一口氣，說：「快去更衣，然後來考我的學業。」

莊妃與范仁寬各據一案。莊妃正在伏案書寫，身旁堆著許多書籍。范仁寬則在一旁讀書。他不時看一眼莊妃，再看看自己案頭那支快要燃盡的殘香。莊妃筆墨的速度越來越快……那支殘香也越燃越短，終於熄滅了。莊妃也正好書至卷末，她擱筆，雙手規規矩矩地置於案側。

范仁寬問：「答好了麼？」莊妃起身，雙手執卷呈給范仁寬，恭敬地說：「請先生閱卷。」范仁寬接過，一目十行地讀卷。而莊妃則緊張不安地盯著他，等待著。范仁寬閱罷，竟然合目不語，但是面部輕微顫動，像是克制內心激動。

莊妃顫聲地問：「范先生？」范仁寬睜開眼，說：「好，非常好！論述明晰，立意不凡，筆墨酣暢，才思敏捷。」

「真的？」莊妃顯然很驚喜。「是的。」范仁寬忽然有點激動，他說，「娘娘，實話告訴你。這卷子上的第四、五兩題，是明永樂十二年，江南貢院五省會試的考題。能將它圓滿答出者，才能成為當年舉人。」莊妃驚喜若狂，竟然在帳中亂蹦亂跳：「真的?!啊……我中舉啦！我中舉啦……」莊妃狂喜地抓過卷子，就要衝出帳篷，這時皇太極卻掀簾入內，兩人撞到一堆。皇太極扶起跌倒的莊妃，不解地問：「愛妃，你怎麼了？」莊妃高興地忘了禮節，把考卷伸到皇太極面前，激動地說：「皇上您看，我把江南貢院五省會試的考題都做出來了！……皇上，我中舉啦！」皇太極轉過臉急問范仁寬：「范先生，這是真的？」

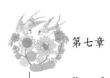

「稟皇上，是真的。永樂十二年江南會試的卷子，在下年輕時讀過。其中有些答卷，還不及莊妃。」范仁寬叩首回答，「據臣看來，貴妃娘娘的才學，即使在大明朝全國女流當中，也屬鳳毛麟角。在大清國，更是前所未見的第一女才人！」皇太極大喜，竟然一把抱住莊妃：「愛妃，你真了不起啊……」莊妃與皇太極緊緊擁抱，相吻，繼之動情，兩人互相撫摸著，漸漸站不穩，順勢歪倒在皮榻上，癡癡地喘息、瘋狂的動作……情迷之中，他們完全忘了范仁寬，或者是根本不在意他。

范仁寬轉眼不看歡愛中的帝與妃，他靜靜站立片刻，然後輕輕走向帳門，掀簾退出。

就在這個時候，身後傳來皇太極的聲音：「范先生！」范仁寬掀簾的手停止動作，卻沒有回頭：「臣在。」身後傳來皇太極聲音：「朕謝謝你。朕……非常感謝你！」范仁寬仍然未動，十分平靜地回答：「臣，謝皇恩。」

身後再次傳來皇太極的聲音：「朕想找時間同你好好談談。朕有好多疑難……要向你請教！」「臣遵旨。」……范仁寬掀簾出帳，始終沒有回頭。

一席盛宴，臨席者只有袁崇煥與吳三桂。兩人已是酒至半酣。袁崇煥舉盞，說：「來，三桂呀。本部堂再敬你一盅。今兒，你以一敵千，血戰救父，大展了咱們的軍威。你前程不可限量啊！」吳三桂雙手舉盅：「謝大帥。」兩人一飲而盡。

袁崇煥喟嘆一聲，說：「你怎麼看皇太極的『五年入主中原』？」吳三桂躊躕不安，說：「皇太極是狂妄之言，大帥不必在意。」袁崇煥沉重地說：「如果真是狂妄之言，我當然不在意。可是皇太極所說的，句句都是他真心話啊。」吳三桂說：「標下以為，有大帥坐鎮遼東，皇太極必敗。」

袁崇煥又是一聲長嘆，說：「半個月前，本部堂御前應對，曾提過平遼三策，那就是練兵，守城，聯防。皇上聽了，龍顏大悅。」袁崇煥看了看吳三桂，搖搖頭，說：「其實這三策沒什麼了不起，誰當遼東統帥都能想出來，就是你也行。我之所以提出這三策，只是寬慰皇上，是為了邀寵，為了獲得皇上的信任。」吳三桂一臉的驚訝。袁崇煥苦惱地說：「如果得不到皇上的信任，我什麼事也幹不成！三桂啊，你聽著，我心中真正的平遼三策是：戰——守——和。這才是肺腑之言。」吳三桂重覆著：「戰——守——和？」

「對。戰——為奇著；守——為旁著；和——為正著！」袁崇煥推心置腹地對吳三桂說，「三桂啊，『求和』二字聽起來很痛苦，甚至很恥辱，但它卻是安邦定國的根本方略。現在，皇太極兵強馬壯，國勢如日中天；而我們大明卻是江河日下，內憂外患。照我看，不要說五年，五十年內滅清都難！但是，滿清它要想滅明也是妄想。其結果呢，只能是雙方連年交兵，戰禍不斷，國家與百姓都得不到休養生息的機會。為了大明王朝的未來，我們必須暫時承認滿清，雙方和平相處十幾年，等朝廷平定了中原流寇，恢復內地生產，富國強兵之後，再揮師出關，一舉掃除滿清蠻夷！這才是明智之舉。」吳三桂驚嘆道：「滿天下人、包括皇太極都絕不會想到，大帥內心裡竟然想和！」袁崇煥苦苦一笑，說：「是啊，在他們眼裡，我袁崇煥是個百戰百勝的將軍，恨不能殺盡天下賊，成就萬古名。誰也不會想到我最希望的竟是和平。唉……從罷官待罪時起，我在家中苦苦想啊、想啊，足足想了十年哪，才把這個問題想通了。咱大明王朝要想長治久安，必須先得到和平。」

吳三桂激動地說：「標下誓死追隨大帥！」袁崇煥頷首道：「戰爭是危險的，可求和——往往比戰爭更危險！在戰場上，我只會死於敵手，但在追求和平的路上，敵人和自己人都可能殺我。如果到了那天——我死了，希望你把我的未竟事業繼續下去！」吳三桂跪地叩道：「標下對天發誓，絕不辜負大帥。」袁崇煥扶起吳三桂，再舉盞道：「乾！」兩人一飲而盡。袁崇煥從袖中掏出一幀廷寄，對吳三桂說：「三桂呀，兵部令到了，著將吳襄押解赴京，待罪。」吳三桂看了一眼兵部令，傷心地說：「看來，家父會被問斬……」

袁崇煥微笑著說：「這倒未必。明日，本帥著你親自押解吳襄，赴京送交兵部。」袁崇煥看到吳三桂不解的神情，對他說：「我已經把你血戰退敵的功勳大加渲染，飛報給皇上了。等你到了京城，你吳三桂的大名早就轟動朝野了。我想啊，皇上看在你這個大功臣面子上，不但要重賞你，還會給你父親一條生路。因此，由你押解吳襄最合適。」吳三桂這才領悟過來，跪倒在地，連聲說：「謝大帥恩典！」

月光下，皇太極與范仁寬沿著小河散步，莊妃跟在皇太極身後。此時微風和煦，月色宜人。皇太極駐足，正要跟范仁寬說話，看見莊妃跟著，便笑對她說：「愛妃啊，你回去歇息吧。」「幹嘛攆我走。范先生能在邊上侍駕，您的愛妃反而不能？」莊妃帶著幾分撒嬌說。「范仁寬不光是你的教書先生，也是朕的臣子嘛。朕想和他單獨說說話。」皇太極見莊妃仍無意離開，臉色沉了下來，說，「你且退下。」莊妃只得走開。

皇太極與范仁寬繼續前行，許久，皇太極突然問：「朕怎樣才能戰勝袁崇煥，攻破山海關？」范仁寬沉吟片刻，回答說：「臣以為，要戰勝袁崇煥，首先應該清楚袁崇煥的強弱所在，弄清楚他怕什麼？」

「袁崇煥怕什麼？」

「袁崇煥不怕皇上您，更不怕八旗精兵。他最怕失去崇禎皇帝的信任，其次，怕的是朝廷大臣們對他施陰謀、放暗箭。范仁寬不緊不慢地說，「堡壘最容易從內部攻破。崇禎一旦對袁崇煥起了疑心，那麼，不要說是山海關，就是萬里長城，都將不攻自破。而崇禎又恰恰是一個好大喜功、生性多疑的皇帝。」

「先生說得對！」皇太極猛醒，極其敬佩地說，「范先生哪，朕苦惱了多日的事兒，怎麼被你三言兩語就解開了？」

「皇上不必奇怪，因為臣是漢人。臣比你們更知道漢人的毛病。」月光下，皇太極與范仁寬兩人又不說話，繼續沿著小河散步。皇太極又問：「你是個漢人，朕是滿人。朕想問問你，你為什麼要助朕滅掉大明呢？」范仁寬沉吟著，沒有回答，半晌才說：「這問題如同刀子，臣要是回答不好，只怕要掉腦袋吧……」皇太極冷冷地說：「先生且回答吧。」「稟皇上，臣所以背明附清，有兩個原因。一者，臣世受皇恩。二者，臣飽覽歷史，多少知道一些大勢。眼下，天道在於

大清，不在大明，改朝換代只是早晚的事兒。臣估計，關內的漢人在皇上治理之下，可能比明朝更太平些。」

「僅僅是估計？」月光下，皇太極好像在笑。「是的，只能是估計！」范仁寬忽然固執起來，他說，「因為皇上還沒有入關。就算皇上現在是聖君，也不等於得天下之後還是個聖君。比方說，秦始皇得天下之前是聖君，晚年卻成了個昏君！秦朝二世而亡。皇上啊，與大漢相比，滿族的歷史太短淺了。因而，臣現在只能是估計。請恕臣不恭。」

皇太極不悅，扔下范仁寬，氣沖沖獨自前行，卻不料一腳踏入河水。他邁出小河，憤怒地跺腳上的泥水，之後，他抬頭逼視一動未動的范仁寬，再慢慢朝他走回來，手按佩劍。范仁寬緊張地低下頭……皇太極站到他面前，半晌，正色道：「范仁寬，朕拜你為一品司徒，位居漢臣之首。從今以後，你與八旗親王共同臨朝議政！」范仁寬深深揖首，顫聲道：「臣……遵旨。」

吳三桂父子同室而宿。吳襄躺在榻上，半裸著身子，身上到處是刀傷與箭創。吳三桂單足跪地，親手為父親療傷敷藥。吳襄因為痛楚，不時發出呻吟。吳襄低聲囑咐：三桂呀，你一日之間成為英雄，更要小心謹慎哪。進京之後，凡事不可莽撞，更不可將袁總督的心裡話，洩露給任何一人。「是，孩兒記住了。但孩兒不明白，袁總督的方略完全是為振興大明呀！」吳襄感慨地說：「袁崇煥深謀遠慮，深明『社稷為重，君為輕』的道理。他的以戰求和之策，完全正確的。

可惜啊，君昏臣庸、國貧民弱，忠臣們不理解他，奸臣們更嫉恨他。袁崇煥雖然對大明忠心耿耿，但人只要忠過了頭——往往不得善報啊！三桂，你記著，你可以在內心裡忠誠袁崇煥，贊同他的治國方略，但是在人前千萬不要流露出來。」看到吳三桂吃驚的神情，吳襄再三叮囑：「你一定要謹慎從事，絕不可天真幼稚！」

過了一會兒，吳襄又問：「哦……你說，那個大清皇帝皇太極到底怎麼樣？」「孩兒非常敬佩他。」吳三桂雙目頓時放光，說，「說實在的，咱們大明要有這樣一位皇上該多好啊……」「低聲！」吳襄緊張地看了看窗外。窗外沒有任何異常動靜。吳襄低聲斥道：「你不怕掉腦袋麼?!」

吳三桂也低聲說：「孩兒心裡也很痛苦。我擔心啊，咱大明朝日薄西山了，而皇太極駕馭下的大清朝，很可能……很可能有一天入主中原。」吳襄沉默半晌，長嘆道：「三桂啊，我們吳家世受國恩，你寧肯以身殉國，也絕不能叛明！」「父親放心，孩兒寧死也不會叛明。！」

窗外傳進一陣擊更聲。四更了，睡吧，明兒還得赴京。吳三桂侍候吳襄躺下，正要回到自己臥榻，吳襄忽然想起一事，問：「三桂，你夫人去世六年了，為什麼還不娶一個？我等著抱孫子呢。」「爸……我……我、我……」吳三桂終於說出他迷上了一個絕色宮女。吳襄驚問：「她是誰？」「我不知道她的名字。那天闖宮夜報時，我和她同乘一車進宮，她啊……她裹著一件黑色披風，眉眼間有無限憂愁，整個人兒像隻籠中鳥，令人又憐又愛，我看她一眼心都醉了！……」

吳三桂無限神往地說，「孩兒到現在都忘不了她，好幾次在夢裡和她想見……」

「她是哪裡來？是誰領她進宮的？」吳三桂興奮地說：「她是揚州歌女，王承恩領著她入宮的……對了！爸呀，孩兒這次進見皇上，皇上肯定得有賞賜吧？孩兒能不能不要金不要銀、也不要升官晉爵，只求皇上將那個宮女賞給我？……」吳三桂正說得著迷，吳襄卻一個巴掌打到吳三桂臉上，怒喝：「你瘋哪……既然有王公公陪著，她肯定是剛進宮的皇上女人！」

吳三桂猛醒，怔了半晌，終於絕望長嘆，說：「是啊……我糊塗了，她是皇上的女人。」

城門大開，軍士列隊。一片鼓樂聲中，吳三桂從隊列中間昂然步出，他身披各色錦緞與紅花，甚至連他的坐騎也披掛上了許多花緞。吳三桂朝送行將士們連連抱拳揖別……忽然響起隆隆車輪聲，一輛囚車馳出了城門洞，吳襄鎖著木枷腳鐐坐在囚車中。吳三桂的神情立刻暗淡下來。

袁崇煥笑盈盈地出現城門下，示意吳三桂過去。吳三桂快步上前揖道：「標下拜別大帥。」袁崇煥從袖中掏出一密信，暗暗交給吳三桂，低語：「到京後，將它密交大內總管王承恩。」吳三桂把密信藏入懷中，說：「大帥放心，標下一定面交王公公。」袁崇煥沉吟良久，說：「我也不想瞞你，信中所說的就是以戰求和之策。它只有先過了王承恩這道坎兒，才有希望讓皇上接受。」吳三桂謹慎地說：「標下明白了。」

吳三桂坐在雄壯而鮮豔的駿馬上，押解著囚車中的父親，馳入了茫茫荒原。天空，陰雲四布。近旁，響起一陣陣寒鴉的淒鳴聲。

囚車中的吳襄坐著打盹，微微搖晃。

駿馬上的吳三桂眺望天邊，臉上出現神往的表情。這時，隱隱升現出優美動聽的琵琶樂曲……

吳三桂父子同時進京，一個是功臣，一個是罪犯；一個將接受榮耀，一個將領受恥辱。

可誰能知道，此時吳三桂最渴望見到的，是那位至高無上的皇帝，還是那位深不可測的女人？

第八章

眠月閣的窗前，陳圓圓正在彈奏著一支琵琶樂曲，形神俱陶醉於其中。忽然，窗外傳來一陣陣焦急的呼喚：「公主！公主！……您在哪啊，快出來吧……」陳圓圓弦止，佇神傾聽。一個中年僕婦邊尋邊喊，走近閣門，從地上拾起一把團扇，認出是公主的，便使勁敲院門：「公主哎，奴的小祖宗哎，您在裡面呀?別藏著哪……」門開了，步出陳圓圓。「啊喲，是小姐呀，驚擾驚擾！」僕婦滿面堆笑，一邊道歉，一邊問，「請問小姐，瞧見樂安公主了沒有?」聽到陳圓圓說沒有看見，僕婦依舊不放心似的，偷眼往屋裡瞧。

陳圓圓微笑著說：「大媽如果不放心，可以進來看看……」話音未落，僕婦毫不客氣地一頭撞入，兩眼四望，果然沒見任何人。陳圓圓開玩笑地說：「怎麼會把尊貴的公主侍候丟了?」

「小姐有所不知，樂安公主可賊哪，一不留神就沒影了！這可好，八成又溜出宮了，老奴非得挨罰不可。真是個瘋丫頭……」僕婦長吁短嘆地離去。

陳圓圓關上院門，陳圓圓回到室內，一眼看見剛才擱在案上的琵琶失蹤了。她怔住，片刻，才笑著說：「皇宮大院也有賊呀……樂安公主，官軍走了，您可以出來了。」門板後面響起噗哧一笑，步出一位手執琵琶的少女，朝凳上一坐，模仿陳圓圓剛才的姿勢，懷抱琵琶，劈啪亂彈。陳圓圓問：「公主從哪兒進來的?」樂安公主一抬下巴，示意著那扇打開的窗戶。陳圓圓笑起來，說：「放著開著的門不進，我可要關窗戶了，你甭想再從窗戶出去了。」樂安公主嗔道：「誰說我要出去啦?!」陳圓圓關上窗戶，看著樂安公主彈琵琶，一副得意的樣子。樂安公主問：

「看，我彈得怎麼樣？」

「公主彈得天下無雙……」陳圓圓笑著說：「因為您把琵琶拿反了，從來沒有人敢像公主這樣懷抱琵琶呢。」樂安公主生氣地說：「我有什麼辦法，誰讓媽生我一個左撇子！」陳圓圓依舊笑著：「哎喲，那可是既委屈了公主，又委屈了琵琶……」樂安公主兩眼圓瞪，作出生氣的樣子，說：「陳圓圓，你竟敢這麼跟我說話！我得罰你。」看著陳圓圓詢問的神情，樂安公主說，「那就罰你陪我出宮去。」「出宮？」陳圓圓可不敢再跟她開玩笑了。說，「出宮你可得問問王公公。」樂安公主瞪眼：「王承恩不過是個奴才，我幹嘛非要問他？」

「照我看，有時奴才管起主子來，比主子管奴才還厲害。」陳圓圓說，「公主如果沒跟王公公說過，我可不敢陪公主出宮。」樂安公主跺著足，連聲說：「我不要，我不要，都悶死啦，父皇和母后都好說話，就是王承恩這個老東西喜歡多管閒事！悶死啦！」陳圓圓笑著說：「公主可別身在福中不知福。」「什麼福啊，紫禁城跟大牢房似的！在這，每走一步都有人管著，每個時辰都被人盯著。事事有章程，處處是規矩。告訴你吧，我長這麼大，沒出過宮。」樂安公主不無悲哀地說，「即便出去，也是坐在大轎子裡，前呼後擁的，連腳都沒沾過地。」

「可那位老宮女說，公主可賊啦，一不留神就溜出宮去，害她們受罰。」「這刁婆子，我割她舌頭……」樂安公主又氣得直跺足，說，「可我真冤啊，刁婆子們都以為我溜出宮了，可我根本沒有。」看著陳圓圓疑問的神情，樂安公主又說：「我其實已經溜到後花園，已經打開了角

門，只差一步就出宮了，可、可我還是沒出去……」陳圓圓問她那是為什麼呢？「我怕。」樂安公主有點可憐地說，「怕宮外那個陌生世界。我站在角門邊，看著遠處來來往往的人，發現自己誰也不認識，路也不知怎麼走，話不知怎麼說，一步邁出去，準把自個走丟了。唉……我貓在那兒看哪看，眼饞了半天，卻一步也沒動窩兒，最後還是乖乖的回來了。回到樂安公主宮，宮女們已經嚇得半死了，她們問我上哪去了？我大聲說『出宮了！』我要不那麼說的話，豈不是太窩囊了麼？連宮女也要瞧不起我了。」

「公主啊，當時你要邁出那一步就好了，你就不會是現在的你了。」陳圓圓嘆了一口氣，說，「我跟你正好相反。在宮裡，我覺得樣樣可怕。在外頭世界，我卻如魚得水，自由自在。」「那好哇，我倆加在一塊，不就裡外都不怕了麼？」樂安公主上前捉住陳圓圓的手，直搖著，說，「你陪我出去！你陪我出去嘛！」見陳圓圓躊躇不語。樂安公主一邊推搡她，一邊軟語央求，說：「好圓圓，親圓圓，你陪我一塊出去吧！我都快要悶死了……」陳圓圓終於動了心，低聲說：「實話跟你說，我也想出去透透氣，可我們怎麼出去啊？」樂安公主在屋子裡轉了一圈，從腰中摸出一把鑰匙，驕傲地亮給陳圓圓看：「這是後花園角門鑰匙，我偷來藏了好幾個月了！」

京城街道上。陳圓圓與樂安公主宛如一對姐妹倆，相挽著行走在熙熙攘攘的人群中。樂安公主左顧右盼，看到什麼都吃吃傻笑。她們來到一個一個理髮挑子前，理髮老頭正在把一個青年腦袋剃成光頭。樂安公主連這個也沒見過，指著那個瓜瓢似的腦袋直傻笑。指著讓陳圓圓看：

「噯，你看，真好玩哎。」光頭青年賊眉鼠眼地瞅著這兩個漂亮小姐。陳圓圓急忙拽走樂安公主。兩個人邊走邊笑，開心得不得了。樂安公主忽然抽了抽鼻子，驚嘆：「好香啊！」樂安公主拉著陳圓圓循香氣走去，來到一個燒烤攤子前面，眼饞地望著那一片烤得油汪汪的肉串，對陳圓圓說，我想吃！陳圓圓問她：「帶銀子沒有？」「沒有。」樂安公主咔噠一聲摘下腰間玉佩，上前想換兩串烤肉。被陳圓圓一把摁住，陳圓圓搖頭說：「不成，這玉佩值幾千兩銀子，會暴露公主身分。」

看著公主饞貓樣……陳圓圓讓她待著別動，自己擠到烤肉攤前。陳圓圓左望右望，彷彿在尋找什麼東西，問那個攤主，「大爺，您看見我那頭小花貓沒有？」攤主正忙碌著，顧不過來地說：「沒！」「該死的饞貓，又不知跑哪去了……」陳圓圓說著彎腰朝攤下頭望，惹得攤主也不由地跟著低頭朝下看，叨咕著，說：「丫頭，我這兒哪有什麼貓哇……」這時，陳圓圓已迅速抓起一把肉串藏進袖管裡。然後裝模作樣地說：「沒有就算了。大爺，我那饞貓可賊哪，當心牠叼您的肉！」陳圓圓又回到樂安公主面前，樂安公主眼巴巴地看著她。陳圓圓掏出烤肉串。樂安公主大喜，接過一支來就啃，一邊啃，一邊問：「哪來的？」「借的。」

樂安公主一口咬下塊肉，嚼著，吱吱笑著，說：「什麼借啊，分明是偷的！」陳圓圓噓了一聲，說：「輕點聲，別不知好歹，還不是都為你！」樂安公主神采飛揚，一邊吃，一邊嘖嘴，說：「真是好吃得要命！」陳圓圓一邊吃一邊說：「偷來的東西往往最好吃了。」樂安公主問她：「你經常偷東西嗎？」陳圓圓說：「我在揚州學藝時，老闆娘不讓我們吃飽，說肚子一飽人就懶。我餓得受不了了，就偷老闆娘的點心，偷來了和姐妹們分著吃。我想，你憑什麼讓我們餓肚子，我們吃的都是我們掙來的東西……」「圓圓，你可真膽大！」陳圓圓笑起來，說：「後來我成名了，想吃什麼老闆娘就供什麼。可也奇怪，吃什麼都沒有當年偷來的點心香。」

兩人笑著說著。一路向前走，忽然被對面來人撞了一下，正是那個光頭小夥。樂安公主「哎喲」了一聲……待那人走過，陳圓圓看看樂安公主，問：「咦，你的玉佩哪？」樂安公主低頭一看，驚叫一聲：「沒了！」「那人是賊！」陳圓圓指著遠去的光頭，說，「不行！得要回來！」「算了，咱們走吧……」樂安公主有點膽怯地想拉住陳圓圓，陳圓圓已經大叫著「抓賊啊」！朝那個光頭撲去。

光頭情知不妙，還沒有來得及拔腿欲跑，陳圓圓已經撲上前死死揪住他，怒喝道：「還我們玉佩！」光頭掙扎著，罵道：「小婊子，放開我，放開！誰拿你東西了……」陳圓圓憤怒地說：「你叫我什麼？你這個毛賊！」光頭驚恐揮拳，陳圓圓躲開來拳，兩人竟然廝打成一團……漸漸的，陳圓圓落於下風，但她仍然拚命廝打光頭，同時朝樂安公主喊：「來幫我揍他！」樂安公主更加戰戰兢兢。陳圓圓一邊同光頭拚命扭打，一邊喊：「別怕，上啊，揍這個毛賊！」樂安公主仍然戰戰兢兢地「我、我……」忽然，樂安公主像頭小野獸，竟然大叫一聲撲上來。兩個小姐同這個光頭賊廝打成一團，漸漸的，她們反而佔了上風，一個掐他脖子，一個抱著他腰，竟然將光頭賊捺在身下，兩人猛打一氣。光頭不敵，抱頭呻吟：「饒命啊……饒命啊……」一邊討饒，一邊交出玉佩。陳圓圓一把抓過玉佩，鬆開手。光頭起身狼狽而逃。陳圓圓喘息著把玉佩交給樂安公主，兩人你看看我，我看看你，竟然都是渾身泥塵、釵飾零亂、連衣衫都撕出好幾道大口子……忽然間，兩人都哈哈大笑起來，笑彎了腰，笑得說不出話。惹得許多人圍觀。

待笑夠了，陳圓圓道：「走吧。」樂安公主緊緊挽著陳圓圓行走，突然低低叫了一聲：「圓圓姐……」陳圓圓吃驚地說：「什麼呀？千萬別這麼叫，你是公主啊！」樂安公主低聲說：「圓圓姐，我今天、今天真的好開心！我、我長這麼大，從來沒這麼開心過。」陳圓圓感動了，她拈去樂安公主頭上的草葉，說：「我們回宮吧。」

兩人剛剛起步，忽然竄出幾個錦衣衛將她們圍住，無言地向樂安公主折腰行禮。兩人一驚，又見王承恩閃出，沉著臉站在面前。王承恩微微一揖，低聲說：「老奴拜見公主。」樂安公主拖腔拉調地說：「王承恩，我們只是隨便散散心，所以就沒麻煩你。」王承恩狠狠瞪了陳圓圓一眼，再向樂安公主稟道：「不麻煩，老奴只找了大半個京城就把公主找著了。下回公主再要出來散心，請務必吩咐老奴一聲。」王承恩不顧樂安公主一臉的不耐煩，又說：「如果想和人打架，更要吩咐錦衣衛侍候著。」

「知道知道！……不是打架，我們抓了個毛賊！」樂安公主想起什麼地說，「王承恩，你不會稟報母后吧？」王承恩沉默。樂安公主帶著撒嬌的央求著，說：「王公公哎……」王承恩面孔依舊沉著，說：「公主必須先答應老奴，今後不會再出今天這種事了。」樂安公主趕緊說：「我答應你。」王承恩直視陳圓圓。陳圓圓也乖乖地道：「遵命。」

他們又走過那個烤肉攤子，陳圓圓站住道：「王公公，剛才我們向這位大爺借過兩串烤肉吃。」樂安公主趕緊說：「三串！……」樂安公主說罷又抓起一串烤肉吃起來，逕自前行。王承恩趕緊掏出一塊銀子放到驚訝不已的攤主面前。陳圓圓朝攤主微笑道：「謝謝。」王承恩與陳圓圓跟在樂安公主後面。陳圓圓低聲道歉：「公公，我給你惹麻煩了，對不起……」王承恩怒而不語，只恨然「哼」了一聲。陳圓圓不安地問：「今天的事，您真的不會稟報皇后吧。」

「論理，必須稟報，可我已經不敢稟報了。」王承恩嘆了一口氣，說，「因為，皇后如果知道今天的事，她會嚇一大跳，認為太太平平的皇宮裡竟然跑進陳圓圓這樣一個野妖精。之後，受重罰的不是公主，而是我和你！」陳圓圓還要解釋，王承恩打斷陳圓圓話，說：「你已經沒有時間了，趕緊回去更衣打扮吧。」陳圓圓驚訝地看著王承恩。

王承恩正色道：「傳皇后口諭，陳圓圓即刻赴坤寧宮侍駕！」陳圓圓大驚。

乾清宮。崇禎高踞龍座，眾臣排立。崇禎巡視著眾臣，笑道：「吳三桂五十三騎血戰救父的事，列位愛卿都知道了吧？」一個老臣出班奏報：「稟皇上，此事不但朝廷上下都知道了，而且如沐春風，一夜之間已吹遍京城。足見民心所向，皇威齊天哪。」崇禎微笑著問：「你們有什麼感想嗎？」另一臣出班，朗聲奏道：「臣恭喜皇上，大明良將輩出。吳三桂乃袁崇煥屬下，而袁崇煥是皇上一手造就的。吳三桂獲此功勛，歸功於皇上慧眼識人。」先前那老臣又搶著話頭，說：「沒有皇上，何來袁崇煥、吳三桂之輩？因而，說一千道一萬，蓋世之功俱歸於皇上。皇上才是亙古罕見之聖君，功過堯舜。」

崇禎微笑著。又一臣出班奏道：「臣認為，區區一個標統吳三桂，竟然能退敵。那麼，我大明眾將士更能夠護國救世！滿清不日可滅，大明朝中興在望！」

崇禎依舊微笑。楊嗣昌出班奏道：「據報，吳三桂在黑虎窪一戰，皇太極及其四萬雄兵均感畏懼，現已撤回盛京。此時，寧遠三衛又全部被袁崇煥收復。」

崇禎還是微笑。那老臣又道：「臣以為照此發展下去，平定遼東不需要五年，三年足夠！」另一臣高聲說：「臣以為不需要三年，兩年就足夠了！」再一臣高叫著：「臣以為一年就足以剿滅皇太極！」在眾臣交相呼應聲中，周延儒、洪承疇驚訝地你看看我，我看看你，不敢開口。

崇禎仍在笑著，但笑中已經有了幾分嘲諷味道。這時，奉承話已說到極至，眾臣已經不知道該說什麼好了，面面相覷。崇禎臉沉了下來，催促道：「說啊，接著往下說啊……滿朝能言鳥，一片頌揚聲！怎麼一下子都啞巴了？」

洪承疇出班，一副膽怯的樣子，說：「稟皇上，皇太極此番南下，二十天內縱橫關內五府十八縣，搶走牛羊十二萬。當地百姓受此重創，苦不堪言，兩三年之內都不能恢復生產。」崇禎巡視眾臣，說：「聽到了吧？啊？總算有一句明白話了！」周延儒也步出列班，奏道：「稟皇上，臣以為皇太極這次退兵，屬於滿載而歸主動撤退。這證明，清軍視我各城關如無物，狂妄至極！」

崇禎氣得一拍龍座。眾臣怵然縮首，不敢抬頭。崇禎站起來，一步步走下丹陛，步入眾臣隊伍中來。一邊走一邊說：「朕剛接到吳三桂捷報時，喜得真是心花怒放！好多年了，朕都沒這麼歡喜過。可到後來，朕再一想，不對啊。既然吳三桂五十三騎能退敵，那麼，朝廷在北方足足有五十三萬兵馬，為什麼就打不垮皇太極?!你們說啊，誰能回答朕？」眾文武俱慚愧垂首，屏息靜氣。

崇禎痛聲斥道：「因為你們不是吳三桂。他吳三桂是為救父親而拼命，你們卻是為升官發財而打仗，那自然是每戰必敗！」崇禎盯住面前一個武將，責問：「你——奮威將軍盧林，手下有三鎮五衛九萬兵馬，上任以來打過一次勝仗沒有？」武將駭然跪地，叩道：「卑職有罪。」崇禎又盯住楊嗣昌，責問：「你——兵部尚書楊嗣昌，每當向朕要軍餉，都說得頭頭是道。朕每年撥給你一千萬兩軍費，據朕所知，皇太極每年的軍費只有二百萬兩。朕問你，為什麼一千萬兩銀子打不過二百萬兩銀子？」楊嗣昌驚懼下跪，道：「臣無能，臣有罪。」崇禎又走到洪承疇面前，責道：「你——兵部侍郎洪承疇，朕讓你主剿中原流寇，剿來剿去，流寇越剿越多。朕有時候都糊塗了，咱們這是在剿賊呢還是在養賊呢？朕問你，那賊子們每時每刻都在下崽嗎?!」洪承疇驚懼跪倒。

崇禎巡視眾臣，猛一跺足，厲聲道：「這是朝廷，是金鑾殿，不是菜市場！能在這立足的，個個都應當是國家棟樑。朕問問你們，你們誰是能臣？誰是草包？誰早先是能臣而如今成了草包？」眾臣統統跪地，祈恕聲一片：「臣等無能，臣等有罪……」崇禎低頭巡視眾臣，良久，語氣才緩下來，說：「吳三桂不過一個標統，他能做到的事，朕希望你們個個能做到。」眾臣一片應聲：「遵旨！」

內閣簽押房內，周延儒與洪承疇愁眉苦臉對坐，彼此唉聲嘆氣。周延儒說：「今日朝會，敢問洪大人有什麼感想？」洪承疇嘆道：「乾清宮皇上向我們要感想，現在您周大人又向我要感想。唉，周大人哪，此時此刻，感想早沒有了，只有不敢想！」

「吳三桂打了個勝仗，雖屬僥倖，也該是個喜事嘛，聖上開心，臣子高興。」周延儒忽然解嘲地笑起來，說，「可誰料到，眼睛一眨，老母雞變鴨！」「唉，……皇上恩威，深不可測。」洪承疇又嘆了一口氣。「吳三桂的喜事，竟然是文武大臣的禍事。」周延儒話鋒一轉，說，「你以為這是皇上的見識？不，這是王承恩從中挑唆的！」見洪承疇作驚訝狀，周延儒又說：「王承恩老奸巨滑，借皇上之手，打擊異己，整治他人。洪大人呀，你我已經成為王承恩的眼中釘肉中刺了。而且，尤其是你！」洪承疇更驚訝了，說：「哎呀呀——為何尤其是我呢？怎麼著，我也該排在你老兄後頭啊！」周延儒說：「我畢竟背靠皇上，王承恩一時動不了我。今日朝會，皇上不是痛斥了你麼？什麼『你主剿中原流寇，可你越剿越多，這是在剿賊呢還是在養賊呢？』你琢磨琢磨，這些話像不像是王承恩的慣用語言？尤其是最後一句。」洪承疇琢磨著：「像，像，實在太像了。這些話啊……」洪承疇恐懼得說不下去了。

周延儒替他一字一句地說出來：「這些話呀——要多凶險有多凶險！」洪承疇焦慮地說：「在下盼周大人相救。」周延儒躊躇滿志地說：「有我在，王承恩動不了你。」「為何就動不了我了？」「因為，不要多久，他自個就自身難保了。」周延儒將嘴湊近洪承疇耳朵，無聲竊語。洪承疇聽罷驚道：「真的麼？」周延儒冷笑：「假的真不了，真的也假不了！」

坤寧宮，周皇后坐立不安，一會望望鐘，一會望望門外。終於憋不住，對身旁宮女說：「皇上退朝了，你到門外候著去，如果看見皇駕，快快來報。」宮女應聲退出，周后對著鏡子再度理妝。只見鏡中的面影顯得心事重重。她嘆了一口氣，喃喃低語：「老了，老了……什麼都擋不住人老哇。」

忽聽身後大呼小叫的聲音：「愛妃！愛妃！」周后手一抖，幾乎摔斷玉釵。她急忙起身。崇禎匆匆大步入內，身後跟著那個不及稟報的宮女。周后趕緊向崇禎折腰：「臣妾迎駕。」崇禎看看周后，有些驚訝地說：「哎呀愛妃，今天，你怎麼這麼漂亮?!」周后笑了，微含嗔意，說：「臣妾天天如此，年年如此。」

「不，你今天就是漂亮。」

「並不是臣妾漂亮了，而是皇上今日高興了，瞧什麼都順眼。」

崇禎哈哈大笑，說：「到底是愛妃，深知朕心。愛妃呀，朕今日確實高興。」「皇上請坐。臣妾知道皇上的喜事了。」周后說：「是不是因為吳三桂打了個勝仗。」「不錯，這是一樁喜事。不過，朕更加開心的還不是這個。」崇禎得意地說，「朕今天把那班老臣狠狠教訓了一通！」這下輪到周后驚訝了。崇禎說：「那班老東西，多少年來倚老賣老。他們表面上忠順，心裡可並不真正瞧得起朕。他們暗中覺得，朕年輕氣盛，好高騖遠，志大才疏。」

周后說：「他們，怎麼敢這樣？」「臣子對皇上，應該是敬畏交集！可他們對朕，敬不夠，畏也不夠。老是在朕跟前嗡嗡著，說什麼『先太祖如何如何，先太宗如何如何』……好像朕根本沒法跟祖宗們比！朕有苦說不出來。」說到這裡，崇禎冷冷一笑，「好麼，朕今天也拿你們這些文武大臣跟六品標統比一比。朕用吳三桂做了回棒子，狠狠地敲打了他們一通。朕要他們明白：你們哪，早先是能臣，如今是老朽，是草包！再不奮發努力，好好的敬奉王事，朕會將你們這些老朽掃地出門！哼，朕現在手頭有人了，朕有袁崇煥、吳三桂，朕還會造就出更多的袁崇煥與吳三桂來！」

周后說：「臣妾聽著皇上的這番話，好像和以前不一樣。」「到底是愛妃，太了解朕了。實話告訴你，今天朝會上這場戲，是王承恩出的主意。」崇禎哈哈大笑，說，「王承恩說得對啊，『臣子臣子，如臣如子。君父君父，事君如父！』那班老東西，個個富貴安樂，明哲保身。朕的智慧哪、決策哪、聖明哪，到了他們那兒，就像水到了沙子裡，都漏掉了。朕再不狠狠地鞭策他們一下，大明要垮在他們手裡！」「王承恩真是個忠臣。」周后微笑著說，「不過，他說別人是老朽，他自個就不老麼？」崇禎一驚，警惕抬起頭：「唔？」……周后悲哀地說：「皇上進來前，臣妾照了照鏡子，發現臣妾也見老了，真的見老了……」崇禎沉吟著，說：「愛妃不必多說了，朕心裡有數。」周后改顏一笑，說：「皇上啊，不光您有喜事，今天也是臣妾大喜的日子啊！請皇上猜一猜吧。」崇禎搖頭：「朕猜不著。」周后撒嬌地說：「皇上還沒猜哪，就說猜不著，猜嘛！」崇禎凝神想了一想，還是搖頭，笑道：「女人哪，就是讓人猜不透。愛妃你就直說吧。」

「皇上啊，今天是我們拜天地的日子！十二年前的今天，臣妾嫁到信王府，成了信王妃。」崇禎一拍腿，說：「想起來了，那一年你十五，朕十七。」一晃眼兒，都十二年過去了。人生能有幾個十二年哪……崇禎說：「今兒，該好好慶賀一下。」「請皇上示下，此時此刻，您最想什麼？」「朕最想吃愛妃做的揚州美味，來坤寧宮的路上，朕都想饞了！」

周后高興地說：「皇上啊，臣妾早就為您準備好一席美味了。請！」崇禎起身，笑盈盈與周后相挽入內。

周皇后將崇禎引入內室，只見，滿滿一桌珍饈美食已擺在案上。崇禎興奮地撲上去打量著，深深吸了一口氣：「好香啊！」「全部是臣妾親手做的家鄉菜。」崇禎拈起筷子嘗了一口，連聲讚道：「美味，美味！」周皇后笑了笑，說：「臣妾還為皇上特意準備了一道『美味』。」

「在哪兒？端上來，快端上來呀！」「先別急嘛！皇上請坐。」夫妻兩人相對而坐，宮女上前斟酒，被周后制止，並示意她們退下。待宮女們盡退，周后親手把盞，為崇禎斟酒，舉杯道：「皇上，請。」崇禎一飲而盡，笑道：「好酒。」周后嘆道：「臣妾好久沒這麼侍候皇上了。唉，皇上啊，此時此刻，咱們多像一家子。」崇禎略帶歉意地說：「愛妃，朕忙，實在是忙，抽不出功夫來陪你。來，朕敬愛妃一盅！」周后歡然飲盡，道：「皇上請用菜。」「愛妃請。」

「臣妾看著皇上吃，比什麼都高興。」崇禎遍嘗各色佳肴。周后微笑著說：「皇上慢用，好的還在後頭呢。」「是麼，快端上來吧！」周后又舉盅，說：「別急嘛，皇上請。」崇禎又飲一盅，漸至微醺。這時，周皇后輕輕敲兩下銀筷——噹噹！立刻，陳圓圓一身豔裝，捧著琵琶，天仙般悄然入內。崇禎眼睛一亮，手中的筷子停定在半空中，一動不動。周后朝陳圓圓微微頷首示意。陳圓圓如同在舞臺上那樣，輕移蓮步，步至崇禎面前，風情萬種地折腰：「陳圓圓拜見皇上。」崇禎半晌才回過神來，稍微口吃地說：「這、這、這就是你說美味？」

「不但是美味，而且是美色、美聲，美輪美奐。」周后指指一副臥榻，說，「陳圓圓，開始吧。」陳圓圓坐到那副臥榻上，懷抱琵琶，纖纖玉指一撥銀弦，彈唱起一曲《點絳唇》：

一夜冬風，枕邊吹散愁多少？

數聲啼鳥，夢轉紗窗曉。

乍見春初，轉眼春將老。
長亭道，天邊芳草，只有歸時好。

陳圓圓的歌喉如泣如訴，如夢如幻。崇禎早已癡醉，他雙眼直盯陳圓圓，把周皇后忘得一乾二淨。曲聲中，周后滿面悲哀，卻強作微笑。她悄悄地為崇禎斟滿一盅酒，再看看著迷的崇禎，嘆了口氣，悄悄地起身離去了。在門邊，她再次回望崇禎，卻見崇禎兩眼死盯著陳圓圓，彷彿世上只有她一人。周后退出房間，輕輕為他們掩上門……曲終，崇禎如夢初醒，他情不自禁地走到陳圓圓身邊，伸手輕輕撫摸她，喃喃地道：真是仙人，仙曲……陳圓圓悄然一笑，微微垂首。崇禎忘情地說：「朕，從沒聽過這麼動人的彈唱，從沒見過這麼美麗的女子。」陳圓圓帶著幾分羞色立在那裡，依舊垂首不語。

坤寧宮外間，周后孤獨地坐在鏡子前，眼中含滿淚水。她看看鏡中初顯衰容的自己，長長地嘆息一聲。她抬起手緩緩地除掉了剛才為崇禎而打扮的釵飾，側耳聽了聽內室動靜，聽到裡面傳出陳圓圓吃吃的笑聲。周后恨恨地扔掉釵飾，有一種說不出的悲哀。

崇禎癡醉地撫摸陳圓圓。陳圓圓癢得發出銀鈴般笑聲。崇禎一面解開陳圓圓衣裳一邊問：「仙人哪，你叫什麼名字？」陳圓圓既不迎合，也不拒絕，坦然回答：「稟皇上，奴家不是仙人，奴家名叫陳圓圓。」「你……從哪裡來？怎能將琵琶彈得這麼好？」「奴家是揚州歌女。」聽說她的歌女，崇禎不覺停了下來，問：「揚州歌女豔名滿天下。朕聽說，她們只賣唱不賣身，是不是啊？」「奴家不敢欺君，揚州歌女既賣唱，也賣身，只要客人出得起銀子！」陳圓圓抬起頭正視著崇禎，說，「稟皇上，我十三歲時就為五兩銀子破身了。後來……後來我名氣大了，客人出的渡夜銀子高達五百兩。」

崇禎既驚又怒，手觸電般縮回來，說：「你？……你破過身?!」崇禎深深的失望了，他渾身發抖，甚至想一掌擊去。陳圓圓卻睜著水汪汪的大眼，滿臉甜蜜蜜的笑容，崇禎無可奈何，終於一跺足，憤怒離去！

門畔，崇禎猛地踢開門，不料門板竟撞到正在門後諦聽周皇后身上。周后頓時縮身。崇禎怒視周后：「這就是你弄來的『美味』？」「我……臣妾……」周后結結巴巴地說，「臣妾有罪。」「滾開！」崇禎狠狠地推開周后，憤怒地大步出宮，半道上，他一腳踩到了周后落在地上釵飾。那釵飾發出尖銳的聲響，折斷了！崇禎看也不看，大步離去。周后彷彿遭到重擊一般，搖晃了一下。然後，趔趄著進入內室。

陳圓圓仍然坐在榻畔，始終一動未動。周皇后怒喝：「跪下！」陳圓圓跪在周后面前，直著上身。周后氣得幾乎失聲了，說：「你、你給我說實話，你真的不是處女？」陳圓圓顫聲說：「稟皇后，奴家十三歲就被客人強暴過了。」「那、那你也萬萬不能當著皇上面說啊！」周皇后怒道，「賤貨！……」「我並不想說，可皇上問起了。」陳圓圓悲哀地說，「皇后娘娘，破了身的女人就不是人了麼？……」

周后吃驚地問：「你說什麼？」「奴家是在說實話。皇后娘娘啊，難道我願意破身嗎？再說，在揚州破身和在皇宮裡破身，有什麼區別呢？十三歲破身和十八歲破身有什麼區別呢？……」「你、你褻瀆皇宮，褻瀆聖上，罪該萬死！」周皇后氣得一掌扇去，怒喝，「來人哪，把這個賤貨押下去！」

立刻衝入兩個太監，連提帶推的將陳圓圓帶走。

兩個太監押著陳圓圓從宮道上走過。迎面，樂安公主笑盈盈走來。樂安公主乍見陳圓圓之狀，大吃一驚，問：「怎麼了？出什麼事了？」太監向樂安公主折腰稟道：「奉皇后娘娘口諭，把這個賤貨押下去問罪。」樂安公主怒斥：「她是陳圓圓，是我的朋友，怎麼成了賤貨？」「奴才只知辦差，不問原因。」

樂安公主衝著陳圓圓道：「你說！」陳圓圓垂首低語：「稟公主，因為我破身了，所以是賤貨。」太監趕緊推陳圓圓前行。破身是什麼意思？樂安公主滿腹不解，想再問問，可陳圓圓卻不再說話了。太監推著陳圓圓又向前行。樂安公主跟上去追問：「哎，你說啊，破身是什麼意思？為什麼破了身就成了賤貨？」陳圓圓掙扎著扭回頭，正要說話，一太監撲上去死死捂著她的嘴，使她發不出聲來。

陳圓圓被太監們推搡遠去，只剩下樂安公主在原地發呆。接著，她快步朝一條小徑跑去。

幾個太監跪在地上，王承恩正在罵他們：「吃裡扒外的東西，這點差使都辦不好。自個說吧，該怎麼受罰？」太監忙不及頭磕頭，討饒：「公公饒命呵，公公饒命呵！」「哼！我可以饒你們……」王承恩慢吞吞地說，「但我定的規矩饒不了你們！」太監們先是一喜，聽到王承恩的下半句話，嚇得一片叩頭聲……

這時，樂安公主氣喘吁吁、不顧一切地闖了進來。衝著王承恩大叫：「陳圓圓成了賤貨，被抓起來了，你快去救她吧！」王承恩急令太監都退下，對樂安公主說：「公主別急，慢慢說，出什麼事了？」「陳圓圓被押去治罪了！」樂安公主說，「說她破身了！」王承恩大驚失色，聲音都變了，低聲問：「這話……公主你是聽誰說的？」「母后說的。她說陳圓圓是個賤貨。」王承恩頹然跌入椅內，半天說不出話來。

樂安公主依舊在不依不饒地追問：「王公公，破身是什麼意思？為什麼破了身就成了賤貨？」王承恩沉默了一會，說：「公主啊，老奴勸您別摻乎這事了……」「為什麼？……你快說呀！」見王承恩依舊坐在那裡發愣，樂安公主生氣了，說：「不說就算了！你也不能老犯呆呀？還不想辦法去救她？」王承恩搖頭長嘆，說：「晚了，這時候，誰也救不了她了。」話音剛落，魯四匆匆入內，神情不安地說：「稟公公，皇上正在大發雷霆……皇上……皇上令公公速去見駕。」王承恩重重嘆了一口氣。

乾清宮暖閣內，崇禎滿面怒容，正在傾聽周延儒稟報：「……自從魏忠賢垮臺之後，王承恩就取而代之了。他表面忠於皇上，暗中卻欺君篡權，結黨營私。大臣們都敢怒不敢言，私下裡叫他『二皇上』。」崇禎怒道：「這個狗奴才罪該萬死！稱他『二皇上』的臣工，也罪該萬死！」「是是。臣子們屈從於王承恩淫威，沒能堅持原則，實在是罪無可赦！」周延儒既悲憤又沉痛地說，「各地的封疆大吏，四時八節都得給王承恩上供，少者幾萬，多的幾十萬。每回進京述職，首先要拜訪的人就是王承恩。王承恩暗中教他們，御前議政時，什麼話可說，什麼話不可說，什麼話應該似說非說……」

周延儒抬起頭看了看一臉怒容的崇禎皇上，又說：「比方講，某地遇上天災人禍，那麼御前議政時，只說天災不說人禍，將人禍歸結於天之災。這樣一來，您以為他沒說麼，可他說了。您以為他真說了麼，可真該說的他又沒說。」「老奸巨滑！」崇禎怒不可遏地說，「王承恩如此霸道，你們為何不彈劾他？」「皇上聖見，王承恩確實老奸巨滑。臣子們對他不光是畏懼，甚至也有些敬佩，綜合起來，就是敬畏交集呀。」周延儒痛苦地說：「大家都怕呀。」「朕給你們作主，有什麼可怕的?!」「臣子怕的正是皇上。」周延儒聲淚俱下地說，「王承恩早先侍候先皇太后，後來侍候著皇上，前後足有五十年。皇上視王承恩如左膀右臂，主僕之間的深情厚誼，臣子們誰比得了？」崇禎一時語塞，連道：「可恨，可恨！」這時候，魯四戰戰兢兢地入內，稟告王公公奉旨見駕，現在宮外候著。

崇禎再也抑制不住心中的怒火，大喝一聲：「叫他滾進來！」

王承恩立於宮門外，面色陰沉。周延儒自宮裡出來，客客氣氣朝他揖上一揖，道：「王承恩，皇上有旨，叫你滾進去。」「老奴接旨。」王承恩說罷抬腿欲進。周延儒伸手攔住他，低聲說：「沒聽清楚？皇上是讓你滾進去。」「老奴聽清楚了。」王承恩指著高高的玉階，說，「周大人您瞧，這麼高的玉階，老奴怎麼滾得進去呢？只能從宮裡滾出來嘛。」周延儒聽出話中機鋒，怒道：「你……是在說我……」「豈敢。」王承恩冷冷地說，「皇上真正的意思，是讓老奴爬進去吧。」王承恩真的如同一頭老狗，四足並用，爬上玉階，再一步步爬進宮去。王承恩一直爬到崇禎面前，叩首及地。崇禎怒道：「爬得好！爬得順暢！你為何不爬到朕的頭上來?!」

「老奴萬死不敢。」「放屁！天下有你不敢的事嗎？」面對崇禎的狂怒，王承恩一聲不吭，再次長叩及地，腦門貼著地面再不抬起。「朕問你，陳圓圓是什麼人？」王承恩依舊不敢抬頭，回道：「稟皇上，陳圓圓乃是色藝雙絕的歌女，揚州八豔之首。」

崇禎氣得從龍座上立起，一跺足，卻無法把心裡的話全部說出來。崇禎心想，什麼歌女……分明妓女一個！十三歲就破了身，不管什麼男人，只要拿出五百兩銀子來，都可以和她睡覺！可這些話廟堂之上他卻說不出口。王承恩情知不好，只把頭叩得嗵嗵直響，回道：「老奴不知內情，老奴辦砸了差使，請皇上賜罪。」

崇禎依舊怒氣沖天，說：「朕讓你到南海進香，你竟敢自作主張，替朕選起秀女來。這還不算，你這個狗奴才還有眼無珠，弄個——這麼個女人進宮來！」崇禎本想說起弄個妓女進宮，話

到嘴邊還是嚥了下去。「老奴有眼無珠，老奴罪該萬死。」王承恩痛楚地說，「老奴見皇上沉溺於國事，日夜操勞，不近女色。老奴擔心皇上老這麼下去，會傷了龍體，老奴就想選一個色藝雙全的美女，讓皇上放鬆放鬆……」「你把朕當什麼人了？啊？朕是個貪色之徒嗎?!」崇禎怒不可遏地罵道，「狗奴才，你貌似忠誠，暗地裡卻仗著朕的龍威，專權霸道，作威作福，不可一世！狗奴才，你熟知律法，自己說吧，你該當何罪？」

「老奴罪該萬死。」崇禎斥罵道：「死都便宜了你！朕要你受足活罪，然後再死。而且，朕還要你自個拿出個治你的法子來！」王承恩沉默片刻，說：「啟稟皇上。老奴是個太監，依照內廷規矩，老奴得當眾接受廷杖，直到打爛了老奴的這副賤骨頭，扔到荒地裡餵狗……」王承恩自己宣判了自己的死刑。崇禎咬牙切齒地吼道：「准奏！」其實，崇禎皇帝完全明白，王承恩是天下最忠實最能幹的奴才，但他不能允許任何奴才替自己作主。只見王承恩再次垂下那顆花白的腦袋，叩首及地，沙啞地說：「老奴謝恩！」「滾出去！」

王承恩掉轉身體，仍然四足並用，像一條老狗朝宮門外爬去。崇禎注視著王承恩漸漸遠去的背影，張口想說什麼，卻沒有發出聲音……

第九章

王承恩端坐在院中一張太師椅上，他雖然死到臨頭，表情還是泰然自若，一點不失大太監風度。魯四等七八個徒子徒孫跪一地，俱是悲泣無言。這時候，四個膀大腰圓的太監，各執一柄紅黑兩色的棗木棒子順序走來，為首的折腰叩拜道：「奴才拜見王公公。」王承恩點一下頭，說：「來啦。待會用心侍候著。」四個執杖太監圍著王承恩站立。王承恩站起身，一言不發地張開雙臂。魯四等太監立刻上前替他捶腰捏腿，活動血脈。……王承恩仰著頭閉著眼兒，說：「魯四啊。」「小的在。」「怎麼就來這幾個孩子觀刑啊？」王承恩說，「老夫是大內總管。總管受刑，應該讓內廷所有太監都來觀看，以求懲前毖後，望而生畏。從此啊，夾著尾巴做人！」

「是小的吩咐太監們各司其責，不得擅離職守。」魯四乞求地說，「公公……」王承恩沉聲說：「傳下去。凡不當差的太監、僕役，全部趕到這來，看老夫受刑。」魯四無奈應聲，轉臉朝手下們示意。那幾個小太監匆忙四奔去傳命了。王承恩睜開眼看看天，語氣平淡地說：「唔，是喝茶的時辰了。」話音未落，一個小太監已端上玉盤，盤中擱著一把茶壺，一隻茶盅，裡面沏的是極品明前龍井。魯四抓過壺趕緊替王承恩斟茶。王承恩接過茶盅，緩緩飲盡，放下。魯四趕緊再斟滿，王承恩再緩緩飲盡……

皇宮裡大小太監們從四面八方趕來。他們交頭接耳，竊竊私語。太監們越聚越多，到達院門時，忽然全部無聲無息了。一個挨一個地步入院子。

大小太監們垂首跪地，一聲不出，整座大院漸漸跪滿了太監。王承恩已飲盡最後一盅茶。他放下茶盅又拿起茶壺，嘴對嘴將壺中殘茶喝盡……王承恩咂舌，像是品味著龍井的香味。然後說：「魯四啊，再沏上一壺龍井。刑杖之後，老夫要是活著——就喝。要是死了——就澆老夫身上吧。」魯四哽咽著，跪在地步的太監中也有人嗚咽。

哐啷一聲巨響，王承恩將茶盅摜在地上砸了個粉碎。然後，他從容將長袍兒撩到腰間，繫好，噗嗵一聲跪在氈子上，用沙啞的喉嚨高叫：「奉旨，將欺君專權的狗奴才王承恩，當眾廷杖，直到打爛他的賤骨頭，扔到荒郊餵狗！小的們，開打！……」王承恩一頭撲到地氈子上，一動不動地等候著木杖落下。可等了半天，執杖太監卻不敢動手。王承恩扭頭回瞪執杖太監，厲聲問：「怎麼，想抗旨？打！」領頭的執杖太監終於鼓足勇氣，舉起了木杖——他高高舉起卻輕柔落下，擊在王承恩身上。王承恩又扭過頭瞪著執杖太監說：「劉二啊，老夫醜話說在前頭，你們幾個小子如果棒下藏私，老奴醒來後定把你撕成八瓣兒！……打！放開來打！！」

「遵命！」劉二高高舉刑杖再重重落下，另一個太監也揮杖重重落下。兩人一起一落，刑杖交替擊在王承恩身上。另兩個執杖太監則交替數著：一……二……三……每一杖落下，王承恩都痛得呻吟一聲，嘴裡連連說：「好，好！」杖擊之下，王承恩雙腿立刻滲出鮮血，他漸入昏迷。四周，眾太監個個心驚膽戰。他們想看又不敢看，不敢看又想看……

乾清宮內，崇禎端坐，周延儒侍立於側。一個小太監入內，惶恐地道：「啟稟皇上，王承恩已經受杖十八了。」崇禎恨恨連聲：「接著打！」小太監應聲而退。崇禎轉過來問周延儒：「你估計王承恩能承受多少杖？」周延儒說：「稟皇上。廷杖也屬於酷刑之一。一般的罪犯，身子骨如果硬朗，二三十杖便能致殘，四五十杖便能致命。」「哦……」見崇禎面露微微憂色。周延儒笑道：「可執杖太監都是王承恩的徒子徒孫，他們手中刑杖，自有輕重緩急。他們如果杖下藏私的話，無論打多少，都跟蚊子叮似的，癢癢！皇上不必過慮。」

執杖太監已經換成另外兩個。劉二站在邊上計數：二十一……二十二……每杖落下都發出噗噗的肉聲！每杖落下，王承恩都無意識地抽搐一下，他顯然陷入昏迷。下身血肉淋漓。魯四急得滿頭是汗，含著淚期待地望院門兒。這時院門兒吱地開了，小太監奔入，他張口欲言，又不敢傳旨，最終恐懼地呆立著。魯四明白了，低聲說：「劉二啊……勻著點！」

劉二應了一聲，上前換下那兩個太監。劉二仍然高高揮杖擊下，卻明顯地放慢了杖速，放緩了力度。換下來的兩個太監則交替數著：二十四……二十五……

崇禎故作從容，來回踱步，欣賞牆上字畫。周延儒仍在旁侍立。小太監匆匆入內泣道：「啟稟皇上，王承恩受杖四十了，他已經……已經皮開肉綻，不行了。」崇禎仍然望著字畫，齒間吐出一個字：打！

小太監可憐地望著周延儒，目光在向他央求。周延儒卻道：「還不快去傳旨——打！」

內閣簽押房內。洪承疇坐立不安，一會沉思，一會走動；一會欲出門，一會又退回……如熱鍋上的螞蟻。這時，傳來輕輕的叩門聲。洪承疇趕緊坐回案前，做忙碌狀，正色道：「進來。」

入內的竟然是吳三桂。吳三桂上前深深一揖，道：「寧遠衛標統吳三桂，奉命進京向兵部報到。」洪承疇滿面堆笑，急起迎上前：「啊喲，是三桂呀！我們的大英雄啊！好好，何時到的？」「稟洪大人，標下押解著家父吳襄，晌午時趕到到京城的。」吳三桂垂首說，「標下已把家父送交刑部了。」

「哎——你應該先把吳兄送回家休息，然後，再從容稟報朝廷嘛。」洪承疇帶著幾分讚賞的語氣說，「到底是吳兄，做事有分寸。三桂，你有何打算，只管同我說。」吳三桂告訴洪承疇，他奉了袁大帥之命，要晉見皇上。洪承疇沉吟著，字斟句酌地說：「皇上此刻……心情不好哇。這樣吧，我明天代你奏報皇上。」吳三桂見洪承疇支支唔唔的，說：「要不先拜見一下王公公？」「是袁崇煥讓你來見他的吧？」洪承疇一怔，又說，「說實話，王承恩此時不方便見客……」吳三桂請求他說：「標下受袁大帥所託，有要事。」洪承疇鄭重地說：「那就更不應該在此時此刻見他！」吳三桂感覺出不祥，就上前告辭。吳三桂步出房門。洪承疇道一聲：「慢走。」

注視著他離去。當吳三桂走過屋外窗戶，洪承疇忽然心有所動，隔窗喚道：「吳三桂！」吳三桂在窗外止步。洪承疇走到窗前，說：「我想了一下，不妨帶你去見一見王承恩！」吳三桂奇怪地說：「洪大人不是說，此時此刻不便於見他嘛？」洪承疇微笑著說：「不錯。但是，此時此刻正有一場轟轟烈烈的好戲，千古難覓。你不妨親眼看一看，可以大長見識呀。」

王承恩伏在氈上一動不動，鮮血滲透一大片，下半身幾乎被打成一灘肉醬，整個人生死不明。劉二等太監還在一杖一杖的打著，另兩個執杖太監仍在數數：六十二……六十三……所有跪地的觀刑太監都目瞪口呆，他們萬萬不敢相信，王承恩真的會被打成這樣！魯四急得都快瘋了，一會看鮮血中的王承恩，一會望緊閉的院門兒。……終於，院門又開了，那個小太監戰兢入內，卻不敢說話。魯四急問：「皇上有旨麼？」

小太監發抖地稟道：「有。」劉二聞聲，刑杖停定在半空中，等待旨意。魯四催促小太監：「快說啊！」小太監顫聲地說：「皇上……皇上說……打。」魯四絕望了，抱頭蹲下，嗚嗚地哭。劉二的刑杖又重重落下，只聽到沉悶的擊肉聲「噗噗噗！」另兩個太監繼續數數：六十五……六十六……

這時，院門口出現吳三桂與洪承疇。洪承疇一擺臉兒，示意吳三桂。吳三桂上前一看，大驚失色，張口結舌地說不出話來：「這……」洪承疇「噓」了一聲，示意吳三桂跟出。

洪承疇與吳三桂退到院外。洪承疇冷靜地問：「看清楚了嗎？」吳三桂仍然餘驚未消，小聲問：「真是王承恩？」洪承疇心想，問得好，怎麼會這樣？……王承恩可是皇上最信任最能幹的總管太監，人稱二皇上。吳三桂顫聲說：「皇上恩威難測……朝廷裡的事太複雜了。」洪承疇沉重地對他說：「朝廷裡的事，比人們所能想像得要複雜得多，也可怕得多！吳三桂啊，黑虎窪一戰，你聲名大振，是朝廷的大英雄了。你可要引以為鑒哪。」吳三桂感激地說：「標下明白了。」

庭院中，杖擊仍在繼續。執杖太監仍在數數：七十九！……八十！……八十一！……王承恩身下的血泊越滲越大，一直流到蹲在那兒哭泣的魯四面前，流到他腳下……魯四再也忍受不住，猛然跳起來，說：「劉二！」劉二停杖，喘著粗氣，看著魯四。魯四咬牙切齒地說：「別讓他受罪了……你、你下功夫吧！」劉二大驚，以為要他結果了王公公的性命。

魯四看他那副呆相，說：「笨死了！我讓你下功夫……懂麼？天大的事我擔著！」劉二明白了，點下頭。他目示對面那個執杖太監，兩人一塊舉起各自的刑杖——舉得高高的，再大吼一聲「嗨」！兩支刑杖同時擊下——以天崩地裂的氣勢擊下！所有人都以為這兩支刑杖將把王承恩攔腰打斷，但兩支杖卻重重擊在王承恩身邊的地上——距王承恩肉體僅差分毫。隨著「唓」的一聲巨響，兩支刑杖同時折斷為四截！劉二狠狠擦掉臉上的淚水，上前張開雙臂。

劉二拾起那四支沾滿血肉的斷杖，放到魯四懷裡。魯四抱著那四支斷杖朝緊閉的院門走去，兩個小太監趕緊拉開院門，魯四昂首闊步而去。

崇禎立在宮門口，周延儒仍然陪侍身旁。魯四抱著四支斷杖大步走到崇禎面前，撲嗵跪地：「王公公已受八十三杖，杖杖無虛！刑杖打斷了，請皇上驗杖！」崇禎看看那堆血肉淋漓的斷杖，心有不忍。

周廷儒從旁問道：「人哪？」魯四聲淚俱下地說：「人，人也打爛了……」崇禎沉吟著，看一眼周延儒。周延儒淡淡地說：「啟稟皇上，庫房裡有的是刑杖。是否再換兩支？」……魯四聞言，渾身發抖，怒視周延儒。

崇禎猶豫片刻，終於吐出一句：「罷了！」這時，強忍悲憤的魯四才「哇」一聲大哭出來，他哭得瘋狂而慘烈！他叩首及地，斷斷續續地說：「奴才謝恩……謝恩！」

崇禎一言不發，掉頭入內。

周延儒看看魯四，哼了一聲，周延儒大步走向庭院。王承恩躺在一隻木榻上被抬出庭院，死活不明。眾太監如喪考妣，抽泣著跟隨。忽聽一聲「慢著」，周延儒匆匆起來。木榻停止。周延儒走到榻前，掀起布單看了看，只見王承恩身下一片血漬。周延儒又伸手試了試王承恩鼻息，彷彿心疼地長嘆：「王公公，您這是何苦哇！」周延儒示意。眾太監將王承恩抬走。周延儒目送木榻離去，看見洪承疇在不遠處觀望。周延儒走近他，兩人相視一笑。然後肩並肩朝簽押房踱去。

洪承疇恭敬地說：「王承恩根本不是周大人對手，偌大一個『二皇上』，說垮就垮了。」周延儒不無得意地哼了一聲：「蒼天有眼，皇上聖明！」洪承疇說：「從現在起，周大人在朝廷中的聲望無人可比了。在下希望周大人多多提攜。」周延儒微微笑著：「好說，好說！你我做臣子的，應該汲取王承恩的教訓，精誠團結，敬奉王事。這樣一來，無論對於國家還是個人，都是福音哪。」洪承疇撫掌連連讚嘆：「周大人說得太精闢、太深刻了！在下永遠銘記。」周延儒說：「今後，內閣中的大事小事，你我更要多多分擔了。」洪承疇連連謙讓說：「哎呀呀！周大人抬舉在下了，在下只能唯周大人馬首是瞻。不過，周大人哪，王承恩好像還沒有死呀。如果有一天，他又柱著拐棍上朝了，那可怎麼辦？」

「放心。即使他躲過這一劫，皇上也不會再信任他了。」兩人邊走邊聊，漸漸遠去。

王承恩府內。王承恩昏迷在榻上，氣息奄奄。魯四一邊抽泣一邊與管家替王承恩換藥。他們輕輕翻動王承恩，從他身下扯出一片又一片打爛的血布片……王承恩忽然發出一聲呻吟，似醒未醒。魯四興奮地叫著：「王公公，公公！」管家也跟著叫：「主子！主子！」王承恩呻吟著問：「我……還活著？」「活著！活著！」

王承恩聲音低啞地斥道：「那你們哭什麼？好日子還在後頭呢……」

夜色朦朧。吳三桂在王承恩府前下馬，驚訝地看見，昔日氣派莊嚴地王府已變得門庭冷落，甚至連一個把門的僕役都沒有。吳三桂上前叩門。門打開一道縫兒，探出半顆驚恐不已的頭臉……吳三桂揖道：「寧遠標統吳三桂，求見內廷總管王公公。」僕役朝兩邊看看，急忙拉開門。

王承恩已經略微復甦，半坐在榻上飲湯藥。吳三桂入內，上前恭敬揖禮：「標下拜見王公公。」「吳三桂啊，恕老夫不能起來待客。」王承恩推開藥碗，說：「快啊，看座。」管家立刻往榻前端來一隻軟凳。吳三桂道聲王公公不必客氣，就在凳上坐下，說：「標下是押解家父赴京請罪來的。家父說，不管王公公出了什麼事，我在進見皇上之前，仍應該來向王公公請安。」王承恩大為感動，說：「難得難得！三桂呀，老夫被打成一堆爛肉扔出宮以後，就沒一個人敢來問一聲。老夫謝謝你，謝吳襄老兄啊！」

「袁大帥也向公公問好……」吳三桂猶豫地看看左右。王承恩示意魯四等退下。吳三桂才說：「標下此行，還受袁大帥重託，令在下將這封密信呈交王公公。」吳三桂從懷中掏出密信，雙手呈上。王承恩接過來，撫摸著信皮兒沉吟半晌，卻不拆。反問：「信裡寫的是什麼？」吳三桂謹慎地回話：「標下不知道。」「不知道可以猜猜……」

吳三桂依舊謹慎地說：「稟公公，標下也不敢猜。」王承恩嘆道：「你既然不猜，就讓老夫來猜吧。老夫如果猜對，你也什麼都不必說，只要低頭沉默就是了。」王承恩仍然撫摸著信皮兒，眼睛半瞇著，像沉吟也像瞌睡，說：「老夫猜呀，袁總督這信裡啊，說的是『以戰求和』之策，袁崇煥想摸摸老夫的底。」吳三桂大驚失色，當王承恩詢問的目光投來，他急忙垂首沉默。

王承恩掙扎探起身子，吳三桂忙上前相扶。王承恩伸出手把密信遞到燭火上焚為灰燼……吳三桂扶著他，卻一聲也不敢吭。做完這一切，王承恩又躺下來來，正色道：「記著，袁崇煥沒寫過任何密信，老夫也沒接過任何密信，你吳三桂也沒有傳遞過任何密信！」……

夜已經很深了，又一個人靜靜地走上王承恩府門臺階，這個裹著大氅的人在門前稍稍停頓一下，伸手叩門。門開了一道縫，仍然探出半顆驚恐不已的頭臉，打量著這個裹得嚴嚴密密的人。……這人掀開大氅，露出陳圓圓的臉。僕役驚訝地問：「你?!」陳圓圓沉默不語，筆直地向前。僕役只得側身讓道。陳圓圓入內。

臥室內，王承恩一陣劇烈地咳嗽。吳三桂不安地說：「王公公安心養傷，標下告退。」王承恩邊咳邊說：「問你父親好……告訴他，先在刑部歇兩天吧，他沒事的。我嘛，也死不了。」吳三桂起身揖別，轉身向外面走去。這時，門開了，陳圓圓入內，她掀開裹身的大氅，迎面撞見吳三桂，兩人都大吃一驚。吳三桂手足失措，不知說什麼好。陳圓圓也怔住，一時無言。裡面榻上，王承恩沙啞的聲音在問：「誰啊？」

陳圓圓步至榻前跪下，泣道：「公公！……圓圓給您惹禍了……傷得重麼？」「真是個好孫女。」王承恩感嘆地說，「公公一時半會死不了！……剛才還跟三桂說呢，嗳，三桂哪，見過陳圓圓。你們都不是外人。」原本要離去的吳三桂，這時卻捨不得走了，他立於門邊，目不轉睛地盯著陳圓圓。聽到王承恩吩咐，趕緊上前，將那隻軟凳擱到陳圓圓身下，道聲「請……」之後退至一邊，癡癡地看著陳圓圓。王承恩關切地問：「圓圓哪，你受到什麼處罰了？」陳圓圓也正奇怪著，她原以為自己得罪皇上，總該大難臨頭了吧，不死也得給關起來，要麼臭打一頓攆出宮去。可誰料想，沒任何人來處治她，偶然碰上個宮女或太監，他們反而更客氣了，隔老遠就給我讓道兒，像有點怕她似的……陳圓圓也不迴避吳三桂，就把這些想法一五一十說出來。陳圓圓說：「到了傍晚，連飯菜都送我屋裡來，還是銀盤子盛的，樣樣精致得很。」

王承恩沉思了片刻，問：「你是怎麼出宮的？」陳圓圓笑起來，說：「跟上次一樣，偷偷溜出來的，三公主的角門鑰匙在我這了。公公您說，太監們想幹什麼呀，是不是要等半夜裡，把我裝進麻袋，拖出去活埋了？」王承恩苦笑笑，說：「他們不敢！知道麼，……皇上喜歡上你了，皇上捨不得把你治罪啊！」這回輪到陳圓圓驚訝了。她說：「不可能，我早就把皇上狠狠地得罪了！我當面告訴他，我、我、我十三歲就破身了。」吳三桂聽了此話，更是一驚，兩眼似乎睜得更大，死盯著陳圓圓。王承恩似乎忘記還有旁人在場，痛聲斥道：「我正要問你哪！為什麼要把破身之事告訴皇上？咱倆不是有言在前嗎？」陳圓圓垂首不語。

王承恩急了，說：「你這死丫頭，你倒是說呀！」「公公，丫頭破身是個恥辱。但那不是我的恥辱，而是那些強暴我的臭男人的恥辱！我不願意在皇上面前假裝處女，更不願意把自己身體當成一道美味，獻給皇上嘗個鮮兒！」陳圓圓抬起頭來，眼睛裡噙著淚水，說，「我偏要告訴皇上，奴家已經被男人糟蹋過了。奴家這道美味啊，是野男人們吃剩下的！皇上您看著辦吧，要奴家的身體——您拿去！要砍奴家的頭——您砍去！要趕奴家出宮——那我還巴不得呢！但是，要我叫我主動寬衣解帶，爬到皇上的龍榻上去——休想！」

王承恩想說什麼卻說不出話。他瞠目結舌，彷彿剛剛認識陳圓圓，半響才吃驚說出聲：「丫頭，那是皇上啊，是君臨天下的皇上！你怎麼一口一個野男人的……」

「那好——『野』字不要了！可剝掉龍袍一看，皇上也是個男人，對不對？和我以前接過的男人沒什麼不同，對不對？」陳圓圓一番話，讓吳三桂居旁大驚失色。王承恩也兩眼直瞪瞪的，卻無言以對。陳圓圓越想越氣，越說越氣，說：「男人們個個眼饞我的臉蛋，眼饞我的身體，卻沒有一個真心愛過我。他們只是扔下幾個臭銀子，買我解饞。我不是個賤女人麼？但我再賤，也不會假裝高貴。公公，我怕變不了了，一隻野鳥就算裝進金絲籠裡，還是成不了鳳凰。」王承恩直瞪著陳圓圓，許久才顫聲道：「你、你真是一個好孫女，公公佩服你！……公公看扁了你。你比公公想像的，有志氣得多，本事也大得多喲！」「可我給您惹禍了……累您被人打了。」王承恩苦笑笑：「你以為，皇上痛打我是因為你嗎？不！皇上是借這個由頭警告我呀！」看著陳圓圓驚訝的神情，王承恩嘆道，「幾十年了，我這老奴才干政太多，本事太大。皇上是既離不開我，又氣我！那班大臣呢，更把我看成一塊又臭又硬的絆腳石，妨礙他們的陽關大道了，三天兩頭挑唆著皇上收拾我！唉，現在好了，打了好哇！痛打一頓，皇上舒坦了，我也安心了，大臣們也出了口惡氣。還有，所有太監都得趕緊把脖子縮回去了，乖乖地當奴才。所謂閹黨，也不攻自破，這才是皇上的真心啊。」「公公，您把皇上看得透透的。」

王承恩說：「老夫侍候過三代皇上了，知道恩威禍福。圓圓哪，太監圈裡流傳一句老話，『打是親，罵是愛，打你罵你幸福來！』」陳圓圓與吳三桂都不禁咯咯大笑起來。王承恩這才驚覺吳三桂還在這兒。吳三桂不安地上前說：「在下聽……公公一番話，標下大開眼界呢。」王承恩微笑著說：「記著，今晚所說的一切，出了這個門，我概不承認。」又是一陣巨痛襲來，王承恩差點暈倒。陳圓圓上前將王承恩放平，蓋上被子，問：「公公，想喝點水麼？」王承恩搖搖頭。「想吃點什麼？」王承恩依舊搖搖頭。陳圓圓說：「那您需要什麼嗎？丫頭想侍候侍候您。」王承恩閉著眼，慢慢地說：「圓圓哪，公公只想聽你唱個曲兒。」陳圓圓看見牆上掛有一把三弦琴，正欲取。吳三桂搶上前替她取下，雙手奉給陳圓圓。兩人目光一對，吳三桂不敢正視。陳圓圓接過弦琴，玉指一揮，含淚彈唱起來：

汴水流，泗水流，流到瓜洲古渡頭。
情哥哥，慢些走，妹妹等你在樓外樓。

歌聲中，王承恩顯得十分舒適，而吳三桂聽得如醉如癡。

坤寧宮外間。淡淡的曲聲中，周后身著輕薄睡衣，正在臨鏡卸妝。她仔細打量著自己的容貌，粲然一笑，表情十分甜蜜。接著，她朝內間看了看，輕輕步入內間。周后雙足經過的地方，出現一柄珍貴的琵琶，那是陳圓圓遺留在這裡的。

坤寧宮內間，崇禎躺在那張大搖床上，閉著雙目，彷彿已入睡。一個宮女正在輕輕搖晃著搖床。周后走到搖床前對宮女示意，宮女起身垂首退下。周后坐到搖床邊，繼續輕輕地搖晃搖床。崇禎一動不動，睡得很是香甜。周后越搖越慢，終於停止了搖動。她起身，解開身上輕薄睡衣的扣子，睡衣沿軀體滑落，顯露出綽約美妙的身肢。正當她要邁上搖床時，崇禎卻突然睜開了眼睛。周后一驚，停止動作。崇禎對周后迷人的身體彷彿視若無睹，乾巴巴地說：「朕睡不著。」周后溫柔地說：「皇上別急，慢慢睡，臣妾侍候您。」周后繼續搖動搖床。崇禎卻坐起身，說：「不了……朕想到外頭走一走。」周后趕緊披上衣裳，說：「臣妾陪皇上走走。」

「不必，朕想一個人走走。」崇禎雙足伸下搖床，周后趕緊彎腰，替崇禎雙足穿上鞋子。崇禎站起身，一言不發地朝宮外走去。周后望著崇禎背影，傷心地飲泣。

陳圓圓的依舊在唱：

汴水流，泗水流，瓜洲有渡沒有頭。

情哥哥，親一口，妹妹餵你盅交杯酒。

……

王承恩在歌聲中安然入夢，吳三桂在歌聲中如癡如醉。

陳圓圓抬起頭來直視著吳三桂。吳三桂趕緊低頭。陳圓圓止琴，輕輕一笑，說：「吳三桂，你是個殺人不眨眼的大英雄呀，為什麼不敢看我？從我進門起，你就低著頭。你，大膽抬起頭來吧！」吳三桂慢慢抬起頭來，兩眼熾熱地盯著陳圓圓，全身微微發抖。忽然，他撲地跪到陳圓圓腳前，雙手握住她的一隻手，激動顫聲：「陳圓圓，我、我……」陳圓圓冷冷一笑，問：「你想要我？」吳三桂慌亂道：「不不、標下不是這意思……」「那麼，你不想要我？」吳三桂更慌亂了，連忙說：「不不、標下更不是這意思……」

陳圓圓開心地大笑起來，說：「那你究竟是什麼意思？」吳三桂終於勇敢地說：「陳圓圓，標下不敢說『要你』。我的夢想是、是你『要標下』。陳圓圓，自從上次闖宮時見到你，我一直……我想你想得好苦哇！」……吳三桂說著，幾乎掉下了眼淚。陳圓圓語氣冰冷地說：「起來。」吳三桂依舊跪地不起。陳圓圓的聲音更冷了：「麻煩你站起來。」吳三桂不得不起身，侷促不安地站在陳圓圓身邊。陳圓圓說：「我可是十三歲就破身了。五年來，從我身上爬過去的男人，少說也有百十個了！借一句你們男人狗嘴裡話吧，『這個陳圓圓哪，早被人操爛了！』」

吳三桂激動地說：「那些狗男人只饞你的身體，沒一個真正愛你，更沒有一個人得到過你的心！」「你哪？你就能得到我的心？」吳三桂咬牙切齒地說：「我……不管你愛不愛我，我會終生愛你！」陳圓圓為了掩飾自己的激動，轉過身去，說：「聽著，你得不到我的，我已經進宮了。現在，我已經成了皇上的一道『美味』。皇上即使自個不吃，寧可倒了，也不會賞給奴才吃。」吳三桂忽然瘋狂吼叫：「那我就殺掉皇上，奪過你來，和你浪跡天涯……」陳圓圓猛地轉過身來，大驚失色：「什麼……你說什麼？」

這時，吳三桂才稍微清醒，也被自己的話驚嚇住，不由地頹然跪地，捂面悲泣，「嗚嗚嗚……」直哭得渾身發抖，不可自抑。他的哭聲粗重而慘痛，聽起來像一頭受了重傷的狼。陳圓圓呆呆地看著吳三桂，被他的的哭聲、真情和瘋狂所感動。但她並沒有任何安慰，沒有任何回答，只是呆呆地看著他。過了一會，陳圓圓彷彿從夢中醒來，玉指一揮撥動了琴弦，含淚彈唱：

汴水流，泗水流，苦的苦來油的油。

情哥哥，慢些走，妹妹是你的熱枕頭。

吳三桂停止悲泣，抬頭熾熱地盯著陳圓圓，兩人目光相對了。陳圓圓繼續彈唱：

汴水流，泗水流，流到瓜洲古渡頭。

情哥哥，慢些走，妹妹等你、等你、等你、等你、等你、等你、等你、等你、等你在天盡頭！……

歌聲中，王承恩仍然昏睡未醒。歌聲中，吳三桂忽然聽出了隱隱的許諾，那就是一連串的九個「等你」！他圓睜雪亮的眼睛，久久久久地看著陳圓圓……

也許，就是這首普通的歌謠改變了吳三桂的命運，改變了陳圓圓的命運，改變了大明王朝的命運！

也許，歌謠永遠是歌謠，命運永遠是命運。它什麼都不會改變，什麼都不可能改變。

琴弦聲仍然繼續響著，卻已變成彈撥琵琶的曲聲。坤寧宮內間，周后坐在那張空蕩蕩的大搖床上，彈著那把遺留下的琵琶。她也彈得十分嫻熟，但曲聲充滿幽怨與哀傷……一個身影出現在門旁，是崇禎。他站在那兒，默默注視周后。周后察覺了，停止彈奏。她沒有回頭，傷感地說：「皇上，您回來了？」見崇禎不說話，周后又說：「是不是琵琶聲把您引回來了？」崇禎上前，伸手撫摸著周后肩脖。周后突然一陣顫抖，因為皇上許久沒有碰過她了。崇禎喃喃地說：「朕走著走著，覺得好孤獨啊……朕就回來了。愛妃，朕想你，朕離不開你。」周后緊緊抓住崇禎的手。崇禎雙手開始解開周后睡衣的扣子，睡衣滑落在地。接著，周后手一鬆，那把琵琶也掉落到地上。兩人相擁而坐，接著雙雙歪倒在大搖床上。

昏暗的宮道上，一連串太監們巡夜而過，拖著長長黑影。宮深處傳來一陣擊更聲，一個不見身影的沙啞聲音響著：風高物燥，火燭小心……

大搖床上，兩個身影恣情歡愛著……

床前一片姣潔的月光，床下遺落著一把琵琶。

黎明時分，月光依舊那麼明亮。月光從窗外灑落，一個身影出現，是周后。只見她孤獨地走近窗戶，憑窗望月。這時，可以看見她臉上流淌著兩行淚水……崇禎還在大搖床上熟睡，他不時發出一陣含糊不清的夢囈：陳圓圓……圓圓……夢中的崇禎伸手摟夢中的情人，卻摟到了身邊的那把琵琶。琵琶弦發出幾聲叮咚之聲。崇禎猛醒，睜眼看，周后不見了，那把琵琶卻擱在周后位置上，被自己摟進了懷裡……

周皇后仍然在憑窗望天，天邊已出現曙色。周后淚水已經乾了，面無表情。崇禎踱來，滿面窘色地道：「愛妃……你起來了？」周后淡淡地說：「皇上也起來了？」崇禎不安地說：「愛妃好像有什麼心事……」「臣妾沒事，臣妾高興著哪。」周皇后強作歡顏，說，「皇上半年多沒碰臣妾了，也不碰其他嬪妃。臣妾以為皇上未老先衰，一直在為皇上擔心。可昨兒夜裡的魚水之歡，皇上竟然生龍活虎一般，活脫脫變了個人！臣妾真是替皇上高興。這說明，皇上的龍體吉祥。」「那你為什麼悶悶不樂的。」

「臣妾可以直說麼？」周后看著崇禎肯定的神情，說，「皇上啊，您的興致是被陳圓圓勾起來的！皇上心裡還是饞她身體——卻嫌她髒，沒用她。皇上就把興致用到臣妾身上了。」崇禎面紅耳赤，窘色道：「胡說！朕愛你，天下女人捏一塊，也沒法和你比。」周皇后苦笑著說：「皇上是在安慰臣妾呢。皇上知道嗎，您昨夜說夢話了，您雖然摟著臣妾，卻口口聲聲叫著陳圓圓的名字。」崇禎大窘，張口結舌地說不上話。周后冷冷地說：「皇上看見那把琵琶了嗎？是臣妾放在您懷裡的……」崇禎結結巴巴地上前，想擁抱周后，「愛妃……朕……」

周后輕輕撥開崇禎的手，說：「皇上，您該上朝了。」

崇禎呆定在那裡，自我解嘲地說：「啊啊，是呀，朕該上朝了……朕回頭再來看你。」

崇禎匆忙步下玉階，迎頭碰見樂安公主。樂安乍見崇禎，驚訝地叫了一聲：「父皇，您……」崇禎支唔著：「朕……昨夜宿在坤寧宮。」樂安頓時喜笑顏開，說：「太好了！您好久沒在這過夜了，我母后呢，她好嗎？」崇禎支唔著「嗯，好……」接著，崇禎趕緊拿話岔開，問：「樂安哪，你幹嘛來了？」「我來給母后請安。」

「好好，多和你母后說說話，快去吧，父皇該上朝了。」樂安公主邊答應著邊往坤寧宮走，才舉步又停下來，回頭說：「父皇，女兒想問您一個事。」崇禎慈祥地撫著她的腦袋：「說吧。」樂安公主問：「什麼叫『破身』哪？」崇禎一驚，沉下臉，說：「樂安，這話是聽誰說的？」樂安說：「陳圓圓呀，她不是十三歲就破身了嘛？女兒不明白，她身子好好的呀，沒見什麼傷口啊……」崇禎斥道：「不准聽她胡說八道！，你也不許胡說。」

「是。」樂安怯怯地回答，疑疑惑惑地看著崇禎匆匆離去。

周皇后走近那張大搖床，看見床上那把琵琶，她越看越氣，終於抓起一件東西，憤怒地朝它擲去。琵琶發出響亮的聲音，卻並沒有損壞。樂安公主恰好在這時進來問安。樂安看看那琶琵，再看看周后，擔心地問：「出什麼事了？您是不是和父皇吵嘴了？」周皇后立刻正容，遮掩道：「我沒事，皇上也沒事。」樂安過去拿起琵琶，說：「這好像是陳圓圓的琵琶呀，怎麼會丟在這裡了？」

「是的。我聽說這把琵琶是南唐遺物，十分名貴，就要來試彈了一下。」周后說，「也是徒有虛名而已！……琵琶彈得好不好，在人，不在樂器。」樂安忽然想起什麼，一臉神秘地問：「母后，女兒想問您一個事。什麼叫『破身』了？」周后訝然，正色道：「你是個公主啊，打聽這個幹什麼？」「人家想知道嘛。」樂安撒驕地說，「破身是不是就犯罪了？陳圓圓是不是就因為這個犯得罪？」周后難言地支吾：「不該破身時破了身，這就是罪過……好啦，別問了！這些不是小孩該問的，你大了自然就知道了。」

樂安嘟著嘴，故意不再答理周后。周后令宮女：「把這琵琶給陳圓圓送去。」樂安公主卻搶著說：「不，我去吧！」周后沉吟一下，說：「你去一下也好，告訴她，我赦她無罪，她可以安心了。哦，你還可以告訴她，我越來越喜歡她了……」最後一句，周后卻是忍怒強言。樂安感到意外，問：「真的麼？」「你就這麼告訴她。」周后說，「我另外再賞她一件鳳帔，兩件首飾。叫她打扮得漂亮些，好好彈琴，準備繼續侍候皇上。」樂安快活地答應：「嗳！知道了。」樂安與宮女退下。

屋裡只剩周皇后一人，這時，她悲傷地流下眼淚。

第十章

樂安公主執著琵琶，走在宮內大道上，後頭跟著一個捧著賞賜之物的宮女。行走間，樂安公主還好奇地撥動琵琶弦，撥了幾下，完全不成音律，便懊惱地把琵琶朝宮女懷裡一塞。宮女捧著琵琶及所有賜物，跟隨樂安公主，走向眠月閣。半道上，忽聽一聲吆喝：「傳寧遠衛標統吳三桂乾清宮見駕！」循聲望去，只見魯四引領著一個披大紅綬帶的將軍，氣宇軒昂地迎面走來。

樂安公主就在道中央停下，待他們走近，脆聲叫道：「喲，你就是大英雄吳三桂呀，好神氣呀！」魯四急忙告訴吳三桂這是樂安公主殿下。吳三桂折腰施禮，朗聲道：「屬下拜見公主殿下。」樂安公主問：「聽說你在黑虎窪殺了不少清兵，是嗎？」「標下仰仗天恩……」樂安公主打斷吳三桂的話，又問：「殺了多少？十個、二十個？還是五十個一百個？」「標下沒數過……」樂安公主又打斷吳三桂的話，說：「唉，被你殺得那些人都有父母姐妹吧，他們家人該多傷心啊。」吳三桂訝然看著她，半響才回答：「標下沒想過。」

樂安嗔道：「你看你，該數的不數，該想的也沒想，倒急著進宮領賞來了。」見吳三桂一臉的尷尬，魯四急忙解圍：「稟公主，皇上正等著召見吳三桂將軍。」樂安嗔色斥道：「咦——那我就不能先見一下啦?!」魯四無奈地回話：「能，能，公主先見見吧……」樂安再斥道：「我這不是見過了嘛?見過了還有什麼好見的!行啦，你們去吧。」樂安與宮女離去。吳三桂待樂安遠去才鬆口氣，心想，這公主好厲害呀……魯四說：「咱們這位公主，最是刁鑽古怪，連皇上都拿她沒辦法。吳將軍，請！」魯四引領吳三桂匆匆奔向乾清宮。

樂安公主步入眠月閣，看見陳圓圓正在孤坐沉思。也不作聲，從宮女懷中拿過琵琶，輕輕走上前，狠狠彈了一下銀弦，幾乎將弦絲扯斷。琵琶發出巨響：叮咚！陳圓圓驚喜地大叫：「我的琵琶……」樂安笑嘻嘻地問：「在想什麼哪？想我還是想琵琶？」「都想……好公主，快把琵琶給我。」陳圓圓上前欲拿，樂安卻抱著琵琶閃開，說：「不行！這是我好不容易從母后那兒要來的，你得謝我。」陳圓圓折腰拜揖，謝道：「圓圓拜謝樂安公主！」

樂安公主一扭身，說：「還不夠。你得回答我一個問題。」陳圓圓看了看樂安公主：「行，只要是我知道的。」「你肯定知道。」樂安詭秘地一笑，問：「說吧，什麼叫『破身』了？」陳圓圓想不到是這麼個問題，又是吃驚又想笑，說：「公主……你還小，等你長大再告訴你吧。」

樂安公主生地說：「你們怎麼回事，問誰誰都不告訴我！陳圓圓，你非說不行，要不我就砸琵琶！」陳圓圓連忙攔住，說：「別……別，千萬別……公主為什麼要知道它？」樂安委屈地說：「你十三歲就破身了，可我十四歲了還沒破！而且連什麼是破身都不知道，還不丟死了人！」陳圓圓吃吃地笑彎了腰，說：「公主啊，你真想知道嗎？」「當然想，想得要命！」陳圓圓忍住笑，以手掩口，湊近樂安公主耳朵，竊竊私語……樂安聽著聽著，臉色大變，越來越驚訝……突然大叫一聲：「你壞！你真壞！……」樂安雙拳不住地捶打陳圓圓。陳圓圓笑著躲開，說：「別急別急，早晚你也會破身！」兩人鬧了一氣，樂安公主靜下來喃喃自語：「原來是這樣啊，真是罪過！」

陳圓圓惆悵地說：「破身給相愛的人，就不是罪過。」樂安不無抱怨地說：「這些事，我一點也不知道！」陳圓圓卻是一臉的悲哀。她說：「不知道也是一種幸福啊。我和你正相反，已經飽經風塵、閱人無數。」「那你跟我說說。」樂安臉紅紅地，「說說那些男人們……」陳圓圓搖了搖頭。樂安公主又問：「有沒有你愛上的？」樂安公主看了看陳圓圓的神情，說：「我不信，一個都沒有？」陳圓圓似有所動，沉吟說：「我……我真的說不清楚。求公主別問了。」樂安嘆息道：「我長這麼大，除了父皇，還沒跟一個男人說過話呢……（說到這兒忽然想起，又道）噯，剛才倒是碰見一個男人，我還把他教訓了一頓。」

「是誰？」「吳三桂呀，他進宮領賞來啦。」陳圓圓聽了吳三桂的名字眼睛一亮，卻沒有說話。樂安公主像是看出什麼苗頭，笑問：「你怎麼？你認識吳三桂？」說話間，一個宮女匆匆入內傳皇上口諭：著陳圓圓午時正赴花亭奏樂侍宴。樂安笑著說，「大約是父皇要賞吳三桂喝酒了。圓圓呀，你可要打扮得漂漂亮亮的，讓那個大英雄把眼珠子看掉下來！」

花亭設一大案一小案。崇禎居大案，吳三桂居小案。川流不息的太監們捧著各色食盒魚貫而入，將各種珍饈美味放置到兩張案上。放置齊全後，太監們躬身而退。崇禎微笑道：「吳三桂，朕本想召眾臣同赴此宴，為你慶功。但是朕怕鬧，還是咱們君臣兩人清靜，說話也方便。」來，崇禎舉起酒盅。「標下叩謝皇上隆恩。」吳三桂一揖首，趕緊舉盅過眉，待崇禎飲盡才小啜一口，姿態十二萬分地恭敬。

「你不必拘禮，隨意吃喝。」崇禎擺擺手，說，「你在黑虎窪血戰救父，勇冠三軍，令滿夷喪膽而退，大長國威，朕知道後，十分歡喜。唉，朕好多年沒那麼歡喜過了！」吳三桂又是揖首，說：「這都是皇上聖明，標下仰仗天恩，才僥倖成功。」

崇禎說：「那一戰雖沒有斬殺多少清兵，但這並不重要。重要的是，你證明了一個道理，那就是為將不在兵多錢多，而在於忠勇。忠勇者，戰無不勝攻無不克。」吳三桂依舊揖首，然後說：「標下牢記皇上教誨。」「朕讓你不必拘禮」崇禎微笑著說，「你幫了朕一個大忙啊，朕拿你做典範，狠狠地鞭策了那大臣們！他們哪，只想著向朕要銀子，非說沒有銀子打不了仗。朕就不信，你吳三桂不就打了一個大勝仗麼？來，朕賞你一盅！」吳三桂一飲而盡，感動地說：「謝皇上！」

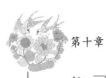

崇禎忽然收了笑容，正色道：「你父親吳襄棄關南逃，損兵折將。刑部議處上了摺子……」看著吳三桂窘迫的樣子，崇禎頓了一下，說：「也有人說啊，吳襄雖有罪，大可不必由吳三桂親自押赴京城嘛。而現在，一個大英雄押解著自個父親進京請罪了，這明擺著要朝廷給個面子，讓父子倆將功折罪，一團歡喜。啊？」吳三桂汗如雨下，起身拜叩，顫聲道：「啟稟皇上，標下認為，功是功過是過，家父棄關南逃，罪在不赦，應按朝廷律法嚴加懲處。」崇禎擊案大讚，說：「好，說得好！你不但忠勇，而且深明大義，有膽有識。朕真是高興哇。吳三桂聽旨，著你承繼父職，升任前屯衛總兵官，賜三品，駐節寧遠城。吳襄著即停職養老，俸祿依舊。」吳三桂大喜，離座再三叩拜，大聲回話：「末將謝恩。」

崇禎呵呵大笑，道：「吳襄生出一個好兒子，朕得到一個好將軍。」這時，陳圓圓身著周后所賜的衣飾，顯得煥然一新，執琵琶而入。她不看吳三桂，逕直朝崇禎折腰道：「陳圓圓奉旨前來，拜見皇上。」崇禎道：「陳圓圓，這是朕的愛將吳三桂，著你敬他一盅。」陳圓圓低聲說：「遵旨。」上前執了酒壺，垂首替吳三桂斟滿酒。吳三桂顫聲道：「謝了……」一仰首飲盡杯中酒，兩人俱不敢對視。崇禎微笑著說：「陳圓圓，將你喜歡的曲兒彈奏幾曲，為吳將軍助興。」陳圓圓低聲應著，退坐到角落錦凳上，懷抱琵琶，纖纖玉指一揮，彈奏起一支美妙樂曲。崇禎側耳傾聽，欣賞不已的樣兒。吳三桂則屏息靜氣，不時偷窺陳圓圓……陳圓圓的琵琶輕撫慢彈，有如大珠小珠落玉盤……

稍頃，崇禎欣慰地對吳三桂說：「黑虎窪一戰，你不但殺敵救父，而且敢於單騎獨鬥皇太極，豪氣沖天，大顯國威。朕要重賞你！吳三桂，你自己說，想要什麼賞賜？」「標下不敢……」崇禎笑道：「哎——你闖宮夜報的勇氣到哪去了？血戰黑虎窪的勇氣哪去了？只管說吧！」這時，陳圓圓的琵琶曲也漸趨急驟，有如狂風暴雨，鐵馬金戈，把吳三桂催逼得如火焚身……而陳圓圓也在此時抬起了頭，直視著吳三桂。吳三桂斜看一眼陳圓圓，欲言又止，終未出口。

崇禎親切地說：「你是朕的愛將，朕給你什麼都捨得。」吳三桂依舊欲說不敢，十分痛苦。陳圓圓眼中現出不屑的目光，刀一般閃過吳三桂。琵琶曲子重歸憂鬱與和緩……崇禎舉盅笑道：

「也罷，等你再立新功時，朕加倍賞你。」吳三桂只得無奈地揖首：「謝皇上。」

崇禎飲盡盅內酒，說：「你在京城中歇幾日，速歸寧遠赴任去吧。」「遵旨。標下告退。」吳三桂不敢看陳圓圓，垂首退下。而陳圓圓的曲聲仍在繼續，充滿哀怨與悲傷……

宮內花園中，吳三桂一步慢似一步，留戀不捨地離去。至無人處，吳三桂驀然立住，痛苦地、狠狠捶打自己胸膛，唾罵自己：孬種、熊包、軟蛋！我怎麼這麼沒用啊……

忽聽一陣咯咯咯的笑聲，樂安公主從花棚內步出。樂安公主嗔道：「這不是我們的大英雄嘛！怎麼沒去打清兵，躲在這兒自個打自個？」吳三桂尷尬地上前施禮：「給公主殿下請安。」樂安取笑他說：「你自個都不安，還給我請什麼安？」吳三桂知道公主的厲害，急欲趨避，連忙說：「標下告退了。」「等等，告訴我出了什麼事？」見吳三桂遲疑不答，樂安催促他，「說啊。」吳三桂痛苦地說：「剛才花亭賜宴時，皇上問我想要什麼賞賜，我、我不敢說。」「笨蛋！為什麼不說？」樂安斥道，「那你怕什麼？」「唉，標下怕、怕……標下也說不清怕什麼？」「真沒用。連怕什麼都說不清，膽小鬼！」樂安棄他而去。

吳三桂垂首而立，自言自語：「是啊，我是個膽小鬼……」

陳圓圓仍在輕輕彈奏琵琶。崇禎若有所思地望著她，忽然輕咳一聲。陳圓圓立刻停止彈奏，垂首不語。「陳圓圓，朕覺得吳三桂今天好像變了個人。」崇禎說：「那天闖宮夜報時，他何等膽大，而今天何其膽小！朕問他想要什麼賞賜，他竟不敢開口。真是奇怪。」陳圓圓依舊垂首，冷冷地說：「奴家見過這種人，心裡想要而沒有膽量開口，是個偽君子！」「言重了，吳三桂是朕的愛將。」崇禎微嗔著，走近陳圓圓，忽然想起夜裡的情形，心裡一動，很溫情地注視著她，微微地抬起手，正欲輕撫她的臉……

陳圓圓突然道：「皇上，樂安公主來了。」崇禎只得強作正經退開。樂安笑嘻嘻入內，大聲道：「父皇，女兒來了。」「來了就來了，嚷嚷什麼？身為公主，走路說話都要有個尊貴樣。崇禎忽然嘆了一口氣說，「找朕有事麼？」「不尊貴更舒服！」樂安笑著說，「我想讓陳圓圓教我彈琵琶。日後，我好彈給您聽。」崇禎沉吟著看了看陳圓圓，又看了看樂安公主。說：「好罷，朕准你跟陳圓圓學彈琵琶。但你得牢記，要學就得技藝精湛，可不能三天打漁兩天曬網。」崇禎踱出花亭，陳圓圓與樂安相視而笑。

「公主，你可是自討苦吃，告訴你，我是個嚴師。」陳圓圓笑著說：「當年我學藝時，乾媽把我全身都打腫了！」樂安公主故意誇張場驚叫起來，說：「這樣我可不敢學了……」陳圓圓卻沒有興致跟她逗樂，帶了幾分悵然，準備離去。樂安公主忽然想起什麼地說：「對了，剛才在花園裡，我又看見了那個吳三桂。」陳圓圓驚問：「他怎麼還沒走？」樂安不屑地說：「走什麼走，在哪兒捶胸頓足哪！罵自己『熊包、孬種、軟蛋』，痛苦得不行。嘻嘻……真是笑死人。」

陳圓圓頓時沉默下來，若有所思站在廊邊。

崇禎踱出花亭，循小徑散步。走著走著，驀然看見吳三桂迎面跪在道當中，面朝自己，紋絲不動，已不知跪了多久。崇禎大驚，道：「吳三桂……你、你這是幹什麼？」「標下在等候皇上。」吳三桂聲音粗啞地說，「剛才皇上問標下想要什麼賞賜，標下不敢說。現在，標下想說出自己的心願。」吳三桂重重叩一個頭，說：「祈皇上恕罪，標下想要皇上賞一個人。一個女人！」「哦……你想要誰？」

吳三桂顫聲說：「陳圓圓。」看到崇禎的一臉驚訝，吳三桂說：「是。求皇上把陳圓圓賞給標下。標下這輩子別無他求，只要陳圓圓。皇上如能把她賞給標下，標下終生都將為皇上浴血奮戰。標下發誓掃清滿夷，砍了皇太極的頭，以此報效皇恩！」……吳三桂激動得有些語無倫次。崇禎愣了半響，忽然哈哈大笑：「你是朕的愛將，只要你喜歡，別說一個陳圓圓，就是十個百個，朕也賞你！」

吳三桂驚喜地望著崇禎，正要叩謝。不料崇禎卻長嘆了一聲：「唉！可是，你要得太晚啦。」「皇上？」……崇禎正色道：「這個陳圓圓，朕昨日已經寵幸過她了。朕寵幸過的女人，生生死死都是朕的人。君臣之間，不能壞了規矩。你說是不是？」吳三桂絕望地低下頭。

閣內，陳圓圓獨坐寒榻，輕彈琵琶，顯得愁腸百結，萬千思緒。陳圓圓低聲吟唱：

汴水流，泗水流，流到瓜洲古渡頭。

情哥哥，慢些走，妹妹等你在樓外樓……

惆悵的樂曲聲傳至閣外。月光下，佇立著一個身影，正是崇禎。他隔窗注視美麗的陳圓圓，一動不動。陳圓圓彈著彈著，突然弦音一變，她覺察出動靜。崇禎輕輕步入閣內，一直走到陳圓圓身後。陳圓圓彈奏得越來越慢，當崇禎在她身後停定時，她的琵琶聲也停止，氣氛凍結。陳圓圓雕塑般不動。崇禎細細打量著陳圓圓，說：「朕，從你的琴聲中聽出許多哀傷，許多嚮往。」「稟皇上，奴家一個人的時候，喜歡自己彈給自己聽。」「哦？這意思是說朕不該聽麼。」陳圓圓說：「皇上是天子，富有天下。對皇上來說，沒有什麼不該的。」崇禎伸手輕撫陳圓圓，動情地說：「你真是色藝雙絕。唉，如果你還是女兒身的話，那該多好哇。」在崇禎手碰到陳圓圓肩脖時，陳圓圓渾身一顫，她隱忍著，說：「奴家不僅不是女兒身，奴家還很髒。」

崇禎輕咳一下，抽回手，正色道：「陳圓圓，朕告訴你，吳三桂並不是你說的偽君子。」看著陳圓圓，崇禎突然大怒，說，「他是個貪婪之徒，狂妄無禮！他竟然向朕要……你知道他要誰嗎？」陳圓圓緊張地問：「誰？」崇禎厲聲：「你！他竟然要求朕把你賞給他！」陳圓圓一震，克制著內心驚喜，無言。

「為了能得到你，他發誓砍下皇太極的頭來報效朕。哼，且不說他能否能砍掉皇太極的頭。朕奇怪的是，你陳圓圓在他眼裡竟然比皇太極的頭還貴重?!」陳圓圓有點抑制不住自己地顫聲說：「他瘋了……」崇禎冷冷地：「說得對，他是瘋了！」陳圓圓再也控制不住自己，忍不住頭一低，淚水嘩嘩流淌。崇禎依舊毫無覺察地哼了一聲，說：「怪不得花亭賜宴時，他那麼膽怯。」

原來，不是因為朕，而是因為你在邊上！」陳圓圓這時已經顧不得其他，起身跪倒崇禎腳下，含淚乞求道：「皇上啊，奴家早不是女兒身了，奴家髒得很。您留著我有什麼用呢？不如……」陳圓圓欲言又止。崇禎冷笑一下：「說呀。」陳圓圓鼓足勇氣說：「不如把我賞給他，讓他感恩不盡，讓他忠心耿耿地為您效命。」

崇禎仰天大笑，說：「是啊是啊，你們倆都是這個心思……」崇禎笑罷，怒視陳圓圓說：「朕本打算把你給他，可惜，你已經被朕寵幸過了。你生是朕的人，死是朕的鬼。」陳圓圓驚訝地說：「不！皇上沒有寵幸過我！」崇禎厲聲道：「天子無虛言。朕說有，那就是有！」陳圓圓詫異盯著崇禎：「皇上您？」崇禎伸出雙手抓起陳圓圓，死死摟住她。接著，漸漸把她按到軟榻上。陳圓圓初時掙扎了幾下，激起崇禎的怒吼：「朕是皇上！懂嗎？是皇上……」陳圓圓終於放棄了掙扎……這夜，崇禎不顧君王的尊嚴，強行寵幸了陳圓圓。

一頂宮轎抬至內宮門口，駐轎。扶轎的魯四掀開簾子，小心異異地扶出王承恩。王承恩柱著根拐杖，在魯四扶持下，顫悠悠地沿宮道前行。顯得創傷未癒，步履艱難。宮道拐彎處，王承恩迎頭撞見周延儒，兩人都十分大度地拱手相揖。王承恩吃力地彎著腰，說：「給周大人請安。」周延儒乾笑著說：「不敢——從來都是在下給王公公請安的。」

王承恩趕緊退身讓出宮道，說：「哎喲，老奴擋著周大人道了。周大人請。」周延儒沉下臉，說：「這才幾天哪，王公公傷勢就好俐索了？」「哪呀，老奴大半截都給打爛了！不過，老奴賤骨頭賤肉的，經打！」周延儒冷冷一笑，道：「這麼說，皇上給您的恩典還是不夠。那天哪，真應該多備幾根刑杖侍候著您。」王承恩嘆息說：「唉，提起這事，老奴一要向皇上謝恩，二要向周大人道歉。」周延儒說：「向皇上謝恩是當然的。為何還要向我道歉哪？」

王承恩說：「周大人盼星星盼月亮一樣盼著老奴死，但老奴這個老不死的呀，竟然沒死成，真是愧對周大人了。還不該道個歉麼？」周延儒怒道：「王承恩，你要識時務。皇上念舊，才留下你這條老命。如果你再敢干政，非但皇上不能容你，滿朝大臣也饒不了你！」王承恩深深折腰，道：「周大人教訓得好，老奴聽了心裡暖洋洋的……」周延儒氣得「呸」了一聲，憤然離去。王承恩瞇著眼兒盯周延儒背影，沉吟著說：「魯四啊，我原本想放周延儒一馬，不跟他計較了。可現在看來，他不會放過我們哪。」

魯四焦慮地說：「那我們怎麼辦？」「你們甭管他，你們只管老老實實辦差，夾著尾巴做人。周延儒麼，由老夫侍候他。」魯四關切地說：「公公，可您的傷勢還沒好哪。」王承恩微笑著說：「放心，咱有皇上嘛。皇上能懲治咱，就不能懲治他周延儒麼？」魯四驚訝地睜大眼。

陳圓圓衣衫不整地坐在榻上發呆，面容憔悴。王承恩柱著拐杖慢吞吞入內，看到陳圓圓如此模樣，預感不祥，扭頭對魯四說：「你到外頭候著。」魯四應聲退出。王承恩走到陳圓圓跟前，沉聲問：「出什麼事了？」「皇上寵幸過我了……」陳圓圓語聲哀哀地說，「就是昨夜裡……」王承恩立刻滿面笑容，喜道：「圓圓哪，從現在起，你就是娘娘了！好，好呵……」王承恩說著竟柱著杖兒跪下了，連聲說：「恭喜娘娘，恭喜娘娘……從今以後，你必定隆恩不斷，早晚晉升為貴妃。」

陳圓圓趕緊扶起王承恩，說：「公公！……讓我換個說法吧。昨夜裡，皇上強暴過我了！」王承恩一怔：「你是說，你不願意皇上寵幸你？」陳圓圓冷冷道：「這種『寵幸』和揚州嫖客沒有兩樣。」「胡說！」王承恩厲斥一聲，接著又長嘆道：「圓圓哪，據老夫看，皇上真心喜歡你。難道，你對此一點都不高興？你一點都不愛皇上嗎？」「一點都不！」王承恩氣道：「皇上都不愛，那你還愛誰？你、你……是不是心裡有人哪？」

「以前沒有……」陳圓圓垂首輕聲說，「可現在有了。」王承恩怒問：「是誰？」「吳三桂。」

王承恩大驚失色，接著氣得捶胸頓足：「我早該料到的……我真瞎了眼，怎麼連這事都沒看出來！老了，真是老糊塗了！」陳圓圓撲嗵一聲跪到王承恩足下，流淚道：「公公，圓圓是您孫女！除您之外，我在世上沒有一個親人。現在，您的孫女求您一個事……」王承恩已經預感到陳圓圓將要出口的話，他痛苦地搖頭。但陳圓圓仍然不顧一切地說下去，「求您想法讓皇上放我出宮，想法讓皇上把我賞給吳三桂吧！您有辦法的，您一定有辦法。求您了！……」王承恩跺足痛叫：「陳圓圓！……你這個孫女，簡直要公公的老命啊！」陳圓圓悲泣：「公公！」

王承恩頹然坐下，長嘆一聲：「唉，公公沒叫棒子打死，可要叫你給逼死了。」

崇禎匆匆步入乾清宮暖閣，對侍迎的太監道：「去，把天啟三年江浙兩省總督的《稅賦改制摺》拿來，朕馬上要用。」太監應聲而去。崇禎坐到龍案後，埋首於大堆奏摺中，煩惱地閱讀著。稍頃，那個太監捧著一厚冊匆匆而來，呈上。崇禎拿過一看，扔地上，說：「不是它！朕叫你拿江浙兩省總督的《稅賦改制摺》！再去。」太監惶恐而下。崇禎繼續批閱奏摺。稍頃，太監又捧著一厚冊匆匆而來，膽怯地呈上。崇禎拿過一看，氣得摔在太監臉上：「蠢貨！朕叫你拿天啟三年江浙兩省總督的《稅賦改制摺》。」太監顫聲說：「奴才有罪，奴才把整個櫃子都找遍了……沒有。」

這時傳出王承恩沙啞的聲音：「啟稟皇上，《稅賦改制摺》擱在南屋甲子櫃第三格裡。」崇禎看一眼正在顫巍巍下跪叩首的王承恩，斥太監：「聽見哪？還不快去！」太監應聲而退。

「傷勢怎樣了？」崇禎略顯尷尬地問王承恩，「朕讓太醫送你的藥，你收到了麼？」「謝皇上，奴才都收到了。」「起來吧。」王承恩顫抖著起身。這時，太監再捧一厚冊匆匆而入，呈放在崇禎案頭。崇禎掃一眼，點點頭。太監如蒙大赦，輕步退下。崇禎示意王承恩坐下。王承恩窘道：「謝皇上。老奴雙股打爛了，不能坐，只能站著。」崇禎嘆道：「你恨朕吧？」王承恩沙啞地說：「不。老奴是來向皇上謝恩的。這一頓打，把老奴打明白了。皇上所賞的廷杖，有利於穩定朝政，有利於打壓閹黨，有利於張揚君臣之道。此外，老奴確實過份越權了，該打！」

「聽你這麼說，朕深感欣慰。周延儒他們恨你，朝政方面又離不了他們。朕萬般無奈，只能懲治你，以安他們的不平之心。」王承恩說：「老奴與周延儒之間，並無深仇大恨，只是政見不一而已。今後，老奴定與周大人和睦相處，共奉王事。」崇禎感動地說：「朕信任你。」王承恩深深一揖：「老奴叩謝天恩。」

盛京勤政殿玉階上。一陣鼓號聲起。出現一列帶刀侍衛。為首者立於玉階高處長喝：奉旨，詔親王及旗主入殿議政。吼聲中，幾個親王和各旗旗主步上玉階，順序入內。范仁寬跟在最後面。多鐸一面邁步一面回頭怒視范仁寬。范仁寬佯裝不見，仍然從容前行。親王與旗主相繼進入勤政殿，多鐸對侍衛使了個眼色。侍衛立刻上前攔住范仁寬，喝道：「退下！只有各位親王和八旗旗主方可入內。」

范仁寬言正辭嚴地說：「我是首席漢臣，奉旨參與議政。」侍衛看多鐸一眼。多鐸高聲說：「祖宗律法嚴明，漢人不能和親王旗主們同朝議政。」侍衛刷地拔出刀，鋒芒直逼范仁寬，喝道：「再敢往前一步，老子把你一刀兩斷！」「即使一刀兩斷嘍，我的兩段身子都得上朝。」范仁寬迎著刀鋒直行，竟把侍衛的雪亮刀鋒逼退了。然而，就在他邁過殿門檻的那一瞬間，侍衛的刀鋒也割破他的朝服與束帶，使他衣裳掉落一大截。范仁寬就拖著半截破破爛爛的朝服走進了勤政殿。

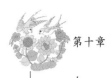

皇太極高踞龍座。多爾袞、豪格等滿族王公與旗主們排班見駕，齊聲拜道：「臣等叩見皇上。」「平身。諸親王賜座。」大臣們退立兩側，多爾袞等親王則步上丹陛，在龍座兩邊旁的錦凳上坐下。幾個大臣看見范仁寬朝服破碎，不禁嗤嗤地掩口而笑。范仁寬視若無睹。

皇太極嘆口氣，朝殿外喝道：「薩木爾！」那個侍衛應聲而入：「末將在。」皇太極惱怒地問：「這是怎麼回事?范仁寬有沒有跟你說清楚，他是奉旨上朝議政的？」薩木爾粗聲回話：「說了。」皇太極沉聲：「那麼，就是你在抗旨了!來人，將薩木爾拉出去，抽五十皮鞭。」兩個侍衛應聲入內，站到薩木爾兩旁。范仁寬上前道：「皇上，臣請求赦免薩木爾。」范仁寬對皇太極說：「在此之前，漢人確實不能入朝議政，薩將軍是按律法行事。再者，薩將軍手下留情，並沒有傷著臣。」

皇太極說：「薩木爾聽見啦?范大人沒怪罪你，你給人家賠個禮吧。」薩木爾氣乎乎地說：「皇上，末將情願挨皮鞭，也不願意給漢人賠禮。」多鐸等臣立刻哈哈大笑，甚至有人起鬨叫好。薩木爾在笑哄聲中顯得更加神氣。皇太極一直不作聲，等到笑哄聲平靜下，厲聲道：「既然如此，拖出去抽二百皮鞭，加罰一年俸祿!」侍衛將薩木爾推出殿。

皇太極又說：「范仁寬，朕替薩木爾給你道歉，再賞你五頭牛、十隻羊，賠你這身朝服。」范仁寬感動地下跪：「臣謝恩。」皇太極怒視著剛才哄笑的多鐸等人，厲聲說：「今後再有人歧視漢臣，朕重懲不貸。聽見啦?」多鐸等臣怵然應聲：「遵旨。」

皇太極召集詔親王及旗主入殿，原是議對大明的戰略，卻被薩木爾攪了局，心中不悅。坐在凳上的親王們也一個個沉思不語。多爾袞出班奏道：「皇上、各位王爺。從此次南征情況看，大明確實江河日下了，不堪一擊。臣建議調集五旗精兵，再次破關而下，與明軍決戰。」豪格興奮地插話：「兒臣願率正紅旗為先鋒。」一個老親王輕咳一聲，以期引起別人注意，然後道：「大清如要入主中原，關鍵是攻城破關。大明的主力都縮在城關裡，總是個威脅，要想法把他們引出來消滅才行啊。」另一親王說：「定親王多慮了。如果我們能一鼓作氣，奪取北京，那麼，天下的城關都將不戰而降。」

皇太極聽了眾議，看了范仁寬一眼。范仁寬出班奏道：「皇上，各位王爺。臣以為，明朝雖然日漸衰落，但它畢竟統治天下近三百年。明朝的疆土、人丁、軍隊數量，仍然是大清國不能相比的。特別是重新啟用了智勇雙全的大將袁崇煥，此人駐守在山海關，對大清入關極為不利……」幾個親王發出不屑的嗤鼻聲。皇太極掃他們一眼，他們才安靜下來。范仁寬繼續說，「大清滅明，如同砍伐一株參天大樹，應該四周慢慢砍削，去其支助，越砍越深，最後，讓這參天大樹自己倒下。」

皇太極環視一下左右說：「這些天來，朕朝思暮想，有三條對策，請各位前來商量。其一是，議和——」豪格立刻急道：「皇阿瑪，那個崇禎把我們看成蠻夷，他絕不會議和的。」皇太極笑道：「你說得對，朕正是知道他不肯議和，而且，朕也沒打算與他『和』。朕要的是，由他來拒『和』而不是朕！」范仁寬接著話頭說：「這樣一來，交戰的罪過就落到崇禎頭上了。八旗軍不斷殺入內地，毀其城寨村鎮，掠奪牛羊子民。明朝百姓苦不堪言，必生怨恨之心，抱怨皇上不肯議和。」皇太極說：「如此一來，大明上下離心，稅賦更加缺乏，國勢也就日漸衰亡了。幾年後，崇禎想議和也來不及了，只能跪下來『乞和！』」眾親王一片附和之聲。

「朕的第二策是，立刻組建漢八旗軍和蒙八旗軍，與清八旗配合作戰。如此，咱大清便有了二十四旗大軍，為將來入主中原一統天下作準備。」眾親王再讚：「應該如此，早該如此！」

皇太極接著說：「第三，朕說過，奪天下必須先奪山海關，奪山海關必須先滅掉袁崇煥。山海關是大明的膽，袁崇煥是崇禎的膽。消滅了袁崇煥，明朝君臣都將失魂喪膽。」多爾袞說：「臣弟巴不得與袁崇煥決戰。可但他縮在關裡不露頭，這怎麼辦？」皇太極一笑，道：「范先生跟朕說過一個道理，消滅袁崇煥不一定非要戰，斬斷了崇禎對袁崇煥的信任，就等於消滅了袁崇煥。」范仁寬接著皇太極的話說：「據臣所知，崇禎皇上恰恰是個自命不凡、猜忌多疑的君主。這對於大明的君臣關係，極為不利。」

皇太極微笑著說：「朕的第三策，就是請范先生親筆修一幀國書。這幀國書不送北京，而是送到山海關去，交給袁崇煥，讓袁崇煥上呈給崇禎。」眾親王互視，彷彿在猜想其中深意。

袁崇煥背著手默立，陷入沉思。他身後的案上擺著大清的國書，半邊是滿文，半邊是漢語。吳三桂與祖大壽雙雙進入總督府，齊聲向袁崇煥拜道：「末將參見大帥。」袁崇煥揮手示意，說：「今天上午，探馬外出巡查時碰見清兵，捎回皇太極的一幀『國書』。你們看看吧。」

祖大壽與吳三桂俯身案前觀看，不禁驚訝。吳三桂喜形於色，說：「嗨，皇太極想請和了！」

祖大壽亦祝賀道：「恭喜大帥。」袁崇煥說：「何喜之有？」祖大壽笑道：「明擺著唄！自從大帥出任總督以來，邊關處處聯防，清兵再也沒法攻陷任何城關。所以只好請和了。」「你們再往下看看，皇太極提出的條件，有請和的誠意麼？皇上能答應嗎？」吳三桂與祖大壽再細看國書，不禁怒容滿面地沉默了。袁崇煥嘆道：「這就像一個燙手的山芋，本部堂接也不是拒也不是。依我看，皇太極暗藏禍心。」祖大壽說：「大帥，燒了它！全當沒這回事。」袁崇煥笑道：「我也想燒了它。可這東西燒不乾淨呀，將來皇上問起來，我如何回答？」

其實，袁崇煥心裡清楚，皇太極的國書直接送給他而不是遞交崇禎皇上，是設局讓他入套。所以，當吳三桂提議把這個燙手的山芋呈交給皇上，讓皇上決斷時，他點點頭說：「也只能這樣，只是在呈報皇上時，本部堂還必須對這個『和書』表明態度，那就是『拒和』！」「拒和，大帥您不是說過……」這下子輪到祖大壽與吳三桂驚訝了。袁崇煥打斷他們的話，說：「我是想過『以戰求和』，但皇上未必接受我的方略，而皇太極的請和亦未必是真心。因此，本部堂只能拒絕，以免落入陷阱。」

看得到祖大壽、吳三桂的贊同，袁崇煥又說：「叫你們兩個來，一是為本部堂作個見證，免得流言誤傳，讓東廠的耳目大驚小怪。更重要的是，你倆要立刻加強城防，整軍備戰，防止皇太極一面請和、一面偷襲。」

皇太極的請和「國書」放在崇禎案上，崇禎翻來覆去地看。王承恩仍柱著杖，在旁侍立，表情略顯不安。崇禎忽然停止動作，低語：「奇怪，皇太極為何將國書送給袁崇煥，而不是送交朕……」王承恩稟道：「據報，此書是清軍哨騎交給寧遠衛探馬的，封皮上寫著袁崇煥的名字。袁崇煥以為是清軍給他的戰書，就拆開看了。一看才知道是國書，星夜呈送京城。」看了看崇禎依舊疑疑惑惑，王承恩又說：「東廠也有密報，說當時在場者有袁崇煥、祖大壽、吳三桂三人。三人所言，與東廠所報一致。」崇禎沉吟片刻，說：「寧遠是山海關前衛，又是督府所在，極為要緊。」王承恩看出崇禎的心思，說：「老奴在寧遠衛有兩個監軍太監。」

「不夠。你要加派一個幹才長駐寧遠，任首席監軍太監，直接歸袁崇煥節制。」頓了一頓，崇禎又說，「但他有權探察總督府內外事務。」王承恩感覺到崇禎對袁崇煥的不放心，說：「那麼，老奴令魯四親赴寧遠，擔任這個要職。」崇禎知道魯四是王承恩最得意的屬下，滿意地說：「嗯。告訴他，朕要知道那兒每天的情況，尤其是袁崇煥的情況。但是，他只能監軍，不許干涉軍務。」「老奴明白。」

崇禎敲敲案上的國書，說：「將此國書傳抄內閣大臣，人手一份。三天後朝會，朕要召集眾臣議政。」王承恩提醒說：「皇上，袁崇煥已表明了態度，建議朝廷斷然拒絕。」崇禎微微一笑說：「朕知道。但是，朕還想知道，大臣們心裡是怎麼想啊。」王承恩一怔，深深揖首道：「老奴明白了。」

內室，僕從正在侍候王承恩服藥，管家入報：洪大人來了。王承恩擱下藥碗說：「快請，快請。」「奴才已將他請入客廳了。」王承恩說：「不不，請到這裡來。」管家一臉驚訝的退了出去。片刻，將洪承疇引入。王承恩柱杖迎上前，笑道：「老奴這真是蓬蓽生輝啊，洪大人來了！」洪承疇深深揖首道：「給王公公請安。」「好好，快坐，看茶。」王承恩說，「哎呀呀，前些日子，沒人敢上門來。這些日子，老奴這兒又貴客不斷。真是苦盡甜來呀。」

洪承疇一邊謙讓著坐下，一邊笑道：「王公公罵得好，晚輩最喜歡聽王公公罵了。聽了長見識。」王承恩笑指著洪承疇，說：「你刁哇！怎麼罵，你都穩如泰山。皮厚！」洪承疇從懷中掏出一個紙包，雙手奉上：「晚輩囊中羞澀，沒什麼好孝敬的。兩支老山參，請公公笑納。」王承恩接過來擱邊上，緩緩地說：「承疇啊，這些日子我收到不少貴重藥物，三輩子都用不完，你又何必……」洪承疇說：「在下禮薄，公公就先用晚輩送的藥嘛。」

「我還沒說完哪！每當客人走後，我打開紙包一看，發現裡頭總塞著一張銀票。少說也是五千兩。」王承恩看了看洪承疇，說，「我倒問問你，這包裡是不是也這樣？」洪承疇尷尬地笑笑，說：「晚輩……就直說了吧，山參的包裝紙，是一張八千兩銀票。」王承恩打開紙包取出山參，再將那張包參紙遞還洪承疇，沉聲道：「參，我留下了，銀票請帶回去。」洪承疇力拒：「公公，你把我當外人了……」

王承恩哈哈一笑，正色道：「不。我沒那麼廉潔！今兒你來，是有事求我。我哪，正好也有事求你。所以，兩下扯平，不收銀子！」洪承疇怔片刻，將紙片放進懷裡，擺出一副謹受教的架勢，說：「晚輩遵命了。請公公吩咐要辦的事兒吧。」

王承恩搖搖頭，說：「你是客，還是先說你的事吧。」洪承疇說：「明日朝會，非同尋常，皇上要眾臣討論皇太極的國書了。唉，晚輩……晚輩不知道皇上到底是主戰還是主和，更猜不透皇上到底是何用意。」

王承恩沉默著久久注視著洪承疇，突然問一聲：「你信任老夫嗎？」洪承疇真誠地回答說：「晚輩說句心裡話，自從我入京當差以來，就一直把前輩您當成師傅。每天都在揣摸您，學習您。這一點，恐怕連公公您都不知道。」王承恩嘆道：「老朽十分感動，但是……承疇啊，話說這份上，請你告訴我，你主戰還是主和？」洪承疇說：「晚輩希望明、清雙方議和。於國於民，都有利。」

「好！」王承恩說了一個字，又冷下臉說，「只是，這話你擱心裡頭，萬萬別漏出來！我告訴你皇上的內心吧，皇上是極力主戰，他對任何主和者都是深惡痛絕！」洪承疇又驚又喜，說：「晚輩謝公公教誨。」「還有哪。據老朽看來，明日的朝會，皇上是借『議政』，看看大臣們的戰和的態度，看看誰是忠臣，誰是奸臣？」王承恩面色陰沉的說，「老夫想，周延儒是不敢到我這來的，但他會到你那去打探虛實。如果他去了的話，你知道怎麼說吧？」

看見洪承疇在思索他的話，王承恩笑了，說：「這就是我求你的事……不過，那周延儒壓在你頭上，也實在壓得太久了……。」洪承疇終於明白了王承恩的意思。洪承疇拱拱手，道一聲

「遵命」，兩人相視哈哈大笑……

——唉！這大約是末世的通病了……每當君王算計臣子的時候，臣子們也在算計君王。君臣之間既少不了上下忠信，又少不了左右提防。

明天即將來臨，但它將是怎樣的一個明天呢？

第十一章

這是一個半邊向陽的閣台，依宮而建。憑欄處，日可觀花看景，夜可邀風賞月。時下正是春末，一眼望去，三面都是風和日麗。魯四正在指揮太監們布置平臺。最顯要處是一尊龍座，兩邊依次排立椅、案，供內閣大臣就坐。王承恩柱杖入內，看了看布置，很滿意地說：「魯四啊，欄台那兒擺上幾盆花卉，讓大臣們瞧了舒心。」

魯四一邊指揮小太監搬花，一邊靠近王承恩，低聲問：「公公，今兒不是議政麼？幹嘛不在乾清宮裡頭議呀？」王承恩微笑著說：「天暖了嘛，皇上請大臣們出來曬曬太陽，免得發黴。」「小的覺得蹊蹺。」魯四詭詰地說，「但凡要緊政務，從來都在乾清宮裡頭議。今兒怎麼擱平臺這兒來了……」「不錯不錯，魯四長進了。」王承恩稱讚道，「跟你說吧，平臺這兒歷來皇親們邀風賞月的地方，喝個酒聽個戲，親密無間。皇上在這兒議政，要的就是這個氣氛，要的就是君臣親密無間。」魯四低聲說：「可小的瞧見這桃紅柳綠的，心裡頭害怕！」「不光你怕，我都寒磣呢！」王承恩笑著補充說，「我是替大臣們寒磣。」

看著魯四一副不知就底的模樣，王承恩又說：「這件差使辦完後，你就要外放了——美差！讓你升官。」魯四大喜，上前深深一揖，道：「謝公公！」

內閣簽押房內，周延儒、洪承疇、楊嗣昌等內閣大臣擠在屋內等候平臺議政，彼此間打躬作揖，顯得鬧哄哄的。楊嗣昌衝一個老臣施禮，道：「哎喲！周皇親，您不早就病退了嗎，今兒怎麼也來了？」周皇親揚聲道：「看您說的，病退了就不許我共商國是啦！」另一臣也接上來，跟著取笑道：「只要朝廷上有點風吹草動，老前輩可精神哪……」另兩個臣工紮堆兒彼此間竊語，猜摹今兒個皇上心情。另一個臣工表情莫測地說：「天意自古高難問。」

洪承疇在僻靜處把玩著一柄摺扇，若有所思。周延儒緩步踱到他跟前，低頭瞟一眼摺扇，說：「喲，皇上親筆題贈的嘛，了不起，佩服。」洪承疇趕緊收起摺扇朝周延儒拱手，笑道：「這些東西在周大人府上還不得幾箱子嘛！在下稚嫩，就這一把御用摺扇，所以才一天到晚拿著它，顯擺嘛。」周延儒挨他坐下，探身低問：「昨天，你說的情況都是真的嗎？」洪承疇微笑著說：「您看哪。」「皇上真的有意媾和？」洪承疇正色道：「如果無意，皇上討論什麼？」見周延儒沉吟著，洪承疇又道：「周大人，大臣們都視您為內閣首輔。皇上的心思，您肯定比我們誰都清楚。我聽說，就連平臺議政這主意，也是您給皇上出的。」周延儒笑笑，卻不置可否。

一個太監出現在門：時辰已到，請赴平臺議政。眾臣一窩蜂起身，擁擠著朝門外走去。到門口，又彼此揖手相讓：您請……不，您先請！……豈敢豈敢，還是您先請……謙之再三，自然是那個病退的老皇親率先出門，其次是周延儒。洪承疇尾隨在最後面。

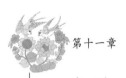

平臺向陽處的欄臺上，已擺滿時鮮花卉，看上去怡情養目，十分舒服。崇禎帝服燦爛，胸懸一隻半月形精美玉佩，平靜坐在龍座上，王承恩柱杖強支著傷腿立在崇禎身後。內閣大臣們分坐兩旁，每人案前都放著一幀皇太極的國書。崇禎略帶笑意地說：「列位愛卿，皇太極的『乞和書』，想必都看過了。此事，有關大明王朝的春秋大業，朕想聽列位愛卿的高見，拿出個應對方略來。」崇禎說完，眾臣齊聲應道「遵旨」。接著有的沈默，有的彼此竊語，像在商議。洪承疇探首至周延儒耳旁，低語：「周大人聽清沒有，皇上把『和書』說成『乞和書』了。」周延儒沉吟說：「在皇上眼裡，那自然是乞和。」

崇禎目光轉動著，輕啜一口香茗，道：「列位愛卿，請吧。」那個病退的皇親顫巍巍起身，沙啞地叫著：「皇上，老臣認為，萬萬不能與蠻夷講和！」崇禎語氣溫和地說：「周皇親，你年老體弱，坐著說吧。」「謝皇上，」周皇親仍然挺立著說，「老臣氣得坐不住！皇上，列位臣工。自古漢夷不兩立。有漢無夷，有夷無漢！皇太極之輩，都是茹毛飲血之徒，不尊王道，不拜聖賢，豈能准他們乞和。」楊嗣昌接著起身奏道：「啟稟皇上，四十年前，皇太極之父努爾哈赤，只是大明建洲衛的一個『左指揮使』，萬曆皇上授其五品。而他竟然悖逆皇恩、背叛大明，其子皇太極更是罪惡滔天，竟敢自立大清國，甚至要同大明皇上講什麼和平共處。臣以為，一旦准許其和，則意味著我們自甘其辱，八旗軍十多年來燒殺掠奪的罪惡也一筆勾銷了！大明王朝尊嚴何在？王道何在？」楊嗣昌的慷慨陳辭獲得一片贊同。崇禎莊嚴地坐著，依舊不動聲色。又一大臣抓起那『國書』拍打著它，奏道：「啟稟皇上，此書表面上乞和，但內涵十分狂妄。皇太極不但要大明承認大清，而且還要大明開放邊關貿易，每年互通『歲賦』。簡直狂妄之至！滿清連做大明的屬國都不配，怎敢與大明平起平坐？」「更可惡是，皇太極在書中說，『如果大明拒和，就證明皇上想滅清，大清將被迫自衛……』」另一個大臣又站起來搶著說，「這與其說是和書，不如說是戰表。皇太極是在為入關南侵尋找藉口！」

眾臣都在斥罵皇太極，只有周延儒冷靜地保持沉默，一副胸有成竹的樣子。王承恩暗中始終注視著周延儒。崇禎依舊不動聲色，偶一側目，看見王承恩直視周延儒，便溫和地問道：「周愛卿有何高見？」周延儒作勢一嘆，說：「稟皇上，臣憂慮得很……」崇禎笑了，說：「是為皇太極憂慮麼？」「不。是為咱大明憂慮。」周延儒站起來深深一揖，道，「今日滿朝高論，說到底只有一個字：戰！而臣以為，治國者應該剛柔相濟、恩威並用，當戰則戰，當和則和。」此言一出，眾臣寂靜。

崇禎崇禎依舊聲色不露，說：「愛卿不妨直言，依愛卿意見，現在是當戰還是當和呢？」周延儒以為崇禎在默許他展開來說，於是，更加侃侃而談：「臣以為，大明最可怕的敵人並不是皇太極，而是中原腹地裡的萬千流寇。諸如高迎祥、李自成、張獻忠等輩，他們如飛蝗，如野草，大火燒不盡，春風吹又生。關外的滿清只是頑凶，關內的流寇才是大明的心腹大患。皇上啊，眼下國庫空虛，軍餉難支，朝廷不能南北都開戰，只能是一戰一和。要麼與流寇們和，要麼與皇太極和。」

周延儒瞥了一下皇上，只見崇禎一隻手撫弄著胸前那只龍虎玉佩，神情上似乎也看不出什麼，再環顧一片啞然的眾臣，洪承疇也垂首不語，忽然拿不準該不該說下去。這時，崇禎又開口問道：「那你認為，應該與流寇們和呢？還是與滿清們和？」周廷儒也就沒有什麼好猶豫，再好

說：「臣冒死進言，應當接受皇太極的乞和。」此言既出，眾臣一片嘩然，議論紛紛。

崇禎抬起一隻手，示意眾臣安靜，他巡視眾臣，問：「朕想知道，還有誰贊同議和？」眾臣因為不知皇上的意圖，你看看我，我看看你，都悶頭不敢出聲。一冷場，整個氣氛就不對了，周延儒顯得孤獨無援，他焦急地看著洪承疇。洪承疇卻垂首不語。看到崇禎皇上漸漸沉下來的臉，再看看一片啞然的眾臣，周延儒漸漸有些熬不住了，他轉過來催促洪承疇說：「洪大人，你在背後有那麼多話，怎麼到了御前議政時反而無話可說了？」眾人目光一下子聚集到洪承疇身上。

洪承疇沉著地說：「周大人說得不錯，臣在會前時的確表示過，『朝廷需要一段時間來富國強兵，因而，如有和平，當為上策』……」洪承疇的話讓周延儒稍稍感到一陣安慰，王承恩在旁邊卻不安起來。不料，洪承疇話頭一轉，說，「但是，議和需要一個前提，那就是滿清要有和平誠意。可從這封乞和書看，皇太極真有誠意麼？不！他是想借議和來逼迫大明正式承認大清。從此，他們就不再是什麼蠻夷部族了，而是堂堂正正一個大清國。將來再啟爭端便是兩國交兵，他們倚仗八旗鐵蹄破關南下，鯨吞大明的萬里江山。皇上，列位大人，這種『乞和』，是可忍孰不可忍！如果准和，近乎投降！」周延儒大驚失色，而王承恩則大大鬆口氣。

崇禎死死握著那只玉佩的手，因憤怒而有些顫抖，他儘量壓抑著道：「愛卿們都說了，朕今日正式表明心跡。皇太極狼子野心是想入主中原，鯨吞大明社稷，鯨吞祖宗江山。朕永遠不會承認滿清為國，永遠不會同皇太極議和！」崇禎一發力，竟然將胸前玉佩扯落，這時他已經再也控制不住自己，他也毋須再掩飾自己，咬牙切齒地說，「對付皇太極，朕只有三個字：戰——剿——滅！」崇禎唴嗟一聲將玉佩折斷，扔到堂下，恰巧落到周延儒面前。周延儒驚得發抖。崇禎怒喝道：「從今往後，誰敢議和，便是國賊，神人共憤，全國共討，朕將食其肉而寢其皮！」眾臣懍然應聲：「遵旨。」

這時，魯四入內，將一個信函樣的東西遞給王承恩。王承恩看了一眼，恭敬地呈放在崇禎案上。崇禎默默閱讀著，面色卻越來越難看了。那薄薄的紙頁裡到底寫了些什麼，眾臣惶恐不安。崇禎終於從紙頁上抬起頭來，怒視著周延儒，問：「周延儒，你認得一個名叫范仁寬的人麼？」「認得……他是臣幼年之交。」周延儒慌了神，強作鎮定地回答，「只是十多年前便被清兵擄走，聽說，已淪為多鐸的家奴。」

崇禎怒斥道：「范仁寬已經成為皇太極駕下首席漢臣，也就是說，他是頭號大漢奸！列位所看到的乞和書，就出自范仁寬筆下。」周延儒戰戰兢兢地跪倒在地，說：「皇上，臣與范仁寬素無交往！」崇禎冷冷地說：「急什麼，朕沒說你和他有交往嘛。王承恩，你拿給他看吧——朕嫌髒！」王承恩從案上取起那薄薄紙頁，柱杖步至周延儒面前，客氣地說：「周大人，這是范仁寬給您的私信，託奸商帶來的，不慎被關卡查沒。對不起噢，魯四他沒經過您同意，就打開來了。」王承恩將信放到周延儒案上，周延儒幾乎昏厥過去。

「退朝。」崇禎冷冷地站起身，大步離去，眾臣紛紛四散。只剩周延儒一人坐在那兒發呆。

乾清宮暖閣內，崇禎怒氣未消，王承恩侍立在旁。崇禎說：「那信是范仁寬寫給周延儒的，不是周延儒寫給范仁寬的。因而，僅憑此信，還不足以說他通敵。」「皇上聖明。老奴也認為，那密信只證明，范仁寬竭力在朝中尋找內援，並不證明周延儒是內奸。問題是，范仁寬為何不找別人而偏偏找上了周延儒？因為，他早已料定了周延儒主和啊。」崇禎默默點頭，說：「朕最恨的是他身為內閣大臣，竟不與朕保持一致，竟然想罷戰主和！」「皇上，老奴冒死直言……」王承恩似乎心有畏懼地說，「老奴覺得，想與皇太極議和的臣工其實不只他周延儒一個呀。」崇禎有點驚訝起來，他看了看王承恩，說：「你何以見得，今兒不是都表態了麼？」

「嘴上所說並不等於心裡所想。臣工們知道皇上歷來主戰，也都順著聖意說話。就他們個人利益而言，和比戰更有利。」王承恩略頓了一頓，說，「內閣大臣都是高官厚祿，位極人臣，誰不願意安安穩穩的做官呢？沒有戰事不是更太平嘛，省得天天擔驚受怕。」崇禎終於被激怒了。他聯想起吳三桂為救父五十三騎可以退敵，卻沒有哪個臣子肯為皇上盡忠盡孝，什麼君君臣臣父父子子，沒有誰真把國事看得比家事重。

崇禎站起來，在乾清宮暖閣內轉來轉去，臉色卻越來越難看了。他終於停止走動，大吼一聲：「誰懼戰，罷誰！」崇禎背對著王承恩，冷冷「哼」了一聲，「朕會給他們豎個榜樣，讓他們好好看看。」

內閣簽押房內，周延儒氣急敗壞地撲進來，伸手指向坐在椅上搖扇子的洪承疇，手指與聲音都在顫抖：「洪承疇，你你……你敢坑我！」洪承疇顯得多少有些委屈地說：「周大人，在下哪有那麼大本事，能坑得動您?!」「可、可你說過，皇上心裡是想『和』的……」「哎喲周大人，皇上心裡想什麼，您應該比我更清楚啊。您可是內閣首輔呀？」看著洪承疇一副無賴的腔調，周延儒頹然坐下，嘆了一口氣，說：「我知道，你早就投靠王承恩了。」窗戶紙既然捅破，說透了，洪承疇也就不再油嘴滑舌，他誠懇地說：「周大人，在下早就跟您說過，您鬥不過王承恩的。別看皇上把他打得半死，可到了關鍵時候，皇上只會拋棄您，不會拋棄王承恩的……」這邊正說著，魯四帶著兩個錦衣衛入內，喝道：「奉旨，將通敵賣國的奸賊周延儒拿下，交刑部審處。」

魯四等押著周延儒行進在宮道上，到了上回那個拐角處，周延儒步子變慢，他看見王承恩柱拐杖在那兒站著，像是來送行。……突然，王承恩扔掉了拐杖，健步迎上前來，笑道：「周大人哪，告訴您一個好消息，老夫的腿腳全好俐索了！您看，您看哪……」王承恩踢腿跺足的展示給周延儒看。周延儒恨得咬牙切齒：「王承恩，你比蛇蠍還毒！」王承恩幸福地笑道：「那當然，老夫是吃蛇蠍長大的。」周延儒恨恨地說：「早晚有一天，你會被皇上活活打死，打個稀巴爛！」王承恩點頭贊同，說：「這倒是完全可能。不過，您看不到那天了，是不是？」魯四怒喝一聲：「走！」周延儒被押送遠去。

王承恩望著他背影，不禁長長地嘆息。

牢欄內，周延儒枯坐在一堆乾草上，果然像牢吏說的那樣：不吃不喝，不說不睡，跟個泥菩薩似的。忽然，他聽到動靜聲，睜開眼，只見洪承疇提個木盒走來。周延儒又閉上眼，不睬洪承疇。牢吏打開牢欄，洪承疇入內，在周延儒對面坐下。然後打開盒蓋，從裡面取出一盤盤菜肴、酒具，擺了滿滿一木案。然後揖道：「給周大人請安。」周延儒睜了一下眼睛，又閉上。洪承疇道：「皇上有旨，令在下主審周大人的案子。」周延儒看來無法閉著眼睛了，他看了看一臺子的酒菜，說：「你就這麼審案麼？」

洪承疇一面給酒盅斟酒，一面泰然道：「不錯，我就這麼審案。」洪承疇舉起一隻盅，道一聲請吧。周延儒頓時明白了，他看看自己面前那隻滿滿的酒盅，哼了一聲，悲憤道：「從古到今，不知多少忠臣死於藥酒鴆毒……又豈是我周廷儒一個。」周延儒毅然取過酒盅，朗聲說：「請！」仰首一飲而盡。之後，仰著脖子，引頸待死。良久卻並無動靜。洪承疇也飲盡杯中酒，咂舌回味著說：「不愧是百年佳釀。周大人，你覺得味道如何？」周延儒不禁有了愧意，說：「是啊……好酒。周某錯怪你了。」「哪裡話，我要是你，也會那麼想的。請用菜。」周延儒稍稍撥了幾筷子菜，忽然念及一事，道：「洪大人，我家人怎麼樣了？」洪承疇晃著筷子，說：「吃吧吃吧，沒有什麼事，我心裡有數，殃及不到他們。周大人放心吧。」

魯四一腳踹開周府大門，喝道：「奉旨查抄周延儒府，周府上下人等盡行關押，所有物品全部封存！」太監們如狼似虎地衝入府內，將周府男女老幼們推搡到一邊，由執刀太監看押著。其餘太監們則朝深處衝去，只得一片乒乓的砸門破鎖、翻箱倒櫃之聲。魯四不可一世地來回走動，監視著太監們行動。

一個太監捧著一抱珠寶奔來，直捧到魯四面前，嘻笑著叫了一聲：「四哥！」魯四挑了兩樣揣進自己懷裡，再一揮手，那太監把其餘珠寶嘩啦一聲扔進蘿筐中。

又一太監捧著一摞書信匆匆奔來，說：「魯公公，小的找著罪證了！」「我看看。」魯四匆匆翻閱著太監懷裡的書信，不禁臉色大變。下令說：「收好了，全部交給王總管！」太監應聲，趕緊將書信放進旁邊一隻皮匣裡去，再鎖上。

牢欄內，周延儒與洪承疇已處於微醺之中，彼此交杯換盞，情投意合的樣兒。洪承疇道：「周大人哪，在下想跟你切磋一下時局。」周延儒已經半醉，笑道：「請吧。周某只要有酒喝，就愛談時局。」「你倒說說，這南方的流寇和北方的滿清，二者孰重孰輕？朝廷究竟應該『北戰南撫』還是『南剿北和』？」

「與滿清相比，中原流寇才是大明心腹巨患，應該南剿北和！」周延儒睜開那雙彷佛已經不勝酒意的醉眼，說，「別以為平臺議政時，周某那番話是瞎說說的，也不只是上了你的當，唉，只是這樣的道理，在不該說的地方，對不該說的人，說出來而已。」看著洪承疇不解的神情，周延儒搖搖頭，嘆了一口氣：「唉，看來不但皇上嫩，你更嫩哪，連『攘外必先安內』的道理都不懂！所謂滿清，說到底不就是那幾支八旗軍嘛？」

周延儒可是連插話的機會也不給洪承疇了，他又說：「八旗軍再厲害，也不過十幾萬人。眼下，根本攻不破大明的重重城關。但堡壘卻最容易從內部攻破，中原流寇有如燎原烈火，遍地饑民就是遍地乾柴。光是河南陝西兩省，就有五十萬到一百萬流寇，官軍剿平了這兒，那兒又冒出來。連年天災，朝廷黨爭，官吏貪污，外患不絕，都是流寇四起的原因。我估計，全國的流寇總數，超出官軍的十倍！真是剿不勝剿……。唉，流寇不滅，舉國不寧啊，朝廷的錢糧兵馬，全被流寇陷住了。」借周延儒嘆息之際，洪承疇終於插進來說：「冰凍三尺非一日之寒。這些國弊，可不是三兩年能消除的。」周延儒說：「皇上空懷壯志，想要振興大明。唉，誰不想呢，可一碰到戰略選擇，皇上就把尊嚴放在第一位，容不得皇太極立國，更不肯與之媾和。這樣一來呀，我看是既剿不了寇，也滅不了賊！大明日漸危亡矣……」

洪承疇忽然有點控制不住自己的情緒，說：「周大人，在下內心其實十分贊同你的南剿北和之策。」周延儒驚訝，接著憤怒了，他指著洪承疇的鼻子問：「那、那你在平臺議政時……」「那不是我說話的時候！」洪承疇似乎又恢復了常態。周延儒冷笑著：「你這兩面派！……你、你就不怕我稟報皇上？」洪承疇微笑：「不怕。」周延儒又是一飲而盡，長嘆道：「我看錯了你。你表面上裝嫩，實際上老奸巨滑！」洪承疇依舊微笑著：「周大人罵得好。告訴您，王承恩就沒有看錯我，他早說過我是個『刁徒』。因此，在這方面您又輸給他了。」

王承恩仔細審閱案上的書信，魯四侍立於旁。王承恩讀罷，氣得敲著書信道：「你看你看，都是與袁崇煥的書信往來！這周延儒比老夫想像的厲害呀，他跟人說，袁崇煥與老夫是一黨，實際上他倆早有私交。」魯四含蓄地說：「王公公，袁崇煥在大臣中結交很廣呀。」

「哪個總督不是樹大根深哪，何況袁崇煥……」王承恩說著將書信全部包好，說，「魯四啊，你明天就要到寧遠上任了，帶上吧！把它們全部交還給袁崇煥。」魯四接過書信包，有些不解地說：「這可是袁崇煥的把柄呀，您不留著？萬一……」王承恩搖頭一嘆：「你走馬上任，總得給袁大帥送點禮啊，這就是一件很好的禮物。」「謝公公！小的明白了。」王承恩叮囑道：「到任後，你名為監軍太監，但不可放肆，更不能得罪袁崇煥。他是大明的棟樑之材啊。」

洪承疇為周延儒斟滿最後一盅酒。晃一晃壺，空了。洪承疇舉盅道：「在下敬周大人最後一盅酒。」周延儒舉盅一飲而盡，讚嘆：「好酒！好酒！可惜沒有了。」洪承疇再次打開食盒，從中取出一隻帶蓋的玉盅。雙手遞到周延儒面前：「周大人請。」周延儒注視著眼前的玉盅：「這是什麼？」

洪承疇說：「在下的百年佳釀都已喝完了，這是皇上賜給您的『吉祥酒』！」周延儒酒一下子醒了，怒問：「我、我到底何罪？」洪承疇平靜地說：「通敵賣國。」「這是誣陷！王承恩的誣陷！難道你不明白麼？」

洪承疇長嘆一聲：「在下當然明白。但周大人您明白嗎？王承恩本事再大，也不能賜您吉祥酒。這酒……可是皇上賜的呀。」周延儒沉默片刻，酒意似乎又上來了，他乜斜著醉眼，雙手顫

顫地著取過鴆酒，揭開蓋，一飲而盡。接著，他陡然變色，掙扎著，倒地死去。

王承恩捧著一摞書信進入乾清宮暖閣，奉至崇禎案頭：「稟皇上，這是從周延儒府上查抄出的書信。」崇禎翻閱著，問：「周延儒有沒有與袁崇煥書信往來？」「老奴反覆查看了，他倆除了公文往來之外，竟然沒有什麼私交。對此，老奴也有些奇怪。」崇禎微笑著說：「也沒什麼奇怪的，周延儒一直視袁崇煥為閹黨。當初，朕要起用袁崇煥時，他還竭力反對。」王承恩似乎是恍然大悟，說：「老奴想起來了，要不是皇上聖斷，袁崇煥還真被周延儒壓制住了。」崇禎見王承恩還站著不退，便問：「你還有什麼事？」

「請皇上示下，周延儒的二十一口家眷，以及房屋財產怎麼處置？」看著崇禎詢問的神情，王承恩猶豫著說，「周延儒雖然有罪，但家眷尚屬無辜。皇上如果網開一面，那麼，不光周府上下盡感皇上天恩，而且各級臣工們也將深深體會到皇上聖明，恩威齊天。」崇禎斥道：「糊塗！如果寬赦他家眷的話，朕怎麼說他通敵賣國？」王承恩一驚，趕緊折腰說：「老奴確實糊塗了。」

「按通敵賣國罪懲處其家眷。叫刑部擬個條陳，該怎麼辦就怎麼辦？」崇禎說著揮揮手，「去吧。」王承恩沉重地朝門口走去，快出門時，忽聽得崇禎道：「回來。」王承恩趕緊回身：「皇上？」崇禎嘆了口氣，說：「幾年以後，朕再赦免周延儒吧……在此以前，不要讓他家眷吃太多的苦。」

王承恩深深揖拜：「是。皇上聖明！」

寧遠總督府內，魯四一身燦爛官服，側身坐在客座，身體與表情都顯不安。袁崇煥則高踞帥座，正在翻查那包信件。末了，袁崇煥抬頭笑道：「這份禮物確實厚重！魯四啊，本部堂謝謝你。」魯四起身笑道：「小的不敢當。」袁崇煥揮手道：「坐著說話。」魯四嘿嘿笑著坐下，剛坐下又起身：「小的站慣了……坐著說不出話來。」袁崇煥也笑了：「隨你。魯四啊，周大人還吉祥嗎？」「稟告大帥，周大人吉祥。皇上已經賞他『吉祥酒』了。」魯四說，「罪名是通敵賣國。」

袁崇煥默然。忽然仰天大笑，半晌才說：「通敵賣國？這是在警告那些主和的人哪！」魯四彎腰上前，殷勤地低聲說：「大帥啊，皇上不光是警告主和的人，連主戰的大臣們也害怕了。宮裡頭人心惶惶，不明白皇上為啥一下子發那麼大火。」袁崇煥靠近魯四問：「魯公公，您看皇上那是為啥？」魯四也用近乎耳語的聲音說：「小的只是瞎猜——大帥千萬別跟王公公說小的多嘴……」在得到袁崇煥肯定的回答後，魯四依舊低語說：「小的聽說，周大人之所以掉腦袋，不光因為主和，主要是因為看不起皇上，他說皇上嫩哪！」袁崇煥驚訝地看著他。魯四又說：「就是！周大人還說，皇上是天子，但做事要靠人臣來做。大帥您說說，敢這麼瞎咧咧，一萬個腦袋不也掉啦？」袁崇煥痛苦地說：「可不是麼。唉，……世上有許多話，就是用一萬個腦袋換來的。」魯四不完全懂袁崇煥的意思，卻響亮地贊同：「是是！大帥明鑑！」

「魯四啊。」袁崇煥正色道：「在我這做監軍太監，你打算怎麼個做法呀？」魯四嘿嘿笑了，說：「王公公已經吩咐了。王公公說，『魯四你啥也別管，只管吃肉、喝酒、睡覺，再有空，賭個錢釣個魚什麼的』……」袁崇煥哈哈大笑，說：「這王承恩真個了不起！魯四你願意這麼做嗎？」「稟大帥，小的簡直太願意了。一百個願意！一萬個願意！」袁崇煥高聲說：「那好！我給你一座大宅子，調八個勤務兵聽你使喚。每月，再發你三千兩銀子，供你耍著玩。」魯四大喜，撲嗵一聲跪下：「小的謝大帥！」袁崇煥有點鄙夷地扶起魯四：「噯，你也是個三品大員了。以後別再一口一個『小的小的』。」「小的、噢不……卑職遵命。」

總督府內室，夜。書房已變成靈堂，當中供著周延儒的靈牌。袁崇煥焚香叩拜，一拜再拜，泣道：「周兄啊，你是個耿耿忠臣，你死得冤哪。自古以來，每當強敵壓境、山河玉碎時，主戰者最能嘩眾取寵，即使戰敗亡國，他們也往往流芳百世；可主和者往往被舉國痛罵，誣蔑為通敵賣國，死了也遺臭萬年。所以，許多大臣即使心裡想和，嘴上也不敢說啊。只有您大膽說了，結果您也就『吉祥了』……」

袁崇煥長叩不起，痛苦萬分。

城牆上，軍士林立，刀槍閃爍，一座座紅衣大炮迎風高聳。城牆下，排立著一個個方陣。袁崇煥正在巡查城關，吳三桂與祖大壽伴隨在他兩旁……祖大壽自豪地說：「大帥請看，各營將士們軍容嚴整，鬥志高昂。清兵膽敢來犯，準打它個稀里嘩啦。」袁崇煥頷首滿意：「這幾個月來，整軍確實大見成效。」祖大壽試探地問：「大帥，您看我們是不是主動出擊一下，打到滿清那邊去？」袁崇煥微笑著問：「怎麼，你立功心切了？」祖大壽說：「多年來，都是八旗軍主動出擊，我們被動防守。這狀況也得改一改。」袁崇煥說：「是得改改。」「什麼時候出擊？」祖大壽似乎有些按捺不住了。

「等糧餉到位吧。」袁崇煥正聲道，「你們聽著，京城形勢逼人，我們必須打幾個大勝仗了。」「京城？」邊關消息閉塞，祖大壽顯得有些驚訝……袁崇煥平靜地說：「周延儒被處死了——因為他主和。」吳三桂擔心地問道：「會不會牽連到大帥。」袁崇煥自信地說：「這嘛，你們可以放心，本部堂不會重覆周延儒悲劇。本部堂的方略是『以戰謀和』，只要我軍連續打幾個大勝仗，就能逼迫皇太極真心向皇上求和。總之，沒有勝利就沒有和平，有了勝利，就什麼都會有。」祖大壽高興道：「跟著大帥幹，真它媽的痛快！」

吳三桂敬佩地說：「大帥明鑑！不過，末將還有個想法，總覺得不安……」袁崇煥停下腳步，駐足：「你說說。」吳三桂說：「在這裡，清軍肯定打不過大帥。可是，如果清軍繞過大帥，繞過咱們駐守的山海關，從蒙古邊境突入內地，那可怎麼辦呢？」

袁崇煥上上下下打量著吳三桂，說：「沒想到，你也有如此目光！」「末將冒昧。」袁崇煥說：「不。你剛才說的，正是我最擔心的事。你們跟我來。」袁崇煥與吳三桂、祖大壽圍在一副大地圖前。袁崇煥手在圖上畫動：寧遠城和山海關都是固若金湯，犯軍必敗。但是西北一帶的長城十分薄弱，尤其是薊門、遵化、喜峰口，關隘失修，兵寡將弱。如果皇太極繞道用兵的話，朝廷肯定是顧此失彼。袁崇煥顧盼一下吳三桂他們，說：「所以，我已經連上兩道奏摺了，請皇上迅速加強西北防衛。」

這時，幕僚入內奉上一函：大帥，這是剛從京城來的萬急廷寄。袁崇煥接過，迅速拆閱。接著，長嘆一聲，苦惱地說不出話。祖大壽與吳三桂正不知是什麼內容讓袁大帥犯愁？袁崇煥苦笑笑，說：「皇上倒是採納本部堂的建議，立刻下旨加強西北城防衛。」吳三桂大喜，叫一聲：好哇！袁崇煥說：「好是好。可是，兵部卻依照聖旨辦事，把該給我們的軍餉，調撥到西北去了。」祖大壽氣得大罵：「媽的！兵部這些狗官……」

吳三桂只有嘆氣的份了：「這樣一來，我們這兒又不知猴年馬月，才能得到糧餉了。」祖大壽也說：「沒有糧餉，那還出擊個屁！」袁崇煥沉思片刻，毅然道：「既然朝廷沒有糧餉，本部堂只有動皇上給予的『臨機專斷』特權，自行解決糧餉了。」吳三桂疑問：「大帥的意思是？」袁崇煥敲擊地圖某處：「皮島！那裡的糧餉堆積如山。」吳三桂驚訝地說：「皮島可是毛文龍總督的駐地呀……」

袁崇煥冷冷一笑：「不再是了。吳三桂、祖大壽。」

「末將在。」袁崇煥揚聲道：「傳命，升堂點將。取我的尚方寶劍來。」祖大壽、吳三桂齊聲：「遵命！」

一柄尚方寶劍架在帥座上方。鼓號聲中，眾將魚貫而入，排立兩旁。袁崇煥身著帥服升堂，到帥座前對著尚方劍深深一拜：「我皇在上，袁崇煥拜劍如拜天。今日，奉旨行使『臨機專斷』之權，以盡忠報國，效命王事！」袁崇煥拜罷，入帥座，巡視眾將，道：「宋軍機，公布毛文龍罪款。」

幕僚應聲上前，參見後展開一冊頁，高聲宣讀：查皮島總兵官毛文龍，二十年來，名為奉旨守邊，實為假戰真和，暗通皇太極，並與朝鮮等國走私謀利。同時，擁兵自重，割地為王，荼毒百姓，搶劫行旅。其部屬，下海便是海盜，上山便是山賊。以上九款大罪，款款罪無可赦！袁崇煥沉聲道：「弟兄們都聽見了。毛文龍獨霸皮島二十年，擁兵上萬，養寇自肥，金銀堆積如山。他名為守邊總督，實際上卻腳踩兩隻船，夾在大明皇上和滿清皇太極之間左右謀利。這個朝廷命官及其部屬，早已墜落成穿著軍裝的匪，打著皇旗的寇……」

眾多將領開始驚訝不已，聽著聽著，漸漸的，他們臉上浮現出欣喜的笑容，彼此互視，明白了袁崇煥的用意。

乾清宮暖閣，崇禎張著雙臂，太監正在侍候他更衣上朝。王承恩匆匆入內，不安地稟報：「皇上，袁崇煥六百里快馬急報，二十日凌晨，他請出皇上所賜的尚方寶劍，以迅雷不及掩耳之勢，一舉收伏皮島……」崇禎驚訝地問：「什麼？皮島是毛文龍駐地呀，又不是蠻夷，要他收伏什麼?!」「袁崇煥稟報說，毛文龍名為總督，實際暗中謀和，在朝廷與滿清之間左右謀利，是一夥穿著軍裝的匪，打著皇旗的寇。」

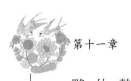

崇禎氣得一揮手，抽了更衣太監一耳光，將他驅開，對王承恩斥道：「毛文龍是匪寇還是官軍，應該由朕決定，不該由袁崇煥說了算。再說，朕也沒下旨讓他剿滅毛文龍。」王承恩低聲說：「皇上賜他臨機專斷特權了。」崇禎惱怒地問：「毛文龍呢？」王承恩回答：「已經死於尚方劍下。」崇禎氣得衝向宮門，前去上朝。王承恩快步跟隨。邁出門後，崇禎卻越走越慢，終於止步道：「袁崇煥為什麼要這麼做？」

「奏報上說，是為了掃除內患，一體聯防……」崇禎打斷他的話：「朕問他的真實動機！」王承恩囁嚅著說：「老奴、老奴認為，他是為了獲得糧餉。」崇禎冷冷地說：「他得到了多少？」「奏報上說，繳沒白銀四十萬兩，軍糧三十萬石，擬全部呈交朝廷。」崇禎瞪大眼睛：「就這些？」王承恩垂首道：「魯四密報，袁崇煥這次行動，繳獲了白銀六百萬兩，軍糧一百二十萬擔，還有投誠兵勇一萬二千餘人……」

崇禎怒道：「好麼，這下子他肥得流油了！」崇禎掉頭步入乾清宮。

王承恩急忙對站朝太監揮手，那太監急吼：皇上駕到，眾臣早朝！

乾清宮。崇禎鐵青著臉兒端坐龍座，眾臣在丹陛下怵然而立。楊嗣昌出班奏道：「啟奏皇上，臣彈劾薊遼總督袁崇煥。他欺君犯上，私斬邊關大吏。妄行不法，跡近反叛。臣以為，袁崇煥的皮島之罪，絕不能寬免！臣叩請皇上聖斷。」洪承疇出班奏道：「啟奏皇上，袁崇煥此舉雖然過份，但毛文龍罪過更大。多年來，他擁兵自重，割島為王，故意與滿清維持不戰不和的狀態，以從中謀利。此外，他搶劫、走私，無所不為。即使袁崇煥不除他，朝廷也應該除掉他。」

另一大臣出班奏道：「臣以為，問題不在於袁、毛之罪孰輕孰重，而在於，應該由誰來主持公義。袁崇煥此舉，表面上是『以惡除惡』，實際上等於替天行道，架空朝廷，侵犯皇權。袁崇煥應立刻撤職治罪。」又有一臣出班奏道：「皇上，自從袁崇煥鎮守寧遠以來，東北安定，滿清再不敢侵入內地，這都是袁崇煥治軍守邊之功。如果因皮島之變而罷免袁崇煥的話，那麼，暗中竊喜的只能是皇太極了……」

崇禎原本就一肚子氣，見眾臣這麼一說，更是怒容滿面。王承恩見狀，心內不禁焦慮萬分。楊嗣昌再次出班道：「皇上。周延儒之事剛剛了結，卻又出現了袁崇煥。臣以為，袁崇煥的輕君枉法，比周延儒有過之而無不及。長此以往，豈不是要變成君不君、臣不臣、文武上下各行其是了麼？」崇禎再也忍受不住，怒喝一聲：「錦衣衛?!」宋喜立刻上前回話：「卑職在。」崇禎厲聲道：「速去寧遠傳旨……」

這時，崇禎耳邊響起一聲顫呼「皇上！」崇禎扭頭一看，王承恩正俯在身邊，捧著一碟手巾，抖抖擻擻地遞上來。同時焦急地低語：「皇上，用手巾，這天太熱了。」崇禎慢慢接過手巾，指著額頭上的汗，漸漸悟到王承恩請他「冷靜」的意思。指畢，崇禎將手巾擱進碟中，接著道：「宋喜，著你赴寧遠傳旨。薊遼總督袁崇煥剷除內患，收歸皮島，一體聯防，忠君報國，朕心甚慰……」眾臣或驚或喜、或怒或沮喪，表情各異。王承恩長鬆一口氣。

崇禎沉吟片刻，又道：「袁崇煥上交的四十萬兩白銀，全部賞還，用做寧遠軍餉。此外，朕加賞袁崇煥蟒袍玉帶，加授大學士、太子太保！朕希望他體查天意，盡忠報國，加速整軍備戰，趕緊打幾個大勝仗，以俯朕殷殷厚望。」宋喜道一聲「遵旨」，退下。

崇禎痛苦地躺倚在龍座上，手捂胸口，隱痛不已。王承恩趕緊朝眾臣喝道：「退朝！」

眾臣在議論紛紛地魚貫而退。突然，門道那兒閃出一個兵部章京，執奏摺奔進乾清宮。一邊跑一邊慌叫：「邊關萬急！西北邊關萬急……」已經步出宮門的洪承疇，聽到此「惡報」，驚得又掉頭回來。眾臣見狀，也跟著洪承疇往回奔。於是，一串人統統跟在章京後面，亂紛紛奔回乾清宮。

崇禎仍在龍座未動身，手裡捏著一團手巾。兵部章京慌慌地稟報著：「……四月十八日，皇太極親率上三旗精兵，繞過山海關，取道蒙古，由西北破關南下，數日間連克薊門、遵化、喜峰口等城關。五品以上寧城將領，半數陣亡，半數自盡……」

崇禎大怒，在群臣堆左看右看，看見了楊嗣昌，顫聲斥道：「袁崇煥早就奏報西線空虛，朕也早就令你們加強防線，你們是如何布防的？」楊嗣昌跪倒在地，畏懼地揖首：「臣有罪……臣正在布署，可清軍來得太快了。」崇禎見眾臣面面相覷，一籌莫展，怒火中燒，厲聲道：「傳旨，令袁崇煥趕緊馳援喜峰口，剿殺皇太極！」楊嗣昌如蒙大赦，連忙叩拜：「遵旨。」

崇禎朝龍座後一靠，疲乏地嘆道：「只有一個山海關，一個袁崇煥，這可怎麼行啊……朕太累了。」

王承恩上前扶住崇禎，再次朝眾臣喝道：「退朝。」

眾臣議論紛紛，再次魚貫而退。突然，門道那兒又奔出一個兵部章京，他手執奏摺急奔入宮，沿途大叫：「陝西巡撫陳奇瑜，十萬火急奏報……」已經步下玉階的洪承疇，聽到此「奏報」聲，又驚得止步掉頭，再次跟隨章京奔回宮。眾臣見狀，又跟著洪承疇往回奔。於是，一大串臣工們都尾隨在章京身後，亂紛紛重返乾清宮。

乾清宮內，崇禎已聽到聲音，他痛苦地道：「又來了！真是福無雙至，禍不單行啊。」那章京氣喘吁吁地拜倒在龍座前：「啟奏皇上……中原、中原……」崇禎不知來的什麼消息，急忙催道：「快說。」章京終於緩過氣來，奏道：「中原大捷啊！」崇禎頓時雙眼生光，直起身，問道：「什麼什麼？你慢慢說！」

陝西巡撫陳奇瑜，十萬火急奏報皇上。四月十五日，陳奇瑜親率三萬官軍，將匪首高迎祥、李自成、張獻忠、上山虎、滿天星、一塊鐵、草上飛、逼上天、老將軍等十二支流寇（章京念姓名時，崇禎眼珠子越瞪越大！）……總計十萬人馬，全部圍困在陝川邊境的車廂峽中！那兒是一處絕地，上天無路，入地無門，插翅難飛。陳奇瑜稟報說：「流寇已人困馬乏，正在垂死掙扎。如果朝廷能夠迅速給他補充兵餉，他保證半月之內，將流寇一網打盡！從此，中原安定，永保太平。」

崇禎才放心地朝後一靠，咯咯地笑了。王承恩激動地說：「皇上，這可是天大的喜訊啊！」

崇禎高聲道：「楊嗣昌。」楊嗣昌奔出列。「著兵部星夜兼程，立刻給陳奇瑜補充兵馬糧餉。」楊嗣昌為難地奏道：「請皇上示下，這一撥兵馬糧餉從哪兒出啊？」崇禎毅然地說：「將原定調往西北關防的兵馬軍餉，大部交給陳奇瑜！令他一鼓作氣，徹底剿滅流寇。」

崇禎起身。王承恩趕緊第三次喝道：「退朝！」

眾臣再次議論紛紛地步出宮，步下玉階。突然間，眾臣如驚弓之鳥，統統停口止步，不約而同地望宮道那兒。宮道那兒空空蕩蕩，再無人前來飛報了。眾臣鬆口氣，又不約而同地訕笑起來，朝宮外走去。這一次，他們的退朝終於退成了，他們說說笑笑，幸福地離開了乾清宮。

君臣們總算是退朝了，但北面的清兵和南方的義軍卻同時登場。崇禎雖然對袁崇煥產生了深深的懷疑和提防，卻不得不依靠他去抵擋皇太極……

第十二章

陝西車廂峽有如一個大車廂，兩邊俱是險峻高山，只有當中一塊葫蘆狀平地。李自成與部將劉宗敏警惕地從草叢中步出，兩人一邊走一邊仰察兩邊山勢與敵情。劉宗敏不時地指著山鋒道：「大哥，你看！」李自成仰首望去，隱隱可見山脊上閃爍刀光與戰旗。忽然，劉宗敏將李自成朝後猛地一拉：「大哥……」一排利箭「嗖嗖」地射來，深深扎入他們面前泥土中！李自成沉著地朝上看看，說：「好厲害呀，官軍的警惕性很高。這兒不能突圍了……退回去吧。」

山脊上是官軍陣地，到處布滿強弓大弩，到處是執刀持槍的兵勇。山西巡撫陳奇瑜在幾個總兵官陪伴下，正在巡查戰情。他們來到一處掩體內。伸頭朝山下探看。

陳奇瑜道：「諸位軍台，中原流寇絕大部分都被圍困在峽谷裡了。特別是，他們的首領高迎祥、李自成、張獻忠等人，都成了咱們的甕中之鱉。再過些天，朝廷援軍一到，咱們就發起總攻，將他們一網打盡。」一個總兵奉承著說：「到那時，陳大人就立下蓋世奇功了。連袁崇煥也不能和大人相比。」陳奇瑜微笑著：「到那時，本堂要做的第一件事，就是上奏皇上，保你們官升三級！」幾位總兵官大喜。陳奇瑜又說：「但你們切記著，所有的榮耀都伴隨危險！如果此戰失敗，放跑了流寇、特別讓賊首溜走的話，那你我罪過可就大了，皇上非重辦我們不可。所以呀，你我後半輩子的富貴尊榮，盡在此一戰。你我只能成功，不許失敗。」幾個總兵齊聲應道：「末將遵命！」

陳奇瑜望望天，說：「天道助我，好自為之吧。」「大人，朝廷的援軍何時能到？」另一個總兵擔心地問，「賊寇們的糧草都耗盡了，已經在殺馬充饑。末將擔心，萬一困獸猶鬥、狗急跳牆……」

「說是快則五天，晚則十日。」陳奇瑜忽然嘆了一口氣，他立即意識到在這樣的場合下是不適合嘆氣的。轉口說：「別萬一了。照我看。困獸必然搏鬥，狗急必然跳牆！因此，你們應當處處小心，不給賊寇們可乘之機。前面說話的總兵建議說：「末將有個想法，我們應當以攻為守，不斷地向峽谷發起衝擊，讓賊寇們以為我們要總攻了，因而只顧防守，不敢輕舉妄動。」陳奇瑜轉過臉來誇了一句：「好主意，你們就麼辦！」

義軍老營。李自成與劉宗敏來到一道山谷中，只見到處躺著乾渴、饑餓的部屬。他們個個沉悶不語。一些傷兵在昏睡中不斷發出痛苦的呻吟……李自成問：「宗敏，咱老營還有多少弟兄？」劉宗敏難過地說：「全在這了，總共不到兩千人。」

「人然雖不多了，但他們都是從血戰中殺出來的弟兄，都是最棒的……」劉宗敏接過李自成的話頭：「大哥，自從起事以來，咱們大大小小打過幾百仗，還從沒遭到過這麼大的損失哪……」

李自成不由地立定，看著劉宗敏，問：「你想說什麼？」「你、你覺得，咱們這回能突出去麼……」劉宗敏顯得有些憂慮。李自成好像沒有注意到他的憂慮，堅定地說：「我以為我們不但能突出去，而且能夠發展壯大。最終，還得打進北京城，奪取天下呢！」劉宗敏呵呵笑了：「有大哥你這句話，兄弟我開心多了。」

這時候，山谷深處傳出一串慘痛的叫聲：噢噢……

李自成沉著聲，跟劉宗敏交換一個眼神：「走，再瞧瞧重傷號去。」

在一處天井般深谷裡，躺著一片昏迷不醒的重傷戰士。幾個女義軍正在為一個傷號裹紮斷腿，他痛得「噢噢」慘叫。當李自成他們來到他身邊時，他已經痛死過去。領頭的義軍女將領上前參拜李自成。李自成低聲問：「這些兄弟還可救麼？」女將領痛苦地說：「早就斷藥斷糧了，如果不能突圍，他們只有死路一條。」李自成又問：「突圍的話？他們能不能行走？」女將領：「除非抬著。」劉宗敏不安地說：「這恐怕不行。每兩個弟兄才能抬著一個傷號，這樣一來，三個人都不能作戰。」女將領一臉怒色地斥道：「劉大哥想把這些弟兄拋下？」劉宗敏無言以對。

這時，傷兵堆裡傳來一聲呻吟：「自成哪……自成，你過來！」李自成看見一個老兵躺在草堆上，掙扎欲起。他急忙步近，扶起他，說：「三叔，侄兒在這。」老兵呻吟著，問：「告訴我實話，義軍陷入絕境了吧？」李自成看了一下劉宗敏，實話對他說：「十二支義軍都被堵在車廂峽裡。官軍封住了峽口。」「能突出去麼？」李自成回答：「必須突圍！能突出去多少是多少。」老兵嘆道：「明白啦……自成啊，老營有條規矩，寧死不做俘虜。」李自成垂下頭，劉宗敏也垂下頭。那女將領也上前來安慰那老兵：「你安心歇著，李大哥他們正在想辦法。」老兵抓著李自成的手，說：「別耽誤時間……自成，你讓人取『聚義丹』來吧。」李自成失聲叫了一聲：「三叔……」就再也說不下去了。「快！自成……別猶豫啦。再說，我們也痛得厲害……」老兵又陷入昏迷。李自成輕輕放下老兵，沉思片刻，抬頭命令那女官：「拿聚義丹來吧。三叔說得對，只能這麼辦了。快去。」「大哥……」女將領已經泣不聲：「連、連聚義丹都不夠分的。」李自成說：「不管剩多少，全部化進泉水。」

……女將領掩面而去。

那女將領提著一隻小口袋跪到泉眼邊，解開繫繩，將袋裡面的丹藥全部傾倒進泉池中。丹藥入水，發出嗤嗤之聲，並冒起熱氣。女官接著伸進一根木棍，在水中不停地攪著。那水便越攪越黑，越攪越黑……身邊的女兵問女將領：「姐，為什麼叫它『聚義丹』哪？」女官悲哀地說：「服用了它以後，就會『乾坤相合，英雄聚義。』無論誰，都永遠不會有痛苦了。」「毒藥?!」那女兵發出驚叫。

「是的。義軍弟兄們在最後時刻，只能用它結束自己的性命……」

深谷裡，傷號陸續醒來，他們呻吟著，呼喚著：「李大哥……自成……宗敏兄弟……」李自成撲嗵一聲跪在他們當中，含淚道：「弟兄們，你們都和我奮戰多年了。這種時候，我必須告訴你們實情。現在，官軍已經把義軍團團包圍，連闖王高迎祥也被圍在車廂峽裡。我李自成……無法帶你們突圍了……」李自成顯得痛苦而內疚。在李自成說話過程中，不斷有其他傷兵從外面爬進來，一起傾聽。李自成沉痛地說：「大夥都知道，義軍弟兄一旦被俘，官軍要麼把我們砍頭示眾，要麼就活埋。現在，姐妹們為弟兄們準備了聚義丹，請弟兄們自作決定。」傷兵互視著，有的不禁落淚，有的垂首發呆。有人叫道：「老子寧死不當俘虜！」也有一些人早就忍不住，呻吟催促著：「快，快拿來！」

泉池邊，女將領仍跪在地上在用木棒攪水。同時，她自己的淚水也不斷掉入泉水中。泉邊原本有一溜綠油油的草葉兒，現在卻已全部發黑死去。可見這丹藥之兇猛。兩個女兵各捧一隻大盤——盤上擺著大小不等、帶著各種碰缺的碗。她們也跪到女官旁邊。女官拿過一隻勺子，伸進泉池，舀出一勺勺黑水，放進碗中……

一個女兵捧著那一碗碗黑水離去。女官再往另外女兵的碗中舀黑水……漸漸的，泉池的中的水幾乎被舀空了。發出銅勺刮地的聲音。

女兵低著頭將碗捧至傷者面前，傷者們掙扎著爬起身，一個個接過破碗，勇敢地將黑水喝盡。接著，他們臉色巨變，呻吟著，痛苦倒地死去……李自成始終跪在地上，仰面望天，咬牙切齒道：「弟兄們先走一步，到上蒼與神靈們相會吧，李自成發誓為弟兄們報仇！日後，你我在天上喝酒，盡醉盡歡……」他難受得說不下去了，垂首悲痛。

山谷中留下一大片屍體。

劉宗敏走到李自成身邊，低聲稟報：「大營傳令，闖王高迎祥請各位首領前去開會。」李自成擦淨淚站起來，大步走出山谷。

義軍營地。一座大磨盤，四周圍坐著張獻忠等十多個義軍首領，個個神情嚴肅，心情沉重，其中有些已帶傷。高迎祥坐在唯一的椅子上，正舉目觀望，正看見李自成與劉宗敏走來。李自成悄悄走到高迎祥旁邊，盤腿坐在一塊殘石上。高迎祥劇烈咳嗽一聲，吐出一口血，暴露出已受內傷，他用腳把血劃拉掉了，沉靜地道：「各位兄弟，現在形勢非常嚴峻，咱們十二支義軍，將近十萬弟兄被官軍壓縮圍困在車廂峽。南北兩頭的峽口都伏有重兵，東西兩邊山上也是大炮和強弩。還有，咱們的糧草也吃完了，傷兵無藥可醫，人心浮動。各位兄弟說說，咱們該怎麼辦？」眾首領半響不吱聲。劉宗敏按捺不住，大聲道：「突圍呀！不突出去，窩在這兒只能是死路一條。」高迎祥搖搖頭：「突圍已經失敗了。」李自成驚訝地看高迎祥。

高迎祥說：「黎明時，張獻忠領著本部自行突圍，被官軍打回來，傷亡了兩千多個弟兄。」李自成注視張獻忠，問：「獻忠大哥，這是真的嗎？」張獻忠不看他，粗重地道：「是又怎麼了？」李自成臉色沉了下來：「這可不大好哇。突圍需要大夥統一行動，可你連個招呼都不打，自己就幹開了。」其他義軍首領也一個個臉色不好看了。張獻忠訕笑著解釋說：「東南口子官軍薄弱，我想衝衝試試。」

高迎祥微笑著：「獻忠兄弟，你部下人數最多，如果你們突出去了，剩下的弟兄怎麼辦？」李自成又說：「更糟糕的是，你沒有突出去，卻引起官軍加倍提防，東南口子肯定也給封死了，這可是唯一的縫隙。」劉宗敏臉早就氣青了，冷冷地說：「張爺，你這是只顧自己，不顧別人！」其他首領們也冷嘲熱諷地議論：張爺人多啊，想顧也顧不過來。……我看，闖王的位置讓給張爺算了！張獻忠氣急敗壞地跳起來：「放屁，老子是為自己的弟兄負責！」高迎祥不再微笑了，他抬抬手，待大家都靜下來，說：「各位首領，現在不是追究責任的時候，應該把心思都集中到突圍上來。」

李自成說：「在下建議，從現在起，咱們都得統一行動，一切聽從闖王號令。否則的話，會被官軍各個擊破。這可是存亡之際，非常時期啊……」各路首領都表示同意，說：……早該如此！……就這麼著！目光又集中到張獻忠身上。張獻忠咯咯地怪笑，道：「甭看！甭看，兄弟我從來聽從高大哥號令。沒有高大哥，哪有我張獻忠的今天？啊……」「謝了，高迎祥誓與十萬弟兄生死與共！」高迎祥朝四周一揖，說，「各位，義軍與官軍目前正處於僵持狀態。官軍包圍我們已經四天了，為什麼還不發起攻擊呢？依我之見，他們不敢，十萬義軍要是拼起命來，頂得過三、四十萬官軍。他們在等，等什麼呢？一是等我們餓得動彈不了，二是等朝廷的援軍。援軍一到，他們就敢攻進峽谷裡來了。所以，我們時間不多了，一切行動，都得趕在朝廷援軍到來之前。」

李自成說：「闖王說的對，現在好比是『細麻杆打狼——兩邊怕』，裡面的義軍怕官軍總攻，外面的官軍更怕義軍突圍。」「突圍是甭想了。」張獻忠搖搖頭說，「這鬼地方山勢險要，一夫擋關，萬夫莫開。東西兩邊的山上布滿紅衣大炮和強弓硬弩，我可是試驗過，連飛鳥也難逃啊。」劉宗敏又吼起來：「叫我說，拼了算啦！能拼出去幾個算幾個。」一義軍首領嘆氣：

「唉，糧草已盡，連戰馬都吃光了，窩在這裡只能是死路一條。」另一個義軍首領：「說句丟人的話，咱們不如就此散夥，落草為寇。先躲過這一關，以後再造反嘛。」有人插嘴取笑他：「你想得美，在屁股大點的峽谷裡，你做什麼草寇？再說，官軍還不得進來剿麼，你逃都沒處逃。」眾首領議論了一陣，又陷入沉默。這時，張獻忠又兀自咯咯地怪笑了。高迎祥問：「獻忠兄弟有主意了？」「有那麼一丁點。」張獻忠笑著說，「不急，請其他首領先說。」「張爺又在賣弄！」

張獻忠拍拍大腿，說：「我不是剛犯過錯誤嘛，應該等各位都說完之後，我張獻忠再獻醜。」李自成笑道：「獻忠大哥這麼自信，定有好主意。」眾首領一片聲催促：「別賣關子了，說吧。……張大哥，快說！……再不說，打你個臭嘴！」張獻忠唉聲嘆氣地一個勁推辭，直等氣氛造足，這才慢悠悠地作請示狀：「闖王，各位首領，既然如此，在下就斗膽放屁嘍……」眾首領罵道：「去你媽的，快！」

「其實在下也沒什麼香饃饃，就一塊臭豆腐——也許它聞著臭，但是吃著香！」張獻忠看了看眾人說，「眼下戰不能戰，逃也沒法逃，那就只剩一個法子了，降。」眾首領都大為驚訝：「投降？」張獻忠說：「別大驚小怪！咱們起義造反為什麼？還不就是為了有個出頭之日。今天熬過不去了，為何不向朝廷要求招安？在座的各位都混個三品五品的，十萬弟兄也統統改編成官軍，大家有吃有喝，生死無虞。將來到邊關上一刀一槍，也好為國立功。當年水泊梁山，一百零八將不都被朝廷招安了麼？」

高迎祥李自成驚訝地互相對視一下。

眾首領又開始議論紛紛：

張大哥的話有理，咱不能一輩子做賊啊，總得有個正宗營生。

此刻我們還有十萬人馬，正好要脅朝廷。等到官軍把我們殺得差不多了，我們想招安也沒得招了。

這主意確實是塊臭豆腐，你們不吃，爺吃！……

劉宗敏跳了起來：「放屁！官軍殺了我們這麼多弟兄，一眨眼，咱自個倒成了官軍了！對得起死去的弟兄們麼?老子不幹！」一義軍首領說：「老子也不幹，老子寧願戰死也不投降！」劉宗敏看看還有人想嚷嚷什麼，罵道：「誰想招安，誰它媽的就是叛徒！」張獻忠接了劉宗敏的話道：「話不能這麼說。起事之前，咱在座的好些就是官軍。高大哥做過朝廷命官，李自成做過南關衛千總。這世道就這樣，今日是義軍，明天成官軍。後天吶，官軍又成義軍了。嘿嘿……義軍官軍分不清！」幾個首領跟著哈哈大笑，也有幾個首領憤然唾罵。在座者分成兩派，劇烈爭執。

劉宗敏撲到張獻忠面前：「我操你媽……」兩人正要打起來，被身邊人強行拉開。高迎祥始終沉默不語，李自成不時觀察著高迎祥神情。正在這時，幾個義軍端來大罈大罐的酒飯。高迎祥趁機道：「先吃飯吧，吃完飯再商量。」眾首領嗅著鼻子驚叫：「好香呵！……呵，還有酒！」李自成告訴大家，為了讓各位首領飽餐一頓，闖王把自個坐騎殺了。眾首領非常感動地：「謝闖王！……」高迎祥說：「各位兄弟吃飽喝足嘍，才好殺敵呀！」眾首領略一謙讓，都狼吞虎嚥地吃肉喝酒。

高迎祥朝李自成使一個眼色，兩人先後起身，走到不遠處的茅棚中，站住了。高迎祥問：「自成兄弟，你為何不說話？」「沒向闖王稟報之前，在下不好當眾說。」李自成看了看高迎祥，說，「眼下形勢，突圍不大可能，只剩下『戰』與『降』兩策。」高迎祥問：「那你主張『戰』還是『降』呢？」

「降！」見到高迎祥驚訝的樣子，李自成說，「但我主張的『降』不是投降，而是『詐降』。在下認為，投降萬萬不可！一者，對不起無數犧牲的義軍兄弟；其次，投降之後，也不可能得到朝廷信任，朝廷會以『改編』為名，將投降的義軍分別處置掉。」高迎祥說：「這是當然的。宋江他們的悲劇，不能在我們身上重演。」「所以，唯一的辦法是『詐降』。眼下我們雖然衝不出去，可官軍也不敢進峽谷，雙方都互有顧忌，都怕遲則生變。如果我們遞上降表，陝西巡撫陳奇瑜肯定大喜，准我們出峽谷投降。只要一出峽谷，那就是龍出生天，十萬義軍等於十萬虎狼，就有指望突圍了。」

高迎祥笑著對李自成說：「主意是個好主意，但風險太大。一旦被官軍瞧破了，他們正好可以把我們一網打盡。」李自成說：「生死關頭，只能冒險。」高迎祥沉吟著，說：「還需要一位首領親自出馬，把降表遞送給陳奇瑜，這才容易得到他的信任。可這也是隻身入虎穴啊……」李自成笑了笑，說：「闖王何須過慮，這差使你就交給我吧，我去。」高迎祥盯著李自成，良久才說：「知道嗎？如果陳奇瑜生疑，你立刻就會被亂刀分屍。」李自成平靜地回答：「我知道。」

寧遠總督府。一幅大地圖半邊搭拉在案上，半邊下垂。祖大壽等將排立大堂兩旁。袁崇煥以指叩案，面色沉重地道：「皇太極取道蒙古，由西北破關南下，數日間連克薊門、遵化、喜峰口。而朝廷一時間又調不出兵馬，西北防線，我看是必垮無疑了。」祖大壽說：「大帥早就上過摺子，建議朝廷加強西北邊關。現在，我們東線穩如泰山，而西北城關卻失守了，這不是我們的責任。」

「不能這麼看。」袁崇煥搖搖頭，「整個邊關是一個整體，西部被攻破，東線也就失去依託，陷入戰守兩難的尷尬境地。如果本帥所料不錯，就這幾天裡，皇上必有旨意，要我們支援西北。這樣一來，我們出兵攻打滿清的計劃，又要延遲甚至放棄了。」

吳三桂插言：「稟大帥，皇太極既然出關南下，我們就不能北上進軍麼？趁虛而入，打到滿清老家裡去。這樣一來，也等於在支援西北防線。」袁崇煥露出欣賞的微笑，說：「本帥何嘗不想如此！可是，長途進襲，需要戰馬呀。本帥用皮島得來的銀子，向蒙古購買兩萬匹戰馬，再快也要半個月後到。劉軍台，現在我們有多少戰馬？」劉軍臺上前道：「稟大帥，各鎮衛全部戰馬加起來，不足六千匹。」袁崇煥嘆道：「心有餘而力不足啊！如果走在半道上，清軍截擊，那就麻煩了。」吳三桂也嘆道：「沒有騎兵，只能守，不能攻。」

祖大壽恨恨地說：「朝廷要是早加強軍備就好了，何至於今天這樣乾著急。」這時候，府外傳來一陣長喝：聖旨到！……袁崇煥與眾將交換個眼色，心想說道曹操曹操就到了。錦衣衛軍台宋喜昂然入內，高喝道：「著薊遼總督袁崇煥接旨！」

袁崇煥整衣撣袖，上前跪地指旨。宋喜展開聖旨宣道：「薊遼總督領兵部尚書銜袁崇煥，為保國安民，一體聯防，斷然收剿皮島匪軍毛文龍部，朕覽奏甚慰。著將皮島所獲白銀四十萬兩、糧草一百萬擔全部賞作遼東糧餉，並加賞袁崇煥蟒袍玉帶，加授大學士、太子太保……」袁崇煥彷彿不相信自己的耳朵，抬頭驚訝看著宋喜。宋喜繼續宣旨：「……近日，蠻夷皇太極悍然引兵南下，連破西北城關。著袁崇煥速率精兵星夜馳援喜峰口，痛剿皇太極所部，不得遲誤！朕希望袁崇煥仰查天恩，奮勇殺賊，盡忠報國，速奏捷報。欽此。」

袁崇煥叩首：「臣領旨！」宋喜將聖旨遞給袁崇煥，並滿面堆笑地揖道：「末將恭喜大帥皇恩不斷，步步高升！」「謝了，謝了。」袁崇煥一邊微笑著，一邊把宋喜往裡讓：「宋軍台一路辛苦，請客房休息吧。……來人哪，設宴侍候著！」立刻有人上前將宋喜延入內室。袁崇煥沉吟道：「皮島的事，皇上不會降罪，這我料到了。可加授大學士、太子太保，這我真沒料到……」

祖大壽上前笑道：「恭喜大帥。」袁崇煥卻一點喜色也沒有，沉聲說：「喜什麼？……賞賜越重，我越是毛骨悚然！」吳三桂問：「大帥，皇上令我們馳援西北，這怎麼辦？」袁崇煥道：「立即集中所有戰馬，本部堂親自領兵馳援喜峰口。」祖大壽上前請命道：「大帥不可輕動，末將願去迎戰皇太極！」袁崇煥搖搖頭，說：「皇上點著名要我去，我如不去，皇上會疑心的。這大學士、太子太保，可不是是白給的。」吳三桂說：「末將願隨大帥同去西北。」

袁崇煥沉吟片刻，說：「聽令。本部堂出行之後，寧遠防務由祖大壽一體負責。如有清兵侵犯，你任何時候都不准出城接戰！吳三桂隨本部堂同去馳援西北。傳命，兩個時辰以內，援軍必須開拔。」

祖大壽、吳三桂上前一步，揖道：「遵命。」

寧遠城城頭突然鼓號大作，城門轟隆隆拉開。袁崇煥策馬率先奔出城門。吳三桂跟隨在後，再後面，則是浩浩蕩蕩的騎兵，刀槍閃爍。再後面，則是一輛輛戰車，車上拉著一尊尊紅衣大炮……佇列中夾雜著監軍太監魯四，他東張西望，心神不定。

袁崇煥與吳三桂並排策馬行進。袁崇煥面色沉重。吳三桂幾次觀看袁崇煥臉色，欲言又止。直到袁崇煥開口：「吳總兵，你有什麼話就直說吧。」吳三桂在馬上欠身道：「是。稟大帥，我軍馳援喜峰口，末將認為有兩種援法。」袁崇煥扭過來頭看著他。吳三桂說：「一種是星夜兼程趕著去。但喜峰口距這裡五百多里地，我軍最少需要四天，等我們趕到時，皇太極很可能滿載而歸了。我軍卻戰馬疲憊，勞而無功……」袁崇煥問：「如果他還沒有退兵呢？」吳三桂猶豫地說：「那……稟大帥，皇太極有數萬兵馬，我們不足六千，孤軍深入，風險極大。」

袁崇煥笑了：「你一定是建議第二種援法了。說吧。」「第二種援法是且走且停，每日只行七八十里，放皇太極離去。我們跟在清兵後面，大張旗鼓地追殺。這樣，也可以向朝廷交代了。」袁崇煥微嗔道：「吳三桂，我一直認為你是一員虎將，怎麼也懼戰了？」吳三桂說：「稟大帥，末將絕非懼戰！末將認為，此次馳援西北，我軍準備不足，完全是因為清兵破了我們城關，朝廷為保住面子才不得不迎戰皇太極，而且並無絲毫勝算。」袁崇煥感嘆地說：「吳三桂，你有膽有識，敢言人之不敢言。好好努力吧，將來肯定是大將之才。」

「謝大帥！那你認為末將說得對囉？」吳三桂有點不明袁崇煥說話的意思。袁崇煥說：「你說的完全對。，不過，本部堂也有兩種援法，你也幫著斟酌一下。」袁崇煥對吳三桂說：「一種是直趨喜峰口，迎戰皇太極；第二種是，根本不去喜峰口，而是直奔其西北面的蒙古邊境。那兒有一道山隘名叫雙尖口，是皇太極班師的必經之地。我們在雙尖口設伏，打他個措手不及……」吳三桂驚喜大叫：「好，太好了！」袁崇煥微微一笑，說：「雙尖口一帶地形，本部堂十年前就瞭如指掌。到時候，你我各領三千騎兵，伏於東西兩側。等清兵通過三分之二，打他剩下的三分之一！這樣，不但是攻其不備，而且是居高臨下，以逸待勞，以多打少。此戰，才必勝無疑。」

「大帥呵……末將敬佩得五體投地！」袁崇煥擺擺手：「還是感激皇恩吧，咱們也該讓皇上高興高興了。再不讓皇上高興一下，那就該所有人都不高興了！」兩人快馬加鞭，疾行而去。在他們後面，出現了騎馬隨軍前進的魯四，他滿頭大汗，狼狽不堪地追趕著：駕！駕！

長城下，清軍大營裡聚集著大片清兵，他們圍成一圈圈的，正在吃喝縱歡，大呼小叫：「來呀，乾哪！……你它媽的，非乾不可！……哈哈哈！……」清兵營地，到處是掠奪來的民財：牛、羊、瓜果、糧食。幾乎是應有盡有。

一輛牛車從山道上吱吱駛來，車上坐著幾個哭哭啼啼的民女，被清兵押解而來。正在吃喝的清兵們一見，立刻嘻皮笑臉圍上去，發出一片汙言穢語：

——哎喲，小乖乖呀，想死爺哪！

——妞妞啊，你發什麼抖啊，是不是冷？讓哥暖著你。

——來來，親一口！……

有幾個清兵按捺不住，拽著民女就往帳篷裡拖。民女們嚇得大哭小叫。這時突聽一聲斷喝：「幹什麼哪！」眾清兵一看，多爾袞威風凜然地走來，他們立刻齊齊拜揖：「拜見大將軍。」多爾袞斥道：「仗還沒打完呢，就它媽的發情哪！」一軍士奉承道：「稟王爺，這些都是戰利品，王爺選兩個。」多爾袞口中斥道「放肆」，卻邊走邊打量著那些民女。忽然，他在一個俊俏的民女面前站住，直瞪瞪地看她，驚訝地：「咦?!……」這個民女雖然一身漢族服色，但容貌與莊妃極為相似，幾如孿生姐妹。

那民女被帶入營帳中，膽怯地縮身而坐。多爾袞坐在一塊獸皮上，端碗酒慢慢喝，目不轉睛地盯著她。他醉醺醺地道：「過來，靠近點。……過來嘛，我喜歡你，不會傷害你的。」民女動了一下身體，卻不敢靠近。多爾袞扔掉碗，上前一把摟住民女，癡癡地看著她：「知道嗎？你長得可真像我們莊妃呀！瞧這大眼睛、彎眉毛、小嘴唇兒……樣樣都像！簡直像極了！……天哪，莊妃莊妃……我把你朝思暮想，想你想得心疼啊！」突然間，多爾袞不可自制地緊緊將民女抱緊，一邊喃喃自語，一邊上下親吻著，真的將她當作莊妃歡愛起來……

民女求饒著、呻吟著。這時，帳蓬外傳來聲音：王爺！王爺！

多爾袞惱怒地問：「什麼事？」帳外聲音：「皇上有旨，請王爺立刻前去開會。」多爾袞嘆口氣，起身穿衣服，戀戀不捨地看著衣衫不整的民女，說：「『莊妃』，待這別動，我一會就來。」

皇太極佇立在喜峰口城關上，遠眺南天。眾皇弟、皇子，以及親王、旗主們簇擁在後面。多爾袞匆匆趕來，戰袍略顯零亂。多爾袞揖道：「臣弟拜見皇上。」皇太極轉過身，微嗔道：「朕召集議事，就等你一個。」多爾袞折腰道：「臣弟知罪。」

「列位王爺、旗主、臣工，連日來，我軍連破大明多座城關。尤其是這個喜峰口。」皇太極跺跺腳下，說，「乃大明西北防線的脊樑骨，昨天，這條脊樑骨也被多爾袞打斷了。此外，各旗也都斬獲不少明軍將士，掠奪了許多糧草。此次南征內地，可謂大獲全勝。朕，十分滿意。」

多爾袞以下眾臣工都喜笑顏開。皇太極卻面色嚴肅：「按照常例，朕應當班師回國了。據報，已有內地的軍隊正朝這裡馳援。朕召你們來，是想聽聽你們的意見，以確定下一步行動。」多爾袞與豪格等相視片刻，均顯遲疑。終於，多爾袞上前奏道：「皇上，兵勇們連續作戰，都已經乏了，需要休整。」豪格道：「皇阿瑪，兒臣願意領軍斷後。」

皇太極微微一笑，說：「朕還沒說班師哪！」多爾袞與豪格垂首而退。皇太極說：「朕知道，大軍離開盛京已有兩個多月了。你們的馬背上也載滿了掠來的財物，大車上載著抓來的女人、奴隸，聽說還有戲班子。你們都想快點回去，享受享受勝利成果……」皇太極說著又眺望南天，問，「可是，你們知道千里之外的中原一帶，發生了什麼事嗎？」眾臣互視，均是一臉茫然。皇太極示意范仁寬：「范先生，還是你來告訴他們吧。」

范仁寬上前：「臣遵旨。各位王爺、旗主。據北京城裡的消息，四月十五日，陝西巡撫陳奇瑜率領多支官軍，把高迎祥、李自成、張獻忠等十萬流寇全部圍困在車廂峽中。此刻，他們上天無路，下海無門，彈盡糧絕。只要朝廷援軍一到，陳奇瑜就要發起總攻，高迎祥等流寇將全軍覆沒。」眾人一怔，接著咯咯笑起來。

多鐸道：「這是大明內戰，范司馬你愁什麼愁？」多爾袞也說：「漢人們自相殘殺，是好事嘛。」多鐸更挖苦說：「范司馬是漢人，當然心痛嘍……」眾人又吱吱咯咯地笑。

范仁寬不在乎眾人的嗤笑，語氣依舊平靜：「王爺們說得不錯，那確實是大明內戰。但在下請王爺們三思，大明的內戰對大清是福還是禍？如果大明從無內戰，而是君臣一心，上下一致，那麼列位王爺進得了長城嗎？多爾袞王爺您攻得破這座喜峰口嗎?!」多爾袞等人頓時啞然，只能怒視范仁寬。

這時，皇太極沉聲道：「范先生說得對。二十年來，大明朝廷最苦惱的事，就是內憂與外患。所謂外患，咱就不必說它；內憂呢，正是瀰漫五省的中原流寇。這些流寇，始終牽制著朝廷數十萬兵馬和上千萬銀兩，使得崇禎皇帝沒法集中全國的力量對付咱們。因此，咱們才屢戰屢勝，崇禎才屢戰屢敗。你們想想，一旦崇禎消滅了流寇，那麼中原五省就會恢復生產與稅收，內地的軍隊就可以陸續北上，崇禎就能夠集中大明全國的兵馬糧餉來對付咱們大清，咱們入主中原的大業，豈不更加艱難了嗎？」多爾袞等人如夢初醒，瞪大了眼睛。

范仁寬接著又說：「皇上聖見。臣以為，凡是與大明為敵的，那就是大清的盟友！盟友有難，豈能坐視不管？」

皇太極笑道：「范司馬說得透徹，朕絕不能讓崇禎消滅中原流寇！」多爾袞驚問：「皇上，流寇遠在陝西哪，距此千里之遙，我們怎樣才能解救他們呢？」皇太極得意地說：「咱們當然不必遠赴陝西，但咱們可以繼續揮師南下，攻打北京城！」眾臣或驚、或喜。只有一位老臣面露憂色，猶豫再三，上前進言：「皇上，攻打京城不是此次入關的任務啊。各部準備不足，風險太大。」皇太極笑起來，說：「朕並不真想攻陷北京，朕只要崇禎以為朕要攻陷北京，逼迫他把內地軍隊全部召回來保衛京城，這就足夠了。」

多爾袞與多鐸摩拳擦掌，交相呼應：好！……好！……

皇太極聽聽激奮的士氣，下令道：「各旗各部，把抓獲的男女及戲班子全部釋放，把掠來的財物全部拋棄。著蒙漢兩軍即刻班師退兵，連夜返回盛京。將全部戰馬集中給正黃、正紅、正白三旗，朕要給每個勇士都配備三匹駿馬——兩匹交替騎行，一匹備用。朕要親自率領三萬個勇士、九萬匹駿馬，加上一百門紅衣大炮，日夜兼程，直撲北京城！」眾臣齊聲大吼：「喳！」

騎兵大隊急速行進著……袁崇煥與吳三桂勒馬立於路旁觀看遠處的山峰。吳三桂說：「大帥，戰馬太疲憊了。是否休息一下，恢復馬力？」袁崇煥揚鞭道：「你看，前面就是雙尖山。等進入伏擊地之後再休息。吳三桂，你立刻派出兩、三路哨探，沿喜峰口方向偵察。如遇清兵，即刻回報。」吳三桂應聲離去。袁崇煥又策馬前進。

皇太極與眾將飛騎馳至鎮口，駐馬觀看。他看見：近處的一夥清兵正在埋鍋造飯；遠處另有一夥清兵正在砸門破戶，傳來百姓的驚叫聲……皇太極怒喝：「豪格，這是你的部下嗎？」豪格快步奔上前，欠身道：「是兒臣部下。」皇太極怒斥道：「朕早有嚴命，在到達北京城之前，各部不得進村休息，也不准埋鍋造飯。你怎麼執行軍令的？」豪格懼道：「兒臣……兒臣放任了！」「兵驕將惰，怎麼能取勝？」皇太極傳旨：「將豪格打二十皮鞭，革去前軍副將，隨駕效命！」「兒臣領旨。」豪格主動走到一樹樁前伏身，立刻上來兩個執鞭大漢，掀起他的戰袍，交替狠抽！……四周官兵看得目瞪口呆。

皇太極怒喝：「再有違抗軍命的，嚴懲不殆！」眾將一片聲應道：「喳！」皇太極狠狠一鞭，策馬奔馳。將領們連忙策馬跟隨。

明軍陣地，一條山路蜿蜒，兩邊山隘處布滿伏兵，隱約可見刀槍閃爍。一尊尊紅衣大炮已是裝彈待發，袁崇煥在炮後踱步沉思，不時焦慮地看一眼空蕩蕩的隘口。吳三桂快步奔來稟報：「大帥，探馬回報，周圍二十里內，不見清兵蹤影。」袁崇煥看看天色，說：「天快晚了，這時還不見清兵的話，今天他們就不會來了。」吳三桂說：「會不會在我們到達之前，清軍已經通過隘口了？」袁崇煥憂慮道：有這個可能。如果皇太極真的搶在我們之前退軍了，也是一件幸事。……不過，我擔心皇太極並沒有班師退軍，而是掉頭東去，乘虛攻打寧遠，甚至山海關！」

「這倒不怕，寧遠城有祖總兵坐鎮，山海關更是固若金湯，萬無一失！」吳三桂鬆了口氣說，「大帥，我們是不是回兵寧遠？」「不，令哨騎再探。在弄清皇太極動向之前，全軍原地待命。」袁崇煥說，「只要祖大壽堅守不戰，皇太極就是去了沒有辦法他的。」

這時候，兩個帶傷軍士被帶到袁崇煥面前。他們喘息跪拜：「卑職拜見袁大帥……」袁崇煥急問：「你們是喜峰口守軍？」「是。三天前，清軍攻破了喜峰口，兄弟們惡戰不敵，我等被打散了。」

袁崇煥急著向他們打探清軍的去向。一軍士說：「知道，朝北邊去了。卑職估計他們班師退軍了。」另一個軍士卻說：「稟大帥。清軍沒有退兵，在下親眼看見他們朝東邊去了……」「北邊！」「東邊！」兩個軍士爭辯起來。袁崇煥氣道：「兩個糊塗蛋，連清兵去向都搞不清楚！」吳三桂從旁插話：「會不會，清軍分兵兩路了呢……」

袁崇煥一驚，沉思不語。吳三桂道：「大帥，末將馬快，可否讓末將帶幾個精兵，直奔喜峰口親自探查清軍去向？」袁崇煥點點頭，說：「天黑之前，務必返回。」「遵命！」吳三桂鞭馬而去。袁崇煥憂慮地注視遠方。魯四抱著個小包兒，輕步走到袁崇煥面前，滿面是笑地展開那包兒：「大帥，您看……」包裡是一副精美的圍棋。袁崇煥大喜：「魯四啊，你可真有心。來，手談一局。」

三岔路口。吳三桂策馬查看地上亂紛紛的馬蹄印兒，他勒馬順勢望去，只見馬蹄印兒越來越多，直湧向天邊。吳三桂不覺驚疑，清軍大隊怎麼會向南去呢……

一輛馬車載著曾經被俘的男女戲班子馳來，車上的人仍然是驚魂未定。吳三桂策馬上前，問一個男戲子：「師傅，你們見著清軍了嗎？」那戲子嘆道：「軍爺啊，甭提了！咱全給人家抓住了，差點帶到關外去做家奴！」「哦，那你們怎麼逃生的？」戲子又說：「忽然之間來了道命令，讓把所有俘虜都放了，八旗兵要輕裝南下。」「南下？知道他們去哪了嗎？」戲子搖搖頭。這時，那個容貌酷似莊妃的女子膽怯地道：「奴家聽說，他們要去打北京城……」

吳三桂厲喝：「誰說的？」那女戲子吃了一驚，顫聲說：「是個王爺說的……他還說，大清皇上是他的親哥哥。」多爾袞！肯定是多爾袞！吳三桂朝軍士喝令：「回營，快快！」吳三桂發瘋般地鞭馬奔馳而去。

明軍陣地，袁崇煥坐在石凳上，正與魯四下圍棋。魯四絮叨著：「大帥啊，小的在宮裡時常陪皇上下棋。小的說一句殺頭的話吧，皇上的棋比大帥可差遠了。」袁崇煥笑著說：「那麼，你倒是贏了皇上呢，還是故意輸給皇上呢？」魯四說：「小的怎敢贏皇上的棋？只能輸呵，輸了才有賞賜。」「你故意輸棋，讓皇上看出來，豈不問你欺君之罪？」魯四訕笑著說：「皇上看不出來。小的盤盤都讓皇上費盡了心機才贏棋，皇上可樂啦……」袁崇煥微笑：「魯四啊，你們這些太監，也有不少可愛之處。」

「呵呵，皇上也這麼說過。」袁崇煥正色道：「今兒這盤棋，你如果贏了，我重賞你。每贏一子賞一百兩銀子！」魯四看一眼棋勢，驚叫：「小的怎贏得了大帥呀？連皇太極都贏不了大帥呀！」袁崇煥哈哈大笑：「難怪皇上喜歡你……」一陣急驟的馬蹄聲傳來。袁崇煥抬頭一看，只見吳三桂鞭馬直衝過來。吳三桂跳下那匹幾乎癱倒的戰馬，氣喘吁吁地道：「大帥……不好了……」

袁崇煥冷靜地：「皇太極東擊山海關了，是不是？」「不……皇太極領著八旗精兵星夜南下，直撲北京城了！」袁崇煥神情劇變，「什麼……」血直往上湧，他剛一站起來便頭暈，有點搖搖晃晃的。吳三桂與魯四急忙扶住袁崇煥。驚呼：「大帥！大帥！」袁崇煥喃喃地：「完了，完了！……」

袁崇煥終於清醒過來，厲聲：「傳命，全軍火速南下，趕赴京城！」

明宮平臺上，欄外百花爭芳鬥妍。欄內，崇禎與周后相對而坐，正在賞花飲酒宴。周后舉盅敬皇上酒，預祝皇上剿滅中原流寇。崇禎一飲而盡，欣然長嘆：「假如不出意外，捷報這幾日該到了。唉，朕集十三年之力，總算大功告成。內患消除之後，朕就能回軍北上，一舉打到關外去，降伏皇太極，天下太平。」周后含笑：「到了那天，大明振興，皇上也成為千秋萬代的聖君了。」

崇禎抱歉道：「愛妃呀，朕幾年來忙於國事，慢待了你。」周后微嗔：「看皇上說的！只要國家太平，皇上吉祥。臣妾高興還來不及呢。」這時，崇禎看了一眼對面空著的矮榻，上面擱著一把琵琶，卻無人。崇禎問：「朕讓陳圓圓來彈曲兒助興，怎麼只來了一把琵琶，人沒來？」「是臣妾讓陳圓圓別來。」周后微笑著說：「皇上記得嗎？臣妾年輕時，學習過多種樂器。」崇禎說：「愛妃的洞簫和揚琴，都吹彈得絕佳。但你並沒有學過琵琶呀。」「臣妾今日偏偏想彈一彈琵琶，請皇上鑒賞。」崇禎意外地：「好哇，愛妃請！」周后離座上前，懷抱琵琶，玉指一揮，便發出一串優美動聽的音樂。接著，她嫻熟地彈奏起一支古曲。同時含笑望著崇禎。

崇禎驚訝得目瞪口呆，他萬萬沒想到，周后也能把琵琶彈奏得如此美妙……

平原小鎮。袁崇煥領著大隊追擊至此，駐馬觀看四周。只見若干隻遺棄的軍鍋，爐灶也只挖一半就放棄了。袁崇煥揚鞭指著，聲音都發顫了：「你看，你看……」吳三桂明白了，清軍為了趕時間，竟然沒有埋鍋造飯。袁崇煥說：「皇太極如果兵臨京城了，本部堂的罪過就大了！吳三桂，此時片刻值萬金。令你率兩營精兵，不計一切後果追殺清軍。一刻都不能停！」「是。」吳三桂馬上一拱手，一副整裝待發的樣子。

袁崇煥補充說：「最好能夠先於清軍趕到京城。如果不能，與清軍同時趕到也行。再不能的話，也要追上清軍後尾，拖住它，拼死血戰。即使兩營精兵都拼完了，你也要完成軍令！」

吳三桂發誓般吼了一聲：「遵命！」率先策馬急奔，身後，一隊騎兵絕塵而去。

周后的琵琶奏得有張有馳，崇禎聽得如癡如醉。洪承疇神情緊張，急步入內，靠近崇禎，正欲開言。崇禎伸手制止：唔——洪承疇只得嘆息著，退開半步，垂首等待。終於，周后的琵琶曲終。崇禎鼓掌喜道：「好，好！愛妃呀，你何時學會琵琶的？朕怎麼一點也不知道。」周后笑道：「臣妾見皇上喜聽琵琶，也就修習了幾天。怎麼樣，遠不如陳圓圓吧！」崇禎誇張地：「不。叫朕聽來，愛妃彈得一點不比陳圓圓差。」周后歡喜道：「謝皇上。」

這時，崇禎才再次看見等候著的洪承疇，問：「說吧，什麼事？」洪承疇已經不焦急了，他低聲道：「請皇上駕臨乾清宮。」崇禎詫異地問：「為什麼？」洪承疇側眼看一下周后，遲疑地說：「所有內閣大臣，都已在乾清宮等候皇上。」崇禎明白了不祥，匆匆起身走出了內宮。

崇禎坐在乾清宮的龍座中，吃驚地傾聽楊嗣昌的稟報：「皇太極率領精兵十萬，日行數百里，前鋒已經越過遵化，進入順義縣境。距京城已不到百里……」崇禎驚怒：「昨天你們還說皇太極在喜峰口，正準備班師退兵。一夜之間，怎麼從天而降了?!」楊嗣昌道：「稟皇上，昨天的軍情是探馬誤報……」

「那你怎知今天的軍情就不是誤報了呢?清軍就是長了翅膀，也來不了這麼快啊！」楊嗣昌戰慄不敢言。

洪承疇上前奏道：「啟稟皇上，清軍這次奔襲京城，每人都有三匹戰馬，交替騎行。因此，勢如閃電。」

「朕早就令袁崇煥馳援西北城關，剿殺皇太極。」洪承疇稟道：「袁崇煥率兵六千，已經奉旨馳援……」崇禎氣不打一處來，怒道：「寧遠有二十萬官軍，他為何只帶六千?分明是矯旨怯戰，擺個樣子給朕看。」洪承疇又稟：「寧遠雖然兵多，卻都是守城步軍，無法長途馳援。騎兵大約只有六千。」崇禎強硬地道：「那、那他也該拼死抵擋皇太極嘛！」楊嗣昌又稟：「袁崇煥率領六千騎兵，正在追趕皇太極……」

「簡直是千古奇聞！」崇禎從龍座上跳起身，狂怒地：「皇太極快要到乾清宮來上朝了，而袁崇煥卻掉在清軍後方！他在幹什麼，是給皇太極送行麼?」眾臣嚇得一片寂靜，都不敢吱聲。洪承疇已退臣工隊伍，他低聲令一個小太監：「快，去請王承恩來。」小太監應聲急忙奔出宮。崇禎在龍座前有些張惶地走來走去，且吼且斥：「你們說，朝廷該怎麼辦?你們有何退敵之策?」周皇親上前奏道：「啟稟皇上，老臣有一應變之策，不知當不當講?」

崇禎煩惱地一拂手：「都什麼時候了，講！」周皇親道：「蠻夷勢大，京城眼看著要有一場惡戰。皇上萬金之軀，不可身處險地。臣建議皇上效前朝故事，避亂南巡，到蘇杭一帶視察民情，那兒正是春末夏初，百花盛開……」崇禎冷冷地說：「你還不如建議朕化妝逃跑呢！朕寧可戰死，也絕不離開京城一步！退下，眾臣再議！」

楊嗣昌急道：「當此萬急時刻，臣建議火速調集六百里內所有兵馬進京勤王，以解燃眉之急。」崇禎嘲道：「六百里內，朝廷有哪些兵馬？」楊嗣昌道：「調撥給陝西巡撫陳奇瑜的八萬官軍，前天剛剛起程南下，估計不出一百五十里。」崇禎眼睛一亮，站定下來，道：「飛馬傳旨，令他們立刻掉頭北上，投入京城保衛戰。」洪承疇大急，又上前奏道：「皇上，陝西陳巡撫如果得不到朝廷援軍，就難以全殲車廂峽裡的流寇。」崇禎說：「現在京城比陝西更要緊！至於車廂峽裡的流寇，先讓陳奇瑜圍而不殲，待退了清兵後再說。」洪承疇又稟：「即使如此，在南下官軍抵京勤王之前，皇太極仍有可能先於官軍兵臨城下。」

崇禎又急得沒有了章法，道：「這、……你們趕緊設法退敵！」楊嗣昌看一眼洪承疇，兩人開始搜腸刮肚地算計起來。楊嗣昌扳起手指頭，道：「西山馬標，有騎兵一千……」洪承疇打斷他：「不。刨去老弱與空額，最多只有三百餘人。但通州大營有近衛軍兩千。」楊嗣昌道：「近衛軍需用在京郊阻擊，不能進城護駕。」洪承疇扳手指：「京城御林軍共有兩千五，另有錦衣衛八百……」楊嗣昌也扳起手指：「西直門有守城兵勇一千二，朝陽門有兵勇一千……」洪承疇說：「宣武門有兵勇八百，崇文門有兵勇六百五十……」崇禎焦急地看著兩個大臣指東畫西的、扳著手指頭點兵，卻無可奈何。

王承恩在小太監陪同下匆匆趕來。小太監邊走邊說：「八旗軍快要兵臨城下了，皇上龍顏大怒。大臣們急得火上房似的，洪大人叫小的趕緊請公公來……」王承恩立定，冷靜地說：「聽著，馬上傳命給九大管事太監，叫他們把手下人全部召集起來，待命。」「是。」小太監剛要去傳命，又被王承恩叫住：「完事後，立刻到東廠去，面見吳、劉兩個當班太保。傳我的話，叫他倆火速抽回京城各地的所有眼線、臥底，回東廠待命，準備應變。都清楚了嗎？」小太監稟道：「小的清楚。」

王承恩道：「你重覆一遍。」小太監以一副嫩嗓子俐索地重覆：「傳命九大管事太監，叫他們召集所有手下人——待命！完事後，去東廠面見吳、劉兩個當班太保，叫他們火速抽回京城各地所有眼線、臥底，回東廠準備應變！」王承恩滿意地說：「不錯，你叫什麼名字？」「小的叫王小巧。」王承恩誇道：「好名兒！王小巧，用心辦差，公公日後會重用你。」王小巧高興地說了一聲：謝公公！飛奔而去。王承恩踏上乾清宮玉階。

王承恩進宮時，看見楊嗣昌洪承疇兩大臣仍然掐指頭點兵。他不由地站下了。楊嗣昌說：「對了。前門那兒還一股子保安部隊，七百多號人！」洪承疇說：「各王公大臣府上，都有一些家丁、護勇，攏到一塊兒，最少上千人。」楊嗣昌掐算著：「這麼算來，御林軍、錦衣衛、九門兵勇、保安部隊，還有家丁護勇們，一共是……」洪承疇插進來說：「一共是八千八百餘人。」楊嗣昌嘆道：「太少了，只怕頂不住清軍攻城。」

這時候王承恩昂聲道：「兩位大人忘了，紫禁城裡還有五千五百個太監呢，老奴可以領著他們登城殺敵呀！」洪承疇、楊嗣昌驚訝地看著王承恩。王承恩又上前道：「大人們可能還忘了，京城裡還有一百零八萬百姓啊，其中最少有二十萬青壯。為何不把他們動員起來保衛京城呢？咱國庫裡雖然沒多少銀子，可有的是封存的刀槍啊……」洪承疇與楊嗣昌互視，兩人不約而同地叫：「對啊！」

崇禎騰地跳起來，激動地高喝：「傳旨，關閉京城九門，著所有御林軍、錦衣衛、九門兵勇、各宮太監、民間青壯、保安部隊，全部上城布防。朕——要身披甲冑，執天子劍，親臨午門，與皇太極的八旗軍決一死戰！」全體臣工齊聲喝道：「遵旨！」

這可能是崇禎皇帝一生中最勇敢而輝煌的時刻，也是他既美好又浪漫的時刻……大明大清兩個皇帝，即將殊死一博。而千里之外的車廂峽，還有一個危在旦夕的未來皇帝。

第十三章

車廂峽。李自成在高迎祥、張獻忠等義軍首領陪伴下朝峽口走去，準備前去「投降」。高迎祥沉思道：「賢弟啊，即使陳奇瑜准許我們出谷投降，也可拿你作為人質，關押在另外一個地方。到時候，弟兄們突圍成功，你卻難以從虎口脫身哪……」李自成堅定地說：「高大哥，只要你能領著義軍們突圍，我就是粉身碎骨也值啊！」

張獻忠笑著拍拍李自成肩膀：「我早知道，自成大哥是英雄好漢，兄弟我自愧不如啊。」李自成說：「獻忠兄弟，你記著。我們在隘谷外頭河灘地裡，秘密埋藏了一批刀槍。我估計，義軍如果出谷投降的話，八成要經過那片河灘。到那時候，你們就用得著那批刀槍了。」張獻忠喜道：「我正愁這事呢！官軍肯定要先繳了我們兵器，才讓我們赤手空拳的出谷。有那批刀槍在，我們就容易下手了。」

高迎祥看了看前方：「峽口到了，我們不能再送。自成兄弟……保重呵！」張獻忠也上前一拱手：「十萬義軍的生路，全靠你的本事了。」李自成略顯激動地說：「高大哥，獻忠兄弟，你們放心回去吧。」高迎祥示意隨從。一個隨從上前，用繩索將李自成捆綁起來。另一個隨從則著站到谷口朝外高叫著：聽著，義軍首領李自成，向陳奇瑜大人請降！

……李自成對高迎祥張獻忠道一聲「再見」，轉身，獨自朝谷口走去。

巡撫衙門，陝西巡撫陳奇瑜大步進入衙門，身後跟著兩個標統。一個幕僚捧著條熱手巾迎上前道：「大人，京城發來六百里廷寄。」陳奇瑜抓過手巾揩汗，問：「在哪？」幕僚以目示意案上……陳奇瑜看一眼案上拆封的廷寄，問：「講的什麼？」幕僚遲疑一下，說：「還是請大人親自過目……」陳奇瑜催促道：「快說吧！」「皇太極領著八旗精兵星夜奔襲京城，皇上萬急之下，把已經走在半道上的援軍統統調回去保衛京城了！」幕僚看了看陳奇瑜，一臉苦色地說，「大人哪，現在，我們一兵一卒、一餉一彈都得不到了……」

「什麼？」陳奇瑜奔到案前抓過廷寄急看，沒看完就氣得往旁邊一摔，接著，悶起頭在堂中來回走動。幕僚不安地說：「皇上令我們對車廂峽裡的流寇，暫時圍而不殲，待朝廷打退清兵之後，再調大軍前來助剿……」

陳奇瑜冷笑一聲：「哼，皇上當然是妙想連篇嘍！可高迎祥、李自成他們聽皇上的嗎？車廂峽裡是十萬亡命之徒哇，他們會等著朝廷大軍來剿殺嗎?!」一標統道：「大人，流寇們被圍困在車廂峽裡已經十多天了，不知為什麼，這兩天反而格外安穩。」另一標統道：「也許斷糧太久，沒力氣動彈了。」陳奇瑜斥道：「想得美！也許他們正在養精蓄銳，準備做最後一博。本堂剿賊十年了，對這幫傢伙從來不抱幻想！」幕僚說：「大人所言極是。眼下我們兵餉俱缺，假如賊寇們困獸猶鬥、以死相拼，我們很難把他們全部殲滅。」陳奇瑜長嘆一聲，又悶著頭來回走動。

一軍士匆匆入堂。叩報：「稟大人，流寇首領李自成，以繩索自縛，出谷向大人請降。」陳奇瑜一驚，問：「哦……是他自個來投降？還是代表所有賊寇們前來請降？」「卑職問過，他是代表全體賊寇們請降。」幕僚與標統們聞言，立刻喜笑顏開。陳奇瑜卻低聲道：「來者不善，善者不來啊！」一標統問：「大人的意思是……」陳奇瑜沉著臉坐到案後大椅上，衝兩個標統道：「本堂的意思很明確——你倆人立刻去車廂峽，添兵助防，嚴密監視，當心流寇們突圍！」陳奇瑜又衝幕僚道：「升堂，帶李自成！」

衙門外，已聳立兩排赫赫威風的侍衛，刀槍閃亮。李自成被重重繩索捆縛著，在四個執刀軍士押送下，向巡撫衙門走來。李自成從侍衛的怒目而視中通過，進入衙門。

李自成走進巡撫衙門大堂，兩旁的站班突然齊聲長喝：「跪下！」李自成跪下，朝高踞官案的陳奇瑜稟道：「在下李自成，是山陝義軍的首領，受闖王高迎祥及各路義軍所託，向陳大人請降。如蒙恩准，則所有義軍兄弟立刻放下武器，歸順朝廷，永不為寇。高迎祥、張獻忠等大首領，願遵從朝廷裁處……」

陳奇瑜微笑道：「你們不是寧死不降的嗎，如今為何要投降啊?你們不是還有十萬人馬嗎?」李自成道：「陳大人，馬是一匹也沒有了，都叫我們吃光了。人麼，死傷過重，只剩七、八萬。弟兄們天天驚恐萬分，害怕官軍聚殲。我等流寇，斷然不是陳大人的對手。再說，在下及高迎祥、張獻忠等人，原先也是衙門中的刀筆小吏，吃的是朝廷俸祿，只因饑寒交迫，不得已才造反，早就想歸順朝廷。」

陳奇瑜突然怒聲喝道：「來人哪，將李自成拖下去，斬嘍！」立刻上來兩個刀斧手，揪起李自成。李自成滿面惶然地問：「大人為何殺我?」陳奇瑜道：「因為你竟敢在本堂面前滿嘴謊言，分明是前來詐降的！哼，告訴你，本堂剿賊十年了，對你們這些毛賊瞭如指掌，見慣了招搖撞騙的伎倆！」李自成面不改色，坦然說：「陳大人如果不准我們投降，等於是逼我們拼命。義軍雖然只剩七、八萬，但這七、八萬可都是九死一生的亡命之徒。要是和官軍拼起命來，豈不是玉石同焚麼？請大人三思……」陳奇瑜冷笑一聲：「膽子不小，竟敢威脅本堂。」李自成再次跪下，道：「在下待死之人，萬萬不敢唐突大人，在下真心請降！因為，車廂峽是一片死地，我們除了投降之外，斷無其他生路。請大人明察。」

陳奇瑜沉吟著說：「那你說說，你們準備怎麼個投降法呢？」李自成說：「大人如果准降，請在峽谷口放三聲號炮、兩炷狼煙。峽谷中的義軍見了，便知道陳大人准許投降了。他們會立刻放棄抵抗。之後，在陳大人指定的時間，指定的地點，各路義軍列隊走出谷口，向陳大人投降。」陳奇瑜問：「武器呢？」李自成回答：「就地放下武器。凡是投降的義軍，全部空手而出，一刀一槍都不准帶出谷外。」陳奇瑜沉默片刻，改顏哈哈大笑，走出大案，上前親自給李自成鬆綁：「好好，你們想得很周到，果然是真心投降。起來吧！」「李自成謝過大人。」陳奇瑜安撫李自成說：「本堂將稟報朝廷，既往不究。等皇上恩旨下來，你們還可以改編成官軍，為國效力呀。」李自成大喜，再拜：「稟大人，義軍弟兄就盼著這一天哪！」

「李壯士請起，快請起！」李自成起身，環顧一下左右，機密地低聲說：「在下受高迎祥委託，帶來一點小小的見面禮……」「什麼見面禮呀？」說話間，幕僚領著一個提口袋的侍衛進來，侍衛展開口袋讓陳奇瑜過目，李自成說：「這一口袋金器、玉器，值白銀三百萬兩。」滿滿一袋金玉珍寶，看得陳奇瑜眼睛發亮。「這都是弟兄們多年攢下的，請大人笑納。」「噯——你們也來之不易，何必……」陳奇瑜故作姿態地說，「好好，本堂暫時替你們保管著。此外，我也有個見面禮送給你和高壯士——本堂將上奏皇上，力保高迎祥任陝西四品總兵官，保你為從四品副總兵官。」李自成大喜，道：「大人再生之德，李自成終生不忘。」

陳奇瑜朝外道：「來人哪，快排宴席，侍候李壯士吃喝休息。」兩個侍衛恭敬地將李自成請下。陳奇瑜目送李自成離去，若有所思。幕僚在旁揖道：「恭喜撫台大人，一舉降伏十萬流寇，為朝廷立下不世功勛。」陳奇瑜沉聲道：「傳命各路總兵、標統，速來我這兒議事。」幕僚驚疑不定地去了。

車廂峽口。高迎祥、張獻忠、劉宗敏及眾首領正在焦慮不安地等候著，忽聽峽谷口三聲炮響：轟、轟、轟！高迎祥循聲望去，只見山頭上緩緩升起兩炷粗直濃黑的狼煙。張獻忠喜道：「好啊，陳奇瑜中計了！」

高迎祥對眾首領道：「各位兄弟，你們趕緊按照預定方案，分頭行事吧。」

「是。」眾首領紛紛領命離開。

巡撫衙門。各總兵、標統分立兩旁，陳奇瑜在當中踱步，沉聲道：「聽令。當流寇們放下武器，出谷投降時，將他們集中到河灘地。河灘四面，應當預先埋伏強弓硬弩、紅衣大炮、和兩萬精兵，待我一聲令下，你們一起開火、放箭！將他們全部斬盡殺絕，不准一人漏網！」幕僚驚訝地：「大人，流寇們是來投降的呀……」

陳奇瑜冷笑道：「你以為他們是真心投降麼？不，他們是詐降！他們的慣用伎倆是，打得贏就打，打不贏就跑，跑不掉了才降，降了以後再造反！告訴你們，一日為賊，終生難改，後患無窮。即使他們是真心投降了，本堂也要把他們斬盡殺絕，不留後患！你們聽明白了嗎？」眾將應道：「屬下明白！」陳奇瑜得意地說：「這回，我們是穩操勝券。因為，流寇們先放下武器，再徒手走出谷口，你們就當成是一場圍獵吧，給我放手宰殺！」

眾將快活地笑了。

車廂峽峽口。峽谷口出現兩個軍士，齊聲朝谷內大吼：「裡頭人聽著，巡撫大人口諭，著你們放下武器，列隊出谷投降……」吼聲中，疲憊已極的義軍戰士一個個步至谷口，他們將手中的兵器投放在地上，再步出谷外。谷外，戒備森嚴的官軍監視著義軍，各執兵器，鋒芒直指義軍。谷口，地上的刀槍劍戟越堆越高，出谷投降的義軍也越來越多……投降進行的十分順利。

官軍營地。山頭上，陳奇瑜坐在一張大椅中，俯首觀看山下的投降情況。李自成已陷為人質，身邊圍著多把雪亮長刀，他也注視著山下，神情略見不安。「李壯士啊，看來你們真是要投降了。」陳奇瑜微笑著對李自成說，「不過，本堂做事，向來不留後患……」見李自成一臉驚訝，陳奇瑜鼻子哼了一聲：「只要本堂身邊這尊號炮一響，數萬隻強弓硬弩就萬箭齊發，四面八方的伏兵也會蜂擁而上，將投降的流寇們統統斬盡殺絕！」

李自成又驚又怒，道：「陳奇瑜，你就不怕義軍弟兄們拼命麼？」陳奇瑜依舊面帶微笑：「怕，怕！可本堂現在不怕了。因為你們已經手無寸鐵了，本堂謝謝你啊！哈哈哈……」李自成憤怒地衝向陳奇瑜，卻被身邊侍衛扯住，兩把長刀按在他脖子上。李自成掙扎著怒叫：「陳奇瑜，你這喪盡天良的狗東西，義軍弟兄是殺不絕的……」陳奇瑜得意地說：「別急別急。你就跪在那吧，待會山下就要血流成河了，你與本堂一塊觀看吧。」

李自成怒視不遠處那尊昂首待發的號炮。

車廂峽峽口。步出峽谷的義軍越來越多。只見連高迎祥、張獻忠、劉宗敏和眾首領也出現在投降隊伍中……谷口，兩個標統看見了義軍首領，他倆交換一下眼色，示意官軍們準備。大片徒手的義軍集中到河灘地，劉宗敏踮足觀望，只見周邊高處都布滿殺氣騰騰的官軍。劉宗敏在身邊人掩護下，彎腰用手拼命刨土。片刻間，他刨出兩隻長刀，遞給旁人，繼續再刨。更多的義軍開始刨土，河灘泥土被層層刨開，現出一片埋藏著的兵器。這些義軍人手一把兵器，在劉宗敏示意下，開始朝官軍靠近。

劉宗敏突然大喝一聲：「弟兄們，殺……」所有執兵器的義軍都朝官軍撲去，與之拼命惡戰！河灘地頓時一片混亂，許多官軍倒地死去。剩下的則大呼小叫地抵擋著……峽口中湧出更多的義軍——統統手執兵器！他們在高迎祥、張獻忠率領下衝上前來，追殺正在退卻的官軍。官軍大亂……

山上，氣急敗壞的陳奇瑜正在怒叫：放號炮，放號炮！一個軍士手執一根燒紅的鐵棍，湊近炮尾導火索……李自成眼看號炮就要被引燃，他拼力掙開了按在他脖子上的刀鋒，撲上前，撲倒了那燃炮的軍士，同時用雙足將那尊號炮踹翻。號炮打著滾翻下山去……陳奇瑜氣得大叫：「殺了他！快殺了他！」兩個軍士揮刀猛斬李自成。李自成躲開，軍士跟上再砍。這時，軍士身後中槍——原來是劉宗敏領著幾個義軍撲上來了。劉宗敏與山頭上的官軍血戰……那幾個官軍很快被義軍砍殺倒地。

劉宗敏撲到李自成面前：「大哥，你怎麼樣？」李自成脖子已有深深刀口，血流不止。他道：「我沒事。你們當心，周邊有官軍埋伏。」劉宗敏說：「知道。高大哥已經帶人衝過去了。」這時，劉宗敏看見陳奇瑜正在山道上奔跑，他怒喝：「兔崽子，我砍了他……」拔腿欲追。李自成說：「算了！讓他跑吧，他已經沒用了。」

陳奇瑜連滾帶爬地在山腰處逃命。陳奇瑜爬上一處岩石，氣喘吁吁朝下面喊：「吳總兵，快、快殺賊呵……」下面毫無動靜。陳奇瑜探首一看，只見下面橫七豎八地布滿官軍的屍體，他們已經被突圍的義軍消滅了。陳奇瑜痛叫一聲，口吐鮮血，倒在地上。過會兒，他掙扎著爬起來，朝北叩首，喃喃地道：「皇上，臣一時大意，中了賊的奸計，有負皇恩……」話音未落，一把短刀已插進自己腹中，他引罪自盡了。

巡撫衙門。義軍首領齊聚大堂，喜氣洋洋，有坐有立，有說有笑……高迎祥從案後大椅上站起身來，笑道：「各位首領，從現在起，我們可是蛟龍入海、猛虎上山，官軍再也奈何不得我們了！」眾首領紛紛道：「是啊……是啊！好日子在後頭呢……」高迎祥轉向李自成，說：「這回啊，首功應該歸於自成兄弟。」眾首領一片聲地說：「全虧了自成大哥！」

高迎祥待眾人靜了下來，說：「各路義軍首領都在這了，請大夥商量商量，下一步該如何行動？」眾首領一時難言。李自成站起來說：「闖王，各位首領。義軍雖然突圍成功了，但損失也很大，急需擴充實力，補充糧餉。在下建議，全軍統一行動，直插江南，殺入大明腹地。」高迎祥點頭不語，看看大夥，目光落到張獻忠身上。張獻忠起身道：「自成大哥的想法雖好，但江南是朝廷的糧倉，崇禎肯定會派大軍追剿。兄弟的意思是，既然要圖發展，就應該分開行動。在下還是想率領本部弟兄，殺往河南老家去，在那兒大幹一場。」李自成與高迎祥互視一眼，各顯憂色。

劉宗敏叫道：「張大哥，你的部下占整個義軍一多半。你要把他們全帶走了，義軍還怎麼統一行動？」張獻忠笑道：「說白嘍，我不敢贊同統一行動。窩在一塊，力量雖然大了，目標也大。車廂峽被困，就是統一行動的後果！」一首領道：「我看張大哥的意見有道理。在下也想率領本部單獨行動。」另一首領也道：「弟兄們起義造反，本來就是有分有合嘛。合久了就分一分，各自發展。分久了再合一合，打個洛陽、開封之類的大城市。」高迎祥見眾說紛紜，道：

「各位首領的話都有道理。今日大夥累了，匆忙決定不好，還是改天再議吧。各位還得趕緊安頓各自的部下，讓大夥好好吃一頓，休整幾天。」眾首領紛紛起身，向高迎祥拱手告辭……

大堂內就剩下李自成與高迎祥兩人。高迎祥嚴肅地說：「自成，看見了吧。一旦取勝了，就會分道揚鏢。」李自成憤憤地說：「草頭王，得志便猖狂！」高迎祥說：「我看，人各有志，就讓他們走吧。走到哪兒都是義軍。」李自成說：「那我們只有不到兩萬人了，怎麼行動？」高迎祥堅定地說：「計劃不變。我們還是乘官軍不備，進入安徽，直奔大明王朝的發祥之地——鳳陽！」李自成笑著說：「也好，殺到朱元璋老家去！」

紫禁城。城牆上一片激戰前的恐怖氣氛，只見錦衣衛與御林軍紛紛來往穿梭，大呼小叫。到處是刀光劍影，一尊尊紅衣大炮朝向遠方。楊嗣昌愁眉不展地注視著面前的臨戰狀態……片刻之後，他匆匆離去。

宮道上。王承恩手提彎刀，厲聲麼喝著：「快，快！五十歲以下的，統統上城協防。五十歲以上的，跟王小巧去運糧彈！」大小太監立刻分流，一部分老太監被王小巧領走了。楊嗣昌步來笑道：「王公公，你怎麼也拿起這東西了？」王承恩揚揚手中刀，笑：「有人就唬人唄，沒人還可以當拐杖用。……」說著，他真用刀尖柱地，支撐身體。

「王公公，在下又有難處了。」楊嗣昌為難地說，「好多青壯不願意上城助防——他們要銀子！」「該要！人家是拿命換。」王承恩沉吟說：「明白了，您是想讓皇上拿出皇銀來。」楊嗣昌說：「國庫空虛，根本沒銀子……為此，想請王公公與在下共同見駕，求皇上恩典。」王承恩為難地說：「楊大人，您不是不知道，皇上特恨老奴干政，差點把老奴打死。瞧，腿傷還沒好俐索哪。」楊嗣昌笑了笑，說：「你老人家還是指個道吧，誰不知皇上喜歡您干政。您要是老不干政，皇上反而著急！」

「這麼著吧，老奴給您出個餿主意……」王承恩作無奈狀，「您到承乾宮去，見一見周皇后，跟她說說您的苦惱。有皇后挑頭兒跟皇上說話，你們什麼事都好辦！」楊嗣昌大喜，揖道：「謝過王公公！」

承乾宮。周后撫弄著一把揚琴，有意無意地撥彈幾下。旁邊，楊嗣昌恭敬地說著：「……京城人都知道，皇后娘娘最體貼民情了。每家只要出一個青壯，每個青壯只要給十兩銀子，他們就會拼了命保衛京城。」周后停止撫琴，正色問：「總共能有多少青壯？」「二十萬青壯。」周后皺皺眉，說：「那得需要二百萬兩銀子。」忽聽一聲笑聲：「二百萬兩算什麼，父皇有的是銀子……」原來是樂安公主過來了。周后斥道：「國家大事，樂安，別胡說！」樂安公主笑道：「我沒有胡說。父皇銀子最多，也最小氣。」周后喝住她：「住口。二百萬可是個大事！」楊嗣昌俯到周后耳邊：「請皇后娘娘想想，京城的太平值多少？皇上的安危值多少？」周后遲疑著……楊嗣昌再壓低聲音說：「銀子花出去了還可以掙回來，大明王朝要有個三長兩短，那就什麼都完了。」

周后笑道：「你甭嚇唬我。我得看看有多少青壯上了城，再決定跟不跟皇上說這事！」楊嗣昌奉承地說：「當然，只要皇后娘娘上城望一眼，就知道民情了。」「我也真的好久沒上城樓了。」周后說，「楊嗣昌，前面領路吧。」樂安公主說：「我也要跟母后上城。」周后說：「那就一道去吧。」楊嗣昌轉身朝外叫著：「皇后娘娘口諭，擺駕午門。」

午門城樓上忽然響起驚天動地的戰鼓與銅號。鼓號聲中，錦衣衛雷霆般大吼：皇上駕到！頓時，萬眾寂靜，人人舉首眺望午門。崇禎身披黃金甲胄，執一柄長劍登上高高的午門城樓。他一直走到憑欄處，氣宇不凡地舉目看看天，再看看地，最後看看下面的人山人海……突然，崇禎用盡最大氣力、氣貫長虹般地高喝：「軍民人等聽旨。朕，不遷都，不撤退！朕，誓與子民們同生死，誓與紫禁城共存亡！」

萬眾頓時歡呼不絕。「萬歲」之聲，此起彼伏，如同陣陣巨浪。

樂安挽著周后進入午門，母女倆敬佩不已地望著英姿颯爽的崇禎。

崇禎仍然興致勃勃地高喝：「大明王朝乃受命於天。天不滅，大明也不滅。（歡呼聲……）皇太極之類，不過是化外蠻夷，與朕相抗，無異於以卵擊石，蚍蜉撼樹！（歡呼聲……）朕將親持天子劍，護國衛道，保境安民，與天下軍民一起，剿滅滿清蠻夷！」城下歡呼聲大作。崇禎不由得「嘿嘿嘿」地笑。

樂安高興地鼓起掌來：「父皇，您說得太棒了！」周皇后上前扶崇禎：「皇上，快進來歇歇吧。」城樓內，周后扶崇禎坐下，王承恩與楊嗣昌齊上，替崇禎解甲。那副沉重的黃金甲早已使崇禎不堪重負了。待解下甲來一看，只見崇禎的肩膀已被壓得紅腫。周后心疼地說：「皇上，您太辛苦了！瞧，肩膀都腫了。」樂安早已替崇禎端來熱茶，笑道：「父皇請用。」在親人與臣工侍候下，崇禎顯得越發得意，他啜口茶道：「樂安，你看見了吧？朕雖然手無縛雞之力，但只要朝城頭上一站，朕就有八面威風，朕就是天子，朕就是太陽！」「女兒看見了！女兒佩服死了！」崇禎依舊興奮不已：「你們都看見城下軍民了麼？朕可從來沒見過這麼多人哪！嗨……他們在朕的光照之下，意氣風發，鬥志昂揚，萬眾一心，氣沖霄漢哪！」

樂安笑道：「女兒看見了！我們都看見了，我們高興死了！」楊嗣昌直朝周皇后示意。周后勸崇禎道：「皇上，這麼青壯上城助防，皇上可得拿出點皇銀來犒賞他們才是啊……」崇禎一愣神，楊嗣昌立刻接口道：「上有皇上，下有銀兩，軍心民心齊奮起，臣保證戰無不勝！」

崇禎怔了一下，問道：「得多少銀子？」周后說：「二十萬青壯，每人十兩就夠了。」「二百萬？」崇禎有點吃驚。周皇后趕緊道：「京城太平值多少？皇上的安危值多少？大明江山值多少？」崇禎終於吐出一個字：「准。」眾人頓時喜笑顏開。楊嗣昌折腰：「臣等謝恩。」樂安搖著崇禎肩膀撒嬌地說：「父皇啊，照女兒看，退敵後還應該大赦天下，免京城百姓三年稅賦。」崇禎心痛道：「三年可是三百萬兩呀！——」這時一陣涼風從外襲來，崇禎猛然打個噴嚏——

「阿噓！」

樂安趕緊掉頭對楊嗣昌道：「聽見了嗎，父皇說『可以』，你還不快去傳旨！」楊嗣昌立刻道：「是。」王承恩趕緊將衣裳披到崇禎身上，而楊嗣昌已經快步出了城樓。楊嗣昌站在午門正中，大聲朝百姓們喝道：「皇上恩旨。凡上城助防的青壯，每人賞皇銀十兩！退敵之後，皇上還要大赦天下，免京城百姓三年稅賦……」

軍民發出山呼海嘯般的歡呼聲，久久不絕。周后笑著對崇禎說：「皇上您聽啊，這麼久了，外頭歡呼聲還停不下來。」崇禎有些尷尬地：「是呵……是呵。」王承恩上前道：「皇上，請入宮休息吧。」崇禎略一沉吟，正聲道：「不！朕，退敵前不下城，就在這午門城樓裡食宿。」王承恩驚訝地叫了一聲：「皇上?!」崇禎笑道：「朕瞧出來了，只要朕在這，軍民人等有靠山。朕一個人就頂十萬雄兵！」王承恩激動得深深折腰：「皇上說得太對了，老奴佩服得五體投地。」崇禎又對周后說：「愛妃，宮裡事交給你了，可要好好照管皇子們。」周皇后說：「皇上請放心，臣妾早安排好了。王承恩，你可得把皇上侍候好。」

王承恩道：「遵旨。」

皇宮內外，空空蕩蕩，萬籟俱寂。吱呀一聲，眠月閣的門兒開了。陳圓圓執琵琶出來，沿著宮道走去。陳圓圓一路走一路看，驚訝地看見宮道上遺棄著許多衣甲刀鞘之類的雜物，整座皇宮彷彿空無一人。她不禁有些害怕，步子也慢下來。突然傳來一陣「呷呷呷」之聲，陳圓圓停步一看：不知從哪兒鑽出來一群毛絨絨小鴨雛，正在宮道上亂叫亂跑……陳圓圓欣喜地迎上去，攆著小鴨雛們朝前走。

陳圓圓與鴨雛們一同來到承乾宮前，一個胖宮女正偎在玉階上打瞌睡。陳圓圓上前輕叫：「大姐，大姐！」胖宮女醒來，迷迷怔怔揉著眼睛。「請問大姐，今兒怎麼了？」陳圓圓問，「宮裡怎麼沒人？錦衣衛哪去了，太監們哪去了？都放假了嗎？」胖宮女懶洋洋打呵欠，說：「什麼怎麼了？哦，皇上在城樓上，錦衣衛當然跟上城了，連太監們也上城了。宮女和丫頭們沒了主子，自個給自個放假了……」

陳圓圓怔了半天，終於鬆了口氣。之後，她高興朝那群小鴨雛跺腳歡叫：嗨，放假嘍！鴨雛們驚慌四散，其中有幾隻歪歪斜斜地跑進了御花園。陳圓圓嘻笑著，繼續攆那些四散的鴨雛兒。

御花園裡。幾個宮女蹲在水池邊，以樹葉做為小舟，正在戲水。一片嘻嘻哈哈歡笑。涼亭內擱著一張小搖床，床上躺著兩歲的小皇子朱慈烺。搖床旁邊沒有宮女，而小皇子已經醒來了，吱吱哇哇，手舞足蹈。小鴨雛「呷呷」叫著，竟然跑到涼亭附近。

搖床內的朱慈烺聽見鴨叫聲，爬起身看，頓時滿面欣喜。接著，他掙扎著爬出搖床，滾到地上，再爬起身，蹣跚地追趕小鴨雛。小鴨們朝月亮門奔去。小太子跟在後面，便搖搖晃晃地追趕牠們……

水池邊，宮女兒們仍然在嘻嘻哈哈地戲水，沒有注意到小太子的的去向。

月亮門下，陳圓圓終於捧起一隻小鴨雛，欣喜地托在掌中。忽聽見前面又一陣鴨雛叫聲，她抬頭一看，見一個小男孩正搖搖晃晃跟在鴨雛後面攆……小男孩一跤摔倒了，哇哇哭。

陳圓圓趕緊上前，扶抱起他來，「噢噢」地哄著，見四顧無人，便大聲叫著：「這是誰家的孩子啊？是誰家的孩子?!……」半響無人回答。陳圓圓嘟囔著：「也不知在瘋什麼哪，連孩子都不要了！」陳圓圓抱起小男孩，哄道：「跟姐玩去……咱們走哇。」陳圓圓抱著小太子離去。

周皇后與樂安步入御花園，看見宮女們正瘋瘋顛顛的打鬧。周后駐足不悅。樂安趕緊斥道：「瘋什麼哪，還知道規矩麼?!」眾宮女立刻整容排立，向周后折腰：「皇后娘娘。」周后看一眼涼亭，只見那張小搖床紋絲不動。周后就感覺到不祥，快步奔去。樂安緊隨其後。周后奔入涼亭內一看，搖床裡空蕩無人，她厲聲問宮女們：「皇子哪？」宮女們怔住了：「咦？剛才還睡在這呢，睡得好好的……」

樂安大叫：「還不快找！」宮女們嚇得四散奔開，亂紛紛尋找小皇子。她們東張西望、翻盆拽門的，幾乎連地上的每片樹葉都翻過來看一遍，就是找不著小皇子。周后滿面憂色，急得說不出話。只有樂安指這指那的：那邊……還有那邊……再找啊！宮女們幾乎將花園翻了個底朝天，仍然不見小皇子。這時，她們也曉得大禍臨頭了，嚇得跪地哭泣。周后癱坐在宮椅上，含淚自問：「到哪去了？到哪去了呢？……」

這時，一陣「呷呷」之聲傳來，樂安看見幾隻小鴨雛在水池中游蕩，她彷彿明白了什麼，恐懼地指給周皇后看：「母后……」周皇后跳起身，指著水面驚叫：「快快……」一句未了，再也不支，倒地昏了過去。

眠月閣中，一隻黃澄澄的、無比可愛的小鴨雛站在桌案上，正在吃小碟中的食物。那小男孩則抱在陳圓圓懷裡，他笑嘻嘻地盯著桌上毛絨絨的小鴨雛。陳圓圓用一隻小勺，把自己碗中的粥餵給小男孩吃。小鴨吃一口碟中食，小男孩也吃一口碗中粥……

陳圓圓用小勺指著鴨雛，教小男孩說話：「這是鴨鴨。說啊，鴨鴨！」小男孩含著粥，含糊不清地：「鴨鴨……」陳圓圓又用小勺指著自己：「這是姐姐。叫一聲，姐姐！」小男孩嚥下粥：「姐姐……」陳圓圓高興地：「對了。來，咱們再吃一口。」小男孩又吃了一口粥，竟然主動叫個不休：姐姐，姐姐，姐姐……

陳圓圓開心地笑了，親著小男孩：真乖！屋內一片寧靜而幸福的氣息。

御花園。宮女們正哭哭啼啼地將各種器物——魚網、竹杆、臉盆，伸進水池中，亂紛紛地打撈小太子……一片哭泣之聲。樂安正在含淚服侍周后，替她揩汗、揉背。周皇后則兩眼呆直，絕望地喃喃道：「完了！……完了！皇太子要是死了，我、我只能引罪自盡……」樂安含淚安慰：「不會的，不會的……」

這時，池邊的宮女忽然驚叫：「上來了！撈上來了！」周皇后一聽，立刻奔到池邊，兩眼圓瞪瞪的盯著那張正在出水的魚網。她又希望是小太子又怕是小太子。幾個宮女使勁拽那張魚網，但魚網像是被什麼東西掛住，吃力的慢慢的升出水面……終於出水了，網中卻是個破馬桶！

眾宮女一片嘆息。周皇后再次絕望，軟倒在地，垂首拭淚：「臣妾怎麼跟皇上交代呀……臣妾只能以死贖罪了。」突然，又一陣「呷呷」之聲傳來。樂安循聲望去，眼睛突然發亮。陳圓圓一手懷抱著小男孩，另一隻手擰個鳥籠——籠中是那隻小鴨雛，她正喜盈盈朝她們走過來。頓時，所有人都直盯著陳圓圓，個個呆若木雞！樂安公主撲到陳圓圓面前，伸手顫顫地指著她，一時間竟說不話：「你、你！……」陳圓圓笑嘻嘻說：「公主，瞧啊，我在路邊撿了個小弟弟。」樂安公主驚叫道：「什麼？這是小弟弟嗎?!」陳圓圓看看懷中小男孩，詫異：「不是小弟弟是什麼？」樂安公主說：「他是皇太子！大明國太子！」陳圓圓嚇得趕緊放下小男孩，並且朝他屈膝而跪，驚奇打量：「呀……是太子啊。你怎麼會是太子呀？」這時，周皇后瘋了般撲過來，將小太子抱進懷裡，又哭又笑地：「乖兒啊，你到哪去了……可把我嚇死啦……」眾宮女喜氣洋洋地圍上去，將周后與太子圍得水洩不通，一片歡聲笑語。

陳圓圓不安地跪在旁邊，身邊擱那隻鳥籠，籠中是那隻「呷呷」亂叫的可愛的小鴨雛，沒人顧得上理睬她。她看看她們，想笑又不敢笑。突然間，她聽到遠處傳來隆隆炮聲。頓時，周后以及所有的人都呆住了，只聽得炮聲越來越響，越來越恐怖！

皇太極兵臨城下了。

兩個宮女氣哼哼地把陳圓圓推進眠月閣：「進去，等著領罪吧！誰叫你多事的，差點害死我們！……呸！」陳圓圓被推進門，只聽門外掛上一把大鎖，哐啷一聲鎖上了。陳圓圓坐立片刻，緩步走到窗前，又聽見遠處傳來轟轟的炮聲……

忽然又是一陣鎖響。陳圓圓回頭看，見樂安公主開鎖入內，笑嘻嘻走來。陳圓圓立刻板起臉，別過身去。樂安公主笑道：「陳圓圓，母后請你到御花園去。」陳圓圓冷聲道：「幹嘛哪？是要打，還是要殺呀？」

「什麼話。母后是請你去。明白了嗎——」看著陳圓圓一臉的驚疑，樂安說：「唉！你一走，皇太子就大哭大鬧，不吃不喝，誰也沒辦法……」陳圓圓拖長音調，得意地說：「是嘛？……我就知道！」樂安公主上前親切而神秘地說：「圓圓哪，還有一樁奇事。」「什麼事？」樂安公主高興地說：「皇太子開口說話了！他都兩歲了，今兒才第一次開口說話！他管小鴨子叫『鴨鴨——』還衝我叫『姐姐！——』嘿嘿，叫起來就叫個不停……」陳圓圓打斷她的話，得意地說：「告訴你吧，那可是我教的！……哼，這回，皇后娘娘該高興了吧？」樂安板起臉說：「不高興，一點也不高興！」「為什麼？」樂安公主表情誇張地說：「母后讓皇太子叫聲『媽媽』。可這該死的小東西，竟敢衝著母后叫『鴨鴨』！」陳圓圓瞪大眼看著樂安公主，吃驚不已。

過了片刻，與樂安公主一起放聲大笑！兩人摟成一堆，直笑得東倒西歪，直笑得死去活來……

御花園涼亭內已擺滿各果品美食，眾宮女恭敬地侍立著。陳圓圓坐在宮椅上，小太子偎在她懷裡，喜笑顏開的樣子。陳圓圓用小勺餵他進食。她餵他什麼他就吃什麼，吃得十分香甜。周皇后含笑坐邊上看著，樂安公主輕輕替母后搖扇，同時暗朝陳圓圓擠眉弄眼。陳圓圓佯作不見，忍著笑給小太子餵食：「來，咱們再吃一口……嗳，真乖！」周后親切地說：「圓圓哪，我以為你只會彈琴唱曲，想不到你也會帶孩子。」

「啟稟娘娘，奴家小時候可苦了，沒學彈琴唱曲之前，先得給老闆娘帶孩子。」陳圓圓說，「我把老闆娘的孩子從兩歲起，一直帶到八歲，那孩子對我可親哪，就像我弟弟。」

周后含笑道：「是麼？」「是……」陳圓圓放下碗，摟著小太子，指向周后說，「乖，這是媽媽。去，叫『媽媽』！」周后頓時滿面期待地看著小太子。小太子笑嘻嘻地、蹣跚地朝周后走去，張口叫道：「媽媽……媽媽……」叫聲中，他一頭撲進周后懷裏。周后激動地摟著小太子，連聲應：「嗳，嗳！」

見到娘兒倆這番模樣，陳圓圓與眾宮女都幸福地笑了。

周后彎腰攙著小太子，慢慢走開。忽然，她停步，從身上解下一隻精美玉佩遞給陳圓圓：「圓圓，這玉佩我帶十年了……賞你吧。」陳圓圓雙手接過：「謝皇后娘娘！」周后又說：「圓圓哪，今後你多照料照料太子吧。啊？就像照料你自個的弟弟。」周皇后攙著小太子喜孜孜走開。樂安公主悄悄靠近陳圓圓，咬牙切齒低聲說：「聽見沒有——當自個的弟弟！你這鬼東西，倒成了我姐了！」陳圓圓低下頭：「奴婢不敢……」

自幼孤苦零丁的陳圓圓多麼渴望有一個親人哪，為此，她甚至願意把皇太子當成是自己的弟弟。但是，正如她所說的——不敢，不敢哪。樂安公主衝陳圓圓吱吱地笑：「有什麼不敢的？我倒挺樂意！」

突然一聲巨響，炮彈飛進池中炸開，水花與樹葉濺了眾人一身。所有人都發出驚叫……清兵攻城了。

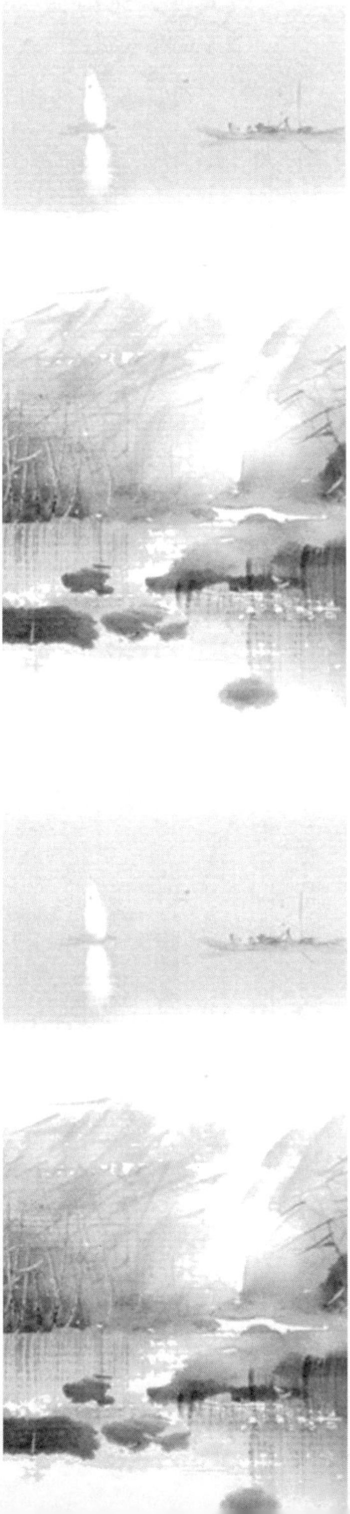

第十四章

陣陣炮聲。天搖地動。城樓內，王承恩匆匆為皇上披掛黃金甲冑。楊嗣昌、洪承疇神情緊張侍立於旁。楊嗣昌稟道：「皇上，清軍已經兵臨城下。京城北、東、西，三面均已接敵。」附近一聲巨響。崇禎循聲望去，問：「皇太極開始攻城了嗎？」楊嗣昌回答：「看來是快了。」崇禎不悅，斥道：「什麼看來？——」洪承疇道：「臣認為，清軍頻頻發炮，是在施展先聲奪人之術，以使京城人心惶惶。至於攻打京城，最少要在幾天之後，清軍需要布陣與準備。」崇禎滿意地點點頭，此時他也披掛已定，在臣子陪伴下，小心翼翼步出城樓，憑高望遠。王承恩在旁邊不斷叮囑：「皇上，當心啊！……」只見，遠處旌旗如雲，殺氣連天，濃煙與火光升騰閃爍……

洪承疇沉聲道：「皇上請看，清軍正在布陣。」崇禎厲聲問道：「袁崇煥現在何處？」楊嗣昌稟道：「據報，袁崇煥正從蒙古邊境趕來？」崇禎驚訝地問：「他跑到蒙古邊境幹什麼？」楊嗣昌難言地說：「袁崇煥原想在那裡設下伏兵，截擊退軍的皇太極……」崇禎詫異地指著前方：「可皇太極就在眼皮底下呀！」楊嗣昌不敢再言，看著王承恩。王承恩只得上前道：「按照常規，清軍早該班師了。袁總督是想先敵一步，搶占清軍退路，關門打狗。」崇禎斥道：「想得美！還關門吶——狗都要上炕了！真令朕哭笑不得。」洪承疇道：「袁崇煥是失算了。但皇太極此次進軍，如此大膽，也確實前所未有……」崇禎煩躁地說：「袁崇煥之罪，朕以後再查問。現在，各路勤王之師到了哪裡？」楊嗣昌道：「南下陝西的官軍，都在掉頭赴援。估計抵達京城需要兩天……」崇禎打斷他：「又是估計！」洪承疇道：「洛陽、開封、濟南三處的兵馬，都在星夜馳援京城。抵京需要三天。」

「太慢！傳旨。」崇禎想也沒有想，就下令道：「令各路勤王之師，務必在明天裡趕到京郊，合圍皇太極！」洪承疇等痛苦不堪，勉強應聲：「遵旨。」

西山高坡上，清軍大營。皇太極與眾皇弟、皇子及旗主也在駐馬眺望。從這裡望去，紫禁城在夕陽落照中閃耀著黃澄澄的光芒，顯得氣象萬千，令人神往。皇太極揚鞭長嘆：「看哪，那是一座偉大的皇城！可惜，住在裡面的卻不是偉大君王，他配不上這座皇城。」范仁寬注視著紫禁城，隱隱激動：「皇上，可那裡面也曾有過偉大君王，今後還會再有。」皇太極微笑了，說：「今後麼……但願是朕！朕可不想在這看一看就算了，朕要進去，朕要君臨天下！」眾臣及軍隊們一片歡呼：「萬歲！萬萬歲！」

多爾袞策馬上前稟道：「皇上，這四天來，我軍如同一道閃電，衝擊七百里，沿途守軍都是不堪一擊。現在，我們已經兵臨城下了，為何不一鼓作氣拿下它？」多鐸也上前道：「皇阿瑪，兒臣願率所部，為攻城先鋒！」范仁寬緊張地看著皇太極。皇太極搖搖頭：「朕估計，袁崇煥和內地援軍三天內必到，而我們三天內是打不下京城的。」范仁寬鬆口氣，說：「皇上聖斷。我軍一旦攻城失利，肯定陷入腹背受敵的困境，那時就可能勝敗逆轉。」皇太極點點頭：「聽旨，各旗各部選擇有利地形安營，休整兩天。等到第三天時，袁崇煥趕到，趁他人困馬乏、立足未穩，朕要與他決戰！」眾臣將齊聲：「喳！」

眠月閣內。陳圓圓與樂安公主對坐著，當中是那張搖床。陳圓圓輕輕搖晃著它，小太子在床內熟睡。樂安公主看看沉思中的陳圓圓，說：「噯，圓圓姐！」陳圓圓被驚醒，輕聲說：「公主千萬別這麼叫，當心被人聽見……」樂安公主笑道：「沒人的時候我才叫嘛！叫一叫，心裡怪舒服的。」陳圓圓感動地說：「聽你這麼一叫，我也舒服。」樂安哀怨地說：「我也真想有個姐姐。知道嗎，皇后不是我的親生母親。我母親是個普通宮女，生下我沒幾天就死了。別看我整天嘻嘻哈哈的，其實很孤苦零仃……」

陳圓圓突然道：「樂安公主，我母親也是個宮女。」「是嗎，她在哪？」陳圓圓說：「我很小的時候她就死了。」樂安公主問：「那、那你怎麼會流落到揚州呢？」陳圓圓看著屋內：「母親臨終前告訴我，十八年前的一天夜裡，我就生在這間屋裡。那一天，正好是皇上登基。可不知為什麼，宮裡突然鬧起了政變，母親抱著我逃出了宮，一直逃到揚州。唉……想不到，我繞了個大圈子，到頭來又進了宮，又回到這屋子裡。」

「你父親是誰，也是皇上嗎？」陳圓圓苦苦一笑：「這個嘛，母親也告訴我了，我父親是個唱戲的。他也早死了。」樂安公主說：「圓圓姐，你命真苦。」「苦嗎？」陳圓圓自問一句。又說，「王公公說過，誰也甭說自個命苦。天下最苦命的人，往往一聲不出啊。」

樂安聽了有點兒恐懼：「這話，聽了真叫人害怕……」陳圓圓嘆了一口氣：「再怕也得活著啊。」

樂安怔怔地：「是啊，是啊」。忽然想起什麼，神秘地問：「圓圓姐，我早想問你了，你跟多少個男人破過身？」陳圓圓一驚，又氣又急：「你！……幹嘛問這個，要不看你是公主，我打你嘴！」樂安委屈地說：「我是好心啊！」陳圓圓說：「我瞧你是花心！在想男人了。」樂安公主氣得嘟著嘴：「我只是想知道你有沒有愛過什麼男人？又有沒有男人愛上你？」陳圓圓眼睛一紅，嘆息道：「樂安哪，那些愛我的男人，沒一個是真心的！」「真的一個都沒有？」陳圓圓沒有回答，她想了想說：「過去確實沒有。現在，也許有一個吧……」「他是誰？」陳圓圓又不說話了。

樂安公主詭秘地一笑：「其實，你就是不說，我也知道他是誰？」樂安公主看著陳圓圓，斷然道：「他就是吳——三——桂！」陳圓圓瞪著樂安，這回可是被心思猜中無話可說的樣子。樂安公主很得意：「怎麼樣，一猜就中吧？咯咯……那天，我瞧他跪在花園裡捶胸頓足，我就想，這人犯什麼病哪！後來明白了，他是愛你！愛——就是犯病！」陳圓圓也被她逗得笑起來。陳圓圓作勢要揪樂安公主。樂安閃身躲開，突然恢復公主尊嚴，正聲道：「陳圓圓！」陳圓圓一驚，問：「你，怎麼了？」樂安公主說：「你告訴我實話，你愛不愛他？」陳圓圓垂首難言地：「我、我……」樂安正色道：「圓圓姐，如果你愛他，我可以幫你倆。」陳圓圓噗哧一笑：「憑你?!」樂安撅著嘴說：「怎麼啦？我不夠格？反正我一天到晚沒事幹，這倒是件事。」

外面炮聲隱隱傳來，陳圓圓突然嘆道：「吳三桂他……他也不知是死是活。」

袁崇煥與眾將都有氣無力地散坐龍王廟的地上，軍容不整。吳三桂入報：「大帥，大部分軍馬都不能再騎行了。弟兄們也急需休整。」袁崇煥掃一眼疲累不堪的將領們，說：「那就——暫且休息。」眾將領愜意歪倒身體。袁崇煥卻又道：「一個時辰後出發。戰馬如果不能騎行，就牽著馬走。」眾將勉強應聲：「遵命。」

袁崇煥示意吳三桂，兩人步出龍王廟。袁崇煥沉重地說：「我軍距京城還有三百八十里，而皇太極現在肯定已經到達京城了。情況萬分危急。」吳三桂上前：「請大帥示下。」袁崇煥道：「你把能夠騎行的戰馬全部集中起來，再挑選三千精兵，星夜趕赴京城，偷襲皇太極大營。」吳三桂驚訝地睜大眼睛：「三千？……大帥，三千兵馬可是萬難取勝啊！」袁崇煥說：「我知道。我只要你襲擾清軍，製造混亂。更主要的是，要讓皇上看見我們已經殺到城下了，讓京城裡的人鼓舞信心。」吳三桂恍然大悟：「末將明白了。」

袁崇煥沉重地說：「這是萬般無奈之下的拼命之策！三桂呀，我肯定皇上望救兵已經望穿雙眼，我們早到一個時辰，罪過就少一分。」吳三桂毅然決然地說：「末將一定拼命趕路。趕到後，不管三七二十一，攻殺皇太極大營！」袁崇煥抱抱拳，動情地說：「本部堂這裡謝過了！」

清軍龍帳中，范仁寬正向皇太極稟報：「皇上，據逃出的京城難民說，城內守軍不足萬人，連太監們都執刀上城助防了。可見，大明朝廷確實準備不足。」皇太極沉吟道：「崇禎在嗎？」「在。他親著黃金甲，登上午門，指揮軍民護城。據說，他不惜『舉國玉碎』，要與清軍決一死戰！」皇太極一笑：「勇氣可嘉，像個皇帝的樣子。」

這時，帳門兩邊掀開，多爾袞與豪格並肩入內，齊聲道：「臣弟（兒臣）叩見皇上（皇阿瑪）！」皇太極掃了他們一眼，問：「有事嗎？」多爾袞看一眼范仁寬，說：「臣弟與豪格有些機密，想單獨向皇上稟報。」皇太極詢問地看了豪格一眼。豪格道：「兒臣也是此意。」皇太極略顯不悅。范仁寬忙道：「皇上，臣告退。」皇太極說：「不必走遠，就在帳外候著。朕一會還有事。」范仁寬應聲退出。

當帳門合上，皇太極立刻斥二人：「早就跟你們說過，不要岐視漢臣！」多爾袞說：「臣弟不敢歧視他，臣弟確有要事。」豪格也說：「兒臣也不敢歧視他，兒臣只是不喜歡他待在邊上。」皇太極揮揮手，說：「別發牢騷了，有事說事吧。」多爾袞稟道：「皇上，探馬來報，說袁崇煥的大軍被甩在四百里開外，戰馬跑不動了。臣估計，他們最快也要五六天才能趕到。」「內地那些勤王之師呢？」多爾袞笑了笑：「嘴上叫得哇哇亂響，步子卻像蝸牛那麼慢。」豪格鄙棄地說：「明軍歷來這樣。到了打仗時候，你看我，我看你，都不敢先動手。」

多爾袞又接著說：「還有，城裡逃出來的難民說，崇禎根本沒做好守城決戰的準備，城內缺兵缺糧，紅衣大炮打得他們人心惶惶……」皇太極打斷他的話：「這些朕都知道了，你們究竟有什麼想法？」多爾袞說：「稟皇上，臣弟認為，大明的援軍遠比咱們預料的遠，北京的城防遠比咱們預料的弱……」豪格搶著接口說：「兒臣請求皇阿瑪當機立斷，速戰速決，在各地明軍趕來之前，一舉攻克京城……」多爾袞又搶過去說：「只要京城被攻陷，各地明軍就破了肝膽，亂了方寸，兵無鬥志。大明的心臟捏在咱們手裡，這個王朝事實上也就亡了！」

豪格期待地：「皇阿瑪，現在正是千載難逢的勝機啊！」皇太極顯然動心了，他悶頭走來走去，幾次欲言又止，止又欲言。他內心在激烈地鬥爭著……多爾袞與豪格跪下了，嘶聲：「皇上（皇阿瑪），下旨吧！」皇太極猶豫著，他張了張口，終於道：「朕……要三思！」皇太極彷彿想起什麼，突然朝外高叫：「范仁寬，你進來！」

范仁寬入內揖道：「皇上。」皇太極沉聲道：「多爾袞和多鐸力諫，要朕在明援軍到來之前，一舉攻陷京城。你意如何？」范仁寬看看多爾袞與豪格，他倆仍跪地未起，四隻眼睛熱辣辣地注視著范仁寬。加上皇太極，所有人都注視著他。范仁寬頓時渾身發抖，也情不自禁地跪下了：「皇上，臣……是個漢人。這種時候，還是請不要徵求臣的意見吧。」皇太極怒道：「朕偏要你說，攻還是不攻？如支唔不言，朕殺你！」

范仁寬見皇太極怒極，反而冷靜下來了。正聲道：「皇上，清軍此次南下的戰略任務並非攻克北京，而是援救中原流寇，迫使崇禎回兵自保。現在，這個戰略任務已經完成了，大明內地所有的軍隊都朝京城趕來。京城雖然兵少，但足能支撐十天半月；崇禎雖然沒有做好守城決戰的準備，但皇上您也沒有做好一舉推翻大明的準備！臣認為，那座近在咫尺的古老京城，不光是個誘人的果實，也是一個美麗陷阱。如果清軍得寸進尺，一味貪勝，反而可能陷入腹背受敵的災難……」在他說話過程中，多爾袞與豪格氣得咬牙切齒，恨不能一口吞了范仁寬。沒等他說完，豪格就斥罵道：「非我族類，其心必異！」多爾袞則更厲害，他含淚沙啞道：「皇上！難道……您弟弟和兒子的話加到一塊，還不如這個漢人的話嗎？」皇太極搖晃了一下，怒斥：「放肆！」多爾袞與豪格垂首不語。

皇太極不平靜地喘息著，漸漸趨於平靜，說：「你二人都是朕的骨肉，朕的膀臂。但是國之興亡、千秋大業，不是誰親就聽誰的，而是誰說的對、誰看的遠，朕才聽誰的！……范仁寬，你接著說吧。」范仁寬深深叩了個頭：「臣認為，皇上今兒上午的決策是聖明的，那就是圍而不攻，休整數日，尋機殲敵。之後，班師退軍。」皇太極嘆息道：「唉，朕知道那決策對，但……朕多少有些不甘心！」范仁寬說：「臣記得，皇上的滅明三策之中，第一條就是『和』。逼崇禎求和。」范仁寬看了看皇太極，又說：「臣認為，清軍現在兵臨城下，崇禎每時每刻都處在驚恐之中，正是逼他求和的大好時機。」皇太極似有所悟：「嗯，不錯。」范仁寬說：「皇上不妨修一國書給崇禎，逼他正式承認大清國，迫使大明永遠放棄宗主國地位，每年向大清交納歲供。這樣一來，不但徹底打掉了大明王朝近二百年的『上國心態』，還使它在精神氣數上也比大清矮了一頭。從此，主僕易位，改朝換代也就不遠了。」皇太極哈哈大笑，上前扶范仁寬：「好好！快起來……」皇太極同時催多爾袞與多鐸，「你們也起來。」范仁寬欣慰地起身，而多爾袞與豪格是非常沮喪地起身。

皇太極對范仁寬道：「朕完全贊同你的見解，著你立即修書！」范仁寬慨然應道：「遵旨。」龍帳外。多爾袞、豪格在前，范仁寬在後，三人步出帳外。沒走多遠，豪格站住，回頭怒視范仁寬。范仁寬沉著地向前走，到豪格面前時，豪格一個耳光打來，將他打得幾乎摔倒。多爾袞怒罵：「你這條漢狗！」范仁寬挺立著：「在下是大清朝一品漢臣，不是漢狗。」多爾袞冷冷地說：「狗也好，臣也好，反正都帶個漢字！范仁寬，今晚上你算是幫了崇禎皇上的大忙。」多爾袞與豪格掉頭離去。

清軍大營。一個僕人端著碗粥走近一座小帳蓬，掀簾進入。帳中，范仁寬正在燈下急速書寫。僕人將粥放在案頭，輕聲說：「范大人，這肉粥是皇上的夜宵。皇上說，『給范先生送一碗去』。」范仁寬看也不看那粥，仍在書寫，頭也不抬地說：「你把它吃了。」僕人驚訝地說：「這是皇上特意賞您的呀！」范仁寬說：「我賞給你了。」僕人不知如何是好。這時，范仁寬已經寫畢，他一邊將書信折疊著，一邊說：「山子，你聽著。明天我要進北京城遞送國書，不知還能不能回來。……如果我被崇禎斬首，你就把這封信呈交給皇上。」

僕人驚叫：「范大人。」范仁寬把信壓在硯臺下：「看好，我擱這了。」「小的記住了。」范仁寬端起粥，遞給僕人，說：「我不餓，這粥你吃了吧。」僕人只得接過，含淚道：「謝大人。」僕人離去後，范仁寬孤坐，看著案上那搖曳不定、且越來越暗的燭火，直到萎縮如豆，直至它完全熄滅。范仁寬仍坐在黑暗中……

紫禁城外。范仁寬隻身騎馬，緩緩來到城門下，仰頭高喝：「大清使臣范仁寬，奉旨拜見大明皇上！」城樓上一片不安的騷動。片刻，只聽守衛一聲怒喝：「下馬！」

范仁寬下馬。守衛再喝：「為何事拜見皇上？」范仁寬高聲道：「遞交國書，休戰議和。」城樓上又是一片騷動。

守衛喝道：「站著別動，候著。」范仁寬默默站立等候。

洪承疇快步進入午門城樓，向崇禎稟道：「皇上，前門守軍急報，皇太極派來了一個使臣，求見皇上。」崇禎一怔，問：「使臣？……他來做什麼？」洪承疇再稟道：「據使臣說，他是來遞交國書的，皇太極想休戰議和。」

崇禎起身，驚喜道：「什麼？好哇，好哇！讓他進城，你親自去迎一下。朕在乾清宮召見他。」「皇上……」洪承疇遲疑地進言，「清軍兵臨城下，占盡了天時地利。在這種時候，皇太極不但停止了攻城，還提出來休戰議和，臣認為，他恐怕別有用心。」

崇禎冷靜下來，問：「你有何建議？」「臣斗膽建議，無論皇太極提出什麼樣的和平條件，請皇上都不要當場答應，也不要當場拒絕。」崇禎道：「愛卿放心。朕當然會深思熟慮，還要和內閣大臣們商量。」洪承疇又道：「臣還有一事稟報。」洪承疇看了看崇禎，說：「對方使臣名叫范仁寬……」崇禎凝神一想，突然怒容滿面：「朕想起來了，他是皇太極首席漢臣——頭號漢奸！」洪承疇一揖：「臣奉旨迎接的，正是此人。」

崇禎憤怒地瞪著門外。

城門轟隆隆打開一道縫，恰可供人側身而入。一個守衛的大嘴伸進門內，衝外面的范仁寬高喝：「進來！」

范仁寬站著不動，搖頭道：「堂堂北京城，就這麼窄的門嗎？我進不去。」守衛看看門，斥道：「這還不夠你進的？」范仁寬說：「我身體雖然可以進去。但本使臣懷揣著大清《國書》，是這道《國書》進不去！請大開城門。」守衛怒道：「你它媽的騷什麼勁哪？快進來！」范仁寬也一臉怒容：「務必大開城門，否則。本使臣寧死不進！」

守衛似在請示什麼人。過了一會兒，城門終於轟隆隆大開，范仁寬這才昂然入內。

城門一開，便見洪承疇在大道頂頭佇立，他注視著范仁寬步步走近……越來越近。待范仁寬站到面前時，洪承疇抱拳一揖，冷聲道：「兵部侍郎洪承疇，奉旨迎候使臣。」范仁寬當胸一揖：「大清使臣范仁寬，多謝洪先生相迎。」洪承疇也不多話，當先領路。范仁寬走進兵戈森嚴的夾道中，兩旁盡是錦衣衛們閃亮的刀鋒。然而在他們身後，范仁寬看見遍地廢墟，房屋崩塌。他不禁微微嘆息……

行進間，洪承疇故意問：「請問范先生是漢人嗎？」見范仁寬回答一聲「是。」洪承疇故作驚訝地問：「真是？」「真是。」洪承疇又問：「連祖上也是漢人？」范仁寬道：「范氏家祖從漢朝以來，無不是漢人。」洪承疇鼻子哼了一聲：「這就奇怪了……」范仁寬寬容地一笑，道：

「洪先生如果想罵一聲『漢奸』，請便吧。」洪承疇說：「佩服！范先生有自知之明。」范仁寬說：「不敢當，在下對此早就習慣了。昨晚上，豪格還罵在下是『漢狗』。在下多年來兩頭挨罵，不習慣也得習慣。」洪承疇責問：「大漢子孫，為何投靠滿清？」范仁寬毫無愧疚地說：「很簡單。大明將亡，大清當興。」

洪承疇問：「范先生還記得周延儒嗎？」范仁寬道：「少年之交，情同手足，豈能忘記？」洪承疇恨道：「哼，正是你與他暗通書信，把自己的『少年手足』害死了。」范仁寬道：「洪先生應該明白，不是我害死了他，是崇禎皇上害死了他！」洪承疇怒道：「放肆！你向周延儒建議明、清議和，這才使他惹上殺身之禍。」范仁寬說：「請問洪先生，明、清議和不對嗎？難道你們不想和嗎？」洪承疇無言。

范仁寬示意捧著的《國書》又道：「再說，在下此行，仍然是為了明清議和而來。如果我沒有猜錯的話——此時的崇禎皇上恐怕要比大清皇上更希望『和』！」洪承疇哼了一聲，道：「如果我沒有猜錯的話，閣下手捧的這道《國書》，恐怕又是你這個漢奸捉刀代筆！」范仁寬一怔，驚視洪承疇。洪承疇接著又說：「如果我還沒有猜錯的話——那麼，在這道所謂的《國書》中，仍然沒有絲毫媾和誠意，你們是想迫使大明簽定城下之盟！」這回輪到范仁寬默然無言了。

洪承疇凜凜然大步前行，前面已是乾清宮。

崇禎高踞龍座，眾臣嚴肅排立，所有目光統統射向大步進宮的范仁寬。范仁寬單足跪地，高

聲奏道：「大清國一品大臣范仁寬，奉旨拜見大明皇上。」崇禎一臉峻色地看著他，故意半天不出聲，然後沉聲道：「哦，朕聽說過你，也是個飽讀詩書的漢人，卻失身於豺狼，甘為鷹犬！」范仁寬昂然道：「啟奏大明皇上，皇太極不是豺狼，在下也不是鷹犬。」崇禎冷笑：「哦？那是什麼？」「在下只是大清使臣范仁寬，奉旨呈交《國書》。」范仁寬雙手將一幀黃軸高舉過頂。眾臣都看崇禎。

崇禎沒讓人接下，卻道：「范仁寬，你打開它。」范仁寬一怔，繼之緩緩展開——半是漢文，半是滿文。崇禎又道：「念。」范仁寬猶豫。崇禎喝了一聲：「念。」范仁寬便昂聲念道：「大清國皇帝知照大明國皇帝。朕皇太極，受命於天，光昭於地，兵臨城下，將集轅門。紫禁城彈指可破，大明朝危在旦夕。但朕心存仁義，不忍見刀兵屠戮，願與大明休戰媾和，結為友好鄰邦。為此，大明皇帝必須昭告天下，正式承認大清國，開放邊關，互通有無……」「停。」范仁寬停止宣讀，看著崇禎。崇禎面露諷笑地問：「朕要是承認大清國，皇太極會怎樣？」范仁寬道：「大清立即退軍。」「朕要是不承認呢？」范仁寬道：「則意味大明視大清為天敵，皇太極將被迫攻城，破城之後，……臣不敢多言。」滿朝大臣俱怒容直視范仁寬，見崇禎皇帝不說話，大家又不敢說話。沉默……整個乾清宮鴉雀無聲。

半晌，只見崇禎沉聲道：「你且回去，朕要與眾臣商量過後，再予回答覆。」范仁寬卻緊逼不讓，道：「使臣奉皇太極嚴命，今天就必須把答覆帶回去。」崇禎道：「哦？皇太極如此『求和』心切？」范仁寬道：「稟皇上，不是皇太極求和，也不是皇太極心切，是十萬八旗將士個個心切……」

崇禎大怒而起，喝道：「放肆！來人！」兩個錦衣衛執刀上前：「在！」崇禎口唇顫抖，眾臣俱不敢出聲相勸，洪承疇更是緊張……崇禎終於冷靜了，沉吟道：「帶到宮外候著。」范仁寬上前，將《國書》放在丹陛上，隨錦衣衛退下。崇禎呆呆地看著腳前那幀《國書》，喟嘆一聲，坐下：「列位愛卿，你們都可以直言。」

周皇親搶先出班，怒道：「這哪是什麼《國書》，簡直是最後通諜。老臣寧可斷了頭顱，也要先斷了它！……」說罷，周皇親上前一腳將那《國書》踩斷！眾臣一片叫好，崇禎無奈地搖頭。周皇親彷彿立了大功，哼哼地退下。一大臣出班奏道：「幾十年前，滿清還只大明建州三衛中的一衛，給先皇爺看看北門而已。如今坐大，竟要逼迫皇上簽定城下之盟。是可忍而孰不可忍！」又一臣奏道：「如果讓其逞，將來蒙、藏、回，個個都來跟大明簽約，大明豈不名存實……」他說到這裡不便措詞。正惶恐時，另一個大臣插進來道：「所謂皇太極不過是殺雞屠狗之徒，茹毛飲血之輩，不識教化，形同禽獸……」

崇禎終於忍不住了，沉著臉打斷他們的話，道：「列位愛卿罵夠了麼？如果罵夠了，就出主意吧。如何答覆皇太極？那個漢奸在宮外等著哪！」這時，眾臣們卻互相退縮，誰都不敢建言。崇禎催促著：「怎麼，都沒了主意？」

先前出列怒斥滿清的大臣再出班，沉吟道：「皇上，眼下清軍正在勢頭上，朝廷應設法避其鋒芒……」說到這裡他看了看崇禎皇上的臉色，吞吞吐吐地說，「不妨、不妨且恩准滿清立國，換、換取皇太極退兵。」崇禎驚訝地問：「咦？剛才你還說，『是可忍而孰不可忍。』」那大臣懼道：「聖君者，為千秋大業，常常能忍不可忍之事。」

「哼，話都叫你說了！」崇禎把目光掃向眾臣，「再議。」周皇親又顫巍巍上前，道：「啟奏皇上，勝敗乃兵家常事，關鍵是誰笑到最後。」崇禎皺了皺眉頭：「老皇親，你把話說明白些。」周皇親道：「老臣認為，朝廷急需三五年和平安定的時間，用以強兵富國。大明強大起之後，早晚能踏平滿清，消滅皇太極！」立刻有臣插進來，道：「周老皇親忠君護國之言，臣附議。」立刻又有大臣一連串接口：「臣附議……臣也附議……」只有楊嗣昌與洪承疇始終一聲不出，態度不明。崇禎越聽越怒，終於憤然道：「如此看來，你們都主張簽訂城下之盟了？」眾臣靜極。

崇禎更怒，喝道：「你們就不怕喪權辱國嗎？就不怕滿清入主中原嗎？就不怕從此之後寄人籬下、苟延殘喘嗎？哼……」崇禎怒不可遏，大吼：「你們願意失身為奴，朕不願意！」眾臣慄然。

范仁寬立於階下，閉目守候。忽聽一聲呼喚：「范先生。請用茶。」范仁寬睜眼一看，小太監王小巧端著一盅茶立於面前。不遠處立著王承恩。范仁寬接過茶，朝王承恩微揖：「多謝。」

范仁寬徐徐飲盡，感動地嘆息：「好茶，好茶！……在下幾十年沒喝過這麼好的茶。」「嘿嘿，這是龍井明前茶，西山鳳泉水。」范仁寬讚道：「難怪甘美無比。在下請求再來一盅。」王承恩聲音一沉：「沒有了！」

范仁寬怔片刻，微笑說：「明白了，王公公是點到為止啊。」「你也知道我叫王承恩？」范仁寬道：「誰不知道紫禁城有個王大總管？」王承恩嘆道：「那你還應該知道，血有血的腥氣，酒有酒的麻辣，什麼都比不了清清爽爽的一盅茶呀！」范仁寬感慨地說：「是呵！王公公啊，在下幾十年來，出門是漢奸，進門是漢狗，兩頭挨罵。只有您不但沒罵，還賞我茶喝。」王承恩低聲說：「漢人……滿人，都是人嘛……」范仁寬深深揖首，激動地說：「聽了您這句話，喝了您那盅茶，在下死而無憾。」王承恩無言離去。

乾清宮仍然是一片沉默。崇禎已步下丹陛，踱到楊嗣昌與洪承疇面前：「你們兩位，不要過於老成了，說話！」楊、洪互視一眼。洪承疇退半步，恭敬地：「楊大人請。」楊嗣昌只得道：「臣一直在想，在『戰』與『和』之間，難道就沒有其他辦法了嗎？」崇禎立定，回望楊嗣昌，目光充滿希望：「愛卿放膽說。」楊嗣昌受到鼓勵，接著說：「書云，『兵不厭詐』。在戰和兩難之時，臣建議『詐和』。」崇禎皺了皺眉頭：「詐和？」楊嗣昌道：「皇上不妨先答應皇太極的立國請求，騙敵退兵。之後，再詔示清廷，告訴皇太極，城下之盟概不作數，大明不與蠻夷並立於世……」「這叫什麼事嘛？他不講信義，朕也就不講信義了？」崇禎的臉沉下來。楊嗣昌急道：「皇上，兵不厭詐呀。」「這叫爾虞我詐！」崇禎怒斥楊嗣昌，然後巡視群臣，「你們說說，這些偷雞摸狗的伎倆是大明風範嗎？是聖君所為嗎？朕奉行天子之道，堂堂正正，豈能如小人般行徑?!」

洪承疇終於開口了：「臣認為，真正的和平不是談出來的，而是打出來的。談判桌上得來的和平根本靠不住。臣建議拒和，迎戰！」崇禎欣慰地看著洪承疇，道：「朕總算聽到句知心話了……」崇禎掉頭回到龍座，站在那裡巡望一臉惶恐的眾臣，大吼道：「朕決心已定，既不與皇太極『議和』，更不與皇太極『詐和』！朕要親著黃金甲，手提三尺劍，不惜舉國玉碎，與皇太極決一死戰！」眾臣為崇禎的天子氣概所震撼，全部拜倒，一片聲道：「舉國玉碎，決一死戰！舉國玉碎，決一死戰……」

一陣陣「舉國玉碎，決一死戰」的吼聲傳到宮外，乾清宮玉階上范仁寬聽了，不禁長長嘆息。洪承疇出門站在玉階上，冷冷地說：「范先生，請——」范仁寬沉默地隨洪承疇入宮。范仁寬一直走向丹陛，直至看見地面上那幀踩斷的《國書》。他在斷書前止步。

崇禎冷冷地：「范仁寬。」「使臣在。」崇禎嘴角現出一絲冷冷的笑意：「從現在起，你不是皇太極的使臣了，你是朕的使臣。」范仁寬詫異地問：「請問皇上有何旨意？」「朕決心已定，大明絕不和滿清並存於世！朕，要與皇太極決一死戰！」范仁寬驚訝地看看周圍大臣，疑問：「滿朝文武，沒一個明白人麼？」崇禎義正辭嚴地道：「滿朝文武，個個明白。君臣同心，

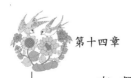

舉國一致！」崇禎話音剛落，滿朝人齊聲大喝：「決一死戰……」聲震宮樑。

崇禎得意地問：「你聽到了吧？」「聽到了。皇上，使臣可以說一句話麼？」范仁寬注視著滿面得意的崇禎，大叫一聲：「皇上，你要誤國誤民了！」崇禎怒道：「放肆！」范仁寬仍在叫：「朝廷現在不肯媾和，將來，連乞和都來不及了……」

崇禎重擊龍案，怒髮衝冠地立起：「來人，讓這個大漢奸口銜《國書》，回去交差。」錦衣衛們撲上前，將范仁寬推下。

清軍大營，夕陽落照，天地金黃。

范仁寬的坐騎拉著一輛大車，在無人引領的情況下，自行回到清軍大營。清軍守衛看見，奇怪地迎上前，掀起車上的一片麻布一看，驚叫：「天哪！快稟報皇上……」多爾袞急步入帳，然後步步漸慢，走到正在讀書的皇太極身後，支唔道：「皇上，范先生回來了……」

「傳他進來。」多爾袞支支唔唔地：「可、可他……不是一整個人了。」皇太極驚視多爾袞。多爾袞說：「范先生的頭顱裝在匣子裡，給送回來了，口中還叼著那道《國書》。」

皇太極驚怒，大步搶出帳門。皇太極奔到大車前，掀開麻布。只見一隻木匣裡裝著范仁寬頭顱，嘴中叼著那道踩斷的《國書》。皇太極氣得渾身顫抖，望著遠處的隱隱京城，半天才喊出來：「崇禎！崇禎！朕非要滅掉你不可……」

不遠處，范仁寬的小僕垂淚觀望著大車。

皇太極怒不可遏地下令：「傳眾親王、旗主，龍帳點兵！」多爾袞興奮地：「喳！」皇太極忽又想起什麼，再道：「慢著。讓所有的漢臣都來！」多爾袞詫異地看著皇太極……

清軍龍帳。正中龍案上安放著那隻木匣，匣中是范仁寬頭顱，他兩隻眼睛仍然睜著。旁邊，擱著那幀折斷的《國書》。皇太極悲痛不已，對排立兩旁的臣將們道：「朕把你們統統召來，是要你們都看看——好好看看！那個崇禎，那個恩威齊天的大明皇帝，是怎麼對待咱們大清的?!他們把咱們叫做『蠻夷』，可他們自個呢，比禽獸還殘暴……」皇太極走到漢臣列班前：「朕喜歡漢臣，重用漢臣！可崇禎吶，竟然把漢臣的頭砍下來！」漢臣們下跪垂淚道：「皇上，范先生是臣等的楷模。請皇上為范先生復仇。」

「朕不但要為他復仇，朕還要更加重用你們。傳旨，所有漢臣各升一級，加兩年俸祿！」眾漢臣悲喜交集：「臣等謝恩！」「不要謝朕，謝范仁寬吧。」眾漢臣齊向范仁寬頭顱叩首膜拜。

多爾袞出班奏道：「皇上，崇禎不但沒有一點和意，還竟敢斬使臣、毀《國書》，污辱咱大清！」豪格亦上前奏道：「請皇阿瑪立刻下旨，兒臣保證三天之內，攻下北京城！」眾親王旗及臣將，也是一片聲嚷著：「皇上，下旨攻城吧……」

皇太極緊張地思考著。帳門輕輕掀開，步進范仁寬的僕人，手捧一書信。戰戰兢兢，不敢開言。皇太極看見了他，問：「有事麼?」僕人跪下，將那書信高舉，戰戰兢兢道：「范先生……

昨夜寫了一封遺書。他說，如果他死了，就把它交給皇上。」皇太極接過左右呈上的書信，匆匆打開看……眾人都關切地看著皇太極。

范仁寬在信中說：「皇上如果見到此書，說明臣已經死了。臣既然已經死了，那麼，活著時不敢說的話，現在都可以說了，請聖上斟酌。臣以為，皇上萬萬不可此時攻打京城。以皇上現在的力量拿下一座紫禁城，如同探囊取物。但是，打下之後，皇上坐得住嗎？大清準備好了內閣的三院六部嗎？準備好了全國二十多省的總督、巡撫了嗎？準備好了一千六百個知縣了嗎？準備好開科取士、收復民心了嗎？」皇太極看到這裡，面色劇變，他定了一下神，繼續看下去。「皇上啊，滿族雖然強悍，卻只有區區數百萬人丁。大明雖然沒落，卻有兩萬萬子民。滿族文武官員，如果不肯說漢話、寫漢字、尊文教、拜孔聖，不敢彎下腰來、與漢臣平等相處，那麼，皇上即使打下京城，卻仍然得不到天下！反而會像一把鹽掉進汪洋大海，頃刻間被融化掉。臣斗膽建議皇上班師回國，做好治理天下的準備之後，再來取天下。臣斗膽建議列位皇爺，今後不必罵漢臣為漢狗。皇爺可以砍掉漢臣的頭，但不能打漢臣的耳光……」皇太極看到這裡，激動得熱淚直落……皇太極將遺書遞給多爾袞。豪格立刻和多爾袞擠在一塊觀看……遺書在旗主、親王、漢臣之間傳看……所有人都感動不已，長吁短嘆……

皇太極單腿跪到那隻木匣前，含淚道：「范先生，朕接受你的全部建議，明天就班師回國。歸國之後，朕立刻著手建立三院六部，滿漢各設一位尚書；立刻仿效漢例，開科取士，培養滿漢各族的督、撫、知縣……范先生哪，你如果聽見朕的話了，就請閉上雙眼吧。」皇太極深深揖首，待抬起頭看時，范仁寬頭顱真的閉上了雙眼。

豪格突然撲地而跪，衝著范仁寬頭顱，一掌掌打自己耳光，痛苦地說：「范先生，豪格無知，打了你一個耳光，現在我還你十下……」豪格劈劈啪啪地狠狠扇自己耳光。眾親王、旗主、漢臣都跪下了，泣不成聲。

皇太極怒喝一聲：「傳旨。將所有炮彈一顆不留，全部射進紫禁城！然後，班師退兵……」

清軍陣地上，紅衣大炮一字排開，眾炮手待命。一將軍大吼：開炮！

眾炮手將燒紅的鐵條湊近炮尾，引燃導火索。導火索，滋滋作響……

所有的大炮同時轟響，火光沖天，濃煙蔽日。

炮彈如雨落進城中，轟轟隆隆！

紫禁城內，頓時，房屋倒塌，軍民們驚慌奔走……

轟隆隆的炮聲裡，范仁寬的遺書依舊迴響在皇太極的耳邊：「……滿族雖然強悍，卻只有區區數百萬人丁。大明雖然沒落，卻有兩萬萬子民。滿族文武官員，如果不肯說漢話、寫漢字、尊文教、拜孔聖，不願彎下腰來、與漢臣平等相處，那麼，皇上即使打下京城，卻仍然得不到天下！——范仁寬　崇禎十二年八月五日夜」

第十五章

幾發炮彈在午門城樓上炸開，正在午睡的崇禎被震得從龍榻上跌落到地上，他抓過劍鞘，刷地抽出天子劍，勇敢地朝午門衝去：「清軍攻城了！來人，隨朕殺賊啊……」王承恩趕緊上前抱住崇禎：「皇上，外頭危險……」崇禎掙幾下，沒掙開，氣得叫：「放手，不然朕砍你。」王承恩依舊不鬆手：「皇上，您別出去！您在這坐鎮就行……」話音未落，天子劍已經一劃而過，將王承恩手臂割出一道口子，頓時血流不止。王承恩只得鬆開了手。

崇禎大步奔出城樓。一邊跑一邊喊：「來人，隨朕殺賊啊……」頓時，四面八方湧出無數軍民，吶喊著跟隨崇禎上了城頭。崇禎執劍為首，後面是一片旌旗，他領著這支隊伍在城頭箭道上轟轟烈烈的行進，毫不躲避炮彈。王承恩追出來，奔前奔後地，試圖以身體護著崇禎。轟，轟！……多發炮彈落進隊伍中，炸死一片，又炸死一片。但是剩下的人仍然無懼無畏地跟著崇禎，近乎炫耀地在箭道上行進，像一支遊行的隊伍，他們揮刀舞槍的喊：「殺賊啊！殺賊啊……」

炮彈繼續落到人群中，炸死這些近乎瘋狂的軍民。洪承疇聞聲趕來，他攔住這支漫無目的的隊伍：「皇上，炮火太猛烈了，快下去避一避。」崇禎揮劍怒叫：「朕不怕！朕要殺賊！」洪承疇乞求道：「皇上，清軍還沒有攻城，他們是胡亂放炮。咱們沒必要當人家的靶子……」

崇禎冷靜下來，看看四周死傷的人，驚懼了。他聽任王承恩與洪承疇將他扶下箭道，進入隱蔽處。崇禎顫聲問：「內地援軍到了麼？」洪承疇低聲道：「沒有。」「袁崇煥哪？」洪承疇遲疑地說：「也沒有到。」崇禎面露絕望之色……

遠近各處，清軍的炮火越發猛烈。

一座山坡下，疲憊不堪的眾將士各自牽著疲憊不堪的戰馬，正在朝山坡上爬。袁崇煥就率先爬在最前面。袁崇煥朝將士們大喊：「快呀！再加把勁，上了山坡，就見著京城了！」袁崇煥率先登上的山頂，喘息朝遠處望。迎接他的，是遠方沉悶的炮聲和天邊密布的戰雲——那兒正是京城！一個標統驚懼道：「大帥，清軍攻城了！」

袁崇煥怔了許久，突然喝道：「全軍山下集結，休息半個時辰。準備衝擊！」標統應命，朝四周大喊：「快！快！山下集結！快啊……」

袁崇煥則絕望地坐到石塊上，呆呆地看著戰火籠罩下的京城。

戰場。一尊尊紅衣大炮正在朝京城猛轟。炮陣後面，豪格策馬督戰。不遠處有一片樹林。樹林——幾棵平靜的樹開始搖晃，接著閃現出執刀的吳三桂和眾軍士。吳三桂怒視著豪格。豪格沒發現危險，仍在大喝：「發炮！發炮……」突然一聲怒吼，吳三桂與眾軍士發瘋般地衝殺而來，接連劈翻幾個清軍炮手。清軍炮陣在突襲之下一時大亂，炮手們紛紛執兵器，驚慌應戰。但這些炮兵根本不是明軍的對手，被砍殺得死傷一片……豪格怒吼著朝吳三桂衝來，兩人拼殺幾回合。

明軍越來越多，吳三桂越戰越勇。豪格的腿部中刀，最後只得敗退奔離。

吳三桂朝軍士們大喊：「上馬！」軍士們從樹林後牽出戰馬，紛紛上鞍。吳三桂揮刀大喊：「衝啊！」軍士們在吳三桂率領下朝前方衝殺。

午門城樓中，炮火突然停止，四周一片寂靜。隱蔽處裡，崇禎驚訝地抬起頭：「怎麼了？為何不打炮了？」洪承疇沉聲道：「皇上。臣料想，清軍現在要開始攻城了……」崇禎一把抓過天子劍，朝午門走，怒叫：「快，隨朕迎敵！」洪承疇拼命攔阻崇禎：「皇上，皇上請留步！臣領著軍士們迎敵。」王承恩攔道而跪，乞求著：「皇上，皇上……」崇禎舉劍怒喝：「讓開，不然朕還要砍你！」王承恩昂著脖子，強道：「老奴任憑皇上砍！」崇禎劍鋒顫抖著，這一回，他幾次沒有砍下去。終於垂劍嘆道：「你怎麼不懂呢？朕是天子，朕是太陽。朕得站到城頭上，讓軍民人等都看見朕！」王承恩沉默著，仍然不讓道。

洪承疇趕緊接過崇禎的天子劍道：「請皇上准許臣執天子劍上城，傳旨軍民人等，奮勇殺敵。」崇禎無奈地：「去吧！」洪承疇執劍匆匆而去。門畔，迎面撞見楊嗣昌，劍鋒幾乎傷及他。揚嗣昌閃開身，興奮地撲進門：「皇上！皇上……」崇禎驚懼地問：「清軍攻城了麼？」揚嗣昌興奮地大聲說：「沒有。稟皇上，城外傳來消息，袁崇煥大軍到了！先鋒吳三桂奇襲了清軍後路，正在奮勇殺敵。清軍大亂哪……」崇禎喜得顫聲：「是麼？」楊嗣昌說：「千真萬確！」

崇禎長吁一口氣：「他們總算來了！朕、朕……朕瞧瞧去！」崇禎跌跌撞撞地朝午門奔去。王承恩趕緊跟隨。

戰場。山窪處，明軍將士與清軍將士拼殺成一片，到處殺聲喊聲刀槍相擊聲……

吳三桂與幾個清兵殊死交戰。他已身負戰傷，仍然勇猛無敵，先後將清兵砍翻……

山坡下，明軍列陣。袁崇煥已騎上戰馬，舉刀高喝：「京城存亡，在此一戰！衝啊！」

袁崇煥率領大隊騎兵衝殺向前……

袁崇煥所率的明軍與清軍交戰，殺聲喊聲刀槍相擊聲……

戰場一角，魯四執刀與兩個清軍拼殺。他砍倒一個，不料另一個清兵將他砍傷，又有清兵衝來。魯四怪叫著奔逃，後面的清兵追上，槍桿一揮，將他擊昏倒。清兵上前拎起他，一看內衣服飾：「咦，這傢伙好像是個將軍。」魯四醒了，連聲怪叫著：「小的不是將軍，小的只是太監。太監一點用也沒有，軍爺饒命啊……」清兵被魯四的怪樣逗得哈哈笑，而魯四趁敵不備，猛一腳踹翻了他，起身就跑。沒跑出幾步，又被追上來的清軍按住，用槍桿與刀背一通痛揍，揍得他哇哇亂叫。

高處，皇太極與多爾袞觀看著戰場，皇太極面色嚴峻，一言不發。多爾袞進言道：「皇上，臣弟如領著五千精兵參戰，保證在兩個時辰內消滅袁崇煥。」皇太極搖搖頭，說：「內地的援軍快到了。傳命下去，收兵班師。」多爾袞只得應聲策馬而去，朝後面喊道：「鳴號收兵！鼓號聲起……」清軍且戰且退。

皇太極坐在高大的白馬上，慢慢的遠去。

崇禎挺立在午門上，如一尊銅燒鐵鑄的塑像，傲然不動。楊嗣昌等臣工陸續來報：

——啟奏皇上，天津勤王之師一萬二千，已殺到京郊。

——啟奏皇上，濟南、開封兩鎮的督軍，率兵馬抵達京城。

——啟奏皇上，清軍不敵我軍強大攻勢，狼狽而逃。……

崇禎在眾臣熙熙攘攘的奏捷聲中，還是保持著傲然不動，彷彿沒聽見似的。但從他顫抖的口角可以看出，他被突如其來的勝利驚呆，他正在極力壓制著內心情感！眾臣奇怪地互視，不明白崇禎這是怎麼了。為何一點反應也沒有？王承恩輕輕碰了碰崇禎身體，小心翼翼地：「皇上？」

這時，崇禎突然爆炸——他仰面向天，伸展雙臂，狂喜地、聲嘶力竭地大喊：「朕把滿夷打敗了，朕把皇太極打敗了！哈哈哈……朕把他們全打敗了！……朕天下無敵！」

王承恩跪下，熱淚盈眶，哽咽：「皇上天威浩蕩……」

揚嗣昌跪下，接口道：「光照四海，鼎定日月河山……」

洪承疇跪下，接口道：「皇上啊，大明王朝從今往後，定然如日中天，振興在望！」

所有的文武軍民都跪下：「皇上萬歲，萬萬歲……」

崇禎激動難抑地抬手示意：「平身！列位愛卿，這次交戰，是大明開國以來最危險的一次，也是朕第一次臨敵，而且吶，還是皇太極失敗得最慘痛的一次！你們說是不是？」眾臣一時有些遲鈍，只有洪承疇機智奉承：「是是！皇上第一次親臨戰陣，就贏得了開國以來最大的勝利，還讓皇太極遭受從未有過的最慘痛失敗。」

眾臣醒過神來，一片聲讚頌：

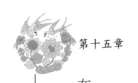

——聖君在上，真乃乾坤之幸，蒼生之福哇！

——今日之事，應該載於青史，傳之千古。

崇禎笑道：「愛卿們哪，有朕在，你們都會與朕一起青史留名的！」一臣感動地泣道：「臣等生於崇禎年間，真是感到無比幸福啊……」眾臣紛紛附和：「是啊，是啊。」「傳旨，朕要大赦天下，犒賞有功之士。凡守城官兵，均給假三日。午門下大擺慶功宴，朕要與軍民人等同慶勝利！」眾臣謝恩。洪承疇鼓足勇氣提醒道：「皇上，戰事沒有完全結束，清軍還沒有走遠……」

崇禎豪邁地打斷他：「怕什麼？朕巴不得皇太極再回來吶，讓朕一劍把他剁兩瓣了！」洪承疇垂首不語，暗中一嘆。

午門上懸掛著一排大紅燈籠。午門下，一陣陣五顏六色的焰火沖天而起，爆竹聲此起彼伏。一群男女著盛裝載歌載舞，圍觀者的人們歡聲笑語，宛如過年。廣場上排設著許多慶功宴席，一群「百姓」正在大吃大喝，醉態百出。有幾個人甚至伸開手指頭，吆五喝六的賭起酒來。一個太監抱著個大酒罈子，搖搖晃晃過來：來來，這是宮裡珍藏的百年老窖，喝一口，醉你個三天三夜，醉你個七死八活！……

眾「百姓」都把碗伸過去：滿上，滿上！……到處是喜慶得近於瘋顛的氣氛。

午門上，崇禎坐在宴桌旁，憑欄下望，下面那片熱鬧景象讓他笑得合不攏嘴兒。王承恩侍立在旁。這會王承恩道：「皇上您看，火樹銀花，普天同慶。咱大明又一天天興旺起來了。」崇禎面有德色：「有朕在，大明該興旺！」王承恩說：「是啊是啊。皇上，軍民百姓都盼望敬皇上一盅呢。」崇禎笑道：「好好。拿酒來，朕敬軍民們一杯。」王承恩急忙奉上酒盅。崇禎接過，朝空中揮了揮。午門下立刻安靜下來。崇禎大聲道：「軍民們，今兒是個大喜的日子，朕與你們同喜……」下面一片歡呼，又一陣歡呼……崇禎擺擺手，歡呼聲停止。崇禎接著道：「朕定要讓大明千秋萬代繁榮昌盛，讓你們天天過好日子，乾哪！」歡呼聲中，崇禎一飲而盡，滿面欣然。下面的歡呼聲久久不絕。

楊嗣昌朝崇禎一揖，感慨地說：「皇上請聽，這可是民心呵！」崇禎嘆道：「是啊，這等民心，千金難買啊。」楊嗣昌謹慎地道：「前些日子，皇上有過恩旨。凡上城助防的青壯，每人賞銀十兩。此外，免去京城百姓稅賦三年。臣想，百姓都盼著這筆銀子哪，請皇上早些將二百萬兩賞銀撥出。」崇禎一聽，立刻呆住了，半響才痛苦地呻吟：「二百萬兩啊……」楊嗣昌稟道：「臣細細點驗過，上城助防的青壯共二十三萬八千餘人。因而，應該是二百三十八萬餘兩。」崇禎沉聲道：「你們又不是沒看見，皇太極一戰即潰，百姓們並沒有起多大作用。此役，主要是朕坐鎮午門，身先士卒，指揮得當。皇太極是被朕打敗的，百姓只是上城吆喝了幾天……」楊嗣昌驚訝地：「皇上？……」「朕根本不必花那麼多銀子，朝廷要用銀子的事多得很，朕要把銀子要用在更重要的地方。」楊嗣昌勉強地說：「可是皇上，天子無戲言哪。」

「當然！朕怎麼會說了不算哪？朕想換一種方式賞百姓。」崇禎面帶嗔色說，「幾年來，京城百姓統共拖欠朝廷稅銀四百萬兩，朕決定，將這筆稅銀全部免了。不就等於賞了百姓四百萬兩麼？他們比該得到的還多得了幾十萬哪！」「皇上聖斷。只是，臣有些小小的擔心……」楊嗣昌有些失望地說，「百姓們目光短淺，只認得手中的銀子，好立刻換來柴米油鹽。如果他們這次拿不到，下回清軍兵臨城下了，百姓們還肯上城助防麼？」

「放肆！」崇禎拂袖起身。眾臣起身齊齊地折腰相送，崇禎在王承恩陪同下離去。楊嗣昌一屁股坐下，長嘆：「我怎麼跟百姓們說啊。」洪承疇笑道：「嘿嘿，該說的說，不該說的不說！」楊嗣昌愁道：「我本想趁著皇上高興，把賞銀要下來。萬沒想到……唉！」洪承疇說：「楊大人早該看出來，皇上得此『大勝』之後，天子之氣更盛，龍威更足。你我可得小心侍候。」楊嗣昌頻頻點頭，又是長吁短嘆不已。

明軍大營，設在京郊某鄉鎮，負傷的吳三桂策馬歸來。袁崇煥站在門畔，笑容滿面地相迎。吳三桂趕緊下馬，搶一步跪拜：「末將拜見大帥。」袁崇煥扶吳三桂起來，與他一起入內，親切地說：「三桂呀，京城之圍已解，內地援軍也到了。此役你功勞不小，本部堂會重重地替你請功。」「謝大帥。這都是大帥指揮有方。」袁崇煥關切地問：「傷勢怎麼樣？」吳三桂一擺頭，朗聲說：「不礙事，不礙事。」

兩人坐下後，說起皇上在午門大擺慶功宴，京城已成為火樹銀花不夜天，龍顏大悅呀！吳三桂疑問：「既然大擺慶功宴，為什麼沒請大帥去？」袁崇煥一笑：「沒有旨意啊。」吳三桂不安，沉默片刻道：「大帥，末將與清軍交戰，斬敵數百，弟兄們也傷亡了百十人……」袁崇煥微笑道：「本部堂會在奏摺上說，吳三桂奮勇作戰，斬敵三千，繳獲兵器無數。」吳三桂連忙揖道：「謝大帥。」袁崇煥說：「不必謝。你的功勞也就是我本部堂的功勞。吳三桂，我只問你一句，據你看，清軍是被我們打退的，還是主動撤退的？」吳三桂說：「稟大帥，末將在交戰時，始終感到清軍占優勢。但他們好像不打算決戰，而是且戰且走。」袁崇煥沉吟道：「皇太極是主動撤退的。只是，他為什麼要主動撤退呢？」「也許是我們內地援軍到了，他怕被我們合圍。」袁崇煥不置可否地說：「也許吧。」

說到這裡，只聽門外一聲高喝：「聖旨到，著薊遼總督袁崇煥接旨。」袁崇煥趕緊搶步上前跪倒接旨。傳旨的錦衣衛展開黃卷，宣讀：「薊遼總督袁崇煥，及前屯衛總兵吳三桂，於明日午時進宮赴宴。欽此。」袁崇煥叩首：「臣謝恩。」吳三桂聽到進宮二字，臉上不禁露出特別的笑容。

眠月閣內。陳圓圓正在屋內做女紅，心事重重的樣子，一不當心扎著了手指，痛得驚醒。樂安公主歡喜地奔進閣內，衝陳圓圓道：「你看你，又發呆哪！快，拿上琵琶跟我走。」見陳圓圓反應不過來，樂安公主又說：「清軍被父皇打退了，京城軍民都在慶賀勝利。父皇和母后在平臺擺酒賞月，叫咱們去那兒。」陳圓圓起身取過琵琶，跟樂安公主並肩朝外走。半道上，樂安說：「你怎麼就不想問我點什麼？比如說，吳三桂是死是活，是受了傷還是被清軍抓走了……」「他怎麼了?他、出事了?」陳圓圓有點戰戰兢兢地。

「唉……」樂安長嘆了一聲。陳圓圓急了：「好公主，……他到底怎麼了?快說，求你了!」樂安公主使壞地擠了擠眼睛，說：「告訴你吧。吳三桂立了大功，明天要和袁崇煥一塊進宮見駕，你呀，又可以見到這個野男人了!」陳圓圓又喜又羞惱，跺足：「別說了樂安!他、他跟我有什麼關係!」

明月當空，銀光如畫。平臺上一席家宴，崇禎與周后、樂安公主對座，三人都已喝得半醉半醒，一團喜氣，其樂融融。王承恩侍立於側，陳圓圓則在不遠處懷抱琵琶彈曲侍宴。周后笑道：「皇上，咱這家人多年沒這麼相處過了，臣妾今晚太高興了……」「朕也高興得很。」樂安公主咯咯笑道：「父皇母后，你們今晚可真像是一對夫妻。」崇禎聞言哈哈大笑。周后低聲斥道：「瞎說，本來就是夫妻!」樂安不依不饒地說：「是雖然是，可不像。」崇禎笑呵呵地問：「為何不像?」

「父皇君臨天下，母后坐鎮中宮，兩人整天繃著臉兒，正正經經的，連女兒看了都怕。」崇禎哈哈大笑：「從今往後，朕既要當一個好皇上，也要當個好父親。」樂安看著周后向崇禎使眼色。崇禎明白了，笑道：「哦，對了，朕還要當一個好丈夫!」一家三口幸福地笑作一團……王承恩在旁也感動地微笑著。崇禎舉盅：「來，咱一家三口同飲一盅。」周后與樂安歡喜舉盅，三人一飲而盡。

崇禎朝陳圓圓道：「陳圓圓，給朕唱一曲，以助喜慶。」「是。奴婢唱《昭君出塞》還是《嫦娥奔月》？」崇禎醉醺醺擺擺手：「哎——朕不想聽那些陳腐東西，朕想聽點新鮮的。」陳圓圓問：「請皇上示下，什麼曲子新鮮？」崇禎帶著醉笑，口齒不清地說：「朕要聽點葷的、俗的。比如，你當年……呃、唱的那些曲子，朕、朕要聽個新鮮……」陳圓圓王承恩驚訝互視。周后則略有不悅，她勉強笑道：「皇上，您累了，早點休息吧？」崇禎歪歪搖搖地：「不，朕不累，朕要聽曲子……聽、聽俗的……」周后扶住崇禎：「皇上！」

「皇上也是人嘛！……朕要放鬆放鬆，朕要聽新鮮曲子！」樂安公主也醉得咯咯大笑，跟著崇禎嚷道：「陳圓圓，圓圓姐！我也要聽葷的、俗的！聽你當年給嫖客唱的曲兒！……你快唱啊。」周后氣得不行，怒視樂安公主與崇禎，卻無奈，只好示意王承恩勸阻。

王承恩上前笑道：「皇上您看，陳圓圓哪像個會唱葷曲的人哪？」崇禎醉眼矇矓地看著陳圓圓：「那、……那誰會？」「老奴就會一些！」王承恩說，「老奴願與陳圓圓共同來一段二重唱，博皇上一笑。」王承恩在周后憤怒的注視下走到陳圓圓面前，他迅速的低聲道：「你看明白了嗎？如果不唱，皇上不高興；如果唱了，皇后不高興。」陳圓圓有點為難：「那怎麼辦？」「不就是幾句唱詞嗎？你我立刻胡編幾句，別太葷，也別太雅，讓皇上皇后都高興就成……」王承恩俯陳圓圓耳邊竊竊低語。陳圓圓聽著聽著，無聲地笑了，頻頻點頭。而周后緊張地瞪著這兩人。

王承恩拿起一對銀筷、一隻碟兒，扭扭地走了幾個臺步，朝崇禎與周后揖道：「各位看官抬舉了。老夫與小女共同來一段男女聲二重唱《苦果果——油麻花》。看官們要是喜歡，就請扔兩銀子吧。」王承恩說罷，銀筷擊碟，與陳圓圓的琵琶同聲奏起來。

陳圓圓：圓圓是個苦果果，

王承恩：公公是個油麻花。

陳圓圓：苦果果開口笑呀，滿肚子苦水往外冒啊。

王承恩：油麻花使勁擰啊，把自個擰成十八彎啊。

陳圓圓：苦果果掛在那山窩窩，風吹雨打滾下了坡。

王承恩：油麻花炸進了油鍋鍋，又香又脆擺了一桌。

……

兩人一邊唱一邊表演。陳圓圓與王承恩這段酸甜苦辣、百味交集的歌聲，令崇禎笑得前仰後合，像一個孩子，完全忘記了皇帝的尊嚴。周后與樂安也笑得抱成一團，笑得眼淚都下來了。崇禎連道：好好！朕這輩子，從沒這麼快活過！

清軍大營。同樣明月當空。兩個執刀軍士押著魯四前行：「快走！快，老實點！」魯四乖乖地：「是是。小的是最老實的人。」「看什麼看？這邊。」魯四趕緊垂下賊眼：「哎哎……爺說哪邊就哪邊。」軍士將魯四押進一帳篷，捆在當中柱子上。然後，罵罵咧咧出去了。魯四聽聽四周，一片寂靜，便開始悄悄掙扎……當他越掙越鬆時，忽聽帳外傳來喝令聲。他立刻不動。

喝令聲過後，帳外傳來對話。一個壓低的聲音在問：「你是誰？」「在下是袁總督的密使劉安。奉總督命，求見多爾袞親王。」那壓低的聲音顯然就是多爾袞，他問：「我怎麼從沒見過你？」「稟大人，以前的密使宋光義，不幸戰死了。袁總督改換我來。」

聲音漸漸低下去……

清軍營帳內，魯四拼命朝外掙長身體，傾聽著。他又聽見多爾袞與那人的對話：「皇上圍京城時故意圍而不打，等袁崇煥兵到時才佯做敗退，給足了袁崇煥面子。袁大人準備怎麼報效皇上啊？」「袁總督請親王代奏大清皇帝，他一定設法讓崇禎皇上承認大清國，雙方停戰媾和，互通有無，把寧遠以北的所有土地全部割讓給大清皇帝。」「隨我來……」

對話聲漸漸遠去，魯四已經驚呆了！一個清兵入帳檢查，魯四趕緊裝睡。清兵到魯四面前細細看了看。待清兵離去，魯四又開始竭力掙扎……突然他掙脫了一隻手，不禁興奮地睜大眼睛。

一隊夜巡士兵從營帳前走過，身影漸漸遠去。帳門掀開一道小縫，魯四露出半邊臉窺探四周動靜。就在帳門邊，放哨的清兵正坐地上呼呼大睡。魯四悄悄邁過他，躡手躡腳地朝暗處爬去，緊接著消失在黑暗中。

一個清兵打著呵欠來到帳門前，推醒那個打瞌睡的清兵：起來，換崗了！那清兵起身，迷迷怔怔地推開帳門朝裡看，只見柱子空空蕩蕩，地面若干斷繩。他立刻驚慌地大叫起來：「那太監跑了，快抓！快啊！……」

暗夜中，魯四朝清軍營回望，只見那裡人喊馬嘶、亂作一團。他得意地朝那兒「呸」了一聲，消失在夜色中。

王承恩與陳圓圓把醉得不醒人事的崇禎扶進暖閣。崇禎還在迷怔怔地道：「好好……唱得好！朕今晚真高興，朕從來沒這麼高興過。哈哈……」王承恩與陳圓圓把崇禎放到榻上，替他更衣，侍候他入睡。崇禎醉醺醺推王承恩：「你是誰？走開，走開！……朕只要陳圓圓在這……」「皇上，還是老奴侍候您吧。」崇禎醉醺醺地：「不，朕要陳圓圓侍候，你走開，走開！」王承恩無奈，看一眼陳圓圓，只得離去。

崇禎醉眼看著陳圓圓笑，陳圓圓頓時膽戰心驚。崇禎拍著龍榻：「圓圓哪，坐過來……過來。」陳圓圓一步步挨近龍榻。崇禎抓住陳圓圓手，斷斷續續地：「朕……朕告訴你一個好消息。」陳圓圓怯怯地：「什麼消息？」崇禎醉醺醺地說：「吳三桂戰死了……被清軍砍成七八瓣兒！你、你再也見不著他了。」陳圓圓大驚：「皇上……」

崇禎已經昏昏睡去，口中還喃喃著：「吳三桂死了……你甭惦著他了……你是朕的人……生生死死都是朕的人……」陳圓圓驚呆，半響後，含淚離去。

樂安公主與一個宮女也將大醉的周后扶進承乾宮，放到臥榻上，侍候她更衣入睡。周后醉醺醺地問：「皇上在哪兒？……臣妾要去侍候皇上。」樂安公主道：「母后放心，父皇有陳圓圓侍候著呢。」周后一聽卻掙扎著要起來：「什麼？……又是那個小妖精！不成，她會害死皇上的。」樂安公主急忙按住她：「母后，您醉了。」「我沒醉……一點沒醉，我得去侍候皇上，我得趕走那個小妖精！」……周后仍欲掙扎著起身。「母后，您說什麼哪？快睡吧！」周后含淚看她：「你、你是樂安哪？……快，替母后趕走那個妖精。她要毀了皇上，毀了大明！……」樂安公主急了：「母后，您到底怎麼了？」周后終於倒在榻上，口中喃喃地：「樂安哪，皇上不愛你母后，他喜歡妖精……」

樂安呆呆地坐著，心痛如絞。

明月高懸，角樓一片銀光。一個身影出現，陳圓圓懷抱琵琶獨自登上了角樓。陳圓圓放下琵琶，掏出三炷香安放進香爐裡，點燃。動情地道：「吳三桂，你是個好男人。我們雖沒有緣份，但你給過我希望，給過我夢想……你我來生再見吧。」

陳圓圓退坐到石凳上，低語：「我從來沒為你彈過琵琶，今夜專為你彈一曲……」陳圓圓玉指一揮，輕輕彈奏一支古曲……曲聲中，陳圓圓抬頭望月，眼中充滿淚光。曲聲終，似乎暗處響起聲音：「陳圓圓，我都聽見了。」陳圓圓驚見樂安走近。陳圓圓道：「你、你聽見什麼了？」「我聽見你在祭奠吳三桂。」陳圓圓垂首道：「皇上說，他已經戰死了……」樂安恨聲問：「你到底愛他還是愛我父皇？」陳圓圓大驚，看著樂安公主……

樂安怒聲：「說啊！你和皇上之間的事，我已經都知道了，你害得我母后好苦哇！你、你到底愛誰?!」陳圓圓結結巴巴，說不出話：「我、我……」這時，黑暗裡傳出威嚴的聲音：「她愛的是吳三桂，但她又不敢抗拒朕！」陳圓圓與樂安吃驚地看見崇禎從黑暗中走出來。樂安公主說：「父皇，您怎麼來了。」崇禎說：「朕酒醒了，聽見角樓這有琵琶聲，就來看看。」崇禎轉臉看了看折腰垂眉的陳圓圓，問：「剛才，朕說的對不對？」陳圓圓抬起頭來，正視著崇禎，勇敢地說：「皇上說的很對。」崇禎怒道：「朕可以殺你。」「當然可以。」陳圓圓一副大義凜然的樣子，「但我想問一聲皇上，我犯了什麼罪？」崇禎一時難言。「難道，一個女人不愛皇上，也是死罪嗎？皇上可以讓所有人害怕，卻不能讓人人都愛他。」「放肆！」崇禎大喝一聲。可這會陳圓圓已經不知道害怕了，她依舊自顧自地說：「皇上可以拿走我的身體，也可以拿走我的生命。但是，愛誰不愛誰，皇上不能做主。」……崇禎氣得渾身直顫，滿面殺氣。樂安公主也嚇傻了，不敢說話。

沉默，沉默了許久之後，他終於長嘆了一聲，道：「你說的對……朕不殺你。」樂安這才鬆了口氣，哼哼地補充道：「殺你也沒用！」陳圓圓朝皇上折腰，再朝樂安公主折腰。崇禎轉身欲走。

這時候，遠處黑夜傳來一片悲慘哭聲，他不禁走到城欄邊朝遠處望，看見遠處黑夜中隱隱有一片香火流動。京城馬路。一群男女老幼披麻戴孝，舉著香燭等物，悲哀地行進著。幾個老母親

在別人扶持下，一邊走一邊悲痛不已的哭泣……崇禎驚訝了：「今兒是大喜日子，朕剛給百姓們賞過酒宴，他們哭什麼？」樂安也奇怪：「是啊，他們怎麼了？」「朕派錦衣衛前去查問。」陳圓圓對樂安公主低聲道：「為什麼不去看看呢？又不遠。」樂安公主正巴不得，趕緊對崇禎說：「父皇，女兒陪您出宮看看去，您也可親自體察民情。」崇禎猶豫：「深更半夜的……」「那不更好嘛！沒人看出您是皇上。……去嘛，父皇！」崇禎動心了，想，也罷，朕也正想看看到底是怎麼回事，「好吧。就出宮走走吧。」樂安高興地說：「太好了。父皇您看，我這還有把角門鑰匙吶。」……樂安果真從袋掏出一把鑰匙，亮給崇禎看。崇禎指點樂安公主鼻子：「回來以後，朕就要繳你這把鑰匙！」樂安噘嘴不悅……

崇禎與樂安、陳圓圓悄悄出現在京城馬路邊，他們驚愕地呆住了。送葬的隊伍川流不息地從他們面前走過，幾個白髮老人發出悲哀的哭泣。崇禎一言不發，板著臉看著。樂安公主拉了崇禎一把，崇禎不動。樂安公主又拉他一下，才將他牽上馬路。於是，崇禎在樂安公主與陳圓圓的左右挾持中，不由自主地跟著送葬的人們向前走了……

京郊。野地裡插著數不清的香火、蠟燭、靈牌……男女老幼們都跪在地上，悲傷地哭祭著。母親在呼兒子，妻子在悲丈夫。崇禎呆呆看著，不斷自語：「怎麼會這樣？怎麼會這樣？」陳圓圓低聲說：「皇上，他們的親人死了。」「朕知道！……可怎麼會死這麼多人呢？你問問他們，這些人是怎麼死的？」

陳圓圓上前問一個老人。老人沙啞地說：「兒子……我兒子被炮炸死了。」陳圓圓指著香火與靈牌：「這些人，都是在京城之戰中死的嗎？有多少？」老人痛聲道：「能數得過來麼？成千上萬哪！」陳圓圓問：「為什麼不用棺木安葬呢？」老人泣道：「買不起呀……」旁邊的老太太流著眼淚，恨恨地說：「清軍圍城時，皇上還說給銀子，到解了圍，卻連一個銅板也沒給。」崇禎聽了身體一顫，不由地向暗處後退兩步。

老人氣道：「百姓要是犯了欺君之罪，非砍頭不可。可皇上欺騙咱老百姓了，這該怎麼說……」崇禎聽了又窘又怒，幾乎無地自容。陳圓圓偷偷看了崇禎一眼，又對老人說：「大爺，我聽說皇上賞了百姓們酒宴，還免了稅賦……」沒等陳圓圓說完，那老人便怒道：「胡說！有哪個老百姓喝著皇上的酒了？」樂安公主再也按捺不住，上前道：「不對。午門那兒大擺慶功宴，滿當當的全是老百姓。我親眼看見的！」那老人說：「唉，那些百姓沒一個真的，全是太監扮的！」

「什麼？」樂安驚叫起來。老人又說：「吃喝時候哪輪到百姓了？太監們還不夠吃吶！」樂安辯道：「可是……我還看見幾個唱歌跳舞的百姓。」「那也沒一個是真的，全是叫去的戲班子，哄皇上高興唄！」崇禎氣得掉頭就走，陳圓圓與樂安急忙跟上。到邊上，樂安問：「父皇，那人說的是真的嗎？」崇禎狠狠地跺足：「朕非得把王承恩打死不可！……這狗奴才！」陳圓圓說：「即使打死了王公公，也會有人接替他，哄皇上高興。」「嗯——可不。」樂安公主說，「也許那人還不如王承恩能幹哪！」

「別囉嗦了，回宮！」才走出幾步，近旁傳來的話語聲又使崇禎止步。一個中年漢子說：「你知道不？清軍攻京城，全是叫袁崇煥害的！」另一個中年人：「大哥，這話可不能瞎說哦……」「嗨！怕什麼，城裡人都傳遍了。他袁崇煥要『議和』，皇上不准他『和』。怎麼辦吶？袁崇煥就放清兵入關，逼朝廷議和。」「這怎麼能逼吶？」「怎麼不能逼？清兵隔三差五的南下，燒殺掠奪，官軍打不過清兵，那不早晚得講和麼。」那中年人恍然大悟：「可不是麼，打不過就得認哪。」「哼！該把袁崇煥千刀萬剮，他害咱們死了這麼多人……」

崇禎聽到這裡，如雷轟頂，呆若泥塑！

乾清宮內，崇禎閉著眼，坐在一隻大椅上一動不動。王承恩匆匆趕來，漸近，他的步子卻越走越慢，越走越輕。最後，他在崇禎面前彎腰，低語：「老奴聽說皇上一宵沒睡……」崇禎睜開眼，冷冷地：「朕睡不著。」王承恩謹慎地：「莫非，皇上的失眠症犯了？」「朕擔心的是，只要一合上眼睛，就有奴才作亂！」

王承恩驚道：「老奴不明白……」「朕問你，昨晚午門慶功宴上，有多少百姓啊？」王承恩立刻醒悟，恭敬地：「稟皇上，一個也沒有。赴宴的全是立了戰功的太監。」崇禎反而驚訝了：「嗯……那是為什麼？」「宴席太少，連太監也不夠坐。他們個個上城打仗，都餓了好幾天了。」崇禎一時語塞：「那、那就更輪不著百姓了，是不是？」「老奴令人給百姓們發放了饅頭……」崇禎說：「朕可沒聽人說饅頭的事！」「稟皇上，連饅頭也不夠發的，城裡有二十萬青壯哪。」

崇禎氣哼哼地說：「罷了，這事不提了！朕問你，這些日子，民間可有什麼流言？」

王承恩察顏觀色：「民間麼，說什麼的都有。主要是稱頌皇上，保國安民，恩威齊天……」崇禎打斷他：「有沒有人議論袁崇煥？」王承恩支唔說：「這……當然也有。」崇禎逼問：「怎麼議論的？」王承恩猶豫片刻，稟道：「據東廠報告，京城百姓紛紛傳言，說袁崇煥暗通皇太極，故意放清軍入關來進攻北京，迫使朝廷與清廷媾和。」

「朕說過，寧肯戰死，絕不媾和！朕在民間的威望，全被袁崇煥毀掉了！」王承恩說：「皇上息怒。老奴覺得，那些議論，不過是無知百姓的流言蜚語。」崇禎冷冷一笑：「朕自然不會輕信流言，朕看重的是事實。」王承恩鬆了一口氣：「皇上聖明。」

崇禎緊接著卻道：「事實是，在清軍破關南下時，袁崇煥的大軍遠遠落在清軍後面。在京城被圍的萬急時刻，朕望眼欲穿，袁崇煥卻久久不來！……這些，難道全是偶然的嗎?!」王承恩驚訝地睜大眼，被崇禎盛怒逼得說不出話。這時，一侍衛入報：「啟稟皇上，袁崇煥、吳三桂入京見駕，現在城門外候旨。」崇禎沉吟，問：「帶了多少人？」侍衛有些吃驚：「稟皇上，只有他們兩人。」「傳他們進來。」侍衛應聲而下。

（上集完）

國家圖書館出版品預行編目資料

江山風雨情／朱蘇進，子川作. -- 第一版. --
臺北市：大地, 2005〔民94〕
面；　公分-- （歷史小說；27-28）

ISBN 986-7480-29-5（上冊：平裝） ISBN
986-7480-30-9（下冊：平裝）

857.7　　　　94011097

歷史小說 027

江山風雨情（上）

作　　者：朱蘇進，子川
發 行 人：吳錫清
主　　編：陳玟玟
美術編輯：普林特斯資訊有限公司
出 版 者：大地出版社
社　　址：台北市內湖區內湖路2段103巷104號1樓
劃撥帳號：0019252－9（戶名：大地出版社）
電　　話：(02)2627－7749
傳　　真：(02)2627－0895
E-mail：vastplai@ms45.hinet.net
印 刷 者：普林特斯資訊有限公司
一版一刷：2005年10月
定　　價：250元